KB147158

박인환 번역 전집

박인환 시인

덕수공립보통학교에 다닐 때 살던 집
(종로구 원서동 134번지)

1946년 명동 거리에서 김용호, 양병식 시인과 함께

왼쪽부터 소설가 최태응, 시인 구상, 박인환, 박노일

왼쪽부터 극작가 이진섭, 박인환, 소설가 이봉래, 영화감독 차진태

『경향신문』 기자 시절 정봉화 기자와 함께

이순재, 이봉구와 함께

명동 휘가로 다방 앞에서 시인 박태진과 함께

마리서사 앞에서 임호권 시인과 함께(1947년 3월)

이정숙과 결혼식(1948년 4월, 덕구궁 석조전)

결혼 뒤 살던 집터(종로구 세종로 135번지)

서울 수복 후 폐허가 된 명동 거리에서 유두연과 함께

미국 여행에서 만난 현지인들

미국 여행 때 아내에게 보낸 편지

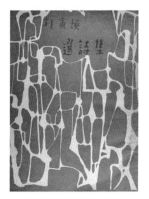

『선시집』(산호장) 표지
(1955년 10월 15일 간행)

번역한 존 스타인벡의 기행문
『소련의 내막』 표지

번역한 윌리엄 아이리시 소설
「새벽의 사선」

번역한 제임스 힐튼 소설
「우리들은 한 사람이 아니다」

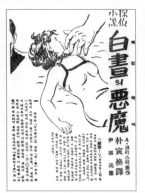

번역한 애거서 크리스티의
소설 「백주의 악마」

번역한 펄 벅 소설
「자랑스러운 마음」

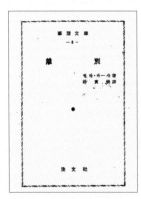

번역한 윌라 캐더의 장편소설
『이별』 표제지

문승묵 엮음 『사랑은 가고
과거는 남는 것-박인환 전집』
(예옥, 2006)

맹문재 엮음 『박인환 전집』
(실천문학사, 2008)

박인환문학관(인제군)

촬영 : 김창수 사진작가

박인환

번역

전집

맹문재 엮음

2008년 간행한 『박인환 전집』에서 빠진 번역 원고들을 『박인환 번역 전집』으로 묶는다. 시장성의 문제로 오랫동안 묵혀오고 있었는데, (재)인제군문화재단의 도움으로 다행히 세상에 나오게 되었다.

그동안 편협한 모더니즘에 갇혀 있던 박인환의 시 세계가 『박인환 전집』이후 열리게 되어 이제는 어떤 연구자도 박인환 시인을 참여의식이 없는 명동의 댄디보이로 평가하지 않는다. 앞으로 박인환의 시 세계는 더욱 활발하고도 다양한 관점으로 연구될 것이다.

(재)인제군문화재단은 물론이고 박인환 연구에 큰 힘을 주시는 문승묵 선생님께, 연보를 감수해주신 박인환 시인의 아드님 박세형 선생님께, 자료 입력에 많은 수고를 해주신 이주희 시인께, 인정 많은 최병헌 손흥기 시인께, 여러 도움을 주신 권태훈 님께 감사의 인사를 드린다. 편집 작업에 수고해주신 한봉숙 대표님을 비롯해 푸른사상사의 식구들에게도 고마움을 전한다.

그동안 나는 여러 권의 책을 내었다. 그렇지만 되돌아보았을 때 학문이 깊지 못해 부끄러움을 느낀다. 앞으로 박인환 연구라도 제대로 해야겠다고 다짐한다.

박인환 시인이 번역한 존 스타인벡의 기행문 『소련의 내막』의 마지막 문장은 다음과 같은데, 필자가 하고 싶은 말이다.

"거기에는 악인이 있다는 것도 사실이나 참다운 선인이 훨씬 많았다."

2019년 9월
맹문재

일러두기

1. 작품들을 시, 기행문, 소설로 분류해서 발표 연대순으로 배열했다.

2. 맞춤법과 띄어쓰기는 특수성을 살리는 것이 필요한 경우를 제외하고 현대 맞춤법 규정에 따랐다. 의미를 정확하게 밝힐 필요가 있는 어휘는 한자를 괄호 안에 넣어 병기했다.

3. 작품의 본래 주(註)는 원문대로 수록했다.

4. 부호 사용은 단행본 및 잡지와 신문명은 『 』, 문학 작품명은 「 」, 다른 분야 작품명은 〈 〉, 대화는 " ", 강조는 ' ' 등으로 통일했다.

5. 글자의 판독이 불가능한 경우는 네모(ㅁ)로 표기했다.

시

도시의 여자들을 위한 노래

알렉스 컴포트

오 눈(雪)과 불타는 포화의 세계여
밤과 요동하는 램프의 국토여
오 동포와 적의 밤이여

나는 그대와 만났다 그대는 또다시 돌아올 것이다
그대의 손은 고독에 빠져 있는 애인들과
모든 노래와 아직 출생하지 않은 어린애에의

복수에 빛나는 별로서 가득 차 있다
포화 속의 '애애(哀愛)로운 공주'여
그 여자의 애인은 전사했다

그 여자의 애인은 전사했다 ─
모든 공동(空洞)의 자궁을 위해 해어진 손가락을 위하여

복수는 불꽃이 되어 저편 별들을 향하여 비상한다

그 여자를 위해 불은 눈과 같이 차광(光)의 바람 속에서 나르는 흰 새와 같이
또다시 내려올 것이다
그 여자를 위해 포화는 바람에 섞여 거리거리는

뛰어가는 발과 불의 흐름을 동반하고 빛나고 있다
그 여자의 애인은 전선에서 죽었다
그 여자를 위하여 눈(雪)은 흰 하늘에

조용하게 흐르면서 합치는 개울처럼 사랑의 사람이 된다
소녀들이 유행하는 조용한 노래를 부르는 들판에서
그들의 손가락과

불타는 지붕과 뛰어가는 발은
그 여자의 상부(喪夫)에 복수하려고 친한 형제들모양 그 여자를 뒤를 따른
다
그러면 높이 날아가는 포화는 지금 또다시 그 여자를 뒤따를 것이다

이러한 '유다'들에 대한 여자들의 분노여
오 저 창백한 신부는 그 여자의 뒤를 따르고
그 여자의 눈물로 빛나는 머리를 빨 것이다!

(『시작(詩作)』, 1954.7)

기행문

소련의 내막

■ 소개의 말

　필자 존 스타인벡 씨는 사진작가 로버트 카파 씨와 함께 1947년 7월 말부터 약 2개월 간『뉴욕 헤럴드 트리뷴』지의 특파원으로 소련에 간 다음 그 보고를 1948년 1월 14일부터 31일까지 동 지상에 연재하였는데 그 원명은「러시아지」로 되어 있다. 원문이 트리뷴 지상에 게재되고 바이킹 프레스(Viking press)에서 단행본으로 출간되자 전 아메리카적으로 대반향을 야기시키고 1948년 봄의 아메리카 독서계를 풍미시켰다.

　이 보고는 본문 제1장에서 저자가 말하고 있는 것처럼 본 대로 들은 대로의 전후 러시아의 실정을 극히 솔직하게 보고한 점에서 수많은 소련 관계서 중에서 특이한 지위를 차지하는 것이며 또한 우리나라에 소개된 전후 소련의 실정 보고로서는 최신의 것이라고 말할 수 있다. 스타인벡 씨는 오늘날 아메리카가 자랑하는 세계 일류의 작가이며 아메리카에 있어서는 "간소화라는 것이 그의 인스피레이션의 원천이며 복잡한 소재를 단순하게 취급한 것이 대중의 인기를 획득한 원인이다."라고 논평되고 있는데 이 여행기도 광대한 러시아에 있어서의 2개월간을 독특한 계획에

의하여 견문(見聞)한 복잡다단하고 거기에 심각한 경험을 실로 놀랄 만하게 간소히 표현하고 있다.

1. 무슨 이유로 러시아에 갔던가

우선 이번의 여행과 이 보고를 쓰게 된 경위, 그리고 그 의도하였던 것이 무엇인가를 설명할 필요가 있다.

작년 3월 말일이 가까웠던 어느 날 나는 동(東) 40번가(街)에 있는 베드포드호텔(Bedford Hotel) 주장(酒場)으로 갔었다.

네 번이나 고쳐서 완성된 희곡을 겨우 손을 떼서, 그런 다음에는, 무엇을 하면 좋을까 하고 생각하면서 주장의 의자에 기대어 있었다.

그때 약간 우울한 얼굴로 나타난 것이 로버트 카파(Robert Capa)였다. 그도 수개월이나 걸려서 열심히 하여왔던 일을 신문사에 보낸 뒤였으므로 그때에는 별로 이렇다 할 일도 없었던 몸이었다.

이 주장에는 윌리(Willy)라는 바텐더가 있다. 아주 남의 기분을 잘 알아주는 남자로 우리들의 얼굴을 보고서 아무 말도 하지 않았는데 눈치를 채어, 스위세(Suissesses) 칵테일을 만들어주는 것이었는데, 그 만드는 수법에 있어서도 지금까지의 세계에 드문 솜씨를 가지고 있었다.

당시 우리들은 뉴스 그 자체에 관해서는, 그러할 정도는 아니었으나 뉴스의 취급 방식에는 한탄하지 않을 수 없었다.

즉 여러 사람들의 주의를 야기시킨다는 것이, 뉴스라는 이유에서 말한다면, 그 무렵의 뉴스는 취급하는 방법에 의해서 벌써 뉴스라고는 말할 수 없는 것으로, 되어버리고 말았던 것이다. 뉴스는 박식한 사람들만의 문제로 되어버리고, 워싱턴이나 뉴욕에서, 데스크에 앉아 있는 사람이 전신을 읽고 그것을 그의 두뇌의 형(型)과 논조에 맞춰서 재정리하고 말아버린다.

이렇게 되면 우리들이 뉴스라고 생각하고 읽고 있는 것은, 실은 뉴스도 그 아무것도 아니며, 반 다스 정도의 박식한 사람들의 그 누구 한 사람의 의견에 불과하며, 그 뉴스가 가지고 있는 본래의 의미는, 이미 상실되어버리고 마는 것이다.

월리가 두 컵째의 푸른 빛깔이 섞인 녹색 스위세 칵테일을 두 사람 앞에 내놓았을 때부터 우리는 현재의 세계에 남아 있는 사업 중에서, 성실하고 자유로운 남자로서 일할 수 있는 것은 무엇인가? 라는 문제에 관해서 의논을 하기 시작했다.

매일의 신문지상에는 현지에 가본 일도 없는 사람들이 러시아에 관해 당치도 않는 자수(字數)를 나열하고, 스탈린의 사고와 소련 최고 간부의 계획 소련군의 배비(配備) 원자무기의 연구 또는 무선 조정장치의 실험 등등을 쓰고 있는데, 거기에 그 의거하고 있는 것이야말로 참으로 비난하기 위한 비난 이상의 것이 아닌가? 라는 대화를 하여오다가, 러시아에는 아직도 누구 한 사람도 쓴 일이 없는 것 그것만이 독자의 대다수에 있어서 가장 흥미 깊은 것이다라고, 말할 수 있는 것이 틀림없이 있을 것이라고 결론지었다.

러시아인들은 어떠한 의복을 입고 있는가?

저녁때의 식사는 어떠할까?

사교적인 집합을 하고 있는가?

어떤 종류의 식물(食物)이 있는가?

어떠한 방법으로 연애를 하며 어떠한 주검을 하고 있는가?

매일 어떠한 이야기를 서로 하는가?

춤추며 노래도 하며 유희를 하고 있는지 안 하는지?

어린애들은 학교에 다니는지?

이러한 것에 관해 실정을 보러 가고 사진을 찍고 기사를 쓰고 하는 것만이 앞에서 말하였던, 의미로 보아, 의의 있는 일처럼 생각되었다.

러시아의 정치가 중요한 문제인 것은, 아메리카의 정치가, 중요하다는 것과 동일한 일이며 소련에도 정치 이외에 여러 가지 중요한 면이 있는 것은 이것 역시 아메리카에 있어서와 변함이 없는 일이다.

러시아 국민에게도 자기 자신의 사적 생활이 있을 것은 틀림없는데 아무도 그것에 관해서 쓴 기사를 읽지 못하였다는 것은 지금까지 쓴 사람도 없었으며 사진으로 찍은 자도 없었던 때문이다.

다음에 칵테일을 만들어놓은 윌리도 우리들에게 찬의(贊意)를 표하고 이상과 같은 사항에 그도 역시 흥미를 가지고 있으며 읽어보고 싶다고 생각한다고 말하는 것이었다.

그리하여 우리 두 사람은 이 사업 — 즉 사진으로 협조하는 순수한 보도라는 일을 하여보자고 결심하고 두 사람만이 할 것, 정치라든가 비교적 큰일은 피하자는 것, 크렘린의 요인과 군수(軍需) 관계자 군사 계획 등에는 가까이하지 말자는 것, 될 수 있으면 러시아 민중에게 접촉하는 것에 치중하기로 하였다.

우리들의 계획인 이 일을 하기 위해서는 다른 것은 고사하고 러시아에 입국하지 않으면 안 되겠는데 그럼 입국할 수가 있는가 없는가? 이것이 두 사람에게는 알 수가 없었다.

우인(友人)들을 만나 말하여보면 그들은 모두 불가능하다고 확신하고 있었다.

우리들은 다음과 같은 계획을 세웠다. 만일 러시아에 가게 된다면 좋은 일이며 좋은 기사를 쓰게 된다. 반대로 가지 못한다 해도 쓸 수는 있다. 입국할 수 없었다는 기사를 쓸 수 있을 것이다.

여기에 있어서 우리 두 사람은 조지 코니시(George Cornish) 군을 찾아 뉴욕 헤럴드 트리뷴 사로 갔다. 함께 점심을 먹어가며 계획을 말하였더니 코니시 군은 좋은 계획이라고 찬성하고 어떠한 방법으로서도 원조하겠다고 말하였다. 세 사람이 이야기를 하면서 우선 쓸데없는 선입감을 가지고 가면 안 된다. 비판적이거나 영합적이라도 안 된다. 충실한 보고가 제일이며 논설의 재료와는 다른 것을 견문하자는 것, 잘 알지 못하는 것에 대해서는 결론을 결정하고 대하지 않을 것, 모스크바거나 워싱턴을 불문하고 세계 중 어디든지 있는 관료계급의 공통한 특징인 슬로 모션에 골내면 안 된다는 것 등 여러 가지 점에 서로의 의견이 동일하다는 것을 알게 되었다.

이해할 수 없는 것과 좋아질 수 없는 일 또는 우리들을 불유쾌히 할 수 있는 일이 러시아에도 있을 것인데 이것은 처음으로 가는 타국에서는 항상 그러하다. 거기서 만일 비판한다고 하면 잘 안 다음에 하지 않으면 안 된다. 이러한 점에도 세 사람의 의견은 같았다.

뉴욕의 러시아 영사관에 가보니 총영사가,
"좋은 일이라는 점에서는 자기는 이의가 없는데 어째서 카메라맨을 데리고 가는가 소련에도 카메라맨은 많이 있는데……"라고 한다.
그래서 나는 이렇게 말했다.
"그러나 러시아에는 카파가 없다. 이왕 이 일을 하려면 공동제작으로서의 완벽한 것을 작성하지 않으면 안 된다."
카메라맨을 소련에 입국시킨다는 것에는 난색이 있었다. 기자의 입국을 허가하면서 카메라맨을 거부한다는 것은 나로서 보면 기묘한 일이었다. 검

열 당국은 필름이라면 아무렇게나 할 수 있으나 관찰자의 심정을 좌우할 수 있다는 것은 불가능하기 때문이다. 그러나 여행을 통해서 알게 된 새로운 사실을 일언하면 카메라는 참으로 근대 병기(兵器) 중 가장 무서운 것의 하나인 것이다. 특히 전쟁을 하여 폭격 받고 포격을 당한 국민들에게 있어서는 더욱 그러하다. 폭격의 배후에는 꼭 사진이 있었다. 황폐한 도시 시가(市街) 공장의 뒤에는 틀림없이 카메라에 의한 조감도가 있고 스파이의 촬영이 있다. 이것은 사후에는 알 수 있으나 사전에는 절대로 알지 못한다.

그럭저럭 하는 동안 우리들의 여권을 모스크바에 보내고 별로 기다릴 새도 없이 먼저 나의 사증(査證)이 나왔다. 카메라는 무서운 도구였기 때문에 그 소유자는 어느 곳을 가든지 의심을 당하고 감시를 받는다. 독자 제군이 만일 이러한 일을 양해할 수 없다면 오그릿티나 파나마 운하 이외 여러 실험 지대 부근이라도 좋으니 카메라를 휴대하고 가보면 잘 알 수 있을 것이다. 현재 대다수의 사람들은 카메라를 황폐의 선구(先驅)로서 생각하며 의혹의 눈으로 본다 — 그리고 사실상 그러하다.

카파와 상의한 이후 두 사람이 하려고 결정한 일이 성수(成遂)될 수 있다고 생각해본 일은 나에게는 한 번도 없었다. 따라서 그것이 될 수 있다고 결정되었을 때에는 다른 사람들과 마찬가지로 자신도 모르게 놀랐던 것이다.

카파의 사증도 나오고 두 사람분이 나란히 손에 들어왔을 때에는 참으로 놀랐다. 그래서 예의 주장에서 윌리도 한몫 끼어 간소한 장도의 축하를 하였었는데 그 때문의 돌발사고로 나는 발을 부러트려 2개월 간이라는 것을 드러누워서만 지냈던 것이다.

카파는 그동안 사진 기구 재료의 구입 때문에 참으로 번망(繁忙)하였다.

소련에는 오래전부터 카메라의 보험제도는 없었고 금후에 있어서도 있을 가망이 없다. 그 결과로서 카파는 분실될 때에 준비해서 최상등의 기구, 재료를 전부 두 짝씩 준비했다. 전쟁 중에 사용하였던 콘탁스와 롤라이플렉스는 물론 이것도 예비를 준비했다. 그 예비품이 또 상당한 데다가 더욱 대량의 필름과 섬광전구, 이것저것 등으로 그가 대서양횡단 비행기에 지불한 중량 초과 요금은 놀란 만치 3백 불!

그러나 이것도 겨우 서막으로서 돌아올 때에는 카파가 3천 장의 네거티브 필름 내가 수백 페이지의 노트를 들고 돌아왔던 것이다.

이 여행기를 쓰는 데 있어 무엇부터 쓰기 시작하면 좋을까 하고 망설이다가 둘이서 상의하고 무슨 일이든 일어난 대로 날짜를 따라 체험한 순서 관찰의 전후 그대로를 쓰기로 하고 부문별제는 선택하지 않기로 하였다. 본 대로 들은 대로 이를 나열하여 결론은 모두 독자의 마음에 맡기기로 한다. 이것이 현대 저널리즘의 행방에는 반대되는 것을 잘 알고 있지마는 이렇게 하는 것이, 가장 마음이 편하다. 해석도 하지 않고 이것을 읽고 이러니저러니 한다고 생각하여달라고도 말하지 않는다. 단지 지금부터 쓰는 것이 우리 둘이 소련에서 마주친 것이며 일인 것이다. 이것은 단지 러시아 견문기일 뿐 러시아지(誌)는 아니다.

2. 러시아의 여객 비행

뉴욕 헤럴드 트리뷴 지 모스크바 지국장 조지프 뉴먼 군에게 스톡홀름에서 전보를 치고 모스크바 도착의 예정 시간을 알리고 자동차로 나와달라는 것과 호텔의 방을 예약하여주면 좋겠다는 것을 부탁하여 두었다.

우리들의 코스는 스톡홀름에서 헬싱키 레닌그라드를 지나 모스크바에 가기로 되어 있었는데 외국의 정기 항공로가 소련에 들어가 있는 것이 하나도 없으므로 헬싱키에서 러시아의 비행기를 타지 않으면 안 되었다. 매일처럼 닦아서 오점 하나 없고 번질번질 빛나는 스웨덴 여객기가 발틱 해 핀란드만을 건너서 두 사람을 헬싱키 상공에 옮겨주었다. 귀여운 스웨덴의 서비스 걸이 맛있는 스웨덴의 음식을 우리들에게 먹게 해주었다.

순조롭고 쾌적한 하늘의 여행을 끝마치고 장대한 건물이 참으로 새로운 헬싱키. 신비행장에 착륙하고 러시아 여객기가 오는 것을 기다리면서 식당에서 두 시간쯤 앉아 있으니 하늘을 얕게 날며 그 비행기가 왔다. 갈색 전시(戰時) 도료를 칠한 낡은 C−47이다. 착륙하는 순간에 뒤 타이어가 빵꾸하였으므로 땅 위에 착 가라앉아버린 그 뒤 타이어를 끌면서 활주로를 메뚜기처럼 뛰며 가까워온다. 이것은 소련 체재 중에 본 유일한 사고였는데 러시아에 입국하자마자 본 이 사고는 약간 우리들의 신뢰감을 저하시키었다. 그 위에 상처투성이며 곰보로 된 갈색의 도료 부정(不精)한 그 발착륙(發着陸)은 번쩍번쩍 빛나던 스웨덴기(機) 핀란드기(機)와 비교하여 좋은 대조라고 말할 수 있다.

잠시간 후 정지선에 도착하니 그 비행기의 성난 동체로부터 모피를 사러 온 아메리카 상인의 일군(一群)이 내려왔다. 그 무렵 소련에서 열리었던 모피 시장에서 돌아오는 길인데 매매 부진으로 기분이 상한 그들은 이 비행기가 모스크바를 출발하여 헬싱키에 이를 때까지 백 미터 이상의 고도를 취한 일이 없었다고 투덜투덜대고 있었다. 승무원인 소련인까지도 분개하여 빵꾸된 뒤 타이어를 한 번 발길질하고 흔들흔들 건물 속으로 들어갔다. 그 후 얼마 있어 예정대로 그날 오후에는 출발할 수 없다는 말을 들었기 때문에 우리들은 밤을 보내기 위해 헬싱키의 거리로 나갔다.

헬싱키 별로 즐거울 것 같지 않다

카파는 10개의 수하물을 정돈하고 이것저것을 어미닭[鷄]처럼 점검했다. 그것은 자물쇠가 걸린 실내에서였다. 여러 번 비행장의 소련 관헌에게 그 수하물에는 호위를 두어야 한다고 경고도 하였고 일순간이라도 그 옆을 떠날 때에는 주의하며 지나다녔다. 언제나 명랑하고 쾌활한 남자인데 카메라에 대해서는 폭군으로 변하고 고뇌성(苦惱性)으로 되어버린다.

헬싱키는 비참하고 즐거움이 없는 시가처럼 보였다. 그리 폭격도 받지 않았으나 복구는 상당히 급속하다.

호텔은 슬픔에 가라앉고 레스토랑도 정막 이상이다. 시중의 광장에는 밴드대(隊)가 그리 즐겁지도 않는 곡을 연주하고 있었다. 거리를 걸어가는 병사는 너무 젊어서 소년처럼 보이고 안색은 창백한 데다가 시골티가 난다.

인상을 말하면 혈기가 없고 즐거움이 있을 듯 없을 듯한 시가이다. 두 번의 전쟁과 6년에 걸친 전투, 투쟁을 경과한 헬싱키는 확실히 재기할 수가 불가능한 거리로 생각되었다. 사실 재기할 수가 있는지 없는지 경제적 사정은 나는 모른다. 그러나 헬싱키가 나에게 준 인상은 이상과 같다.

거리에 나가서 러셀 힐 군과 비르 에드워드 군을 만났다. 모두 『뉴욕 헤럴드 트리뷴』의 기자로서 소위 "철의 커튼"의 배후에 있는 이 나라의 사회적 경제적 연구를 하고 있다. 두 사람은 보고문 작은 책자 조사록 사진 등으로 가득 찬 호텔의 일실에 함께 거주하고 있는데 단 한 병의 스카치 위스키를 갑자기 생길 축하를 위해서 저축하여두었었다.

우리들 두 사람의 도착이 생각지도 않던 축하로 되어 병의 마개는 열렸다. 위스키는 꽤 오래갔다. 한참 즐긴 다음 카파는 일전 한 푼 생기지 않는 실없는 트럼프 장난에 손을 내밀고 ─ 하는 동안에 우리들은 침대 위에 올라섰다.

아침 10시 또다시 어제 내렸던 비행장으로 갔다. 예의 비행기 뒤 타이어는 이미 갈아냈으나 아직 2번 발동기를 수리하고 있는 중이었다.

언제나 C-47

그 후 2개월이라는 동안 우리들은 러시아의 비행기로 이곳저곳을 돌아다녔는데 우리들이 탄 비행기는 그 모두가 이 비행기와 흡사하다는 것이 눈에 띄었다. 참으로 이 비행기가 그 후에 탄 여러 비행기의 대표인 것처럼 생각되었다. 그러할 정도로 우리들이 소련에서 타고 돌아다닌 비행기는 모두 갈색 전시도료를 칠한 C-47이었다. 무기 대여법에 의해서 소련에 남겨두었던 것의 잔물(殘物)이었다.

새로운 형의 것도 비행장에 있기는 했다. 삼차륜(三車輪)의 러시아식 C-47인데 이것에는 한 번도 타지 못했다. 아메리카에서 온 C-47은 실내장치나 다소 오래 묵은 카벳트에 한해서는 과로된 것처럼 보였으나 엔진은 아직 힘이 좋고 승무원들은 모두들 기분이 좋은 듯하다.

이 비행기에는 아메리카에서 볼 때보다도 승무원이 많다. 조종실까지는 가보지 않았으므로 거기서 그들이 무엇을 하고 있는지는 모르나 도어가 열렸을 때 본 것으로는 여급사까지 합쳐 언제든지 6, 7명은 있는 것 같다.

여급사라도 그들이 무엇을 하고 있는지 알 수 없다. 비행기는 승객들을 위한 식료물(食料物)은 아무것도 적재하지 않았으므로 아마 승객과는 하등의 관련도 없는 듯하다. 더욱 그러하므로 승객은 각자가 방대한 식료물을 휴대하고 있다. 이 여급사에게는 아마 다른 임무가 있는지 모르나 우리들이 목격한 것으로는 비어 소다수 사과 등을 조종실 안의 인간에게 가져다주는 것이 그들의 최대 임무인 것 같았다.

또 소련에서 탄 비행기의 통풍공(孔)은 예외 없이 기능을 정지하고 있었으므로 외부로부터의 신선한 공기는 조금도 들어오지 않았다. 그러므로 식료품의 냄새라든가 무엇이든 간에 가슴을 악화시키는 것이 기내에 확대되면 처치할 수가 없다. 이러한 낡은 아메리카제(製)의 비행기는 새로운 러시아산의 비행기가 제작되어 교체될 때까지는 계속 사용된다고 한다.

소련의 여객 비행에는 아메리카인에게 있어서는 기묘하게 느끼게 되는 습관이 있다. 우선 안전벨트가 없다. 비행 중은 금연이며 착륙하면 직시(直時) 기내에서 모두 담뱃불을 붙인다. 야간비행이라는 것이 없고 만일 날이 저물 때까지 다음 공항까지 도착할 수가 없게 된다면 좌석에 앉은 채 비행기 속에서 다음 아침까지 기다리게 된다. 폭풍우 이외의 때는 아메리카의 비행기보다 상당한 저공을 날고 있다. 이것은 참으로 안전하다. 토지는 전연 평탄하며 저공을 비행하고만 있으면 만일의 경우에는 적당한 착륙 개소(箇所)를 발견하기가 용이하게 된다. 그리고 착륙할 수 있는 장소는 어느 곳에나 얼마든지 있다.

러시아식의 하물의 적재 방식도 우리나라와는 다르며 승객들이 좌석에 앉는 것을 기다리고 좌석과 좌석의 사이인 통로에 쌓아올린다.

생각하건대 이 초일의 가장 큰 근심은 비행기가 외관에 유래하는 것이었다. 그러나 엔진이 쾌조(快調)하며 참으로 잘 뜨는 것을 보고 걱정거리는 모두 없어졌다.

또 아메리카의 비행기의 번쩍번쩍한 광택이 꼭 비행기를 더욱 잘 비행시키는 것이라고는 말할 수 없다. 내가 잘 알고 있는 어떤 남자의 부인은 자동차를 닦으면 잘 달리는데 하고 말하고 있는데 여러 가지 사물에 대해 인간은 어째 이와 같은 사고 방법을 하고 있는지 모르겠다.

원래 비행기의 본질은 그것이 공중을 떠서 목적한 장소에까지 도착하는데 있는데 이 점 러시아인은 다른 사람들처럼 잘 이해하고 있는 모양이다.

모스크바에의 하늘의 여행에는 승객이 적지 않았다. 애교 있는 아이슬란드 외교관과 그의 처자 작은 보따리를 가진 불란서 대사관의 서기 말 없고 소성(素性)을 알 수 없는 네 사람의 남자 이 4명은 끝까지 입을 열지 않았는데 무엇을 하는 사람인지 알 수 없었다.

그때까지 카파는 아직 본질을 발휘하지 않았다. 이리 말하는 뜻은 카파는 러시아어 이외의 모든 언어를 말하며 그 언어 이외에 방언까지 말하는 것이었다. 헝가리 방언의 스페인어 스페인 방언의 불란서어 불란서 방언의 독일어 그리고 어디서 나왔는지 모르는 영어 등인데 러시아어만을 알지 못한다. 1개월 후 러시아어 두세 가지를 알게 되었으나 그 악센트에 이르러서는, 우즈베크어가 아닌가 하고 생각할 정도의 것이었다.

3. 세관 통과

11시에 출발하여 레닌그라드로 향했다. 공중에서는 장기간이나 계속된 전쟁의 상흔이 지상에 산견(散見)되었다. 참호와 산병호(散兵壕)와 폭탄이 작렬한 구멍은 겨우 표면에 생긴 풀[草]로 가리어지기는 하였지만 이러한 전쟁의 상흔은 레닌그라드에 가까워짐에 따라 심각성을 증대하고 참호가 확실히 보이고 흑초(黑焦)로 된 농가의 벽이 돌립(突立)되어 사면(斜面)의 전망을 난잡하게 하였다. 격전이 벌어졌던 곳으로 생각되는 지점에는 참담한 상흔이 나타나며 달[月]의 표면을 연상시키는 정도이다. 더욱 레닌그라드의 근교에 도달하니 파괴의 도는 더욱 심하였다.

참호와 거점의 기총진지가 무서운 형상을 나타내고 공중으로부터 똑똑히 보이었다. 레닌그라드의 상공에 들어가 보니깐 교외 지역은 분쇄되었음에도 불구하고 시중은 그러한 정도의 손해를 입은 것같이는 보이지 않았다. 여기서 세관을 통과하지 않으면 안 되므로 우리들은 걱정하고 있었다. 수하물이 13개나 된다. 수천 개의 섬광전구 수백 본의 롤필름이 있다. 얽혀진 코드도 있다.

적어도 수일은 걸릴 것이며 또 이러한 신식 사진 기구에는 막대한 관세를 사정(査定)할지도 모른다고 생각하고 있었다.

비행기는 경쾌히 레닌그라드공항의 초원에 착륙하여 정지선에 달했다. 이곳에는 공항관리에 관계된 건물뿐이고 다른 건물은 하나도 없다.

병사가 2명 번들번들한 총검을 메고 비행기 곁으로 온다. 세관리(稅關吏)가 비행기에 올라왔다. 주임 같은 자는 미소를 띠고 있다. 은근한 태도인 것은 몸집으로 반짝반짝 빛나는 강철과 같은 이[齒]의 소유자이다. 그는 "YES"라는 영어를 단 한마디 알고 있었다. 우리는 "DA"라는 러시아어를 단 한마디만 알고 있다. 그래서 그가 "예스"라고 말할 때마다 우리가 "다"라고 대답하므로 대화는 그대로가 첫번 문답으로 돌아가고 만다.

여권과 소지금의 조사가 끝나고 수하물 차례가 되기에 기내의 통로에서 수하물 전부를 열지 않으면 안 된다. 기외에 가지고 나갈 수는 없다. 세관리는 극진히 점잖고 친절하다.

가방을 전부 열어 보이니 그는 물품을 일일이 조사하기 시작했다. 그 조사하는 방식을 보고 있는 동안에 그들이 가방 속에 든 물품을 특히 조사하고 있지 않다는 것을 알았다. 단지 흥미를 느끼고 있을 따름이다.

번쩍번쩍대는 사진 기구를 처음부터 끝까지 보고 나서 가지고 싶은 듯이 손으로 만져보기도 하였다.

롤필름도 하나하나씩 꺼내어 보았으나 별로 질문도 하지 않았다.

단지 외국 물품에 흥미만을 느끼고 있을 따름이지 그들에게는 시간의 제한도 없는 것처럼 보이었다.

그러는 동안 그들은 우리들에 대해 예의를 표했다. 적어도 그들이 우리에 대해 말한 것을 우리들은 그러하다고 생각했다.

그런데 또 하나의 문제가 일어났다. 아메리카에서 가지고 온 용지류에 통관 스탬프를 찍는 것이다.

그는 점퍼의 주머니에서 꾸게꾸게된 신문지로 싼 것을 꺼내어 그 속에서 통관 고무도장을 꺼내었다. 그러나 꺼내었을 뿐이지 아무것도 하지 않았다. 스탬프 잉크대(台)를 가지고 있지 않다. 그리고 그가 지금까지 잉크대를 가진 체험이 없다는 것을 간단히 짐작할 수가 있었다. 그의 행동은 조심스러운 기교이며 계획적인 것이었다.

또한 주머니에서 닳아빠진 연필을 꺼낸 그는 고무도장을 핥고 나서 그 연필을 갈아 그것으로 용지류에다 도장을 찍으려고 한다.

그런 것으로 고무도장이 찍힐 리는 절대로 없다. 또 찍었다 하더라도 아무 소용이 없다.

결국 이 관리의 심부름을 하기로 하고 우리들도 헐어빠진 만년필을 꺼내 가지고 잉크를 찍어 우선 자기의 손을 적시고 그것을 스탬프에다 칠해주었다. 이것으로 겨우 그는 선명한 도장을 찍을 수가 있었다.

예의 신문지에 먼젓번처럼 스탬프를 싼 그는 그것을 주머니에 넣고 나서 애정에 넘친 악수를 하고 비행기에서 내려갔다.

우리는 하물을 먼저대로 다시 모아 좌석 하나에 쌓아놓았다.

개방된 비행기의 출입구로 이번엔 한 대의 트럭이 빠꾸하면서 가까이 왔다. 그 트럭에 산적한 하물 중에는 신품 현미경이 150대씩이나 든 상자가 몇 개 있었다. 그리고 한 사람의 여인부가 트럭에서 비행기로 건너왔다. 그 여자는 강륵(强勒)한 세신(細身)으로 발틱형의 넓은 얼굴을 하고 있으나 이 여자는 지금까지 우리가 본 여자 중에서 제일 힘이 있는 여자였다. 그 여자는 중량의 하물을 트럭에서 비행기의 전부(前部) 탑승원실에 운반해 놓고 그 현미경의 상자를 트럭에서 비행기로 가지고 가서 좌석과 좌석 간의 통로에 쌓아 놓았다. 즈크 구두에 청색 코트를 입고 청색 보자기로 머리를 싼 그 여자는 남자 이상의 힘을 가지고 있었다. 그리고 이 여자도 또한 세관리와 같은 스테인리스 스틸같이 번쩍이는 이[齒]를 가지고 있고 그러므로 그 여자는 인간으로 보이지 않고 오히려 기계같이도 보이는 것이었다.

생각해보면 우리들은 여기까지 오기에 불유쾌한 심정이 될 것을 각오하고 있었다. 대개 어느 나라의 세관이고 세관이라 하는 것은 사권(私權) 모독을 특권으로 하고 있는 까닭이다. 그리고 이곳 레닌그라드의 세관들은 처음 보는 사람들의 이야기를 신용하고 냉대를 받던가 모욕적인 언동으로 대하게 되는 것으로만 알고 있었다. 그러나 그러한 것은 조금도 없었다. 결국은 적하(積荷)를 마친 그 비행기는 또 공중에 올라 한없이 평탄한 대지의 상공을 모스크바로 달리고 있었는데 지상에는 삼림이 있고 광막한 농장도 있고 페인트칠도 하지 않은 인가의 부락도 보이고 또한 밀짚을 쌓아 놓은 것이 보였다.

참으로 고도는 얕았으나 이것도 구름이 내려 덮였을 때뿐이지 구름이 오면 그 위로 나아가야만 되었고 그럴 때에는 빗방울이 창에 부딪쳤다. 비행기에 있는 여급사는 몸집이 크고 금발이며 유방이 큰 것으로 보면 모친인 것 같으나 그 여급사의 유일한 임무는 현미경이 든 상자를 넘어 담홍색을 한 소다수 병을 승무실에 있는 사람에게 가지고 가는 것인데 흑빵 한 덩어리를 가지고 가는 것도 본 일이 있다.

아침부터 식사를 하지 못한 우리들은 공복을 느끼게 되었다. 그러나 식사를 하는 도리가 있을 것 같지도 않다. 언어가 통한다면 여급사에게 부탁도 해보고, 부탁하면 그 여자는 흑빵 조각이나마 갖다 주었을 것인데 그러나 우리 두 사람에게는 어찌할 길이 없었다.

네 시쯤 되어서 운우(雲雨)를 뚫고 강하해보니 좌방으로 거대한 모스크바의 시가가 보인다. 시가를 중단하여 모스크바 강이 흐르고 있다.

공항 그것만도 대단히 큰 것이었다. 활주로에도 포장된 곳과 잔디를 깐 데도 있었다.

이곳에는 문자 그대로 수백의 비행기가 열을 지어 있고 수송기 C-47 또 수대의 번쩍번쩍 번쩍이는 아르미제(制)로 된 삼차륜식의 신형 러시아기 등이었다.

우리가 타고 온 비행기가 새롭고 인상적인 공항사무소 앞을 가까이 활주하게 되자 우리들은 창밖을 내다보며 지인을 찾았다 — 누구든지 간에 기다리고 □□□□

그날은 비가 내렸다. 비행기에서 내려 우중에서 하물을 추리었는데 참으로 적적한 감을 느끼었다. 누구 하나 우리들을 기다려주는 자는 없었다. 낯익은 얼굴도 없었다. 물어볼 수도 없고 러시아 통화는 한 푼도 없고 어디로 가야 좋을지를 망설이었다.

헬싱키에서 조 뉴먼 군에게 하루 늦게 모스크바에 도착할 것을 통지해놓았다. 그 조도 나와 있지 않다. 우리들을 위해 나온 자는 한 사람도 없다.

힘센 남자의 포터들은 우리들의 하물을 공항사무소 전(前)까지 운반해놓고 기다리고 있었다 — 지불해줄 것을 기다리면서. 그러나 지불하려도 할 금전이 없다. 버스가 줄을 이어 지나가는 것을 보고 있으면서 그 방향 표시판도 읽지 못하는 자기의 신세를 발견하게 된다. 버스는 만원이었고 문밖에도 방울처럼 객을 매달고 있다. 둘이서 13개의 하물을 가지고 차를 탄다는 것은 생각도 못할 일이다. 포터들이…… 이것은 상당한 걱정이었다…… 지불을 기다리고 있다.

우리들은 더욱 공복을 느끼게 되고 비에 의복은 젖고 걱정이 되고 크나큰 고독을 느끼게 되었다.

이때 서류가방을 들고 나온 것이 예의 불란서 대사관으로 가는 서기였는데 포터들에게 지불하는 금전을 내준 한편 자기를 데리러 온 자동차에 13개의 하물을 실어주었다. 그는 참으로 인상 좋은 남성이며 자살까지 할 지경이었던 우리 두 사람을 구해주었다.

혹은 그가 이 기술을 읽을지도 모르므로 여기서 재차 사의를 표하기로 한다. 그는 우리를 메트로폴 호텔까지 데려다주었다.

4. 모스크바의 제1인상

모스크바 시중에는 레스토랑이 2종류로 나누어져 있다. 하나는 배급 레스토랑으로 이곳에 가면 배급표로 상당히 싸게 식사할 수가 있다. 또 하나는 상업 식당으로 식사에는 대차(大差)가 없으나 값은 깜짝 놀랄 만큼 비싸다.

호텔 메트로폴에 있는 상업 식당은 대단히 훌륭하다.

실내의 중앙에서는 분수가 올라가고 천장은 3층만 한 높이다. 댄스플로어도 있고 1단 높게 밴드석도 있다.

밴드…… 이것에는 그리 감탄할 수는 없다. 아메리카의 재즈를 연주하고 있으나 지금까지 들어보지도 못한 조잡한 것이었다. 러시아의 사관과 함께 온 부인들 비교적 수입이 좋은 일반 시민들이 분수 주위에서 춤추고 있다. 이 밴드의 북 치는 사람은 단번에 굿 바의 아류라는 것을 짐작할 수 있었다. 자신을 광열의 경지에 빠지게 한다는 뜻으로 발(撥)을 던져 허공에서 손재주를 부려 보인다.

클라리넷을 불고 있는 자는 아마 베니 굿맨의 레코드에서 배운 것같이 가끔 굿맨식의 삽입음을 넣고 있다. 피아니스트의 한 사람은 부기우기류(流)인 것 같다. 도취의 경지에서 상당히 노련한 손짓으로 부기우기조(調)로 누르고 있다.

만찬은 큰 그릇에 담은 캬비나와 호배추의 수프 포테이토를 넣은 비프스

테이크 치즈에 포도주 두 병과 보드카가 4백 그램이다. 이것이 5인분이며 값은 1불 대 12루블의 외교관 레트로 환산하여 110불이 된다.

이것만의 요리가 나오는 데 약 2시간 반이 걸리는데 이것은 우리들에게는 경악 이상의 것이었다. 후일에 알게 된 것인데 이것이 러시아의 규칙이고 그 이유도 확실하였다.

원래 소련에서는 모든 영업이 국영 혹은 국가가 승인한 독점적 기업체의 관리하에 있으므로 부기의 방식이 상당히 대규모이다.

예를 들면 우선 보이가 손님의 주문을 받으면 꼼꼼히 장부에 기입하는 데 그렇다 해서 직시(直時)로 그 요리를 가지러 가는 게 아니라 기장계로 간다. 기장계는 그 주문을 자기 장부에 기입하고 나서 조리장으로 주문 전표를 뗀다. 조리장에서도 이것을 장부에 기입해놓고 나서 주문한 요리를 만든다. 조리가 되면 조리한 것을 기입한 전표가 조리장에서 보이에게로 나간다. 그 후에도 직시 보이가 객석에 요리를 가지고 가는 것이 아니다. 보이는 그 조리 전표를 기장계에 주고 기장계는 주문한 요리가 된 것을 기장하고 나서 새로 전표를 떼어 보이에게 준다. 보이는 이 전표를 가지고 조리장에 가서 요리를 받은 다음 또 그 위에 자기의 장부에다 주문당한 요리가 나온 것을 기입하고 나야 겨우 주문주의 식탁에 가지고 가는 것이다.

이러한 순서로 기장하는 데 상당한 시간이 걸린다. 어떠한 태도로서 식사를 해보아도 식사가 끝나기까지의 시간보다도 기입하는 시간이 더 걸린다. 저녁 식사를 하는 데 성급한 것은 금물이다. 모든 세상일은 성미가 급해서는 안 되는 것이며 순서를 바꿀 수도 없다. 이럭저럭하는 사이 밴드는 〈Roll out the Borrel〉과 〈In the moon〉을 연주하고 있었으나 테너 가수는 마이크로폰 앞에 나아갔다. 그러나 그의 성량은 그 실내에서는 충분하였다. 노래한 것은 시내트라류의 〈Old Black Magic〉〈I'm in the mood for Love〉〈Old man River〉의 러시아판이었다.

날이 지날수록 모스크바에 있는 신문 특파원들로부터 모스크바에서 기대할 수 있는 것과 기대하지 말 것 등에 관해 이야기를 들었는데 이것은 대단히 고마운 일이었다.

최초에는 외무성 내에 있는 신문과(課)의 신뢰를 얻으려고 생각해서는 안 된다는 것이다. 이유는 그 신문과에는 어느 종의 규칙이 있으므로 신뢰를 얻으려고 하는 사람은 무엇보다도 모스크바를 떠나려고 생각해서는 안 된다는 것이다.

그 밖에도 조건은 있었으나 우리에 관한 한 이 점이 가장 중요하였다. 이유는 우리 둘은 모스크바에 오래도록 있을 마음은 없고 시골에 가서 농촌 사람들의 생활을 볼 생각이었다.

나는 1936년에 모스크바에서 수일간 체재한 일이 있으나 그때를 본 지금의 변함은 상당한 것이었다.

시가는 당시에 비하면 무척 청결해졌다. 그때 질척거리고 먼지 많던 가로는 포장되었다. 11년간에 이루어진 건설은 양과 질 그 모두 상당한 것으로 수백의 새로운 고층 건축 모스크바 강에 걸린 다리[橋] 그리고 도로는 폭이 확대되고 어느 곳이나 기념상이 서 있다.

모스크바 구시가의 좁고 지저분하던 구역은 모두 자태를 감추고 그 자리는 주택 구역으로 되었고 공공 건축물이 건설되어 있다.

이곳저곳에 폭격으로 파괴된 곳도 있었으나 그리 많지는 않다. 독일군이 모스크바 상공 침입에 성공하지 못하였던 것이 확실히 알 수 있다. 전쟁 중 모스크바에 있었던 어떤 신문 특파원의 말에 의하면 모스크바의 대공 방비는 상당히 훌륭하였으며 전투기의 수도 많았으므로 독일 공군은 막대한 희생을 내가면서 수회에 걸쳐 침입을 하였으나 결국 모스크바 폭격을 단념하였다 한다. 폭탄은 약간 떨어졌으나 그중의 일발이 크렘린 궁전에 명중되고 몇 발은 교외에 떨어졌다. 런던 공습에 전력을 기울이고 있었으므로 독일 공군도 강고한 방비 도시의 공격에는 언제든지 동반되는 큰 희생을 내려고는 하지 않았다.

시가의 외관을 보기 좋게 하기 위해 애쓴 노동의 자취에도 주의하여 보았는데 고층 건물에는 모두 사다리가 놓여 있고 페인트칠도 하고 파손된 곳을 수리하고 있었다. 이것은 모스크바 개시(開市) 8백 년 기념일이 수주일 후에 닥쳐오며 이 기념일이 여러 가지 제전과 장식으로 성대하게 축하하기로 되어 있고 더욱 수개월 후에는 11월 혁명의 30주년 기념일을 갖게 되는 까닭일 것이다.

전기공들이 공공 건축물 크렘린 몇 곳의 큰 다리[橋]에 전등선을 끌고 있었다. 공사는 저녁이 되어도 그치지 않고 조명을 사용하여 밤을 새면서 계속하고 있으며 모스크바시 전체가 도장(塗裝) 또는 수선(修繕) 등으로서 수년 만에 맞이하는 평화스러운 경축일을 준비하고 있었다. 이 준비의 번망(繁忙)과 시가의 즐거움에도 불구하고 모스크바 시민에게는 피로함이 보였다. 부인들을 보니 전연 화장을 하지 않았던가 또는 약간 하고 있다는 정도의 것이 대다수이며 복장은 괜찮은 것이 있는데 그리 아름답다고는 말할 수 없다. 거리에서 보는 남자들 중에는 제복을 착용하고 있는 자가 참으로 많은데 그렇다고 해서 군무에 관계하고 있는 것이 아니다. 복원자(復員者)이며 제복을 입고 있을 뿐이지 견장도 붙이고 있지 않고 휘장도 없다.

카파는 카메라를 사용치 못했다. 그 이유는 어떤 특파원이 경관에게 발견되면 마지막이며 정규의 허가증 없이는 직시 끌려가 심문을 받게 되니깐 허가증 없이는 카메라를 사용하면 안 된다고 말하였기 때문이다. 우리 둘은 점점 마음이 떨리기 시작하였다.

감시를 당하고 추격되며 미행을 당하는 것이 싫어서 어딘가 가볼까 생각하여도 함께 갈 상대가 없다. 모스크바의 관료들에게도 다소의 변화가 보였으나 그렇다 해도 워싱턴에 있어서 겨우 신인(信認)된 것과 같은 정도에 불과하다. 수백 본의 필름과 사진 기구를 걸머지고 타인의 방을 여기저기로 피해 다니는 것이 참으로 귀찮스럽게 되었다.

러시아식 장기(將棋)라는 말을 들은 일이 있다. 도리어 나는 러시아식 지령이라고 말하는 것이 좋을 성싶으나 이것은 절대로 지지 않는 방법인 것이다. 손짓하는 것도 참으로 간단하다.

그대들이 정부 부내의 어떤 사람에게 회견하려면 그 상대는 부재가 아니면 병에 걸렸다. 입원하지 않았으면 휴가로 다른 곳에 가 있다. 그리고 이것이 1년 간이나 계속할 때도 있다. 그래서 그대들이 공격의 상대를 바꾸어 다른 사람과 만나려고 하면 그 사람도 역시 또 부재이다. 입원하고 있다던가 휴가로 어디인지 떠나고 있다.

어떤 헝가리인! 중매인이 신청할 일이 있어서…… 나의 상상으로는 이 용건이 그리 환영받을 만한 성질의 것은 아니었을 거다…… 모스크바에 오게 되었다. 3개월간 기다렸다. 모스크바에 올 때에는 특정한 사람에게 면회를 신청하였으나 종국에는 아무래도 좋다. 만날 수만 있다면 좋다고 생각하였다. 그러나 아무와도 면회는 하지 못했다.

또 아메리카에서 어떤 교수가 교환학생의 계획을 품고 모스크바에 도착했다. 당당한 인텔리이며 거기에 또한 선량한 인간이었다. 그런데도 수주간 기다리게 되었다. 종국엔 이 교수도 아무와도 회견하지 못하고 귀국하였다.

이러한 "방법"에 걸리면 큰일이다. 또 관용 이외에 이러한 "방법"에 대해서는 방비할 "길"이 없는 것이다.

5. 소련의 관료 작가 신문기자

오후에 소련 대외문화협회에서 한 대의 차가 와 우리들을 그 본부에 데리고 갔다. 그때까지 내 생각으로서는 우리들을 접대하는 책임을 작가연맹이 하는가 대외문화협회에서 하는가에 관해 결정을 보지 못했으므로 늦은 모양이다. 결국 후자가 그 책임을 지게 된 모양이다. 그 본부는 참으로 아름다운 작은 궁전풍인 건물 속에 있었는데 옛날에는 호상의 저택이었던 것이다.

우리들은 카라가노프 씨에게 접대되어 그 사무실에 들어갔는데 총유재(總楢材)의 판장에 스테인드글라스의 천창(天窓)이 붙어 있으며 사무를 보기에는 참으로 쾌적한 실내였다. 카라가노프 씨는 아직 젊고 갈색 머리에 세심한 신경의 소지자로 느리기는 하나 정확한 영어를 말하며 책상에 마주앉아 여러 가지 것을 질문하면서 한쪽은 푸른 한쪽은 빨간색연필로 앞에 놓인 용지에 부호를 조금씩조금씩 기입하였다.

거기서 또 이번 소련 여행의 계획을 설명하고 정치적인 것에 관해서는 일체 피하거나 소련의 농민 노동자 상인들과 만나 이야기해서 그들을 이해하고 그 생활을 보고 그 사태를 정확하게 아메리카 국민에게 알리는 것이 목적이라고 말하고 그렇게만 되면 어느 정도 이해를 깊게 하는 데 도움이 될 것이라고 말하였다. 그는 조용히 듣고 있으면서 "V"자형의 기호를 기입했다.

"지금까지도 그러한 일을 하겠다고 말하여 온 사람이 있었다."고 그는 말하고 소련에 관한 서적을 쓴 아메리카인 저자의 이름을 쭉 들며 다음과 같이 계속했다.

"그들도 이 본부에 찾아왔다. 그러나 여기서 말한 것과 아메리카에 돌아가 쓴 것과는 전연 판이했다. 우리들이 적지 않은 의혹의 눈으로 보는 것도 이러한 경위 때문이다."

거기서 나는 대답했다.

"우리들이 호의를 가지고 왔다든가 그렇지 않으면 그 반대라는 것을 생각할 필요가 없다. 소련에 온 것은 만일 허락된다면 보도를 하기 위한 것이며 우리들의 의향(意嚮)으로서는 보는 그대로 정확하게 글을 쓰고 사진을 찍고 싶다. 마음에 들지 않는 것과 이해할 수 없는 일이 있으면 그것을 쓸 작정이다. 그러나 우리들의 목적은 기사의 재료를 찾는 데 있다.

구하는 재료를 찾지 못하면 물론 기사를 쓴다. 만일 할 수 없다 해도 기사로는 되는 것이다."

그는 오랫동안 생각하고 나서

"그러하다면 신용합시다. 그러나 오늘날까지 소련을 방문하였을 때에는 극단적으로 친소적이고 아메리카에 돌아가면 손바닥을 돌린 것처럼 극단적으로 반소적으로 되는 사람들에게는 참으로 골머리를 앓고 있다. 그러한 경험이 참으로 많았다."

라고 말하고 좀 사이를 두고 계속했다.

"이 대외문화협회는 그리 큰 권력도 세력도 없다. 그러나 당신들이 희망하고 있는 일이 성수(成遂)되도록 될 수 있는 한은 돕겠다."

그 다음 질문을 아메리카에 관한 것에 옮기고 여러 가지 것을 물었다.

"아메리카의 여러 신문은 대소전쟁에 대해서 크게 떠들고 있는데 아메리카 국민은 소련과의 전쟁을 희망하고 있는가?"

"그러한 일은 없다고 생각한다. 대체 어떠한 국민들도 전쟁을 원하고 있지 않다고 보는데 그러나 그 점은 알 수 없다."

"그럼 어떤 이유로 신문은 전쟁 전쟁 하고 그렇게 떠들고 있는가?"

"우리들은 정치가는 아니다. 그러므로 이유는 알 수 없다. 생각하건대 어느 정도는 요 다음에 오는 대통령 선거에 관련이 있을 것이다. 그러나 그것이 어느 정도까지인지는 알지 못한다."

이번에는 여기서 질문했다.

"소련의 국민 또는 국민의 어떤 일부 혹은 소련 정부의 어떤 일부는 전쟁을 하겠다고 생각하고 있는가?"

이 질문을 받자 그는 어깨를 쭉 펴고 연필을 손에서 떼었다.

"이것은 명확하게 대답할 수 있다. 소련 국민도 소련 정부의 여하한 부문도 절대로 전쟁을 욕망치 않는다. 더욱 말하면 소련 국민은 전쟁 회피를 위해서는 어떠한 것이라도 한다. 이것은 단언할 수 있다."

연필을 또다시 들고 용지에 동그란(○) 기호를 기입하고 나서 다음과 같이 말했다.

"그러면 아메리카의 저자에 관해 말합시다. 우리들에게는 아메리카의 소설가는 이미 아무것도 믿지 않게 되었다고 생각되는데 이러한 생각은 타당할 것인가?"

나는 단 한마디로 "알 수 없다."

"최근의 당신 자신의 작품은 거지반 회의주의적(시니컬)인데"

"회의주의는 아니다."라고 나는 대답했다.

"작가의 일의 하나는 그 시대를 될 수 있는 한 정확하게 이해해서 쓸 것이라고 믿는다. 내가 노력하고 있는 것은 항상 그러하다."

이어 그는 아메리카의 작가에 관해서 질문을 하고, 콜드웰과 포크너에 대해 물어보고 헤밍웨이는 언제쯤 신서를 내느냐고 물었다. 그리고 신인작가의 대두는 어떠한가라고 물었다. 이것에 답하여 신인은 2, 3인 나타났다. 그러나 그들에게 큰 기대를 하기에는 너무도 빠르다. 신인들은 붓[筆]을 들고 있어야 할 이 4년간을 군대에서 보냈다. 그 경험은 그들 자신(自信)을 상당히 뿌리 깊은 데서부터 동요시키고 있는 것 같다. 그들이 그 경험이나 생활에서 빠져나와 안전하게 자리를 잡고 쓰기까지에는 시일이 필요할 것이다. 이와 같이 설명하였다. 그는 아메리카에, 있어서 작가들이 서로 단결하지 않고 협력하지 않는 데 좀 놀란 것 같다. 소련에서는 작가는 상당히 중요한 국민이다. 스탈린 수상의 말을 옮기면 러시아의 작가는 정신의 기술자이다.

아메리카에서는 작가들의 처지가 소련과는 전연 다른 것이라고 그에게 설명했다. 아메리카의 작가는 곡예사와 해표(海豹)의 중간처럼 생각하고 있다. 그러나 이것은 참으로 좋은 일이다. 작가가 너무도 높이 평가된다면 마치 신문에서 칭찬을 받는 영화 여우(女優)처럼 앞길이 막히게 된다. 아메리카의 작가가 고난의 생활을 하는 것은 결국 좋은 약이 된다고 생각한다…… 고.

소련의 국민과 미영의 국민 간에는 심리적인 면에서나 지식적에서도 그 정부에 대한 감정에 근본적인 상위가 있다는 것을 알았다. 소련의 국민은 교육 훈련 선전을 통해서 자기들의 정부가 가장 좋은 것이며 그 여하한 부문도 좋은 것이고 국민의 생업은 여러 가지의 방법으로서 정부의 생명을 신장하고 지지하는 것이라고 철두철미 믿도록 되어 있다. 이것에 반하여 아메리카인이나 영국인은 어떠한 정부도 하여간 위험한 것이며 정부라는 것을 될 수 있는 대로 작게 해두어야 할 것이며 정부의 권력 강화는 어떠한 때에 있어서도 나쁜 것이며 어느 때의 정부에 대해서도, 항상 감시의 눈이 향할 필요가 있고 통렬하게 그리고 철저적으로 비판하는 것이라는 감정을 마음속에 품고 있다.

후에 있어서의 이야기인데 소련의 농장에서 농민들과 식탁을 둘러싸고 이야기하였을 때 아메리카의 정부는 어떻게 운영되어가느냐고 질문을 받았다. 거기서 우리들의 정부는 국내적인 힘의 균형으로 성립되어 있고 세계의 일국민인 우리들은 정부가 그 지위든가 또는 가지고 있는 권력을 절대로 다른 것에 빼앗기지 않으려고 획책(畫策)하든가 노력하는 것과 같은 일은 없는가 하고 항상 위구(危懼)하고 있다고 설명하여 이해를 시키려고 했다. 그리고 또 아메리카 국민은 정부를 만들고 그것을 유지하고 있는데 독제적인 권력이라는 것을 두려워하므로 어떤 훌륭한 지도자가 출현하였을 때에도 그에게 정권을 주고 새로운 지도를 시키지 않고 도리어 더 나아가 그 지도자를 물리칠 것이라고 말했다. 그러나 그들에게 완전히 이해시키었다고는 생각지 않는다. 소련 국민은 자기들의 지도자들도 좋고 그 지도도 좋은 것이라고 머릿속에 뿌리 깊이 박혀져 있는 까닭이다. 여기에 논의의 여지는 없다. 마치 두 개의 틀린 제도가 서로 융합되지 못하는 것과 동일하다.

카라가노프 씨의 용지는 적과 청색의 기호로 가득했다. 그는 최후에 말했다.

"하고 싶은 것과 보고 싶은 것의 리스트를 만들어 나에게 제출하면 그것이 허가될 수 있는지 없는지를 검토하여 보겠다."

우리들은 카라가노프 씨가 참으로 마음에 들었다. 그는 모든 것을 솔직하게 감추지 않고 말할 수 있는 남자이다. 그 후 여러 사람들로부터 허식(虛飾)된 말과 누구나 다 할 수 있는 일반론을 들었는데 카라가노프 씨로부터는 그와 같은 것은 일체 귀에 듣지 못했다. 우리들도 그에 대해서 조금도 우리들을 위선시켜 보이려고 절대로 하지 않았다. 우리들은 어느 선입관념과 아메리카인으로서의 견해와 그에 대한 약간의 편견을 가지고 있었다. 그러나 이와 같은 것은 그에게 우리들에의 증오와 의념(疑念)을 만들기보다도 이것 때문에 그는 한층 더 우리들을 신용한 것처럼 생각되었다.

러시아인의 대외적인 선전은 세계에서 가장 졸렬하다. 외국 특파원의 예를 들어보자. 보통 신문기자가 모스크바에 올 때에는 선의만을 가지고 오고 보는 것을 이해하려는 욕구에 빠진다.

그러나 직시로 자기가 증오의 눈으로 감시되어 있고 신문기자의 일을 하지 못하고 있는 것을 알게 된다. 그리고 차차 변화되어간다. 점점 그 제도에 증오감을 갖게 된다. 어떤 하나의 제도를 미워하고 있는 것이 아니다. 일을 할 수 없다는 단순한 이유로 그 제도를 미워하는 것이다. 한번 그렇게 되면 인간이 그 제도에 관한 모든 것을 밉게 보는 것이 극히 빠르다. 통상적으로 증오의 념에 불탄 신문기자는 신경질로 되고 맘씨가 나쁜 자로 된다. 근원을 밝히면 파견된 목적을 성수하지 못하였기 때문이다. 일의 목적을 이루지 못한 인간은 그 안 되는 원인을 증오하는 것이다. 대사관원과 특파원은 고독을 느끼며 격리된 것처럼 적요(寂寥)를 느끼고 있다. 이러한 사람들은 소련의 중심지에 있는 고도(孤島)의 주민인 것이다. 그러므로 그들이 고독감에 사로잡혀 한층 신랄하게 되는 것은 조금도 불가사의한 일이 아니다.

정식 모스크바 특파원에게는 이 대외문화협회나 또는 외무성의 신임(信任) 증명이 당연 교부된다.

우리들은 그와 같이 특파원에게 허락되어 있지 않은 다른 많은 것을 할 수가 있었는데 특파원과 같은 통신 보도의 일을 하고 있었으면 외무성의 관할하에 들어가 모스크바를 절대로 떠나지 못했을 것이다.

6. 키예프 — 폐허의 거리

우리들이 한 걸음 모스크바를 떠나면 갑자기 모양이 변하여 모스크바와 같은 엄격함도 긴장도 없다는 말을 들었는데 그것은 사실이었다.

키예프 비행장에 도착하니 소련작가동맹 키예프 지방 지부에서 많은 우크라이나인이 마중을 나와주었다.

그들은 참으로 잘 웃는다.

그들은 모스크바에서 만난 사람들보다도 즐겁게 보이고 여유를 가지고 있었고 솔직함과 성실성이 있었다. 체격은 큰 편이고 거지반 금발이며 회색 눈동자를 가지고 있다. 우리들을 비행장에서 키예프의 거리로 데려가기 위해 자동차를 준비하여 주었다. 키예프는 지난날엔 틀림없이 아름다운 거리였을 게다.

모스크바보다도 더욱 오랜 역사의 거리로 러시아 각 도시의 어머니였다.

차를 달리다가 평원에 떨어져가는 드네프르 강변 언덕 위에 우리들은 머물러 앉았다. 그곳에서 보이는 승원(僧院) 성채 교회는 모두 오랜 11세기 이래의 세월을 거쳐온 것이다. 여기는 또 옛날엔 차르 마음에 든 보양지였으며 그것 때문에 궁전도 있다. 이 거리에 있는 여러 공공 건축물은 러시아 전토(全土)에 알려져 있다. 또 종교의 중심지이기도 하다. 그것이 지금은 거지반 폐허로 되어버렸다. 이 거리는 독일인들이 파괴한 것을 완연히 나타내고 있다.

모든 관청 도서관 극장과 유명한 영원한 경기장까지도 파괴되었다. 총화에 의해서가 아니고 전투 중에도 아니고 화염과 다이너마이트를 사용해서 그리 되었다.

키예프 대학도 회신(灰燼)으로 돌아가고 각종의 학교는 폐허로 되었는데 이것도 전투를 위한 때문이 아니고 키예프시가 가지고 있는 문화적 기능과 천 년간이나 높이 솟아올랐던 아름다운 건축물의 거의 전부를 파멸하려고 했던 광포(狂暴)한 파괴욕에 의해서이다. 여기서 독일 문화가 그것에 알맞은 일을 하였던 것이다.

공정한 보수라는 것은 세상에 드문 일인데 독일인의 포로들이 자기들이 감행한 파괴와 혼돈의 뒤처리를 하고 있는 것은 그 하나라고 말할 수 있을 것이다.

안내역인 우크라이나인은 아레크세 폴타라키 군인데 레닌그라드에서 받은 전상(戰傷) 때문에 좀 절름거리는 체격이 큰 남자였다. 그는 훌륭한 영문으로 글을 쓰는 우크라이나 작가이며 유머의 감각도 상당한 것이며 온정이 있고 또 친애감을 가질 수 있는 사람이었다.

호텔에 가는 도중 우리들은 누구나 다 그러한 것처럼 우크라이나 처녀들의 아름다움에 마음을 던지었는데 그들은 거지반 금발이며 여자다운 훌륭한 자태를 갖고 있었다. 몸차림이 아름답고 활발(活潑)하게 활보(濶步)하며 참으로 잘 웃는다.

복장은 모스크바의 부인들처럼 좋은 것을 입고 있지 않으나 효과적으로 입은 점에서는 그들보다도 나은 편이다.

키예프의 거리는 말할 수 없이 파괴되어 있으나 모스크바는 그렇지 않았다. 그럼에도 불구하고 키예프의 사람들은 모스크바의 사람들처럼 피로하지 않다.

보행할 때에도 수그리고 다니지 않는다. 어깨를 뒤에 딱 펴고 노상에서도 즐겁게 웃는다. 이것은 물론 인종의 이유에서 오는지도 모른다. 우크라이나인은 슬라브 인종부터 특별한 인종이긴 하나 러시아 민족은 아니다.

언어의 점에서는 여러 우크라이나인이 러시아어를 말하고 읽기도 하나 우크라이나인 자신의 언어는 분파의 또 분파로서 러시아어라기보다도 도리어 남슬라브어에 가까운 것이다. 우크라이나인 특히 농민들이 사용하고 있는 농업상의 언어는 헝가리어와 비슷한 것으로 그중의 여럿은 또 체코어 그대로이며 러시아어에는 연(緣)이 멀다.

우크라이나인이 인스리스트 호텔에서 성대하게 점심을 베풀어주었다. 참으로 잘 익은 신선한 토마토 오이와 어류의 요리도 내놓고 큰 그릇에 가득 담은 캬비나 물론 보드카도 있었다. 드네프르강에서 잡은 생선 프라이 비프 스테이크 아름답게 요리된 우크라이나의 야채 거기에 조지아산인 포도주에 맛있는 우크라이나 소시지라는 호화로운 요리로 주인격인 우크라이나인은 기분이 좋고 충분한 호의를 나타내주었다.

오후 모두들 호텔의 아름다운 정원을 산보하였는데 이 정원은 드네프르강을 바라보는 애상(崖上)으로 되어 있다.

여기에는 거목이 있고 독일군이 태운 음악당은 치워버리고 새로운 것이 신축되어 있다. 큰 나무와 나무 사이 이곳저곳에 이 시가를 지킨 사람들의 묘가 있고 풀이 나서 녹색인 무덤에는 용사들에게 바친 풀꽃이 빨갛게 피어 있었다. 작은 극장도 있었고 휴식하기 위한 벤치도 여러 곳에 놓여 있었다.

내려다보면 드네프르강 물줄기의 흐름은 이 단애에 따라 구부러지며 강을 중단시키는 것 같은 넓은 사주가 있다. 여기서는 내리쬐는 태양 아래 드러누운 사람도 있고 강에서 수영을 하고 있는 사람도 있었다. 좀 멀리 보이는 평지에는 황폐한 시계가 보이며 그곳은 시가전 때문에 완전히 파괴되어버렸다. 부서진 기왓장과 검게 불탄 자국과 얼마 안 되는 벽만이 서로 서 있을 따름이다.

그 거리는 독일군이 점령한 것을 적군(赤軍)이 탈환한 것이다.

공원에서는 오케스트라가 연주되어 어린애들이 벤치에 걸터앉아 그것을 듣고 있었다. 강 위에는 돛배와 작은 발동기정이 뜨고 사람들이 수영하고 있다.

우리들이 바위 비탈에 걸린 보교(步橋)를 건너면서 내려다보니 밑에는 버스 정류소가 있었다. 그곳에 정차된 버스 앞에서 부인의 화려한 싸움이 전개되어 있었으므로 잠시 보기로 했다. 순번을 기다리는 행렬의 규칙은 러시아에서는 참으로 엄격하다. 누구든지 전차나 버스를 타기 위해서는 행렬을 하지 않으면 안 되는데 예외는 임부 어린애를 데리고 있는 부인 노인 불구자로 이들은 열에 끼지 않아도 괜찮다. 차가 오면 이러한 사람들이 먼저 타고나서 다른 사람들은 열의 순서로 승차하기로 되어 있다. 우리들이 보고 있으니 아래서는 지금 막 어떤 남자가 열에 가까이 와 열의 맨 앞에 선 때였다. 이것을 보고 분개한 한 부인이 성난 태도로 열의 맨 뒤로 가라고 소리쳤다. 남자는 완고하게 선두에 섰다가 버스에 올라탔다. 여기에 있어서 예의 부인은 격분하여 버스에 올라가 남자를 끌어내려 열의 후부에 끌고 가서 세워놓았다. 부인은 실로 맹렬하였다. 그가 남자를 끌어내려 열의 맨 뒤에 끌고 가는 것을 보고 행렬 속의 사람들은 그 부인에게 성원하였다. 이것은 우리들이 이번 여행을 통하여 목격한 얼마 안 되는 폭력 행위의 하나인데 그러할 때마다 러시아인들은 믿지 못할 정도로 서로 인내하고 있었다.

전날 밤 얼마 잠을 자지 못해서 그날 밤의 만찬회에서는 피로를 느껴 점심 때 먹은 취분(醉分)이 돌 때까지는 보드카에 대한 정열까지도 쇠퇴되었다.

주인격인 사람들은 우리들로부터 여러 가지를 듣고 싶어했다. 우선 아메리카를 알기 위해서 국토의 범위와 수확물 정책 등을 질문하였는데 우리들은 아메리카라는 국가가 참으로 설명하기 힘든 나라라는 것을 그들에게 해득시키려고 했다. 아메리카에 관해서 우리들 아메리카인에게도 모르는 것이 많이 있다. 정부라는 데 관해서 아메리카인이 생각하는 방식을 설명하고 아메리카 정부에서는 정부의 각 부문이 서로 제약하고 있다는 것을 말하고 독재라는 데 관한 아메리카인의 위구를 설명하였다. 너무도 큰 권력을 가진 지도자는 아메리카에 있어서는 위구의 근원이며 아메리카의 정부는 어떤 사람에게도 너무도 큰 권력을 장악하려고 생각하거나 장악하든가 또는 장악시키지 못하게 하는 조직으로 되어 있다는 것을 설명하였다. 그리고 이러한 이유로 다분히 아메리카의 국가 기능은 슬로 모션으로 되어 있으나 동시에 견실하게도 되어 있다고 말하니 그들도 이 견해에 동의하였다.

노동 임금과 생활수준에 관한 질문도 나왔다. 노동자가 어떠한 생활을 하고 있는가 일반 사람들도 자동차를 가지고 있는가 어떠한 주택에 살고 있는가 그들의 어린애들은 학교에 다니는가 학교는 어떠한 학교인가 등이 그들의 질문이었다.

또 원자폭탄의 이야기도 나와 그들은 원자폭탄을 무서워하지 않는다고 말했다. 스탈린은 금후의 전쟁에는 절대로 원자폭탄이 사용되지 않는다고 말했는데 이 우크라이나인도 스탈린의 말을 그대로 믿고 있었다.

그중의 한 사람은 만일 원자폭탄이 사용된다 하더라도 그것은 단지 시가를 파괴할 따름이라고 말했다.

"우리들의 거리는 이미 파괴되어버렸다. 이 이상 어찌할 수는 없을 것이다."라고 말하고

"거기에 만일 우리들이 침략될 때에는 독일과의 싸움에서 한 것처럼 자기 자신을 방위한다. 눈과 삼림 속에서 광야에 있어서 방위할 수 있다." 전쟁에 대해서는 걱정하는 듯이 말하고 있었는데 사실 상당히 걱정하고 있다.

그들은 또 질문했다.

"아메리카는 러시아를 공격할 것인가? 우리들은 일생 동안에 또 한 번 이 나라를 방위하지 않으면 안 될 것인가?"

우리들은 대답했다.

"절대로 아메리카가 제군의 나라를 공격할 것으로는 생각되지 않는다. 사실인즉 잘 모르나 아메리카에서 누구 하나 그러한 말을 하고 있는 자는 없다. 아메리카인이 어떠한 나라라도 다른 나라를 공격하려고 생각하고 있다고는 믿을 수 없다." 여기서 우리들은 그들에게 아메리카가 소련을 공격할지도 모른다는 생각은 어디서 들은 것이냐고 물어보았다.

그런데 참으로 그들의 대답은 신문을 읽고 그렇게 생각하게 되었다는 것이다.

아메리카에서는 어느 신문은 러시아를 부숴라! 고 매일 혼자서 떠들고 있다. 또 약간의 신문의 매일처럼 전쟁을 예방하기 위한 전쟁에 관한 것을 대서특기(大書特記)하고 있다. 그러나 예방을 위한 전쟁도 전쟁이라는 데 있어서는 다른 여하한 전쟁과도 다른 것이 없다. 라고 우크라이나 사람들은 말한다. 여기에 대해서는 그들이 들은 아메리카의 여러 신문이 쓰고 있는 것을 우리들은 믿고 있지도 않고 또 전쟁에 관한 것만 쓰는 논설기자가 아메리카

국민을 대표하는 것이라고는 생각지도 않는다. 또 아메리카 국민이 그 누구와 전쟁을 하기 위해서 싸우러 나가고 싶어한다고는 믿지 않는다고 대답하여 두었다. 오랜 이야기며 또 잘 나오는 말이긴 하나 오랜 예의 말이 여기서도 나왔다.

"그러하다면 아메리카 정부는 어째서 그와 같은 신문과 전쟁이 일어날 말만 하는 사람들을 억압치 않는가?"

거기서 우리들은 이곳에 오기 전에도 이곳저곳에서 몇 번 말한 것처럼 우리들이 신문 통제에 신뢰를 두고 있지 않다는 것을 설명하지 않으면 안 되었다. 언제나 진리가 승리한다는 것 신문 통제는 단지 나쁜 것을 지하에 떨어트릴 뿐이라는 것과 아메리카에서는 국민들도…… 억압되어 암흑 속에서 몰래 독을 마시게 되는 것보다는 오히려 공연하게 죽든가 쓴다는 것을 좋아하는 것 같다라고 말했다. 이러한 말은 이번의 여행 중 재삼재사(再三再四)에 걸쳐 말하지 않을 수 없었다.

7. 희망의 거리 — 키예프

키예프는 옛날에는 참으로 아름다운 거리였음에 틀림없는데 틀림없이 또다시 장래에는 그 아름다움을 나타낼 것이라고 생각된다. 나는 포도(鋪道)를 걸어가는 여자들을 보았는데 그들의 걸음걸이는 무용하는 여자들처럼 가볍고 아름다우며 그들의 대부분은 극히 아름다운 모습을 갖고 있다. 이 사람들에게 여러 차례 재해가 덮이었던 것은 결국 이 지방의 토지가 풍요하며 수확이 많은 때문에 옛날부터 정복자들에게 주목되었던 까닭이었다. 그런데 아메리카의 뉴욕주로부터 캔자스주까지가 완전히 파괴되었다고 상상하여 본다면 대개 우크라이나가 받은 파괴의 정도를 알 수가 있다. 만일 더욱 소련 국민의 1할 5푼을 차지하는 병사들을 제외하고 6백만 인이 피살되었다고 상상한다면 대략 우크라이나의 사상자가 어느 정도였다는 것도 추찰(推察)할 수 있다고 생각한다. 물론 병사들도 합하면 더욱더욱 많이 되는데 하여간 민간인 4천 5백만 인 중 6백만이 피살되었던 것이다. 독일군이 수만이라는 사체를 매장하기 위하여 사용할 수 없게 된 탄광도 있는 것이다. 우크라이나에 있던 기계란 기계는 파괴되었든가 또는 철수해갔으므로 현재에 있어서는 어떠한 일이든 간에 손으로 하지 않으면 안 된다. 불도저가 없는 까닭에 석괴도 벽돌의 파편도 손으로 들어 올려 운반하지 않으면 안 된다. 더구나 우크라이나는 소련의 곡창이므로 우크라이나의 사람들은 시가의 재건에 노력하면서 동시에 식량을 생산하지 않으면 안 된다.

이곳에서는 수확기에는 휴일이라는 것이 없다고 들었는데 마침 지금은 수확기로 일요일도 없을뿐더러 그 밖의 휴일도 없었다.

그들의 앞길에는 해야만 할 일이 산더미처럼 있는데 그러나 그 일에는 명일에의 꿈이 있었다. 재건설해야 할 건물은 우선 부수지 않으면 안 되었는데 불도저로 하면 2, 3일로 할 수 있는 일을 손으로 수주일간이나 걸리는 것은 큰 노동이다. 거기에 그들은 지금까지도 불도저 없이 이러한 일을 하고 있다. 모든 것이 재건되지 않으면 안 되고 거기에 그것은 일각이라도 빨리 행해지지 않으면 안 된다.

우리들은 전후에 잔인한 독일인들이 교수형에 처한 거리를 지나고 폭격으로 파괴된 거리의 중심을 통하여 박물관에도 가보았다. 거기에는 새로이 건설될 도시의 설계도 같은 것이 있었다. 이러한 것을 볼 때마다 러시아인이라는 것이 얼마나 희망 — 명일은 오늘보다는 좋게 될 것이라는 희망 — 에 살고 있다는 것을 먼저 통렬히 느끼었다. 여기에는 또 석고로 만든 새로운 도시의 모형이 있었는데 끝없이 굉대(宏大)한 도시가 고전적인 도로도 거대한 건물도 원주도 돔도 아치도 호장한 기념비도 모두 백색 대리석으로 만든 것처럼 보였다. 새로 만들어진 도시의 석고 모형도 그것만으로서 한 방(房)의 대부분을 차지하고 있었다.

박물관의 관리인이 하나하나의 건물을 지시하면서 설명하여준다.

러시아인이 모여드는 곳은 예나 지금이나 박물관인 것이다. 카파의 말에 의하면 박물관은 러시아인들에게 있어서는 교회라는 것이다. 대체로 러시아인은 호장하고 화미(華美)한 건물을 좋아하는 것 같고 사치스러운 것을 좋아한다. 예를 들면 모스크바와 같이 지면이 넓고 무제한이며 거기에 평탄하고 마천루를 세울 필요가 없는데도 러시아인은 뉴욕식의 마천루를 세우려고 계획하고 있다. 그들은 개미들처럼 꾸준히 근기 좋게 이들 도시를 틀림없이 건설해나갈 것이다. 거기에 그와 같은 앞날 일은 따로 하고 지금의 사람들은 남자나 여자나 어린애들까지도 파괴된 건물 사이를 지나 이 박물관에 모여와 미래의 도시인 석고 모형을 보는 것이 유일한 즐거움인 것이다. 소련에 있어서는 생각되는 것은 항상 미래인 것이다. 내년은 풍작일 것이다. 10년만 지나면 생활은 즐겁게 되겠지 의류도 오래지 않아 제조할 수 있을 것이라고 생각하고 있다. 희망에서 에네르기 — 끌어내는 사람 — 그것은 러시아인이다.

우리들은 이 미래의 새로운 도시 모형을 본 후에 이번에는 언덕 위에 있는 고승원(古僧院)을 보러 갔다. 이 승원은 옛날에는 러시아 사원의 중심점을 이루고 러시아 최고(最古)의 종교 건축의 하나였으며 건축도 채화도 12세기 이래의 것으로 그 아름다움을 자랑하였던 것이었다. 그런데 독일군이 침입하여올 때 이 사원은 그전부터 세계의 진보(珍寶)의 저장고로 되어왔으므로 보물을 거지반 전부 도출(盜出)한 그들이 거리를 철퇴(撤退)할 때에 죄상을 감추기 위하여 건물을 폭파시키고 말았던 것이었다. 현재에는 일면에 파괴된 석괴와 허물어진 돔이 산재해 있으며 벽화의 파편이 그 사이로 보였다. 아마 재건하기에는 불가능하다. 수세기나 걸쳐 건조된 사원은 지금은 폐허로 돌아가고 말았다. 황폐한 정원에는 잡초가 무성하였다. 반 이상이나 부서진 예배당의 제단 앞에 불쌍하고 초라하게 보이는 한 여자가 땅에 엎드려 있는 것이 보였다. 그런가 하면 한편에는 차르만이 옛날엔 통용하던 문을 흐리멍덩한 눈의 광녀가 뜻있게 십(十)자를 그으며 무어라 중얼거리면서 들어가는 것이었다.

승원의 일부분은 아직도 남아 있다. 거기는 수세기 동안 차르와 귀족만이 편용(便用)할 수 있었던 예배당이며 장중한 채색을 한 어둡고 음울한 장소이다. 극히 엄격한 종파에 속하며 예배자들은 각명(各名) 자기의 성명을 조각한 의자를 가지고 있다. 향연(香煙)에 그윽하게 천력(天力)과 번쩍거리는 금엽(金葉)의 장식 아래서 그 옛날의 귀현(貴顯)이 아득한 미래와 아득한 하늘 — 틀림없이 이 사원처럼 음울한 하늘이었을 텐데 — 을 기원하면서 앉아 있었던 광경이 내 눈앞에 떠오르는 것이었다.

카파의 말에 의하면 "모든 좋은 사원이라는 것은 음울한 것이며 음울한 그것이 좋다"는 것이다.

키예프에는 또 하나 오래된 사원이 있으며 1034년에 야로슬라프 현제(賢帝)가 세운 것으로서 세계 최고(最古)의 사원의 하나이다. 아직도 건재한 것은 아마 도출해갈 가치 있는 것이 이 사원에 없었던 모양이며 독일군도 손을 대지 않고 그대로 남겨놓았다. 여기도 역시 음울한 곳이었다.

소예배당 안에 있는 대리석 가형(家型) 석관에 이 사원을 세운 야로슬라프 현제의 유해가 들어 있다. 옛날 야로슬라프 현제가 전쟁에서 한편 다리를 부러트리었다는 말이 전해주고 있는데 그의 사후 그 유해는 천 년이나 가까이 이 석관 속에 안치되어 있다. 그리고 최근 석관을 열어보았는데 유해는 사실 한편 다리가 부러져 있으므로 틀림없는 야로슬라프 현제였다고 모두들 좋아했다는 것이다.

음울한 사원의 인상은 우리들까지 완전히 음울하게 하여버렸다. 그러함에도 불구하고 점심때 폴타라키 씨는 전시 중의 독일군의 행동과 수만의 사람들이 피살되었던 이야기를 시작하였다.

전쟁은 키예프에 있어서는 그리 진기로운 것이 아니고 달단(韃靼)인의 침공도 이 지역을 습격하였던 것이다. 수천 년 동안 전쟁에 휩쓸려온 지역인 것이다.

그러나 아직까지 독일군과 같이 계획적 잔학과 파괴를 가하고 철없는 어린애처럼 전국토를 황폐화시킨 침입자는 없었다. 현재 독일군 군복을 입은 포로들의 일렬이 나란히 서서 자기들이 파괴한 건물의 잔적을 치우러 거리를 행진하는데 우크라이나의 사람들은 이 행진을 보면서도 안 본 척한다. 그들은 포로들의 열에 흘깃 눈을 던지나 곧 얼굴을 돌리어 맞대놓고 보려고 하지 않는다. 아마 이것이 독일군 포로에게 가하는 그들 최대의 징벌의 의미일 것이다.

8. 「러시아의 의문」에 답하여

그날 오후 나는 우크라이나의 어느 문학잡지로부터 인터뷰를 받았다. 그것은 극히 장시간에 걸쳐 고통을 느낄 정도이었으며 매서운 얼굴로 똑똑하게 보이는 그 편집자가 2장이나 걸릴 정도의 긴 질문을 하였다.

질문은 통역을 통해서 되었는데 내가 곧 부분을 요해(了解)할 때에는 벌써 최초의 부분을 잃어버리고 말았었다.

그 질문에 대해서 나는 될 수 있는 한 회답을 하였고 그것이 또다시 편집자에게 통역되면 전부를 필기하는 것이었다. 질문은 극히 복잡한 문학적인 것으로서 나의 대답이 완전하게 통역되었는지 다소 의심스럽다. 즉 거기에는 두 가지의 난점이 있었던 것으로 하나는 상대와 나의 백그라운드가 근본적으로 상위(相違)되는 것이고 또 하나는 나의 영어가 너무도 국어적이었으므로 아카데믹한 영어로 조련된 통역자에게는 충분하게 해득치 못하였다는 점에 있다. 나의 의미한 것이 과연 정확하게 전해졌는지 그 여부를 확실하게 하기 위해서 러시아어의 번역을 또다시 한번 영어로 번역시키었다. 확실히 나의 대답은 상대가 요구했던 대답에 완전히 일치되었다고는 생각할 수 없었다. 이것은 물론 고의로 한 것이 아니고 또 상이(相異)되는 언어 사이에 의사를 통하게 하는 곤란에서 온 것도 아니다. 그것은 언어 이상의 문제이며 말하자면 어느 한 종류의 사상을 다른 종의 그것으로 번역하는 곤란에 있었다. 상대한 사람들은 극히 기분이 좋은 정직한 사람들이었으나 우리들은 진실로 서로 모든 것을 터놓고 말할 수는 없었다. 그리고 이것이 내가 받은 최후의 인터뷰로 되었다. 모스크바서 한 번 인터뷰를 받았었는데 그때 나는 질문을 서면으로 제출하여준다면 충분히 생각하여 대답할 수가 있고 번역과도 조회할 수가 있으니 그렇게 하면 어떠냐고 말해주었는데 그러나 이것은 결국 취소되고 그 후로는 인터뷰를 받은 일이 없다.

어느 곳을 가든지 우리들이 받는 질문에는 어떤 공통점이 있었으므로 그러한 것이 모두 하나의 근원에서 출발되어 있다는 것이 차차 알게 되었다. 우크라이나의 인텔리는 『프라우다』지의 논설을 읽고 있으며 그들의 질문은 정치적인 것도 문학적인 것도 모두 이것에 기초되어 있는 것이었다. 그러므로 결국엔 대체 그들의 질문의 기반으로 될 만한 논설을 짐작할 수 있고 질문을 받기 전에 그 질문이 어떠한 것인가를 알게 되었다.

언제나 물어보는 하나의 문학적 질문이 있는데 우리들은 이 질문이 나올 듯하면 곧 알게 되었다. 그것은 상대자가 이 질문을 입에서 꺼내려면 틀림없이 신체를 앞에 내밀며 우리들을 열심히 쳐다보는 까닭이다. 상대자가 이러한 태도로 나오면 또 예의 "시모노프작(作)의 극「러시아의 의문」을 어떻게 생각하는가?"라는 질문이 나올 것으로 느끼는 것이다.

시모노프는 아마 현재 소련에서 가장 인기 있는 작가일 것이다. 최근 그는 잠간(暫間) 미국에 왔는데 귀국하는 동시 이 희곡 「러시아의 의문」을 쓴 것이다. 이것은 아마 현대에 있어서 가장 많이 상연된 희곡의 하나이며 소련의 3백 이상의 극장에서 동시에 초연된 것이었다. 그 희곡이라는 것은 미국의 저널리즘에 취재한 것으로서 여기에 그 짧은 경개(梗槪)를 기술해야 할 필요가 있다.

무대의 일부는 뉴욕 시가이며 다른 일부는 롱아일랜드와 같은 장소이다. 뉴욕의 장면은 헤럴드 트리뷴 빌딩 옆에 있는 브리크 레스토랑과 같은 세트이다.

스토리는 대개 다음과 같은 것이다.

수년 전에는 러시아에 있었고 러시아에 호의를 나타낸 서적을 한 권 저술한 일이 있는 일(一) 아메리카 신문기자가 돈이 많고 조야하고 횡포하고 주의도 없고 도덕도 없는 신문계의 보스에게 고용되어 있다. 보스는 선거전에서 승리하기 위해 그의 신문을 통하여 러시아인이 아메리카에게 도전을 하려고 하는 것을 입증시키려고 한다. 거기서 그는 그 기자를 소련에 특파하여 아메리카에 돌아와서 러시아인이 어떻게 대미전(對美戰)을 희망하고 있는가의 보고를 쓰게 하려고 한다. 거기서 그는 기자에게 3만 불이라는 대금(大金)을 내놓고 만일 이것을 실행하면 장래의 완전한 보증을 해준다고 말한다. 거의 적빈(赤貧)으로 된 그 기자는 이 돈으로 결혼하여 롱아일랜드에 작은 집이라도 하나 가지려고 생각한다. 그래서 그는 일을 맡아 가지고 러시아에 간다. 가보아 알게 된 것은 러시아인은 아메리카와 전쟁할 것을 절대로 희망하고 있지 않다는 것이었다. 귀국한 그는 비밀히 보스가 원한 것과는 전연 반대의 보고문을 쓴다.

한편 그는 받은 선금으로 벌써 결혼하고 롱아일랜드의 시골에 집을 샀으며 어느 정도 생활의 보장이 되어 있었다. 그의 보고문을 받은 보스는 물론 그것을 거부하였을 뿐만 아니라 어떠한 출판사에서도 출판할 수 없도록 해버린다. 보스의 세력이 강한 결과 그 기자는 그 후 직업을 얻을 수 없게 되었고 과거의 저작도 그리고 그 이후에 저술하는 것도 일체 출판할 수 없게 되었다. 시골집도 없어지고 생활의 보증을 잃은 아내도 떠나버린다. 그러할 때 그의 친구(어떤 이유로 극에는 나타나지 않는다)가 비행기 사고로 추사(墜死)한다. 그 기자는 지금은 비탄의 구렁텅이 속에 빠지고 있으나 자신은 진실을 말한 것이며 그렇게 하는 것만이 가장 좋은 것이다라는 신념만은 잃어버리지 않았다.

이것이 우리들이 간혹 질문을 받게 되는 「러시아의 의문」의 경개(梗槪)이다. 그리고 우리들의 대답은 언제나 다음과 같은 것이었다.

1, 이것은 언어의 문제를 별문제로 치고 절대로 좋은 극은 아니다.

2, 아메리카인으로 출연한 배우의 대사법이 조금도 아메리카인 같지 않고 우리들이 본 것으로는 동작도 아메리카인으로 되어 있지 않다고 생각한다.

3, 아메리카에는 악덕 출판사도 있으나 그 세력에 있어서는 이 극에 나타난 보스 세력과 같은 것으로 좌우될 만한 것은 아니다.

4, 아메리카의 출판사는 어떠한 사람한테서도 지시를 받지 않는다. 그 증거로 시모노프 씨 자신의 저서가 아메리카에서는 출판되어 있다.

5, 우리들은 아메리카 저널리즘에 관한 좋은 극이 쓰일 것을 희망하고 있으나 이 작품은 아주 나쁘다. 이 희곡은 러시아에게 아메리카라든가 아메리카인을 이해시키는 데 있어 역할을 하는 것보다도 역효과를 줄 것이다.

너무 여러 번 이 극에 관하여 질문을 받았기 때문에 종국엔 우리들 쪽에서 「아메리카의 의문」이라는 스토리를 만들어 그것을 반대로 질문자에게 읽어 주기로 하였다.

우리들이 만든 스토리라는 것은 시모노프 씨가 『프라우다』지로부터 특파원으로 아메리카에 건너가 아메리카가 얼마나 서구적 퇴폐와 부패 데모크라시의 국가라는 것을 입증하는 논설을 쓰도록 명령을 받는다. 시모노프 씨가 아메리카에 와보니 아메리카는 퇴폐와 타락의 국가가 아닐뿐더러 관점이 모스크바에 있지 않다면 서구적이 아니라는 것도 알게 된다.

그는 귀국하여 남몰래 아메리카는 퇴폐한 데모크라시의 나라가 아니라는 신념을 논설로 쓴다. 그리고 그 초고를 『프라우다』지에 보낸 즉시 저술조합에서 추방되어버린다. 그는 집을 잃고 참다운 코뮤니스트인 그의 아내마저 떠나 자기가 쓴 극의 주인공처럼 기아와 절망의 심연에 떨어지고 만다.

이 스토리를 읽은 다음이면 언제나 질문자들 사이에는 웃음소리가 일어난다. 거기서 우리들은 말하는 것이다.

"만일 이것이 우습다고 생각되면 시모노프 씨의 「러시아의 의문」도 동일한 것이다. 두 작품이 모두 다 같은 이유로 절대로 좋은 극은 아니다."

우리들이 만든 스토리가 격렬한 논쟁에까지 되었던 것이 한두 번은 있었으나 대개는 웃음으로 그치고 화제를 전환시키는 기인이 되었다.

키예프에 칵테일 바라고 부르는 곳이 있다. 러시아 문자로 쓰여 있기 때문에 우리들은 읽을 수 없으나 칵테일 바라고 발음하고 있다. 마치 아메리카텔의 칵테일 바와 같은 곳으로서 원형의 바를 둘러 의자가 놓여 있고 작은 테이블이 그 앞에 놓여 있다. 키예프의 청년들은 밤이 되면 이곳에 모여 칵테일이라고 불리는 강한 술을 마신다. 이것이 또 훌륭한 술로서 '키예프 칵테일' '모스크바 칵테일' '티플리스 칵테일' 등이 있으며 기묘한 것은 모두가 다 핑크색이며 그레나틴의 강한 맛이 난다.

러시아인은 칵테일을 만들 때 여러 번 주류를 혼합하면 할수록 좋은 칵테일이 된다고 믿고 있는 모양이다. 우리들도 한 번은 12종의 술을 혼합한 칵테일을 맛본 일이 있었다. 이 칵테일의 이름은 잊어버리고 말았으나 별로 기억하려고도 하지 않았다. 칵테일이라는 것은 극히 데카당[頹廢]적인 음료물이기 때문에 러시아에 칵테일 바가 있다는 것을 알고 약간 놀랐다. 거기에 키예프 칵테일이든가 모스크바 칵테일 같은 것은 지금까지 맛본 칵테일 중에서 가장 데카당적인 칵테일이었다.

9. 우크라이나의 집단농장

그날 아침 우리들은 기상하면서 무심히 캘린더를 쳐다보니 8월 9일이었다. 그러면 소련에 와서 불과 9일밖에 지나지 않았는데 우리들이 받은 여러 인상과 우리들이 본 여러 가지의 광경으로 미루어 실제보다도 더욱 오랫동안 체임(滯賃)한 것 같은 기분으로 되어 있었다.

카파는 아침이면 언제나 번데기에서 나비로 되는 것처럼 극히 유유히 눈을 뜨고 한 시간 동안은 일어나는 것도 아니고 자는 것도 아닌 심사묵고(沈思黙考)에 빠지는 것이 일상이었다. 거기에 그가 일어나서 목욕탕에 들어갈 때 한 권의 책이나 신문이라도 가지고 들어가기만 하면 한 시간이 지나지 않으면 절대로 나오지 않기 때문에 여기에도 나는 대단히 고심하였다. 그래서 나는 일계(一計)를 만들어 매일 아침 일어나면 그의 두뇌를 요동시켜 확실히 깨우기 위해서 그에게 세 가지의 지적 질문 ― 사회학적인 것도 있고 사학적인 것도 있고 철학적인 것도 있고 생물학적인 것도 있는데 ― 을 제출하기로 하였다.

이것을 생각해냈던 최초의 날에 나는 그에게 다음과 같은 질문을 하였다. "살라미스전에 참가하였던 희랍의 비극 작가는 누군가?" "곤충의 손발은 몇 개냐?" "그레고리오 송가를 편찬한 법왕의 이름은?" 내가 이 질문을 하자마자 카파는 얼굴을 찡그리며 침대에서 뛰어 일어나 잠시 동안 창을 응시하였다가 읽지도 못하는 러시아어 신문을 끼고 목욕탕에 들어가고 말았는데 그만 한 시간 반 동안이나 나오지 않았다.

그 후부터 2주일간이라는 것은 나는 매일 아침 그를 위해 질문을 만들었는데 그는 한 번도 그것을 대답한 일이 없고 하루 동안 중얼중얼대며 못마땅해서 매일 아침 어떤 질문이 나올까 걱정이 되어 불면증에 걸리게 되었다고 말하였다. 특히 그렇게 말은 하지만 밤에 잠을 이루지 못하는 것처럼은 보이지는 않았으나 그는 나의 질문에 대한 잠재적 공포가 그를 적어도 열 살은 젊게 하였고 40세의 지능을 도로 찾게 되었다고 말하고 있다.

그런데 그날 8월 9일 우리들은 셰브첸코라는 농촌에 나갔다. 그 후에 우리들이 방문한 또 하나의 농촌도 셰브첸코라는 이름이었기 때문에(이것은 국민에게 사랑을 받는 우크라이나 시인의 이름에 따라 붙인 것이었다) 이날 찾아간 곳을 우리들은 편의상 '제1셰브첸코'라고 부르기로 했다.

우리들은 약 23마일 포장된 도로를 지나 바른쪽으로 꼬부라져 울퉁불퉁한 길을 거치고 송림을 빠져 참혹한 전쟁이 있었던 원야(原野)에 나왔다. 도처에 싸움의 자취가 역연(歷然)히 남아 있고 소나무란 나무는 기총탄(機銃彈)으로 부러져 있었다. 참호 기총진 전차의 궤적 포탄의 구멍이 보이고 이곳저곳에 녹슨 병기의 파편과 불타버린 전차와 파괴된 트럭이 굴러 있었다. 이 지방은 견고하게 방비되어 있었으나 결국엔 함락되고 그리고 또 반격이 촌토를 탈환하면서 진행되었던 것이다.

제1셰브첸코는 그 지질이 그리 좋은 편이 아니었기 때문에 우수한 농촌이라고 할 수는 없었으나 362호가 있으며 전전(戰前)에는 상당히 번영하였던 것은 사실이다. 그것이 독일군이 이곳을 통과하였을 때에는 불과 8호 그것도 지붕이 불타버린 민가가 남아 있었을 뿐이고 촌민의 다수는 피살되어 겨우 남은 자는 삼림에 들어가 유격대(빨치산)로서 싸우고 그들의 어린애들이 어떻게 되었는지는 신만이 알 따름이었다. 싸움이 끝나고 사람들은 마을에 돌아와 새로운 집을 짓기로 되었는데 마침 그때는 수확기였으므로 집을 짓는 것은 밭에 나가기 전에나 집에 돌아와서 하지 않으면 안 되었고 밤중에도 램프 불빛으로 일하고 있었다. 남녀 모두가 협력하여 자기들의 작은 집을 만들기 시작하였는데 우선 하나의 방을 만들어 그곳에 살고 살아가면서 다른 방을 만들어간다는 그러한 방식이었다. 우크라이나의 겨울은 참으로 추워서 벽은 통나무를 댄 위에 무거운 못을 치고 거기에 口박으로부터 옻칠을 두껍게 하고 한기를 방지하게 되어 있다. 겨울에 준비해서 입구와 저장고를 겸한 홀이 있고 그곳을 지나서 벽돌로 만든 솥[竈]과 불 아궁이[爐]가 있는 흰 칠을 한 부엌으로 통하게 되어 있다. 그 솥과 불 아궁이는 방바닥으로부터 약 4척이나 높은 것인데 여기서 넓적하고 갈색인 참으로 맛있는 우크라이나식 빵이 제조되는 것이다.

이것에 계속되어 사교실 '코뮤널 룸'이라는 것이 있다. 이것은 일종의 파라이며 테이블이 있고 벽에는 조화(造化)가 아니면 성화(聖畵) 그렇지 않으면 죽은 사람의 사진이든지 그 집에서 나간 병사의 훈장으로 장식되고 창에는 한기를 피하게 하는 겹문이 붙어 있다.

이 방 옆에는 가족의 인수(人數)에도 따르나 대개 하나가 아니면 두 개의 침실이 있다. 이 지방의 사람들은 전쟁 때문에 모든 것을 잊어버리고 말아서 침구는 담요[毛布] 조각이나 양 껍질[皮]과 같은 요는 몸을 따스하게 할 수 있는 것이 있으면 손에 들이닥치는 대로 무엇이든지 사용하고 있다. 우크라이나인은 극히 청결을 좋아하기 때문에 집안 속은 깨끗하게 하고 있다.

우리들은 이전에는 집단농장의 사람들은 공동 숙사 속에서 살고 있다고 들었는데 이것은 전연 틀리며 각 가정은 각자 자기의 집을 갖고 그 주위에는 화단이나 야채원(野菜園) 또는 꿀벌의 상자집 같은 것이 있는 1에이커 정도의 정원을 가지고 있었다. 독일군이 과수를 전부 만들지 못하게 한 다음부터는 사과나 배나무 앵화(櫻花)나무 같은 것을 새로운 이곳저곳의 정원에 식목(植木)하고 있었다.

우리들은 먼저 새로 건축된 정회(町會) 의사당에 가보았는데 거기에는 전쟁으로 한편 팔을 잃은 관리인과 복원(復員)한 지 얼마 안 되는 군복을 입은 서기와 세 사람의 의원이 맞이해주었다. 우리들은 수확기이므로 모두 번망하실 줄 생각합니다만 우리들에게 수확의 현장을 한 번 보여주었으면 고맙겠다고 부탁하였다.

거기서 그들은 먼저 농장의 과거와 현재를 말하여주었는데 독일군이 침입하였을 때 7백 두의 소가 있었는데 현재는 가축 전부를 합쳐서도 겨우 2백 두밖에 없다는 것과 커다란 가솔린 엔진 2대 트럭 2대 트랙터 3대 타곡기(打穀機)가 2대나 있었으나 현재는 작은 가솔린 엔진 1대와 작은 탈곡기가 1대밖에 없고 트랙터를 사용하게 될 때에는 일일이 가까운 곳에 있는 트랙터 스테이션에서 끌고 오지 않으면 안 된다는 것 40두나 되는 말이 지금은 4두밖에 없다는 것 한참 일할 수 있는 남자 50명 그 외의 사람 50명을 잃고 불구자로 된 사람도 많으며 어린애들 중에도 발과 눈을 잃은 자가 있다는 것 그러나 농촌은 고양이 손까지 빌릴 정도로 바쁘기 때문에 모든 남자들에게 할 수 있는 범위의 일을 맡기고 현재 가솔린 엔진을 움직이고 있는 남자는 왼쪽 손의 손가락이 한 개도 없으며 조금이라도 일할 수 있는 불구자는 전부 일을 시키고 있는데 그것이 도리어 그들에게 농촌 생활 속에서 생활의 힘을 느끼게 하였기 때문인지 불구자들에게 항상 많이 있는 신경통 환자가 거지반 없어졌다는 등을 말해주었다.

농장에서는 밀 조 옥수수도 수확되나 원래 모래가 많은 토지이므로 주요한 작물은 오이 감자 토마토 해바라기 같은 것이며 꿀벌도 이 지방의 산물의 하나다. 해바라기의 종자로 만든 기름은 여러 가지로 사용되었었다. 이 마을의 사람들은 음기가 아니고 항상 웃음과 농담과 노래에 넘쳐흐르는 생활을 하고 있었다.

우리들이 가본 농장은 여자와 어린애들이 오이를 따고 있었는데 생각한 바와 같이 여러 갈래로 나누어져 서로 수확 경쟁을 하고 있었다. 여자들은 밭을 갈아 줄을 지어 웃고 떠들며 서로 노래를 불러가며 일하고 있었다. 그들의 복장은 긴 스커트와 블라우스에 수건으로 머리를 둘렀는데 구두는 귀중품이기 때문에 밭에서는 신고 있는 사람이 없었다.

어린애들은 아래 바지만의 복장이며 귀여운 몸은 여름의 태양에 새까맣게 태워졌다. 밭 가장자리에는 모아놓은 오이의 산더미가 트럭이 오는 것을 기다리고 있었다. 마침 그때에 밀짚모자를 쓴 어린애 — 그리샤라는 이름 — 가 어머니한테 달려가서 이상스러운 얼굴로 말하는 것이었다. "응 어머니 이 아메리카의 사람들도 우리와 같은 인간인데요."

10. 농가의 향연

우리들이 소련에서 돌아와서 여러 사람들로부터 들은 말은 "아마 러시아인은 자연스러운 본연의 모습을 너희들에게 보이지 않고 표면만을 만들어 보이었을 것이다."라는 것이었다. 그런데 우리들이 질문했던 이 농촌의 사람들은 우리들에게 대해서 절대로 표면만을 허식하지 않았고 마치 아메리카의 캔자스주의 농부들이 맞이해주는 것과 같은 느낌이었다. 구라파의 사람들은 "아메리카인은 계육(치킨)을 상식(常食)으로 하고 있다."는 정도이고 아메리카의 농가에서는 빈객을 환영할 때에 언제나 닭고기를 내놓는데 러시아의 농가도 대체 이와 같은 것이었다.

확실히 그 농가의 사람들도 우리들에게 대해서 어느 정도는 표면을 허식하였던 것은 사실이었다. 농장에서 시꺼멓게 되어 돌아온 남자들은 우선 목욕탕에 들어가 몸을 씻고 가장 좋은 의복을 입으면 한편 여자들은 트렁크 속에서 청결한 머릿수건을 꺼내 쓰고 발을 씻고 장화를 신으면 깨끗이 세탁한 스커트와 블라우스를 입는다. 소녀들은 꺾어온 꽃을 화병에 끼고 잘 소제된 식당에 가지고 온다. 그리고 이웃 여러 집에서는 어린애들의 대표가 각자의 컵 접시 스푼을 가지고 온다. 한 여자가 자랑거리인 피클 항아리와 동리에서 기부한 보드카병을 가지고 오면 한 남자가 신에게 바치기 위하여 남겨두었던 조지아산의 샴페인주를 내놓는다.

부엌에서는 여자들이 바쁘게 하얀 새 솥을 시뻘겋게 달궈가며 보리로 빵 과자를 만들고 계란 요리를 만들며 러시아 수프를 끓이고 있었다. 밖에는 비가 내리기 때문에 우리들은 번망한 수확의 방해하고 있지 않다는 점에서 마음이 편했다.

사교실(코뮤널 룸)을 겸한 식당의 한구석에는 손으로 만든 레이스 아래에 금색 틀 속에 든 마리아[聖母]와 기독의 성상이 있었다. 성상은 꽤 낡아빠진 것으로 독일군이 침입하였을 때에는 그들은 이것을 전부 땅속에 묻어두었을 것이다. 그 외 중조부모의 색채 사진이 걸리고 전쟁으로 죽은 두 아들의 군복 입은 사진도 벽에 걸려 있었는데 참으로 젊고 엄연하며 거기에 참으로 시골풍인 모습이었다. 이 집의 주인은 50세 전후로 안골(顏骨)이 높고 머리는 금발로 뻔쩍이는 벽안을 가진 풍우에 시달린 얼굴이었다. 윗저고리 위에는 빨치산 시대의 폭 넓은 피혁 벨트를 매고 있었는데 그 얼굴에는 어디서 큰 부상을 입었는지 상처가 있었다.

곧 식사 준비가 되었다. 그것만으로서 일식(一食)할 수 있는 우크라이나의 고깃덩어리 수프 딱딱하게 구운 달걀 거기에 베이컨 신선한 토마토와 오이 얇게 자른 양마늘 또 소맥제(小麥製)인 따뜻한 빵 과자 꿀 과실 소시지 등이 식탁 위에 놓였다. 주인은 고추가 든 향기 높은 보드카를 각자의 잔에 따른 다음 아내와 죽은 자식들의 두 며느리를 테이블에 불러 보드카의 글라스를 주었다.

식사가 끝나니 우리들이 기다리고 있었던 그들에 대한 여러 가지 질문을 서로 할 수 있는 시간이 왔다. 이번에는 농부 자신이 농부에 대해서 농촌에 관해서 말하는 것을 들을 수 있었다. 그 점 우리들에게는 더욱 흥미가 깊었다. 이야기를 해본 결과 그들은 극히 호기적(好奇的)인 복잡한 생각을 가지고 있다는 것을 알게 되었다. 아메리카에서는 농부는 어떠한 방식으로 생활하고 있는가 농장은 어떠한 종류의 것이냐는 질문에 대답하기에는 좀 난처하였다.

북은 극지에서 남은 열대에 이르기까지 여러 가지 기후 아래 모두 다른 인종과 언어를 가지고 있는 러시아라는 것은 우리들 아메리카인은 상상하기 좀 힘이 들 정도이다.

이 지방의 농부가 말하는 것은 소위 러시아어가 아니고 우크라이나어였다. "아메리카에서는 농부는 어떠한 방식으로 생활하고 있는가?"라고 그들이 묻는 데 대해서 우리들은 아메리카도 러시아처럼 여러 종류의 농장이 있다는 것을 설명하려고 애썼다. 1두의 당나귀로 경작할 수 있는 5에이커밖에 안 되는 농장으로부터 마치 소련의 국가 농장과 같은(국유가 아니라는 점은 틀리나) 큰 협동농장까지 있고 아메리카에도 여기와 흡사한 농장 자치부락도 있으며 토지가 공공의 소유가 아니라는 점을 제외하면 그 사회생활도 대체 이곳과 같다는 것 아메리카에서는 하상(河床)의 양질한 1백 에이커 토지가 지미(地味) 빈약한 천 에이커의 토지보다도 가격이 비싸다는 것 등을 말했다. 그들도 농부인 관계로 이러한 점은 잘 이해할 것 같으며 아메리카라는 나라에 대한 인식을 갱신한 것 같았다.

그들은 다음에 가장 관심을 가지고 있는 아메리카의 농장의 기술적 방면에 관해서 물어보기 시작했다. 농업연합조합의 건 목축업자의 건 면화의 건 시비(施肥)의 건 신종 곡류 연구에 관한 것, 내한 곡류에 관한 것, 소맥창병(小麥瘡病) 제외에 대해서 트랙터의 비용 ― 소농물(小農物)을 경영하고 있는 개인도 구입할 수 있는가 ― 등을 그들은 물었다.

테이블 구석 쪽의 농부가 소련 정부는 농장에 자금을 대부(貸付)하고 있으며 농장에 집을 세우려고 하는 자에게는 저리(低利)로 돈을 대여하고 있다는 것을 자랑스럽게 말하고 소련 정부에서는 농촌에 관한 모든 정보를 수집하고 있다는 것을 말했다.

거기서 우리들은 그것은 아메리카에서도 똑같이 하고 있다고 말하였더니 그들에게는 전연 금시초문인 듯하며 아메리카 농무성이 농가에 대부를 해주고 있다는 것은 전연 알지 못하며 이러한 시스템(제도)은 그들 자신이 안출(案出)한 것처럼 생각하고 있었던 모양이다.

길을 넘어선 저쪽에서는 두 남녀가 비를 맞아가면서 새로 세우는 집의 기둥을 열심히 들어 올리고 있었다. 노상에서는 어린애들이 목장에서 외양간으로 소를 몰고 가는 것이 보였다.

청결한 머릿수건을 쓴 여인들은 부엌 문에서 나와 우리들의 대화를 듣고 있었다. 화제가 외교정책에 이동하면 우리들은 이 문제에 관해서는 그리 잘 알지 못하므로 충분히 대답하지 못했는데 질문은 극히 날카로운 것이었다.

한 농부의 질문은 "만일 소련 정부가 데모크라시의 신장을 저지(阻止)한다는 정당한 이유에서 멕시코에 차관과 군사 원조를 한다면 아메리카 정부는 어떻게 하겠는가?"라고 말하였다. 우리들은 잠시 동안 생각한 다음 "아마 틀림없이 아메리카는 선전포고를 할 것이라고 믿는다."고 대답했다. 그러나 그는

"그러나 아메리카는 소련과 인접되어 있는 터키[土耳其]에 소련 제도의 신장을 저지할 목적으로 차관을 주었는데 소련은 선전포고를 하지 않았는가?"라고 반발하여왔다.

거기에 주인도 입을 열어서 "아메리카 국민은 민주주의의 국민이라고 생각하는데 어째서 아메리카 정부는 서반아의 프랑코 정권과 도미니카의 트루히요 정부와 또한 군사독재의 터키와 부패 군주제인 희랍과 같은 반동 정부와 우호적 관계를 계속하고 있는가?"라고 말했다.

우리들도 이러한 문제에 이르면 충분한 지식이 없고 거기에 아메리카의

외교정책 입안자에 대해서도 신뢰를 가지고 있는 터도 아니므로 회답할 수가 없었다. 우리들은 단지 현재 아메리카에서 문제로 되어 있는 일 ― 공산당의 발칸 지배 유엔에 있어서의 소련의 거부권 행사에 관한 비난 소련 신문이 아메리카를 중상 욕설하고 있는 문제 등을 그들에게 말했다.

이러한 쌍방의 응수는 서로 비슷하게 보였으며 그들 역시 자국의 외교 정책에 관해서는 우리들이 아메리카의 그것을 모르는 이상으로 알지 못하는 것 같았다.

그들의 질문에는 하등 악의가 있는 것이 아니고 단지 의문을 풀어보겠다는 마음이 있을 뿐이었다. 최후에 주인이 일어나 글라스를 쳐들고 말했다.

"이 모든 문제의 어느 곳에는 하나의 대답이 포함되어 있을 것이다. 거기에 또한 속히 그 답이 나타나 올 것이라고 믿는다. 세계는 평화를 갈망하고 있는 고로 대답은 틀림없이 찾아낼 수 있을 것이다. 그 맑은 희망을 위해 자잔을 들기로 합시다." 그리고 나서 그는 기둥을 올려 열심히 지붕을 만들고 있는 두 사람을 창 너머로 가리키며

"이 겨울 저 두 사람은 1941년 이래 처음으로 집을 가지게 되는 것입니다. 그들을 위해서도 평화가 계속되지 않으면 안 된다. 그들에게는 자기들의 집이 필요한 것이다. 그들의 작은 세 자식들은 아직까지 집 속에서 살아본 일이 없었다. 그들을 또다시 지하의 움 속에 끌고 가려고 하는 고약한 자가 이 세계에 살고 있다고는 생각할 수 없다."라고 말했다.

주인은 샴페인의 병마개를 뜯고 귀중한 술을 각인의 글라스에 조금씩 따른 다음에 일좌(一座)는 정숙(靜肅)하게 되었다.

우리들은 글라스를 올렸는데 누구 하나 잔을 올리는 자도 없었다. 우리는 말없이 샴페인을 마셨다. 잠시 후 우리는 주인에게 마음껏 사의를 표하고 그 집을 나왔는데 또다시 황폐한 원야에 자동차를 달리면서 저 농가의 주인의 희망이 실현될까 어떨까 새로 세운 작은 집을 파괴하고 어린애들을 또다시

지하 속 움에 죽치게 할 자가 진실로 없을까 어떤가를 조용히 생각하고 있었다.

11. 농민의 춤과 연극

그날 저녁 우리들은 마을을 거쳐 연못가를 지나 촌의 집회당(클럽 하우스)으로 걸어갔다. 연못가를 지날 때에 연못 위에 떠 있는 보트에서 일종 기묘한 지금까지 듣지 못했던 음악이 흘러왔다. 악기는 발랄라이카와 작은 심벌즈가 붙은 조그마한 북과 손풍금이며 이것이 이 마을의 댄스 음악대인 것 같고 악사들은 보트로 연못을 건너 집합당 앞에까지 온 다음 배에서 내려왔다.

집합당은 조그마한 건물로서 작은 무대가 있고 무대의 전면에는 서양장기반(盤)과 체커반(盤)이 놓여 있으며 댄스할 장소도 있고 그 후방은 수 열로 된 관객석으로 되어 있었다.

우리들이 집합당으로 들어갔을 때에는 2, 3인이 모여 서양장기를 하고 있을 따름이며 그리 사람들이 모이지 않았었는데 이것은 젊은이들이 밭에서 돌아와 저녁을 먹은 후 한 시간 정도 휴식하든가 또는 드러누웠던 후에야 모여드는 때문이었다.

무대는 그날 밤 공연할 소극을 위해 장식되어 있고 커다란 화병이 놓여 있는 테이블과 삼각의자가 있고 위쪽에는 우크라이나 공화국 인민위원회 의장의 큰 초상화가 걸려 있었다. 세 사람으로 편성된 작은 오케스트라가 들어와 연주를 시작하니 맨발인 건장한 처녀들이 차차 모여들었다. 그들의 얼굴은 세수한 직후의 활기가 나타나 있다. 젊은 남자는 극히 적었다.

잠시 후 처녀들은 한데 모여 춤을 추기 시작했는데 그들의 복장을 보니 화려하게 물들인 드레스를 입고 채색한 명주와 털로 만든 머릿수건을 쓰고 다리는 거의 전부 누구나 할 것 없이 맨발이었다. 극히 활발한 춤으로 음악도 북과 심벌즈로 박자를 맞춰 급속조로 연주되고 벌거벗은 발이 마룻장을 퍼덩퍼덩 울리고 있었다. 젊은 남자들은 단지 주위에 서서 보고 있을 뿐이므로 한 여자를 잡아 어째서 남자들과 춤추지 않느냐고 물어보니 "저 청년들은 결혼의 상대로서는 절대로 나쁘지는 않으나 전쟁 이후 너무도 남자들이 적어졌으므로 춤추는 상대로 선택하게 된다면 여자 동무들 사이에 하나의 근심거리가 생기게 됩니다. 거기에 저 사람들은 대단히 수줍어합니다."라고 말한 다음 웃으면서 춤추는 속에 끼어들어갔다.

이러한 정도로 결혼 적령기의 청년들은 적었다. 아주 어린 소년들은 많이 있었는데 여기서 여자들과 함께 춤출 수 있는 연배의 청년은 많이 죽어버리고 말았던 것이다.

이들 처녀들의 정력이란 짐작할 수 없는 것으로서 문자 그대로 새벽해가 오르면 함께 나가서 하루 종일 쉬지 않고 밭에서 일하고 돌아와서도 겨우 한 시간 정도나 휴식하면 밤을 새워가며 춤출 수 있는 힘을 돌리게 된다. 테이블을 둘러싼 남자들의 한 패는 주위의 즐거움도 모르는 듯이 서양장기를 두고 있었다.

한편 당야(當夜) 공연을 할 일행들은 무대 준비에 여념이 없고 카파는 열심히 사진의 라이트 준비를 하고 있다.

얼마 후 음악이 중지되었는데 처녀들의 얼굴에는 만족하지 못한 불만의 기색이 보였다. 연극을 시작하기 위해 춤을 중지해버린 것이 싫었던 모양이다.

그 연극이라는 것이 일종의 선전극인데 극히 소박하고 즐거운 것이었다. 대략의 스토리를 하려면 어느 농장에 한 처녀가 있었는데 그는 상당히 태만한 자로 일을 하려고 하지 않는다. 그는 거리에 나가 손톱[爪]을 빨갛게 칠하고 입에는 루주칠을 하는 데카당적인 타락한 생활을 하고 싶었다. 막이 열리면 그는 농장에서의 훌륭한 성적에 의해 훈장을 받았고 또한 반장인 한 여자와 논쟁을 하고 있다. 손톱을 빨갛게 만들고 싶어 하는 처녀는 건들건들 무대를 걸어 다니며 일견하여 불량한 것 같고 한편 반장은 두 팔을 떡 몸에 붙이고 우뚝 직립하여 자기의 의견을 당당히 토하고 있다. 제3의 역은 남성다운 트랙터를 조종하는 청년이다. 재미난 것은 이 역을 하는 것은 정말 트랙터 조종자이며 그가 작업을 그치고 트랙터의 뒤처리를 끝마칠 때까지 기다리려고 막을 여는 것이 한 시간 반쯤 지연되었던 것이다. 이 트랙터 조종자의 역의 극적 기교라는 것은 단 하나이며 그것은 즉 담배를 피워 물고 무대를 걸어 다니면서 자기의 의견을 말하는 것이었다. 얼마 후 트랙터 조종자는 손톱을 빨갛게 칠하고 싶어 하는 불량 처녀와 사랑에 빠져 그 처녀 때문에 몸도 정신도 잃어버릴 지경에 이른다. 결국 극의 진행에 따라서 사람들의 도움이 되는 트랙터의 작업까지도 내던지고 시가에 나가 아파트의 일실(一室)에서 불량 처녀와 사랑의 보금자리를 만들고 싶다는 그의 마음이 명백히 나타나게 된다. 그런데 예의 반장 처녀는 엄연히 직립하여 그에게 대해서 설교를 시작한다.

지금 마을의 갈 곳을 잃은 그에게 있어서는 이 설교는 하등의 효력도 없고 타락한 처녀와의 사랑에 마음을 빼앗기고 있다. 그러는 동안 그의 마음이 미로에 헤매게 된다. 사랑하는 여자를 단념할 것인가? 그렇지 않으면 그 여자와 함께 거리에 나가 불량자로 떨어져버릴 것인가? 분간 못 하게 된다.

여기서 불량 처녀는 반장과 트랙터 조종자를 남기고 퇴장하고 만다. 그러니 반장은 여자다운 수단으로 불량 처녀는 진실로 그를 사랑하고 있는 것이 아니고 단지 우수한 트랙터 조종자인 그와 결혼하고 싶은 때문이며 곧 그는 싫증날 것이 틀림없다고 말한다. 그런데 트랙터 조종자는 이 말을 믿지 않는다. 거기서 문득 좋은 방법을 생각한 반장은 말한다. "참으로 좋은 방법이 있습니다. 당신이 나를 사랑하고 있는 것처럼 그에게 보입니다. 그러면 그가 우리들을 보는 태도로 그가 어느 정도 당신을 사랑하고 있는가를 알 수 있습니다."

이 방법은 즉시 대행(對行)으로 옮겼다. 잠시 후 손톱을 홍색으로 염색한 그 여자가 등장하여 트랙터 조종자가 반장을 포옹하고 있는 것을 보고……여기서 너무도 독자 제위의 상상에 반하여 그는 사회주의 경제의 일원으로서 일할 결심을 하고 마는 것이다. 그는 그 분노의 첫 분풀이를 반장에게 향하여 말했다. "나는 나의 반을 조직하여 일할 테야. 우수하다고 칭찬을 듣고 훈장을 받게 되는 것은 당신뿐인 줄만 알아. 나도 반장이 되어 훈장을 받아 보일걸."

여기서 트랙터 조종자의 고민 — 애정과 사회경제의 양편의 고민이 해소되어버리고 모든 것이 잘되어 즐거운 가운데 막은 끝나는 것이다.

이것이 연극의 대략의 스토리인데 그러나 실제에 있어서는 그리 제대로 연극이 되었다고는 말할 수 없는 것이다.

왜 그러냐 하면 트랙터 조종자가 무대를 4, 5보 걸어 겨우 내용이 시작되었을 때였다. 카파가 첫 장째의 사진을 찍기 위해 플래시를 터트리었는데 이것으로 연극은 완전히 구멍을 뚫게 되었다. 놀란 불량 처녀는 양치(羊齒)를 심은 화분 뒤에 뛰어들어 그만 나오지 않았고 트랙터 조종자는 대사를 잊어버리고 반장은 반장으로서 얼이 빠져 어떻게 처음처럼 고치려고 애를 썼으나 틀려버리고 말았다. 따라서 그 이후는 거의 전부 프롬프터가 대사를 불러주기에 마치 산울림처럼 중복되어 들리며 또한 프롬프터 박스에서 대사를 불러주는 소리 쪽이 배우의 음성보다도 큰 정도였다. 거기에 배우가 프롬프터에게서 대사를 받으면 그때그때 틈을 비우지 않고 카파가 새 플래시를 터트리고 있었다.

관객은 대단히 좋아하여 플래시가 터질 때마다 폭풍과 같은 박수갈채를 보내고 있었다.

불량 처녀의 방랑(放埒)한 성격은 빨간 손톱과 유리로 만든 비즈의 목걸이

등 뻔쩍이는 보석 세공품으로 나타내고 있었으나 그는 너무도 플래시에 놀라서 비즈를 부서트려 무대 위에 비즈 알[玉]을 흩트리고 말았다. 결국 연극은 얼토당토않게 되고 겨우 학교 교사인 프롬프터의 구원으로 하여튼 간에 끝마치게 되었던 것이다.

특히 후에 주역의 여자로부터 상세하게 설명을 듣기까지는 우리들에게는 무엇이 일어났는지 전연 몰랐다. 하여간 막이 내릴 때에는 소란스럽게 박수 갈채가 일어났다.

관중들에게는 이번의 공연이 지금까지 한 것보다는 훨씬 즐겁게 생각되던 모양이다. 연극이 끝나니 관중은 우크라이나의 노래를 두 가지 부르고 여자들은 자꾸 춤을 추고 싶어서 안정하지 못했다. 곧 오케스트라가 먼젓번 위치에 돌아가 춤은 또다시 시작되었다. 그들의 감독은 이젠 집에 돌아가 자도록 여자들에 권고하고 있었다. 이미 시각은 오전 2시를 지났고 다음 아침에는 5시 반에 일어나서 농장에 작업을 하러 가지 않으면 안 되는데 그들은 그리 귀가하려고는 하지 않고 허락된다면 밤을 새워가면서도 춤출 것처럼 보였다.

12. 스탈린그라드의 폐허

스탈린그라드로 향하는 길은 국내에서 가장 기복이 심한 길이다. 비행장에서 시가까지는 불과 수마일밖에 안 되는 도로인데 도리어 도로 아닌 곳이 평탄한 정도이며 석괴와 구멍투성이고 거기에 군데군데 크고 깊은 분유갱(噴油坑)과 같은 물이 고인 곳도 있는 험악한 길이며 물론 포장은 되어 있지 않고 최근에 내린 비가 이곳저곳에 연못을 만들고 있다.

일망천리(一望千里)의 대초원에는 산양과 소의 대군(大群)이 풀을 뜯고 있었다. 도로에 병행한 철도 노선을 따라 전시 중 불타버려 파괴된 유개화차와 무개화차가 여러 개나 쓰러져 있다.

참으로 스탈린그라드 주위 수마일 일대는 불타버린 전차 부서진 트럭 대포의 잔해 이와 같은 전쟁의 잔재가 장소가 좁을 지경으로 흩어져 있다. 현재 정리반이 이 일대를 걸어 다니며 이러한 쇄편을 회수하고 있으며 그것을 스탈린그라드의 트랙터 공장에 모아 부셔서 스크립으로 만들고 있는 것이다. 버스가 이 시골길을 덜걱덜걱 뛰고 있는 동안 우리들은 두 손으로 신체를 의지하지 않으면 안 될 지경이었다.

대초원은 한없이 뻗치고 있었는데 겨우 작은 언덕 너머로 스탈린그라드의 시가가 보이고 그 배후에 볼가강의 강물이 보이기 시작하였다.

도시의 주변에는 수백의 작은 새 집들이 우후죽순모양 나란히 서 있었는데 한 발 시내에 발을 들여놓으니 아직까지도 파괴의 자취뿐이었다. 스탈린그라드는 볼가 강변의 기다란 지역으로서 그 길이는 약 20마일에 이르고 있는데 폭은 가장 넓은 곳이 불과 2마일쯤이었다. 우리들은 지금까지 여러 곳의 파괴된 시가를 보고 왔으나 그들의 대부분은 폭격으로 파괴당한 것이며 이 스탈린그라드와는 좀 달랐다. 폭격된 거리에는 가옥의 벽면이 다소라도 남아 서 있는데 이 시가는 로켓탄과 유탄(榴彈)에 의해 파괴된 것으로 수개월이나 전투가 계속되고 여러 번 적군에게 점령당했고 탈환하고 해서 거의 모든 벽은 부서져버리고 말았다. 남아 있는 벽도 기총의 탄흔으로 형편없이 되어버리고 말았다. 이 시가의 파괴 상태는 지금까지 보아온 거리와는 전연 틀리었다. 지난날 스탈린그라드가 믿을 수 없을 정도로 견고하게 방위되었다는 것을 읽어본 일이 있는데 이 파괴되어버린 시가를 쳐다보고 느끼게 되는 것은 하나의 시가가 공격을 받고 건물이 파괴되어버리면 이 부서진 건물은 방위군에게 있어서는 강한 엄호물로 되고 공격군이 이러한 장소에 숨어 있는 자를 완전히 구축하는 것이 지극히 곤란하게 된다는 것이었다. 즉 스탈린그라드의 폐허가 전쟁을 역전시키었던 일 요소로 된 것이다.

수개월에 걸친 점령과 공격과 탈환이 반복하는 사이에 독일군은 결국 포위 포착되어버리고 어떻게 우순(愚純)한 독일군이라 할지라도 패배되었다고 자신 느끼지 않을 수 없었던 것이다.

시가의 이곳저곳에 있는 공지에는 각종의 독일군 병기와 자동차가 녹이 슬어 흩어져 있다. 중앙광장에는 커다란 데파트의 붕괴된 자취가 있었는데 여기가 독일군이 최후까지 남아 종국엔 항복하게 되었던 곳이었다. 폰 파울스가 체포되었던 것도 여기이며 포위선이 완전히 파쇄(破碎)되었던 것도 여기였다. 도로를 건넌 저쪽에는 우리들이 숙박한 인스리스트 호텔이 보였다.

우리들은 그 호텔에서 두 개의 큰 방과 콘크리트제의 목욕실을 쓰게 되었다. 창에서 아래를 내려다보니 부서진 벽돌가루로 되어버린 그릇이 일면에 흩어져 있고 파괴된 장소에는 언제든지 자라 있는 무엇인지 알 수 없는 검은 잡초가 무성하였다. 스탈린그라드에 체재하여 날이 지날수록 우리들은 이 일망(一望)의 폐허에 일종의 매력을 느끼게 되었다. 그것은 이 폐허 속에서도 인간의 생활이 있었던 것이며 폐허 아래에는 지하실이나 움이 있어 수많은 사람들이 살고 있었던 것이다. 스탈린그라드는 대도시로 옛날에는 아파트가 여러 개나 있었는데 현재엔 시가의 주변에 신축된 것을 제외하고서는 하나도 남아 있지 않고 시민은 옛날 아파트의 남아 있는 지하실이나 움 속에서 살고 있는 것이다. 아침 아파트의 창에서 내다보니 부서진 벽돌의 산 뒤에서 근무 나가는 소녀가 마치 아메리카의 소녀들이 하는 것처럼 머리를 빗으로 좀 빗으며 나타났다. 짤막하고 청결한 옷을 입고 잡초를 밟아 디디며 일을 하러 나가는 것이다. 그 여자들이 지하의 굴이나 움 속에 살면서도 아직도 청결을 지키며 자랑을 잃지 않고 여자다움을 켓이 않았던 것에는 감격하지 않을 수 없었다. 다른 움에서 부인들이 나와 마켓으로 가는데 그들은 하얀 머릿수건을 쓰고 물건 쌀 보자기를 들고 있었다. 이것이야말로 현대 생활의 일종 불가사의한 것이며 또한 영웅적인 희화(戲畫)가 아니고 무엇이랴.

그러나 이러한 광경과는 다른 극히 변한 도리어 무시무시한 것에 부딪는다. 바로 호텔 뒤 우리들의 창에서 보이는 곳에 멜론 찌꺼기며 수육(獸肉)의 뼈다귀 또는 감자의 껍질을 버리는 쓰레기 모으는 곳이 있고 그 뒤 한두 간(間) 되는 곳에 두더지굴과 같이 둥그렇게 흙을 쌓아올린 굴이 있었는데 매일 아침 이 굴에서 한 젊은 여자가 밖으로 나온다. 그 여자는 긴 다리에 맨발이며 팔을 가늘게 펴져 있는데 머리는 헝클어져 불결했다. 그는 쓰레기에 잔뜩 덮여서 시꺼멓게 보이고 얼굴을 쳐드는 것을 보니 그때 놀란 것은 지금까지 내가 본 여자들 중에서 가장 아름다운 얼굴의 하나였다. 눈은 여우 눈과 같이 교활하게 보였고 보통 사람의 눈이 아니며 얼굴은 잘 발육하여 절대로 백치와 같지는 않았다. 아마 전화(戰火)의 공포 속에서 어떠한 쇼크가 그의 지성을 빼앗고 망각의 세계에 몸을 맡기게 하여버렸던 모양이다. 그 여자는 털거덕 땅에 주저앉아 수박 껍질도 먹고 스프 찌꺼기의 뼈다귀를 갈고 있었다. 배가 가득 찰 때까지 언제나 두 시간쯤 앉아서 먹고 있는데 다 먹고 나면 잡초 속에 들어가 드러누워 해를 맞으며 낮잠을 잔다. 그 여자의 얼굴은 조각한 것처럼 아름답고 긴 다리로 야수와 같이 우미(優美)하게 걷고 있었다. 이 지역의 지하실의 주인(住人)들은 절대로 그에게 말을 걸지 않았었는데 어떤 날 아침 한 여자가 다른 굴에서 나와 그에게 한 조각의 빵을 주는 것을 보았다. 빵을 준 여자가 굴속으로 들어가기까지 들개 모양 시의(猜疑) 깊은 눈으로 쳐다보고 있었는데 곧 흑빵에 눈을 옮겨 짐승처럼 이곳저곳을 흘겨보기 시작했다. 빵을 입으로 물었을 때 더러워진 젊은 젖을 가리고 있던 다 떨어진 숄 끝이 흘러 떨어졌는데 그는 본능적으로 숄을 잡아서 가슴에 대고 무엇을 침사(沈思)하는 여자들처럼 가볍게 싸 담고 있었다.

환희와 고통과 자기 보존만을 위한 황야를 방황하던 원시인의 생활에 돌아가 버리고 이미 20세기의 생활에 견디지 못하게 된 마음 — 이러한 비참한 예가 또 얼마나 있을 것이냐? 그 소녀의 얼굴은 오래도록 나의 뇌리에서 떠나지 않았다.

저녁때 광장을 지나서 강변에 가까운 공원에 가보았다. 공원에 돌로 세운 커다란 오벨리스크[방첨비(方尖碑)] 아래에는 붉은 꽃이 핀 화원이 있고 그 밑에 스탈린그라드를 수비하였던 수많은 용사가 파묻혀 있었다. 공원에는 사람들의 모습이 있으며 한 여자가 벤치에 걸터앉았고 5, 6세쯤 된 남아가 울타리에 기대어 꽃을 쳐다보는 것이 보였다. 그 아이가 너무도 오래도록 서서 쳐다보므로 우리들은 동행인 치마르스키 군에게 무엇을 하고 있는지 물어보아달라고 청했다. 치마르스키 군이 러시아어로 "너는 여기서 무엇을 하고 있니?" 하고 물으니 그 애는 아무 감상도 없이 극히 자연스러운 말투로 "나는 아버지를 만나러 왔어요. 매일 밤마다 옵니다."라고 대답했다. 그것은 애수도 아니며 감상도 아니고 단지 사실을 말한 데 불과하였다. 벤치의 여자는 우리들을 흘깃 쳐다보고 잠시 후에 어린애를 데리고 공원을 빠져서 폐허의 거리쪽으로 사라져 버렸다.

13. 스탈린그라드의 재건

목적하였던 공장은 시의 교외에 있어 자동차가 가까이 도달함에 따라 임립(林立)하여 있는 커다란 굴뚝에서 흑연이 끊임없이 토해지는 것이 보였다. 그 부근 일대의 토지는 여러 갈래로 파열되어 있고 트랙터 공장의 건물도 거의 반은 파괴되었다. 정문에 도착하니 두 사람의 수위가 나왔는데 카파가 버스 속에 둔 카메라를 쳐다보고 돌아가 전화를 걸자마자 다른 수위들이 여럿이 모여들어 카메라를 보고 또다시 전화를 걸었다. 규칙은 실로 엄중하다. 버스에서 사진기를 가지고 나오는 것조차 허락되지 않았다.

커다란 문에 들어가니 이 공장은 보통 공장과는 달라 1반의 공원(工員)은 단철기와 쇄철기 앞에서 작업하고 있었는데 다른 1반은 폐허의 재건을 하고 있는 중이었다. 건물은 하나도 남지 않고 손해를 받고 있으며 대부분의 지붕은 날아가고 완전히 파괴된 것도 그중에는 있었다. 부흥은 진척(進捗)되어가고 있으며 또 다른 쪽에서는 트랙터의 제작이 끝나 완성되어 있다. 독일의 대형 탱크와 대포의 부분품이 설철(屑鐵)로 되어 용광로에 투입된 후 압연기에 걸리고 있다. 주조 압연 완성 부분품의 연마 등의 공정을 보며 걸어 다녔는데 제작 작업을 끝마치는 곳에서는 완성된 트랙터가 도장되고 닦아지고 그리고 운전되어 주차장에 운반되어서 농장으로 가는 화차를 기다리고 있었다.

반괴(半壞)된 건물 안에서는 철골 양철 유리 등의 자재를 운반하는 노동자들이 모여 공장을 재건하고 있었다. 요컨대 공장의 정비를 기다려 생산을 재개할 만한 여유가 없다.

이 공장 촬영을 어째서 허가 못 하는지 그 이유를 알 수 없다. 공장 속을 다녀보니깐 기계류는 전부 아메리카제이며 거기에 현재의 제작 방식은 아메리카의 기사가 가르쳐주었다고 한다. 그러므로 그 아메리카의 기술자들은 이 공장에서는 무엇을 하고 있는지를 당연히 알고 있을 것이며 아메리카에서 이 공장을 폭격한다는 준비가 있다면 정보는 필연코 제공된다고 생각하는 것이 정당할 것이다. 그렇건만 공장의 촬영은 엄금되었다.

이 공장의 사진은 별로 바라지 않았으나 거기서 일하는 남녀 노동자의 모습은 꼭 카메라로 찍을 수 있다. 여자 노동자라면 스탈린그라드 트랙터 공장의 일의 대부분은 여자들의 손으로 행해지고 있다. 그러나 엄금에 빠져나갈 길은 없고 결국 사진을 찍을 수는 없었다. 카메라를 무섭게 여기는 것은 실로 철저하였고 거기에 또한 맹목적이었다.

카파는 촬영할 수 없을 때에는 언제나 틀림없이 비탄에 잠기는데 이때는 특히 그러했다. 도처에서 그의 눈은 절호의 콘트라스트와 앵글을 발견하고 의미 이상의 의미를 갖는 화면을 거기에 그려내고 있었다.

　그는 실심하여

"여기서 사진을 두 장만 찍게 되면 말로는 도저히 표현할 수 없는 것을 보여줄 수 있겠는데." 하고 말했다.

　카파는 정오까지 기분이 상해 슬픈 얼굴을 하고 있었으나 차차 얼굴빛도 풀어져 오후 보트를 타고 볼가강을 돌아다녔을 때에는 완전히 기분이 회복되었다.

　볼가는 애착을 가질 수 있는 참으로 넓은 조용한 강으로 그것은 또한 이 지역의 수송로로서도 상당한 역할을 하고 있다.

　작은 터그보트(밧줄로 끄는 배)와 라이터(강변에서만 사용하는 작은 배)가 곡물 철광 재목 석유 등을 산적하여 왕래하고 페리보트(강을 건네주는 배)와 유람보트가 이곳저곳에 떠 있다. 강 위에서는 시가의 파괴된 상황을 한눈에 볼 수 있다.

　우리들은 키예프 때처럼 스탈린그라드의 신도시 계획을 취급하고 있는 건축국(局)을 방문했다. 스탈린그라드시를 볼가강의 위쪽이나 아래쪽으로 이동시킨 안이 대두했었으나 파괴된 시가의 잔해를 치우는 것이 큰일이므로 그 건설에는 전연 손을 대지 못하고 있었다. 신규로 시가를 건설하는 편이 먼젓번 장소에 다시 세우는 것보다 쉬우며 거기에 용이할 것인데 도시의 이동에 대해서는 두 가지의 반대론이 있었다. 그 이유는 실제문제로서 하수도와 지하 전기시설의 대부분이 그대로 남아 있다는 것과 감정적으로 어떠한 일이 있든 간에 스탈린그라드는 먼젓번 토지에 부흥하지 않으면 안 된다는 마음인 것이다. 그리고 이 마음이 아마 가장 중요한 이유였었다. 이 절실한 감정에 대해서 잔해를 치울수록 무위한 노력이 필요하다고는 의견을 도저히 싸울 상대가 되지 못하는 것 같았다.

　도시 부흥에는 대체 5종의 건설 계획이 있고 모든 것이 아직 승인되지 못해서 석고의 신 도시계획의 모형은 만들어져 있지 않았다. 이 5종의 건설 계획에는 공통된 2개의 계획이 있어 키예프의 계획과 같이 장대한 관청가(街)를 시의 중심에 만들고 여러 개의 거대한 기념비를 세워 대리석으로 커다란 제방을 쌓고 거기에 볼가강에 내려가는 층계를 붙이고 기타 공원과 열주(列柱) 피라미드 방첨탑 스탈린 레닌의 거대한 동상 등이다. 이러한 것은 화도 투영도 설계도 등에 나타나 있다.

거기서 또다시 마음에 떠오른 것은 아메리카인과 러시아인은 두 가지의 점으로 참으로 공통되어 있는 것이었다. 이 양국민은 거대한 건축물을 좋아한다. 러시아인이 아메리카에 와서 가장 칭찬하는 두 가지는 언제나 포드 공장과 엠파이어스테이트 빌딩이다.

스탈린그라드시에서는 파괴된 건물 아래 지하실에서 살고 있는 사람들의 모습을 여러 번 보았는데 이러한 것을 건축국 주임에 말한 뒤 그들은 어째서 집이 세워져 있는 교외에 옮기지 않느냐고 물었다. 그는 그 질문을 잘 알았다는 듯이 미소를 띠며 말했다.

"현재 지하실에서 사는 사람들은 파괴되었던 그 건물에 살고 있었다. 그곳에서 움직이기 싫고 또한 절대로 움직이지 않겠다고 남아 있는 이유는 두 가지가 있다. 그 하나는 오래도록 살았으므로 그곳을 좋아한다. 건물이 파괴되어버렸을 때에도 다른 곳으로 가는 것을 싫어했던 정도이다. 또 하나의 이유는 교통 문제에 관계가 있다. 아직 현재로서는 시내에는 버스가 충분치 않고 전차는 한 대도 움직이지 못하므로 만일 주거를 옮기면 근무의 왕래에 상당한 거리를 걷지 않으면 안 된다. 그것은 상당한 노력이다."

거기서 또 물었다.

"그러면 도대체 어떻게 해줄 작정인가?"

"옮겨줄 집이 되면 어떻게 해서라도 옮겨준다. 그때까지는 전차도 버스도 부활될 것이며 그렇게 되면 발의 문제는 해결될 것이다."

건설국에 머물렀을 때 거기에 한 관리가 와서 스탈린그라드로 보내온 세계 각국으로부터의 증정품을 보겠느냐고 우리들에게 물었다. 그리 마음은 없었으나 보지 않을 수는 없었다.

　좀 휴식하기 위해서 호텔에 우선 돌아갔는데 거기에 이르자마자 도어를 노크하므로 문을 열어보니 사람들이 일렬로 서 들어오며 상자와 케이스와 서류가 든 여러 종류를 운반하였다. 그것이 각국에서 보내온 스탈린그라드 시민에게의 증정품이었다. 에티오피아 황제로부터는 금사직(金絲織) 레이스를 씌운 붉은 벨벳의 실드(방패) 아메리카 정부로부터는 프랭클린 디 루스벨트 대통령이 서명한 다갈색 문자를 쓴 양피지 두루마리 샤를 드골 장군으로부터의 금패 영국왕으로부터의 스탈린그라드의 검 등등 그리고 영국 소도시 1천5백 명의 부인의 이름을 수놓은 테이블 클로스가 있었다. 이러한 물품을 우리들의 실내에까지 반입하게 된 것은 스탈린그라드시에 아직 박물관이 없는 까닭이다.

　커다란 서류가 든 상자도 열어보지 않을 수 없었는데 그 속에는 전부 세계 중의 각종 각색의 문자가 망라된 각국의 정부 수상 대통령으로부터의 서한이 들어 있으며 스탈린그라드 시민에게 보내온 축사가 쓰여 있다.

　나는 거기서 참을 수 없이 슬픈 정감이 되어버리고 말았다. 그것은 각국 원수와 정부 수뇌자의 증정물, 중세의 검이라든가 고대 실드의 모조품 양피지에 쓴 축사 등의 불쾌감 때문이었다. 명부장에 아무 말이나 써달라는 의뢰로 받았을 적에는 이미 무어라 쓸 말이 없었다. 그 명부장에는 "세계의 영웅들"이라든가 "문명의 방위자들"이라는 문자가 가득 차 있었는데 이러한 것은 모두 극히 대수롭지 못한 것이 축하할 때에 사용되는 호기롭고 남성적인 불쾌한 그리고 참으로 어리석고 못난 찬사이다.

　우리들의 머리에 떠오르는 것은 트랙터 공장의 타오르는 용광로에 전신을 태워가며 노동하는 남자들의 철의 얼굴 지하의 움에서 나와 머리를 빗는 젊

은 여자들 저녁때가 되면 공동묘지에 파묻힌 아버지를 꼭 찾아보는 소년 이
와 같은 사람들의 모습이었다. 그들은 어리석지 않았다. 그리고 옛이야기에
나타나는 것과 같은 인물은 아니다. 그들은 공격을 받고 자기 자신을 지켜온
작은 사람들이다.

중세의 검과 금(金) 실드가 못난 것은 그 증정주(主) 상상력의 빈곤성에서
오는 것이다. 스탈린그라드가 6대의 불도저(土鋤機)를 욕망하고 있을 때 세
계는 한 개의 위조 상패를 그 가슴에 장식하였던 것이다.

14. 어느 곳에든지 있는 스탈린

아메리카에는 초대 대통령 조지 워싱턴이 숙박하였던 집이 수백 군데나
되는데 러시아에서는 이오시프 스탈린의 일하였던 곳이 많이 있다.

티플리스역 구내 매점에는 그 앞에 흙을 쌓아올린 화단이 있는데 그 속에
있는 이 상점에서 이전에 스탈린이 일하고 있었다고 쓴 커다란 석비가 서 있
다.

스탈린은 조지아(트란스코카서스공화국) 출생으로 그 출생지는 티플리스
에서 약 70킬로 떨어져 있는 고리라는 곳인데 지금엔 그곳은 국가의 성지로
되어 있고 우리들은 고리를 구경하러 갔다.

지프는 보통 때보담 속력을 내고 있었던 모양이나 도착하기까지는 상당히
지루했다. 곡절이 심한 도로를 지나 계곡을 여러 군데 거쳐 길을 여러 번 바
꾸어 겨우 고리의 거리에 도착했다. 사방이 산에 둘러싸인 일종 특이한 시가
이다. 높고 정적한 느낌을 주는 둥근 산이 시가 전체를 비예(睥睨)하며 중앙
에 솟은 산봉에는 커다란 성이 있으며 예전에는 거리를 방위하여 사람들을
비호하는 역할을 하였으나 현재에는 황폐로 돌아가고 말았다. 스탈린은 이
거리에서 출생하여 여기서 유년 시대를 보냈다.

에이브러햄 링컨이 살던 오막살이집은 그대로 송두리째 박물관에 이관되어 있는데 스탈린의 생가는 먼저 장소에 그대로 남겨두고 있으며 비와 바람을 막기 위해서 커다란 대리석 건물이 그 집 전체를 싸고 지붕은 스테인드글라스였다. 그 생가는 목재와 돌로 만든 조그마한 일층집이며 간수(間數)는 단 두 개 집의 정면에는 좁고 작은 현관이 있다. 그러나 스탈린의 가정은 너무도 가난하였으므로 실제에는 그 집의 반 즉 방 하나만 사용하고 살았던 것이다.

그 방의 입구에는 밧줄이 하나 걸려 있는데 내부를 보는 데는 하등 지장이 없고 침대, 좁은 반닫이, 작은 책상, 사모바르, 기울어진 램프 등이 놓여 있다. 그리고 이 방은 가족들에게 있어서는 부엌이고 침실이었던 것이다. 이 건물 사방에는 금색 대리석의 각주가 서 있고 전체를 둘러싼 스테인드글라스의 지붕을 받치고 있으며 또한 이 건물 전체가 장미를 심은 커다란 정원 속에 있었다. 이 정원의 한구석에는 스탈린 박물관이 있으며 스탈린의 유년 시대로부터 청년 시대에까지 관계되어 있는 수집품은 전부 이곳에 보존되어 젊은 날의 몇 장의 사진과 도서류 체포되었을 때 경찰에서 찍은 사진 등이 있다. 청년 시대는 예민하고 야성적인 눈을 가진 미남자였다. 벽에는 커다란 지도가 걸려 있으며 방랑하였던 곳 체포당했던 감옥 유형(流刑)되었던 시베리아의 거리 등이 기입되어 있다. 기타 읽은 서적, 사용하였던 노트와 지방 신문에 썼던 기사 등이 있는데 이러한 자료를 보고 느끼게 되는 것은 사회에 뛰어든 그 시초부터 현재에 이르기까지 그의 생애는 한 줄의 선을 그은 것처럼 시종일관되어 있는 것이다.

모든 역사를 통하여 그의 생애처럼 경의를 표할 가치가 있는 것은 찾아낼 수 없다. 이러한 점에서 생각할 수 있는 것은 시저뿐인데 시저에 있어서도 그의 생애에 스탈린과 같은 정도의 위신과 숭배와 신격을 국민들로부터 받았는지? 참으로 의심스럽다.

스탈린의 한마디의 말은 그것이 만일 자연의 법칙에 모순되는 것이라 할지라도 그의 국민들에게 있어서는 철칙이다. 그의 출생지는 지금엔 순례지로 되어 있으며 우리들이 그곳에 있는 동안에도 여러 사람들이 방문하였는데 그들은 작은 소리로 말하며 소리가 나지 않게 조용조용히 걷고 있었다. 우리들이 찾아간 날은 참으로 귀여운 소녀가 그 박물관의 일을 보고 있으며 우리들 일행에게 여러 가지로 설명해준 다음 정원에 들어가 장미꽃을 꺾어와서 우리들 가슴에 꽂아주었다. 그 다음 그 장미꽃을 성지의 기념으로서 소중하게 해달라는 것이었다. 모든 역사를 통해 보아 이러한 것이 필적할 만한 그 아무것도 모르고 있다.

스탈린이 살아 있는 동안엔 이와 같은 큰 권력을 장악할 수가 있다고 하지만 그가 죽은 다음에는 어떻게 될 것인가?

러시아에서 들은 여러 연설에는 강연자가 급히 스탈린의 연설 일절을 인용하는 것을 여러 번 들었다. 스탈린의 연설은 그 논거를 아리스토텔레스의 학설에 둔 중세의 학자의 독단과 일맥 통하고 있는데 러시아에서는 스탈린이 한 말은 일언반구라도 가부 여하를 논할 수 없고 그가 말한 데 대해서는 절대로 반박이 없다. 이러한 것은 선전 훈련 부단의 전색(詮索) 도처에 걸려 있는 초상 등에 의한 것인데 그렇다고 해서 그것이 사실이라는 데는 변함이 없다.

"스탈린은 틀린 일이 없다. 그의 생애에 있어서 단 한 번이라도 틀린 일은 없다."라는 말을 수차 들은 다음 처음으로 이 힘의 의미를 알 수 있다. 스탈린의 말은 의논이 아니고 따라서 반박할 수 없다는 자는 참으로 그것을 진실한 것으로 믿고 그리고 실제에 의논을 초월한 것으로서 말하고 있는 것이다.

스탈린의 커다란 유화의 초상은 거의 대개 군복을 입은 모습이며 있는 모든 훈장을 차고 그 수는 참으로 많다. 칼라 밑에는 소비에트 사회주의 노동자의 최고 훈장인 '금성장(金星章), 골드스타' 왼쪽 가슴에는 소련 국민이 가장 갈망하는 영웅 금성장, 이것은 아메리카의 의회 명예훈장과 같은 것이다. 왼쪽 가슴 아래에는 전공장이 쭉 걸려 있으며 바른쪽 가슴 아래는 여러 별과 붉은 에나멜의 별이 번쩍이고 있다. 아메리카 군대의 전공수(戰功綬) 대신 소비에트 군대에서는 스탈린그라드 모스크바 로스토프 등의 대전투 때마다 전공장이 나왔는데 스탈린은 그것을 전부 붙이고 있다. 소련군 원수로서 그 모든 전투를 지휘하였던 것이다.

소비에트에서는 스탈린의 조각과 초상의 시선을 받지 않고서는 어떠한 일도 할 수가 없다. 그의 초상은 모든 박물관이라기보다 모든 박물관의 모든 실내에 걸려 있으며 석고제 동상 대리석제의 그의 조각은 모든 공공건물의 정면에 장식되어 있고 그의 흉상은 모든 비행장 철도역 버스 정류장 정면에 꼭 놓여 있다. 또한 그것은 모든 학교의 교실에 있고 거기에 그 바로 뒤에 그의 초상화가 걸려 있는 것도 여러 번 보았다. 공원에서는 석고제 벤치에 걸터앉아서 레닌과 협의하고 있다. 그의 자수상(刺繡像)은 학교 생도가 만들고 있으며 상점에서는 수백만이나 되는 그의 얼굴을 팔고 있고 어느 가정이라도 그의 초상화는 적어도 한 장은 가지고 있다.

스탈린의 초상화는 석고화 주상(鑄像) 메달 자수상 등의 제작은 소련의 대공업의 하나로 틀림없이 칠 것이다. 스탈린은 도처에서 모든 것을 보고 있다. 어떠한 데도 꼭 얼굴을 내놓고 있다. 한 사람의 남자에게 장악된 권력과 그 영속을 극도로 무서워하며 미워하는 아메리카인에게 있어서는 이러한 것은 공포하여야 할 것이며 또한 증오하지 않을 수 없다.

축제 때의 스탈린의 초상은 참으로 크며 높이는 8층 정도이고 폭은 50피트나 된다. 모든 공공건물은 놀랄 만한 정도로 거대한 그의 초상을 건다. 러시아인이 이 이유를 말해주어 나는 몇 가지의 답을 얻었다. 그것을 순서대로 쓰면 1. 러시아 국민은 로마노프 왕조의 각 황제와 그 가족의 초상에 관습 또한 친애하여왔던 때문에 니콜라이 2세가 제위에서 추방되었을 때 황제의 초상에 대신되는 그 무엇을 필요로 하였다. 2. 초상을 좋아하는 것은 러시아에서는 오래전부터 있는 습관이며 스탈린의 초상도 그 하나이다. 3. 러시아인은 스탈린을 참으로 좋아서 항상 신변에 있는 것을 원하고 있다. 4. 스탈린 자신은 이러한 것을 싫어하지 말라고 말하고 있다 — 이상의 네 가지인데 그러나 스탈린이 그 초상과 입상과 흉상을 증가시킨다면 몰라도 그것을 없애려고 생각하고 있다고는 생각할 수 없다.

이유는 여하튼간에 때로 웃고 때로 침사하고 때로는 쳐다보고 있는 스탈린 수상의 눈을 피해서 한 시각이라도 지낼 수는 없다. 이것은 도저히 아메리카인에게는 이해할 수 없는 하나이다.

스탈린 이외에도 수 명의 초상과 동상이 있다. 이들 지도자들의 초상은 스탈린과의 밸런스 여하로 그들 중에서 누가 계승자인가를 대개 추측할 수가 있다.

1936년 초상의 크기에서 스탈린 다음이었던 것은 보로실로프이며 현재는 몰로토프이다.

15. 조지아의 농민

이 차(茶) 공장의 관리인은 일견 45세 정도의 부인이며 농업학교 졸업생이었다.

그의 공장에서는 최상의 차에서 시베리아에 보내는 최하등의 차에 이르기까지 여러 가지 종류의 차를 제조하고 있었다. 차는 러시아인의 가장 중요한 음료이며 러시아 남부의 차의 재배와 그 제조는 가장 중요한 지방산업의 하나로 볼 수 있다.

이 공장의 설비는 전부 자동적으로 조업되어 있고 차는 분해기에서 잘라지고 산화되어서 벨트로 끊임없이 건조실에 들어가고 있다. 돌아올 때에 그 부인 관리인은 최상품의 커다란 주머니를 한 개씩 우리에게 주었는데 참으로 훌륭한 차였다. 커피는 맛이 없으므로 오랫동안 입에 대지 않고 그 대신 차를 마시고 있었으므로 조반을 먹을 때에 얻은 차를 두어보았는데 그때까지 산 어떠한 것보다도 훌륭했다.

조그마한 탁아소에 들르니 어린애들이 5, 60명 풀 위에서 춤을 추고 있었다. 어머니는 차밭에서 일하고 있는 것이다. 카파는 머리털이 곱슬곱슬한 눈이 크고 참으로 아름다운 소녀를 보고 여러 차례 사진을 찍으려고 했는데 그 소녀는 잠시 어쩔 줄 모르다기 결국에 울어서 아무리 달래도 듣지 않았다. 카파는 또 다른 소년에게 카메라를 향했는데 그 애도 역시 울고 말았다. 카파는 원래 어린애들이 좋아하는 사나이다. 이 어린애들의 선생의 말에 의하면 그 소녀는 조지아의 어린애가 아니므로 달래는 것이 힘들다는 것이며 그는 우크라이나의 고아로 조지아의 어느 농가에 양녀로서 와 있는데 아직 조지아의 말을 할 줄 모르므로 사람들에게 낯익지 못하고 있다는 것이었다. 조지아의 여러 집에서는 전재(戰災) 지구의 아동들을 맡아 가지고 기르고 있는데 이 부유한 조지아 지방은 전연 전쟁의 피해가 없었으므로 주민은 다른 지방에 대해서 책임을 느끼고 있는 것이다.

이곳저곳의 여러 농가에 들렀는데 어느 집이나 정원과 과수원을 가지고 있고 꼭 음식물을 내놓았다. 손에 가득 하젤의 열매 치즈와 흑빵 한 개의 껍질 벗긴 배 포도 한 아름 한 잔의 포도주 등 끊일 새 없이 먹고 왔는데 그래도 권하면 거절할 수가 없었다.

조지아 보드카도 마셨다. 이것은 아무에게도 권할 수 없는 것이다. 신관(信管) 장치가 참으로 위험스럽게 되었기 때문이다. 로켓주(酒)라고 할 만한 것으로 우리들의 위장(胃臟)에는 도저히 맞는 것이 아니다. 실제에 있어 이것은 보드카가 아니고 통칭 그랏펠이라고 부르는 일종의 증류주이다. 하여튼 너무 강렬했다.

배가 가득 불렀을 때 농장 감독을 만났다. 그는 우리들을 잡고 놓지 않았다. 이 남자는 키가 크고 정직한 한인(閑人)이며 빨치산복에다 네모진 모자를 쓰고 있었다. 그리고 자기 집에 들러서 꼭 좀 음식을 먹어달라고 청했다. 신이여 구조해주십시오. 치마르스키와 또 한 사람의 통역을 통해서 한 입만 먹게 되면 배가 파열할 지경이라고 전했는데 그는 단념하기는커녕 먹는 것은 단 한 입만이라도 좋으니 집에 가서 서로 술 한 잔씩 마시게 된다면 그 이상 즐거운 일은 없겠다고 말했다.

러시아의 비밀 무기 적어도 손님에 대한 비밀 무기는 음식이라고 나는 이때 생각하였다. 그러나 한 입만이라도 좋다는 데는 거절할 수가 없어서 그와 함께 언덕 위에 있는 아담스럽고 깨끗한 그의 집으로 갔다.

그 집에 들어가 보니 우리들의 예상과는 전연 달랐다. 현관 앞 깨끗이 자른 잔디 뜰에서 여러 사람들이 마중하고 있으며 이 인수(人數)로 보더라도 한 입이나 한 잔의 의리로서는 끊을 수가 없었다. 두 소녀가 집 안에서 물을 떠다 우리들 손에 부어주므로 그것으로 얼굴과 손을 씻으니 가장자리를 빨갛게 선을 두른 흰 수건을 주었다. 그 다음 집 안에 안내되어 낭하(廊下)를 지나 커다란 실내에 들어갔다.

그 실내에는 호화로운 색채의 직물이 걸려 있고 그 어느 모양은 인도산의 모포를 연상케 했다. 마루에는 일종의 매트가 깔려 있는데 멕시코산의 것과 비슷하다. 식탁 위에는 보기만 해도 숨이 막힐 정도였다. 길이 40피트의 식탁에 음식이 산더미처럼 쌓여 있고 20여 명의 손님들이 먼저 와 있었다. 그 향연은 음식으로서나 서비스의 점으로나 참으로 지금까지의 백미이고 프라이드 치킨 전채(오르되브르)이며 거기에 이 전채는 닭 한 마리의 반쯤 되었다. 골드그린 소스를 칠한 참으로 맛난 냉계육 치즈 스틱과 일년감 샐러드와 조지아의 김치 맛있고 진한 소스를 칠한 양육(羊肉) 스튜 일종 기름으로 튀긴 치즈 포카칩과 같은 보리빵 등 식탁의 중앙에는 포도 배 사과 등의 과실이 쌓여 있고 어느 것을 먹어도 놀랄 만하게 맛이 있다. 하여간 전부 맛보려고는 했으나 너무 과식하여 죽을 지경이었다. 카파는 허리가 32인치인 것을 자랑하고 어떠한 일이 있어도 절대 밴드를 풀지 않는데 여기서는 목이 멜 정도로 먹어서 다소 핏대 선 눈을 하고 있었다. 한편 나는 이렇게 배가 부르면 배가 고플 때까지 2, 3일은 아무것도 먹지 않고 견딜 수 있다고 생각하였다. 20인의 손님이 소개되니 또 절실한 문제가 일어났다. 먹지 않고 있으면 자꾸 권하여 한 입 먹으면 접시는 또다시 가득 찬다. 그러는 사이에도 이 지방산의 포도주를 돌리고 있었는데 참으로 입맛이 좋고 향기가 나서 이 때문에 생명이 구조되는 감이 있었다. 두세 잔의 포도주가 일동에게 돌았을 적에 이 집주인인 농장 감독은 일어섰다. 그의 아내도 부엌에서 나와 그 옆에 섰는데 꺼무스름한 눈에 고단한 얼굴빛이었다. 감독은 우리들의 건강을 축복하며 잔을 올리고 또다시 아메리카 합중국을 위해 잔을 들었다. 그 다음 그의 친우를 테이블 마스터로 지명했다. 집주인이 우인을 테이블 스피치의 마스터로 지명하는 것은 조지아의 오랜 관습이라고 한다. 테이블 마스터가 지명되면 마음대로 축하의 말을 할 수 없게 되고 말하고 싶은 자는 그 뜻을 마스터에게 전하지 않으면 안 된다. 우선 축사는 테이블 마스터로부터 시작했다. 이때의 테이블 스피치는 실로 길었는데 한마디 한마디씩 조지아어에서 러시아어로 그리고 또다시 영어로 통역하지 않으면 안 되었으므로 짧은 말이라도 당연 길게 걸리는 것이다. 이러한 때에는 연설 도중에서 본인이 말한 것이 행방불명으로 되며 혼돈되는 것은 어찌할 수 없다. 그 테이블 마스터는 이 지방의 농업 경제를 연구하고 있으며 처음엔 평범한 인사를 말하였는데 얼마 후 그의 독특한 자랑이 시작되었다. 그는 아메리카인과 러시아인을 이반(離反)시키고 있는 여러 가지 사건과 오해를 슬퍼하고 이것을 타개하는 길은 무역뿐이라고 지적하고 러시아와 아메리카 간에 통상조약을 체결하지 않으면 안 된다고 말하며 이어 러시아는 아메리카에서 제조되는 농업 기계 트랙터 트럭 기관차 등을 절실히 필요로 하고 있다고 말했다. 그리고 한편 아메리카에서도 러시아에서 생산되고 있는 어느 종의 자료를 틀림없이 필요로 할 것이라고 전언(前言)하고 그 러시아의 생산품으로서 보석 금 목재 펄프 크롬 텅스텐 등을 들었다. 그는 오랫동안 이 문제에 관해서 틀림없이 열심히 사고하였을 것이다. 그와 같은 협정이 체결되기 위해서는 그 중도에 허다한 곤란이 가로놓여 있다는 것을 그가 알지 못하는 것도 무리가 아니며 우리들도 사실에 있어서 그것을 모른다고 말할 수밖에 없었다.

우리들은 외국인이며 테이블 마스터에서 기입한 종이를 줄 수는 없었으나 우리들의 의사를 표시하지 않아도 그의 축배의 언사에 보답할 것이 허락되었다. 거기서 나는 모든 종류의 커튼 철의 커튼 나일론의 커튼 정치의 커튼 허위의 커튼 미신의 커튼을 일체 폐지해야만 된다고 우선 말하고 커튼 그것은 전쟁의 선구가 되는 것이며 만일 전쟁이 발생되었다고 하면 그것은 두 가지 이유의 하나 우둔이 아니면 또는 목적인 그 어느 것에 의한 것이다. 만일 그것 지도자측의 목적에 의한 것이라면 그러한 지도자는 두들겨 추방할 필요가 있고 그것이 우둔에 의한 것이라면 그 원인을 일층 엄밀히 조사하지 않으면 안 될 것이라고 말했다. 그리고 여하한 자라도 만일 얼마나 우둔하고 호전적인 자라도 근대 전쟁의 성질상 단 한 사람의 힘으로 승리를 얻을 수 있다고는 생각하지 않으므로 전쟁을 일으키려고 하는 지도자는 어떠한 국가의 어떠한 자라 할지라도 죄인으로서 처벌하고 추방하지 않으면 안 된다고 말했다.

카파는 참으로 많은 전쟁을 보고 왔으며 나도 다소 그러한 경험이 있으므로 이 점에 대해서는 통절히 느끼고 있다.

16. 크렘린의 표정

크렘린궁은 일반인의 구경이 허락되어 있으며 그 전부터 한번 가보고 사진으로도 찍으려고 생각하였는데 겨우 허가가 나고 보니 사진 촬영만은 허가되지 않았다. 촬영은 물론 사진기를 휴대할 수도 없게 되었다. 구경도 특별한 도순(道順)이 아니고 일반인과 같았었는데 우리들로서는 결국 그러한 편이 좋았다. 치마르스키 군이 또 안내자로 되었는데 이채스러운 그는 그때까지 한 번도 크렘린궁에 들어와 본 일이 없었다. 경계가 엄중한 크렘린궁으로 향한 길을 걸어가니 입구에는 경비병이 서서 우리들의 이름을 기입하고 허가증을 신중히 검시(檢視)한 다음 벨을 누르니 호위병 하나가 앞에 서서 문을 통해주었다.

정부의 각성(各省)은 크렘린궁 깊은 곳에 있어서 거기까지 가볼 수는 없는데 그리 가보고 싶지도 않았다. 넓은 광장을 지나 오래된 대가람 속에 들어가니 거기는 박물관으로 되어 있는데 여기는 이반 대제로부터 적색혁명까지의 러시아 황제들이 사용하였던 커다란 궁전이다. 박물관에는 갑주(甲冑) 무기 도기 접시 의상 5백 년 간의 왕궁에 증정품 등이 진열되어 있다. 다이아와 에메랄드를 가득 박은 커다란 왕관 카테리나 여왕의 창과(槍戈) 옛날 병사들의 모피 외투와 진묘한 갑주 등이 수백 년 동안에 러시아 황제에게 보내온 제 외국 왕실로부터의 증정품 엘리자베스 여왕이 보낸 커다란 은으로 만든 개[犬] 프리드리히 대왕이 카테리나 여왕에게 보낸 독일의 은과 도기 그 외에 명예의 검 군주국의 거짓말을 가득 채운 것같이 과포(過襃)의 언사로 충만되어 있는 서한류(書翰類) 등 왕실 박물관을 보면 군주정치하에서는 악취미를 싫어했던 것이 아니고 둘도 없이 필요한 것이었다는 것을 알 수 있다. 이반 대제 시대의 병사가 그려져 있는 화랑에는 부인의 출입을 금하고 있다.

긴 층계를 올라가면 큰 거울이 있는 실내에 이른다. 거기는 최후의 러시아 황제와 그 가족들이 사용하였던 방인데 너무도 가구가 많고 장식투성이로 방 전체가 검은 광택을 내어 무척 불쾌한 곳이다. 어렸을 때 이와 같은 어리석은 수집품과 함께 크고 일상을 보내게 된다면 아마 상규를 벗어난 일종의 변인으로 틀림없이 될 것이다. 그러나 왕자들의 성격을 더한층 잘 알기 위해서는 그들이 이와 같이 머리가 변할 만한 분위기에서 어떠한 생활을 하지 않으면 안 되었던가를 알 필요가 있다.

나이 어린 러시아의 왕자가 철총(鐵銃)을 가지고 싶었을 때 22밀리 구경의 소총을 가질 수가 있었는가? 아니 그가 가졌던 것은 20세기에서는 약간 고물인 상아와 보석을 박아 외관을 장식한 나팔총(喇叭銃)이다. 그들은 산야에 나가 토끼를 잡을 수가 없었다. 단지 잔디뜰에 앉아서 그가 잡기 위해 기르고 있는 백조를 쏘는 것이다.

이 궁전에서 꼭 두 시간을 보냈는데 너무도 기분이 불쾌하여 하루 동안 그 기분을 떨어버릴 수가 없었다. 그 원인은 궁전 속에 어떤 생애를 상상하였기 때문이다. 하여간 궁전을 본 것은 즐거운 일인데 절대로 두 번 갈 마음은 없다. 세계 중에서 가장 음참(陰慘)한 장소이다. 궁전 내부의 여러 실내와 층계를 보며 걸어 다니니 자식이 부모를 부모가 자식을 죽였던 이유와 참으로 외관만의 생활이 얼마나 내용적으로 공소한 것이었다는가를 용이하게 상상할 수 있다. 궁전의 창에서는 크렘린의 외벽 너머로 시가가 보인다. 바로 아래인 붉은 광장에는 큰 대리석 대가 놓여 있으며 거기는 러시아 황제가 신하의 목을 자른 곳인데 그것도 아마 황제 자신의 공포에 의한 것일 게다. 언덕길을 지나서 엄중한 경호의 문밖으로 나오니 처음으로 구출된 기분을 가질 수 있었다. 크렘린궁에서 즉시 호텔 메트로폴에 돌아와 헤럴드 트리뷴 지국에 가서 예전부터 아는 기자를 카바레에 억지로 끌어내어 보드카 40그램과 런치를 주문하였다. 그러나 크렘린에서 받은 불쾌한 기분을 떨어버리는 데는 오랫동안 걸렸다.

크렘린궁 속에 있는 정부 건물에는 가보지 않았는데 거기는 관객을 절대로 들여보내지 않는 곳이므로 어떠한 외관인지도 모른다. 그러나 그 건물의 첨단만이 외벽 위에서 보내었다. 그 외벽의 내부는 그곳에 거주하고 있는 정부 고관들과 그 하인 문지기 관리인 호위하는 자들로서 일 사회를 형성하고 있다고 한다. 사람들의 말에 의하면 스탈린은 크렘린에서 살고 있지 않고 다른 곳에 거주하고 있다는데 아무도 그것이 어디 있는지도 모르고 또 그다지 그런 것에 관심을 갖고 있지 않는 듯하다. 1947년의 가을인 현재 스탈린은 상하(常夏)의 기후인 흑해 연안에 있다고 한다.

아메리카의 일 특파원은 스탈린이 어느 날 시가를 자동차를 타고 지나가는 것을 보았다고 이렇게 말했다.

"그때 스탈린은 후부 좌석에 앉아 이상스러운 방향으로 어깨를 기대고 있었는데 그의 얼굴은 부자연하게 경직하여 있어 실제로 스탈린 본인인지 그렇지 않으면 상(像)인지 알 수 없었다. 하여튼 신사의 얼굴로는 보이지 않았다."

모스크바 작가동맹은 우리들을 만향회(晩饗會)에 초대했는데 이때는 놀랐다. 그 회에는 스탈린이 "러시아 혼의 기술자"라고 부르는 인텔리와 작가들이 일당에 모여 있어 참으로 놀랄 만한 위관이었다. 만찬회에서의 연설은 길고 또한 여러 가지였다. 출석자의 대부분은 영어나 불란서어나 독일어로 말할 수 있었다. 그들은 우리들의 러시아 여행이 유쾌한 것이며 충분한 견문을 하기 바란다는 것을 말했다. 우리들의 건강을 위해 재삼재사 축배를 올렸다. 우리들은 그들에게 향해서 이번 러시아 여행의 목적은 정치 기구를 보기 위한 것이 아니고 러시아의 여러 사람에게 접촉하기 위한 것이라고 말하고 이미 여러 사람들과 이야기를 교환(交驩)하였으므로 우리들이 러시아에서 견문한 데 관해서 정확하게 그 진실을 전할 수 있다고 생각하는 바라고 말했다.

에렌부르크가 일어나서 진실을 전해준다면 그 이상 유쾌한 일은 없다고 말했다. 그러니 테이블 구석에 앉았던 남자가 일어나서 진실에는 여러 종류가 있으므로 러시아인과 아메리카인의 관계를 좋게 할 수 있는 진실을 써달라고 말했다. 여기서 논쟁이 벌어졌다. 에렌부르크가 번쩍 뛰어 일어나서 노한 구조(口調)로 어떠한 것을 쓰라고 작가에게 말하는 것은 모욕이라고 말했다. 작가가 진실을 쓰고 평판을 받으면 그 위에 무엇을 더욱 쓸 필요가 있느냐고 말했다. 그는 상대의 얼굴에 손짓을 하고 군의 태도는 나쁘다고 책망하였는데 그 남자는 입으로만 무어라 항변하고 있었다. 시모노프 씨는 종시 에렌부르크 편에 가담하여 그 상대를 비난했다. 치마르스키 군은 빈번히 말을 하려고 하였는데 의논이 비등하여 그가 입을 열 여유가 없었다. 러시아의 작가들 사이에는 참으로 엄격하게 협조가 되어 있어 논쟁은 일체 허락되어 있지 않다고 들었는데 이 만찬회의 공기는 그 소문이 사실이 아니라는 것을 말하고 있는 것처럼 보였다.

카라가노프 군이 양자의 절형(折衡)을 시키는 것과 같은 연설을 하고 그리하여 의논은 끝났다. 나는 축배로 보드카를 하지 않고 그 대신 포도주를 마셨기 때문에 뱃속이 참으로 쾌적하였다. 아마 사람들의 눈에는 서투르게 보였겠지만 몸을 위해서 자중하였던 것이다.

보드카는 내 입에 맞지 않는다. 이 만찬회가 끝나기는 11시경이며 먼젓번의 논쟁은 이미 자취도 없이 안개처럼 사라지고 기분 좋게 산회(散會)하였다. 우리들의 쓸 것에 대해서 무어라고 말하는 자는 한 사람도 없었다.

17. 모스크바의 외국인들

모스크바는 활기에 들뜨고 있었다. 국가의 영웅들의 포스터와 초상화가 주루룩 건물에 걸려 있었다. 다리는 전구를 주산 알처럼 만든 일루미네이션으로 장식되어 있다. 크렘린궁은 조명에 빛나 첨탑에서 외벽 플레이트까지 완연하게 보였다. 어느 광장에도 무용장이 신설되었고 또 다른 광장에는 러시아의 옛 동화의 그림에 있는 것과 같은 외관의 작은 매점을 세우고 과자와 아이스크림 등을 팔고 있었다. 공식의 기념장으로 조그만 메달을 만들어 양복 단춧구멍에 걸도록 되어 있었는데 모두 그것을 붙이고 있었다. 모스크바 8백 년제(祭) 축전에 참석하기 위해 각국 대표는 거의 시간마다 모스크바에 도착하고 있었다.

버스도 기차도 초만원이다. 속속 모스크바에 밀려드는 사람으로서 도로는 가득 찼는데 이 사람들은 모두 입을 것과 함께 수일 간의 식량을 준비하고 있었다. 배가 고파도 사람들 속에서는 몸 움직임도 자유롭지 못할 때가 간혹 있기 때문에 누구든지 손에는 2, 3개의 빵을 갖고 있다. 어떠한 건물일지라도 깃발과 조화를 세워놓고 지하철도회사는 모스크바의 지하철도의 대지도를 걸어놓았는데 그 밑을 달리는 지하철도의 작은 차량에는 군중들이 밤늦도록 밀리고 있다. 하차(荷車)와 트럭은 야채 멜론 토마토 오이 등의 식료품을 싣고 시가에 들어온다. 8백 년제를 축하하여 모스크바에 보내온 집단농장의 선물이다. 모든 건물은 전기를 환하게 켜고 있다. 거리를 걸어가는 모든 사람들이 전쟁을 회상하는 메달과 리본과 훈장을 붙이고 있다. 거리는 활기에 비등하고 있었다.

헤럴드 트리뷴 지국에 가니 조 뉴먼 군으로부터 전언의 종잇조각이 놓여 있었다. 그는 스톡홀름에 출장하였고 전언에는 초대되어 있는 파티에 대신 출석하여달라고 쓰여 있었다.

카파는 사진 필름에 열중되어 있으며 현상의 결과를 혼자 이러니저러니 비평하고 있었다. 이미 많은 네거가 되어 있고 창에 기대어 필름을 만져가며 몇 시간씩 현상하고 있었다.

나와 카파는 소비에트 대외문화협회의 사무실로 카라가노프 씨를 방문하여 러시아를 떠날 때 어떠한 필름을 가지고 가면 좋은지 확실한 것을 가르쳐 달라고 청했다. 어떠한 형식으로서도 틀림없이 검열이 있을 것이라고 생각되었기에 그 용의(用意)를 하기 위해 사전에 충분히 알아두려고 생각하였다. 그는 곧 조사하여 알리겠다고 약속하여주었다.

기념제 전날 밤 볼쇼이 극장에 초대되었었는데 어떤 것을 상연하고 있는지 알지 못했다. 그리고 다른 일로 그곳에 가지 못했는데 참으로 운이 좋았다. 후에 들으니 여섯 시간을 계속하여 연설이 있었는데 정부 각료들이 와 있었기에 아무도 도중에 나가지 못했다는 것이다. 지금까지 한 번도 없었던 운 좋은 일의 하나다.

레스토랑과 카바레는 사람들로 혼잡하였으며 거기에 그 대부분은 소연방 각 공화국 대표들 때문에 전용되어 있었기 때문에 출입하기가 도저히 불가능했으며 또한 실제 문제로서 그날 밤 저녁을 먹는 것이 참으로 곤란하였다. 시가는 인산인해를 이루어서 걷는지 걷지 않는지 모를 지경으로 발을 옮기고 광장에 이르면 멈춰 서서 잠시간 음악을 듣고 또 다음 광장으로 완만한 흐름이 계속해간다. 걷는 줄도 모르게 걸어가고 그리하여 멈춰 서서 보고 듣고 또 천천히 걷기 시작하여 그리고 또다시 멈춰 서게 되는 가두 풍경이 이곳저곳에서 한없이 계속되고 있다.

시골에서 상경한 사람들은 눈을 둥글리고 있다. 모스크바를 처음 구경한다. 그러나 이렇게 화려한 빛나는 빛의 홍수의 시가를 보게 되는 것은 누구에게 있어도 처음일 것이다.

박물관도 만원의 성황이며 도저히 속에 들어갈 수가 없었다. 극장이란 극장은 살인적 혼란이다.

어떠한 건물에도 스탈린의 커다란 초상화가 적어도 한 장은 걸려 있으며 초상의 크기에서 스탈린의 다음가는 것은 몰로토프였다. 그밖에도 각 공화국 인민위원회의 의장의 큼직한 초상과 소련의 영웅들의 초상이 있었는데

이들은 차차 작아졌다.

그날 저녁 늦게 아메리카의 일 특파원 집에서 열린 파티에 출석하였다. 이 특파원은 오랫동안 러시아에 있어서 러시아어 회화와 독서를 능숙하게 할 수 있었는데 현재 러시아에서 집 한 채를 유지해나간다는 것이 참으로 고생이라는 것을 말하였다. 그것은 마치 여관의 숙박과 같은 것이며 그 귀찮은 일은 대부분 관료제도의 무능에 의한 것이며 참으로 많은 기록을 하게 되고 장부를 쓰게 되는데 그 귀찮은 데 대해서 하등의 보수되는 것이 없다.

식사가 끝난 후 그는 책장에서 책 한 권을 뽑아 들고 "이러한 것을 읽어 드리겠소."라고 말하며 러시아어를 영어로 번역하면서 천천히 읽기 시작했다. 그것은 다음과 같은— 그렇다고 하여 정확한 전문은 아닌데 — 것이었다. "외국인은 항상 비밀경찰에 감시를 당하므로 러시아 사람들은 외국인에 대해서 참으로 의혹의 눈을 보인다. 어떠한 사소한 일에도 주의를 받게 되고 본부에 끌려가기 때문에 러시아인은 외국인을 자기 집에 초대하는 일은 절대로 없으며 외국인과 말하는 것조차 참으로 겁을 내는 모양이다. 정부의 어떤 각료에게 편지를 내어도 대개는 회답이 오지 않는다. 또다시 내어도 역시 매일반이다. 강경히 면회를 청하면 그 각료는 지금 모스크바에 없다든가 병중이라고 한다. 외국인의 러시아 내 여행 허가가 허락될 때까지는 참으로 귀찮은 수속이 필요하며 거기에 여행 중은 항상 감시의 눈이 비치고 있다. 그 냉정함과 의혹 때문에 러시아인은 외국인들은 서로 동지들끼리 결속하게 된다." 그는 다 읽고 나서 얼굴을 들고 말했다.

"이것을 어떻게 생각하느냐?" 거기서 우리들은 말하였다.

"그 서적은 검열에 통과된 것이 아닐 것이다." 그러니 그는 큰 소리로 웃으며 말했다. "그러나 이 책이 저술되기는 1634년이다. 저자는 아담 아담 올레아리우스이며 『모스크바 타르타리 페르시아 여행기』의 1절이다." 그리고 또 웃으며

"그럼 모스크바 회의의 보고서를 들어주겠다."

그는 다른 책을 꺼내어 읽었다.

"러시아인은 외교상 다른 국가와 잘 협조하려고 하지 않는다. 만일 누가 안을 내면 그들은 꼭 다른 안을 꺼내서 그것을 반대한다. 러시아의 외교관들은 넓은 세계에서 훈련되어 있지 않고 러시아를 떠나본 일이 없는 자들이다. 사실 불란서에 사는 러시아인은 불란서인으로 생각하고 독일에 살고 있는 자는 독일인으로서 생각하고 만다. 이들 재외 거주자는 러시아 국내에서는 신용되어 있지 않다. 러시아인의 외교는 직선상으로 진행하는 법이 없다. 그들은 점에 도달하지 못하고 언제나 그 주변을 돌면서 의논한다. 그리고 곧 말마디를 잡아서 응수하고 어떤 회의도 결론을 짓지 않고 그치고 만다." 여기서 좀 쉬어 "이상은 불란서의 외교관 오귀스탱 메이에르부르크 남작이 1661년에 쓴 것이다."라고 말하고 더욱 계속하였다. "이러한 것은 현재의 정체로 되어도 조금도 변하지 않았고 러시아인 역시 그러한 점에서 그리 변했다고 나는 생각지 않는다. 제 외국의 대사와 외교관은 6백 년 동안 러시아에서 마음마저 변하면서 지내왔다."

18. 러시아여 잘 있거라

여행은 거의 끝났으나 다소 마음이 걸리는 것이 없지 않다. 먼 곳에까지 와서 보며 또한 듣고 싶었던 것을 모두 견문하였는지 우리들에게는 알 수 없다.

하여튼 여러 가지 것을 보았다. 언어가 틀리는 것이 안타까웠다. 여러 러시아인과 접촉은 하였는데 우리들이 듣고 싶어했던 점에 대해서 진실한 대답을 얻었는지도 모르겠다.

매일처럼 회화를 하면서 후에 정리할 때를 위해서 상세한 것은 기호를 썼고 일기(日氣)까지도 메모하였다. 그러나 그것이 너무도 미세하였기 때문에 무엇을 획득하였는지 모르겠다.

아메리카의 신문이 떠들고 있는 것과 같은 러시아의 군비 원자력 연구 노예노동 크렘린의 사기정치에 관해서는 아무것도 알지 못했고 이러한 것에 관해서는 아무 정보도 얻지 못했다.

독일군이란 파괴의 적처(跡處)를 정리하기 위해 노동하고 있는 수많은 독일군 포로의 모습은 확실히 보았는데 이것은 그리 부정하다고 말할 수는 없었다. 포로들은 물론 자세한 대부분까지 알 수 없다. 대규모의 전쟁 준비도 혹은 진행되고 있는지도 모른다. 그러나 우리는 그런 것을 보지 못했다. 병사들이 다수 있기는 했다. 그러나 우리들은 스파이의 사명을 띠고 이곳에 온 것이 아니다.

최후에는 모스크바에서 여러 가지 것을 보려고 학교에도 가보았고 노동부인 여배우 학생들과 말해보았다. 상점에도 가보았는데 어떠한 것이라도 사려면 열을 짓고 있었다. 축음기 레코드의 발매가 알려지면 행렬이 생겨 레코드는 즉시 매절(賣切)된다. 신간서적이 발매될 때도 이와 같은 것이 일어난다. 우리들이 체류한 2개월간 복장의 점을 그리 좋지 못했고 모스크바의 신문은 빵 야채 감자 어느 종의 섬유제품의 가격인하를 보도하고 있었다.

어떠한 상점에도 금속제품을 사러 고객들이 밀려들고 있다는 신문기사도 읽었다. 실지의 경험을 말하면 러시아에서는 어느 곳을 가든지 상점에는 손님들이 밀려들고 매출되는 물품에는 어떠한 것이라도 애쓰고 산다. 전시산업에 중점을 두었던 러시아의 경제는 속도는 느리나 평시경제로 전환되어가며 민중들이 일용품을 쟁탈하고 있었다. 실용품이든 사치품이든 간에 사는 사람들로서 상점은 참으로 혼잡하였다.

아이스크림을 상점에서 팔기 시작하면 여러 줄의 열이 생긴다. 아이스크림이 든 상자를 가지고 있는 남자 점원은 습격을 당하는 모습이고 즉시 물품이 매진되므로 아이스크림보다도 먼저 돈을 받는 것이 힘들 정도다. 러시아인이 아이스크림을 좋아하는 것은 아메리카인 이상인데 러시아 전국에서 먹을 수 있는 아이스크림이 없다.

카파는 매일 자기가 촬영한 사진에 관한 것을 들으러 갔다. 그때까지 약 3천 장의 네거를 만들고 있었는데 그때 그는 병이라도 생기지 않는가 하고 자신 걱정하고 있었다. 들으러 갈 때마다 근근(近近) 처치를 결정하기로 되었으니 걱정할 것 없다고 말한다. 러시아를 출발할 일자는 이미 결정되어 3일 이내로 국경을 넘기로 되어 있었는데 사진의 건만은 아직 해결되어 있지 않았다. 카파는 불길한 일이 발생될 것을 상상하여 심려하고 있었다.

대사관의 직원과 특파원 제군에게 감사한다. 최대한의 편의를 도모해주었을 뿐만이 아니라 지도도 해주었다. 그들은 시련과 곤란의 조건하에서 훌륭한 일을 해나간다고 생각한다. 아마 현재의 세계에서 제일 취급하기 곤란한 정치적 지위 상태에 있을 것이며 즐거움에는 인연이 없다. 그들 모든 사람들에게 마음속□ □ □ □ □ □

일요일 아침 출발하기로 되었었는데 금요일날 밤 볼쇼이 극장에 발레 구경을 하러 가서 나와보니 작가동맹에 있는 카라가노프 군으로부터 지급전화가 걸려와 있었다. 외무성에서는 카파의 필름을 러시아에서 내가기 전에 전부 현상하여 검열하여야만 된다고 말하고 있다는 것이다. 카라가노프 군은 3천 장의 네거를 현상하기 위해서 곧 사람을 준비한다는 것이다. 어떻게 이것을 전부 현상하는가를 우리들은 의심했다.

외무성에서는 카파의 필름이 이미 현상되어 있다는 것을 알지 못했던 것이다. 카파는 필름을 포장해버렸다. 다음 날 아침 일찍이 사람이 와서 그것을 가지고 갔다. 하루 종일 카파는 걱정이 되어 들썩들썩했다. 에미닭이 꾸꾸꾸하면서 잃어버린 병아리를 찾아 돌아다니는 것처럼 왔다갔다했다. 그는 일책을 생각해냈다. 즉 필름과 함께가 아니면 이 나라를 떠나지 않겠다. 티켓의 예약도 취소하였다. 필름을 떠난 후에 보내주겠다는 것은 승낙할 수 없다는 것이다. 찡얼찡얼대면서 방 안을 돌아다니고 있다. 두세 번씩 머리를 씻었는데 목욕탕에 들어가는 것은 전연 잊어버리고 말았다.

외무성도 나의 노트를 요구해오지 않았다. 이것은 요구해온댔자 전연 도움이 되지 못할 것이다. 이 노트는 아무도 읽을 수 없을 뿐만 아니라 내 자신도 읽기에는 곤란할 지경이다.

하여튼 카파는 필름에 무슨 이변이 생기면 반혁명의 음모를 기도하든가 그렇지 않으면 차라리 자살하려고 생각하고 있다. 붉은광장의 사형 집행대에서 자기의 목을 자른다는 것이 카파에게 할 수 있는지 의문이다.

그날 밤 우리들은 그랜드 호텔에서 슬픈 만찬회를 열었다. 음악을 지금까지 들은 것보다 더욱 숨 가쁘고 우리들이 시차스(빨리) 양(孃)이라고 별명 지은 바의 여급은 더한층 느린 것처럼 보였다.

다음 아침 일어나자마자 아직 희미하게 밝은 길을 걸어 공항으로 갔다. 아 이젠 최후다. 이 최후를 기다리면서 두 사람은 스탈린 초상 아래 걸터앉았다. 훈장을 찬 스탈린이 우리들의 눈에는 빈정대는 미소를 주고 있는 것처럼 보였다. 예의 러시아 차를 마시고 있을 때 카파는 갑자기 일어섰다. 심부름꾼이서 카파에게 상자를 주었다. 두꺼운 종이로 만든 튼튼한 상자다. 엄중하게 실로 찍어 맺으며 실 위에는 작은 봉인이 붙어 있다.

프라하에 향하는 우리들은 소련 최후의 비행장인 키예프를 출발할 때까지 그 봉인에 손을 댈 수가 없다.

카라가노프 치마르스키 조 뉴먼의 제군이 환영해주었다. 양복 재킷 수 개의 카메라 남았던 섬광전구와 필름 등 사람들에게 줄 수 있는 한은 주고 말았으므로 수하물은 올 때에 비하면 훨씬 가볍다. 비행기에 올라타 자리는 잡았다. 키예프까지 네 시간이나 걸린다. 카파는 예의 종이상자에서 손을 떼지 않는다. 봉을 찢으면 국경을 통과할 수 없기 때문에 열어볼 수가 없었다. 카파는 소중히 껴안고 있다.

"가벼운데"라고 섭섭한 모양이다.

"반 정도인가?"라고도 말한다.

"아마 돌멩이라도 집어두었겠지. 필름 같은 것은 전연 들어 있지 않을지도 모른다."라고 나는 말했다.

카파는 상자를 흔들며

"소리는 필름 같은데."

"옛날 신문일지도 모른다."

"자네!"라고 카파는 나를 불렀으나 다음은 자문자답으로

"검열에서는 어떤 사진을 뺏었을까 별로 소련을 위해 좋지 못한 사진은 없었는데."

"그들은 카파의 사진 그 자체가 싫었는지도 모른다."고 나는 장단을 맞추었다.

그 이후 카파는 한마디도 말하지 않고 비행기는 삼림과 평야와 꾸불꾸불한 은빛 강물이 흐르는 평원 위를 날고 있었다. 아름다운 날씨였다. 땅 위에는 파랗고 진한 가을의 안개가 가득 차 있었다. 여급사가 핑크빛 소다수를 승무원에게 가져다주고 돌아온 다음 한 병을 열어 혼자 마시고 있었다.

정오경 이전에도 와본 키예프 비행장에 착륙하였다. 세관의 수하물 검사는 참으로 엉성했다. 예의 필름 상자는 곧 눈에 띄었다. 그 상자를 맨 실을 자르는 것을 카파는 끌려가는 양과 같은 얼굴로 쳐다보고 있다. 세관리들은 모두 미소를 띠며 카파와 악수를 하고서 비행기에서 나간다. 도어가 닫히고 엔진이 발동하였다. 상자를 열어보는 카파의 손은 떨고 있었다. 필름은 전부 들어 있었던 모양이다.

카파는 빙그레 웃더니 머리를 의자에 기대어 비행기가 상승하기도 전에

잠들고 말았다. 검열에서 빼앗긴 필름도 몇 장 있었는데 불치(不値)한 것이었다. 지세를 나타낸 것과 스탈린그라드의 광녀를 촬영한 망원 사진이 빠져 있으며 죄인(罪囚)의 사진도 없었는데 이러한 종의 것은 빠졌다 해도 그리 대수로운 일은 없다. 농장과 얼굴 러시아 민중의 사진은 손대지 않고 그대로 있다. 이러한 것만이 우리들이 낯익지 못한 곳에 가서 입수하려고 생각하였던 목적이었다. 비행기는 국경을 넘어 오후 일찍이 프라하에 착륙하였다. 나는 카파를 일으키지 않으면 안 되었다.

하여간 상기한 바와 같으며 대개 여행의 목적은 이루었다고 생각하는데 그전에도 약간 알고 있었던 바와 같이 러시아의 민중도 민중인 이상은 타국의 민중과 다름없이 유쾌하다. 서로 이야기하여보면 모두 전쟁을 싫어하고 더욱 좋은 생활 쾌적 안전보장 평화를 희구하고 있는 것도 다른 민중과 동일하다. 이 여행이 좌익 교회주의자들에게도 우익 룸펜들에게도 만족을 주지 못한다는 것은 이미 잘 알고 있다. 전자는 이것을 반러시아적이라고 말할 것이며 후자는 친러시아라고 말할 것이다.

표면적인 것이라는 것도 사실인데 그렇다고 이것을 다른 것으로 고쳐 쓴다 해도 어찌할 수가 없을 것이다.

우리들은 러시아의 민중도 세계 중의 다른 민중과 동일하다는 이외의 결론을 꺼낼 수는 없었다. 거기에는 악인이 있다는 것도 사실이나 참다운 선인이 훨씬 많았다.

(『소련의 내막』, 백조사, 1952.5.15)

소설

새벽의 사선(死線)

윌리엄 아이리시

■

　윌리엄 아이리시는 새로운 아메리카의 탐정작가로서 높이 평가되고 있다. 컬럼비아대학 재학 시대부터 작품을 발표하며 그의 제2작 「어린애들의 □食」은 동(同) 대학의 칼리지 유머상 1만 불을 획득하여 구라파 여행을 타게 되었다.

　그는 최초 □문학의 작가로 출발했으나 1942년의 『환상의 여자(The phantom lady)』에 의하여 일류 유행작가가 되었다. 그는, 코널 울리치(Cornel Woolrich)란 본명과 펜네임으로 작품을 발표하고 있다. 이번에 소개할 『새벽의 사선』은 그의 장편으로서는 최신의 것으로 문학적인 색채가 □력한 작품이다. □□한 심리 묘사와 □□한 성격 분석은 다른 작가들과 비견할 바가 아니다.

　오전 1시 5분 전부터 오전 6시까지의 짧은 사이에 일어나는 절도, 연애, 살인, 범인 체포 등 현대 아메리카 추리 탐정소설의 대표작.

오전 1시 10분 전

얼마 후에는 홀을 닫아야 할 시각이다. 그 여자는 남자와 여섯 번이나 춤을 추었다. 그러나 그 여자에게 있어서 그는 도색(桃色) 댄스 티켓에 불과하였다. 더욱이 반쪽으로 자른 낡아빠진 티켓. 살 적에는 10센트를 지불하여야 하나 그 여자에게는 2센트 반밖에는 들어오지 않는 것이다……. 그 남자는 오늘 밤 어떤 자에게 쫓기는 것처럼 이 홀에 나타나 10달러를 던지고 백여의 티켓을 샀던 것이다.

홀의 문을 닫치고 나오니 그는 아직 계단에 서 있었다. 여러 차례나 계단 아래를 내려보고 있는데 비추어 다른 댄서를 기다리고 있는 상싶지는 않았다.

그 여자는 밤 깊은 거리에서 피곤한 듯이 한숨을 쉬었다. 얼마 걸어간즉 뒤에서 그 여자의 팔을 잡으며 "바쁘십니까"라고 물어보는 남자가 있었다.

3일 전 밤에 함께 춤추었던 사나이다. 거기에 이번엔 택시가 한 대 정차하며 "함께 가시지요"라고 한다…….

남자는 강제로 그 여자를 차에 태우려고 한다. 거기에 또 다른 남자가 나타나 괴한의 뺨을 때렸다. 조금 전에 계단 위에 서 있던 남자이다.

여자로서는 별로 그에게 구원을 바란 것도 아니었으므로 그대로 가려고 했더니 남자는 집에까지 배웅해드리겠다고 한다.

"이젠 그 남자는 오지 않습니다……." 뿌리치며 걸어가는 그 여자의 뒤를 남자는 그대로 따라온다. 할 수 없이 그는 여자의 하숙집 문앞에까지 와서 헤어졌다.

남자는 퀸 윌리엄스라고 이름을 댔으나 여자는 자기의 이름을 알리지 않았다.

오전 1시 15분

겨우 자기 방에 돌아가 자유의 몸이 된 그 여자는 자기를 둘러싸고 있는 남자들에게서 해방된 한순간…… 그는 천국이라는 곳을 잘 알지는 못했으나 만일 죽어서 천국으로 간다면은 남자들에게서 완전히 해방되어 혼자 조용히 있게 된 것이라고 생각하였다.

책상 위에는 어머니에게 보내는 봉투가 아직 속알맹이인 편지를 쓰지 않았으므로 그대로 놓여 있었다.

　　…아이오와주(州) 글렌폴스
　　앤나 콜먼 귀하

어머니의 반대를 무릅쓰고 뉴욕에 와서 이미 5년이 된다. 지금은 여배우가 되어 성공하였으므로 가까운 날 어머니에게 많은 송금을 할 수가 있지요……. 이렇게 거짓말로 가득 찬 편지를 쓰고 눈에 보이지는 않으나 그의 피로 물들인 1달러 지폐를 두 장 동봉하는 것이다.

창을 내려다보니 조금 전의 그 남자는 무슨 일로서인지 그대로 서 있다. 그 후 저쪽에서는 소리도 없이 경찰의 흰 자동차가 달려온다. 남자는 놀란 듯이 하숙집 문 옆에 몸을 피한 것 같았다. ……그 후 얼마 있어도 남자는 나오지 않는다. 이상스러워서 내려가본즉 남자는 층계 아래층 그대로 있다. 너무 가엾어서 커피를 끓여 그 여자의 방으로 안내하였다.

책상 위에 놓은 봉투를 본 그는 놀란 듯이 그이는 누구냐고 묻는다. "우리 어머니"라고 대답한즉 그도 역시 같은 마을이었다고 서로 이야기를 주고받는 사이 두 사람은 같은 마을의 더욱이 이웃집에서 이곳에 와 있다는 것을 알게 된다.

여자가 5년 전에 뉴욕에 온 후 그가 글렌폴스로 이사를 하였으므로 서로 얼굴을 모른다. 윌리엄스는 1년 전에 뉴욕에 왔다.

"미스 브리키, 나는 오늘 밤이 아니고 어젯밤에 당신을 만나서 즐거웠습니다……" 이렇게 말하는 퀸 윌리엄스의 탄식에는 어떤 깊은 의미가 포함되어 있는 것처럼 그는 느끼게 되었다.

오전 1시 40분

방에서 나가기 위해 도어의 노브를 쥐었던 퀸은 다시 돌아와 저고리를 벗고 지폐 뭉치를 꺼냈다. 그는 그날 저녁 2천 5백 불을 훔친 것을 자백하며 이미 1백 불은 써버렸다고 한다.

그는 시골에서 뛰어나와 전기 조수가 되어 어느 날 주임과 함께 그레이브스란 집에 가서 자외선 램프의 공사를 했다. 그 공사 때 목욕탕 벽에 구멍을 뚫으니 금고(金庫)와 같은 것이 보였다. 그것은 옆방 벽에 들어가 있는 비밀 금고의 뒤편이었다.

그땐 이상스럽다고만 생각하였으나 얼마 후 집주인이 심장병으로 폐점하여 퀸은 실업이 되었다. 그래서 배가 고픈 나머지 우연히 연상한 것이 그레이브스 집의 비밀의 금고이었다. 퀸의 도구 주머니 속에는 어찌 된 셈인지 현관의 열쇠가 들어 있었다. 현관에 놓았던 그 주머니 속에 하녀가 다른 사람의 도구와 함께 열쇠를 집어넣었던 것이다. 그래서 그는 다른 전기기구의 수선이라도 할 셈치고 대낮에 그레이브스 집에 찾아가 벨을 여러 차례 눌러도 회답이 없다……. 그러는 사이 이웃집에 일이 있어서 온 소년이 그 집 사람들은 약 1주일 전에 피서를 갔다고 알려주었다. 그는 또다시 밤에 방문한 즉 턱시도를 입은 청년 신사와 야회복의 젊은 부인이 자동차를 타고 어디로 나가던 참이다. 어떤 사람이 그레이브스 집의 사람인지는 몰라도 그 모양으로서는 밤 사이에는 돌아올 것 같지 않았다. 그래서 그의 마음에는 나쁜 생각이 생겼다. 목욕탕 쪽에서 벽을 뜯으니 뒤쪽 얇은 금고는 손쉽게 부술 수 있었다. 그는 두 개의 지폐 뭉치를 양복 속에 감추고 속히 뛰어나와 레스토랑에 들어가 자기의 공복을 채우려고 음식을 주문했으나 목을 넘어가지는 않았다. 그래서 이번엔 티켓을 사가지고 댄스홀에 들어갔다.

틀림없이 아침이 되면 도난이 발각되어 그는 낮에 보았던 소년의 고발로서 체포될 것이다. 이젠 새벽까지의 생명이다. "어째서 어제 당신과 만나지 못했을까요." 퀸은 여자에게 애소하는 것이었다.

미스 브리키는 아침 여섯(6) 시에 아이오와행의 버스가 있으니 두 사람이 함께 고향에 가자고…… 그리고 재출발하자고 권고하였다. 그러나 퀸은 아이오와에서 내리자마자 수갑을 채우게 될 것이라고 한다.

"그러면 그 돈을 먼저 자리(금고)에 갖다 둡시다. 모자라는 것을 내가 낼 것이니."

두 사람은 돈을 다시 갖다 두기 위해 또다시 밤거리에 나갔다. 하숙집 현관을 나올 때 두 사람은 처음으로 손을 굳세게 잡으며

"나는 오늘 밤에 그대와 만나서 즐겁습니다."

오전 2시

시골에서 서로 이웃에 살던 두 사람은 뉴욕 7백만 인구 속에서 우연히 만나 정글의 대도시를 떠나 또다시 평화로운 시골로 돌아가려고 했으나…… 이 아름다운 희망마저 범죄의 도시는 무참히도 짓밟고 말았다. 또다시 그레이브스 집에서 나온 퀸의 얼굴은 공포에 떨렸다.

금고가 있던 방에 턱시도를 입은 청년 신사가 시체가 되어 있었다.

이번엔 절도죄가 아니라 살인죄로서 체포될 운명이 되었다. 만일 진범인을 잡지 못할 경우에는 퀸에게 혐의가 농후해질 것은 물론이다. 그래서 버스

가 떠날 여섯(6) 시까지 두 사람은 그들의 전 운명을 걸머진 범인 수사에 전력을 기울이기로 했다.

거기에 만일 다른 진범인을 잡지 못하면 입으로는 믿는다고 하나 그 여자의 마음속에는 의혹(疑惑)이 그대로 남을지도 모른다. 퀸이 돈을 훔치던 그날 밤에 그 집 주인이 죽었다는 점에서…….

오전 3시 5분 전

여섯(6) 시까지는 불과 세 시간밖에 남지 않았다. 이와 같이 짧은 시간에 뉴욕과 같이 광대한 도시에서 진범인을 체포한다는 것은 전문가인 탐정이라 할지라도 용이한 일이 아니다…… 더욱이 단서(端緒)는 전무에 가깝다.

1. 스티븐 그레이브스는 피스톨로써 심장을 뚫었다. 그러나 피스톨은 발각되지 않는다.

2. 우선 범인의 제1혐의자는 그와 함께 차를 타고 나갈 부인이다. 그러나 이 바바라란 부인의 초상은 그의 침실에 그대로 걸려 있다. 그 여자가 범인이라면 떼어놓았을 것인데.

3. 피워 물던 궐련이 두 개 남아 있다. 거기에 종류가 틀리다. 주인과 손님이 서로 다른 종류의 궐련을 피웠다는 것은 두 사람의 감정이 격화되었다는 증거가 된다.

4. 의자 옆에 조그만 얇은 성냥(매치)이 떨어져 있다. 집어서 본즉 두 줄로 세운 매치가 왼쪽(左傾)은 사용되고 바른쪽(右傾)은 남아 있다. 손님은 왼쪽 손을 쓰는 사람이 틀림없다. 거기에 그 성냥에서는 희미한 화장품 냄새가 났다. 핸드백 속에 들어 있던 것으로 생각된다.

5. 손님이 있었다고 생각되는 의자 아래 조그만 갈색 단추가 떨어져 있었

다. 양복 저고리 소매에서 떨어진 것 같은데 그 손님은 갈색 계통의 양복을 입고 있었던 것으로 생각된다. 주인의 양복을 조사한즉 대부분이 회색 계통이며 소수의 갈색 저고리의 단추는 모두 달려 있었다.

×   ×   ×

이와 같은 빈약한 자료로 두 사람은 범인의 추리를 하는데 퀸은 범인은 남자라고 하고 브리키는 여자라고 단정한다. 브리키는 매치에 화장품 냄새가 나는 것과 처음에 이 방에 들어왔을 때 다른 향수 내가 난 것으로서 범인은 좀 진한 화장을 하는 습성의 여자라고 생각한다.

그러는 사이에도 시계(時計)는 쉬지 않고 움직인다. 두 사람이 서로 분배하여서 각각 범인의 수색을 하기 위하여 나갈 때에는 세 시가 되었다. 퀸은 남자를 브리키는 여자를 찾으러……. 우선 퀸은 자기가 범인이라면 어떻게 할 것인지를 가정하고 근처의 약방에 들어가 흥분하였을 땐 어떠한 것을 먹게 되느냐고 물은즉 암모니아수를 먹는다 하며 그날 밤에도 어떤 남자가 그것을 사 갔다고 한다. 그 남자도 갈색의 양복을 입었으며 추운 듯이 양복 주머니에 두 손을 집어넣고 불불 떨고 있었다는 것을 약사한테서 들을 수 있었다. 그리고 바로 이웃에 공중전화를 걸러 갔다고 하기에 퀸이 가본즉 ㅁㅁ신전화번호 책 위에 암모니아수를 마신 빈 컵이 놓여 있고 거기 피 묻은 종이가 떨어져 있었다. 또한 컵을 논 자리 아래 어떤 병원의 전화번호가 있으므로 '틀림없다'라고 생각하고 자동차로 달려가본즉 4층 대합실에 갈색 양복의 남자는 앉아 있었다.

퀸은 자세히 그 남자를 관찰한즉 양복 저고리 아래 와이셔츠를 입지 않고 더욱이 피스톨을 찬 흔적조차 없다. 얼마 후 간호부는 그에게 나타나 "카터 선생, 어린애를 나셨습니다"라고 전한다. 퀸의 수사는 완전 실패이다.

브리키는 거리에서 기다리고 있는 자동차 운전수에게 오늘 저녁 업무 시간 전에 이 근처에서 어떤 여자를 태운 일이 있느냐고 물은즉 틀림없이 어떤 사람을 태웠다고 한다. 돈을 낼 적에 본즉 손에 결혼반지를 끼고 있다. '왼쪽 잡아'인 것을 확증하였으므로 그 여자를 데려다 준 곳까지 갔다. 겨우 그 여자가 있는 아파트 방문을 찾아 노크를 했다.

"그 사람을 피스톨로 본 것은 당신이 아니냐'고 단도직입적으로 물으니 "죽었습니까"라고 반문하며 그 여자는 계속하여 "어젯밤에 친구에게 끌려 파티에 가니 좀 이상한 곳이 있었습니다 거기서 남자가 쓸데없는 짓을 하므로 피스톨을 쏘았는데 한 발은 맞지 않고 한 발만이 명중한 것 같습니다"라고 하며 현장으로 가보기로 한다. 현장을 본즉 남자는 죽은 듯이 쓰러져 있으며 술냄새가 나는데 아직 숨은 끊기지 않고 있다.

이와는 달리 퀸은 병원에서 나와 아직 영업 중인 술집을 찾아다니며 왼쪽 손을 쓰는 사람을 겨우 발견했으나 결국 이 남자도 전쟁으로 바른손을 잃은 귀한 병사이다.

오전 3시 40분

두 사람은 하는 수 없이 그레이브스 집으로 돌아온다. 그때 마침 전화가 걸려오므로 퀸이 수화기를 든즉 여자의 목소리.

"헬로, 스티븐? 나는 오늘 밤 한잠도 잠을 못 자고 있어요. 그런 기분으로 헤어졌기 때문에."

그 여자는 스티븐의 약혼자 바바라였다. 바바라는 잠드는 어조로 듣고 있는 퀸에게 다음과 같이 계속하였다.

"어째서 당신의 음성이 그래요? 아직 성이 나셨습니까? 그렇담 베로케 같은 데 가지 않았던 것이 좋았을 것을. 그 사람 정말 누구입니까. 그 엷은 크림 빛깔 드레스를 입은 키 큰 여자 말이에요."

이 전화로 새로운 사실을 몇 가지 판명할 수가 있었다.

스티븐과 바바라는 열한 시까지 쇼를 구경하고 그길로 베로케란 나이트 클럽에 가 거기서 어떤 여자와 만났다. 그 여자는 핸드백 속에서 편지를 꺼내 스티븐에게 주었다. 이것을 바바라는 기분이 상하여 혼자서 가버렸다.

'여자가 주었다는 편지'. 이것은 틀림없이 사건의 단서가 될 것이라고 믿은 퀸은 스티븐의 시체에서 그것을 발견하였다. 편지의 내용인즉 다음과 같았다.

"스티븐 그레이브스 씨, 오늘 저녁 댁에 찾아가 조용히 상의할 일이 있습니다. 함께 오신 젊은 부인을 보내신 후 만나겠습니까? 당신은 저를 모르실지 모르나 나는 이미 당신들의 가족의 한 사람이라고 생각하고 있습니다. 틀림없이 집으로 찾아가겠으니 꼭 기다려주십시오."

서명은 없었으나 틀림없이 범인은 그 여자라고 브리키는 즉각적으로 판단하였다. 편지의 내용은 협박적이며 이와 같은 여자는 어떠한 것이라도 할 수 있을 것이다.

수 시간 전에 있었던 장소도 의복도 머리 빛깔도 알 수 있었다.

두 사람이 최후의 수사를 개시하려고 나갈 때 퀸은 물을 마시기 위해 목욕탕에 들어가본즉 1만 2천 달러의 수표를 발견했다. '아서 홈스'의 서명이 있으며 스티븐이 뒷장에다 서명을 하였으나 무효인 까닭에 은행에서 반환해온 것이다.

진범인을 남자라고 단정한 퀸은 홈스가 틀림없는 하수인이라고 단정했다. 부도수표를 낸 탓으로 홈스와 그레이브스 사이에 언쟁한 끝에 사살에 이르렀다고……

이 수표는 퀸이 돈을 훔쳐냈을 때 금고에서 목욕탕에 떨어트린 것이다. 퀸은 전화번호책에서 아서 홈스를 찾아내 그를 끌어내서 범행을 자백시키려고 했으나 반대로 수면제를 마시고 수표를 빼앗긴다.

오전 4시 30분

브리키는 나이트 클럽 베로케를 찾아가 연필을 여자에게 빌려준 사용인을 만나 그 여자의 이름이 '존 브리스틀'이라는 것과 그의 주소를 알아가지고 브리스틀에게 범행의 고백을 받으려고 했으나 그 방에 숨어 있던 남자가 갑자기 뛰어들어 브리키는 수족을 포박당한다. 브리키는 그전에 책상 위에 놓여 있던 그들의 하숙료 계산서를 몰래 집어 양말 속에 감추었다.

두 사람은 문을 닫아걸고 어디로인지 도망하였다. 이젠 여섯 시에 떠날 버스를 타지 못하게 되었다고 유폐된 그는 단념하였다.

잠시 후 그들 두 사람은 또다시 돌아와 계산서를 찾으므로 브리키는 계산서는 그레이브스 집에 떨어져 있었다고 거짓말을 한다. 그들은 브리키의 신체를 조사했으나 발견되지 않으므로 브리키를 동반하고 그레이브스의 집으로 간다.

오전 5시 25분

계산서는 좀체로 발견되지 않는다. 중대한 증거물을 분실한 채 신경을 쓰게 된 정체불명의 남자는 브리키를 죽이려고 피스톨을 발사했다.

"꽝 꽝"

그때 퀸은 비호같이 그에게 달려들어 격투 끝에 피스톨을 뺏어버리고 두 사람을 체포하여버린다. 이때 시각은 5시 45분.

경찰은 재빨리 살인이 있었다는 것을 통지하고 두 사람은 그레이브스의 집을 나와 그들이 타고 갈 버스 정류장으로 간다. 대형 버스는 마침 발차했으나 도중에 적신호에 걸려 잠시 멈추어 있는 틈을 타서 두 사람은 승차하였다.

×   ×   ×

이 조금 전에 퀸은 그레이브스의 집에 돌아와 스티븐의 동생의 속달편지를 발견했다. 그 속달편지의 내용에 의하면…… 브리스틀이 그의 동생을 유혹하여 위선적인 결혼식을 거행한 것과 돈에 궁색하여 브리스틀이 형님에게 조르러 갈 것이니 조심하라고 경고하여왔다. 그래서 범인을 알게 되었다……. 그러면 그 범인은 누구인 것인가?

(『희망』 2−8호(1952.9.1.))

우리들은 한 사람이 아니다

제임스 힐턴

1913년 12월의 어느 날 밤 하루 종일 일을 해서 피로한 데이비드가 진찰실에서 마지막 파이프를 즐거이 하고 있을 때 한 소년이 그를 부르러 왔다. 극장에서 댄서가 부상하였으니 곧 와달라는 것이다.

그는 모질게 부는 북풍을 헤치며 극장으로 향했다. 그러나 극장에서는 아무도 부상한 사람이 있다는 것을 몰랐다. 그는 여호에 홀린 것 같았으나 이 빈약한 극장에서 흥행하였던 빈약한 쇼의 단 한 사람의 댄서가 머물고 있는 여관을 물어 하여간 찾아가보았다.

하숙집 좁은 방에서 어떤 젊은 여자가 베드에 걸터앉았다. 그 여자는 아무 말도 없이 축 내려뜨린 외팔을 눈짓했다. 손마디가 부러졌다.

"얼마 동안 휴양하지 않으면 안 되겠소."

그가 이렇게 말하니 그 여자는 머리를 끄덕거린다.

"당신은 무용을 합니다그려."

역시 얼굴로 대답한다.

"영어를 몇 마디 알아듣습니까?"

"쪼금은."

그 여자는 독일어로 대답했다.

그는 독일어로 말을 하려고 했으나 학생 시대 시험을 보기 위한 필요에서 배운 이 어학으로 지금은 대개 잊어버리고 말았으므로 대화는 그리 쉽게는 되지 않았다. 그래도 왜 자기를 부르러 보냈음에도 그가 극장에서 기다리고 있지 않았다는 의심만은 풀렸다. 초콜릿을 파는 소년이 그 여자를 동정하여 부탁도 하지 않았는데도 부르러 왔었다.

부러진 손목을 응급(應急)히 치료하고 월요일 아침에 또다시 올 것을 약속한 데이비드는 그곳을 나왔다. 집에 돌아오는 도중 그는 그 여자의 이름마저 몰랐다는 것을 알고 그 근처의 가게의 벽에 붙은 삐라를 본즉 노도(露都)의 선풍(旋風) 댄서 레니 아르가드레바나라는 이름이 있다.

월요일 약속대로 하숙에 간즉 그 여자는 일좌(一座)의 일행과 다음 흥행지에 떠나고 그곳에는 없었다. 그리고 데이비드는 어떤 국적의 사람인지도 모르는 댄서의 일을 얼마 후에는 잊어버리고 말았다.

×   ×   ×

신년이 왔음에도 불구(不拘)코 데이비드의 생활은 변함이 없었다. 만일 그가 의술(醫術)에 흥미를 가지고 있지 않았다면은 그것은 지극히 권태로운 단순한 생활이었을 것이다. 그에게는 별로 한가로운 틈이 없었다. 그의 하루의 대부분은 병원에서의 일과 왕진에 소비했다. 그는 제시카와 함께 식사를 하고 밤에는 진찰실에 찾아오는 환자를 진찰하는 것뿐이다. 그리고 이런 집에서의 진찰이 끝날 무렵이면 대개 완전히 피로하여 그대로 베드에 들어가는 것이다.

일주일에 한번씩 금요일에 그는 산드마스의 해안의 거리에서 완전한 하루를 보내는 습관이 있었다. 이 보양지(保養地)에는 병가(病家)가 몇 집 있었으므로 6월의 어느 금요일 아침 그는 예전과 같이 7시 5분의 열차를 탔다. 그가 병가에 가는 것은 오후이다. 그리고 언제나 5시경에는 다 끝나므로 5시 반의 기차에는 시간을 맞출 수 있었다.

그런데 이날의 진찰은 평상시보담 시간이 걸렸다. 그 결과 급히 뛰어가면 탈 수는 있었던 5시 반의 기차를 타지 않고 그는 9시발의 차를 탈 생각으로 그때까지 시간을 보내기 위하여 해안통(海岸通)의 거리에 나갔다. 그는 아무 생각 없이 2펜스의 요금을 내고 바다 속에까지 걸려 있는 잔교(棧橋)를 걸었다. 잔교 끝에는 연예장(演藝場)이 있다. 마침 쇼를 시작하려고 한다. 데이비드는 거기에 붙어 있는 삐라에 레니 아르가드레바나의 이름을 발견하고 호기심을 가지며 속에 들어갔다.

몇 개의 노래와 춤이 끝난 후 쇼는 막을 내렸다. 노도(露都)의 선풍(旋風) 댄서는 결국 나타나지 않았다.

문을 나오려고 할 때 데이비드는 화장실에서 무엇인지 떠드는 소리가 난 것을 알았다. 피에로로 분장한 남자가 그가 의사(醫師)라는 것을 알고 화장실로 모시고 갔다. 화장실 문을 열어두었으나 아직 가스의 취기(臭氣)는 남아 있으며 긴 의자 위에는 의상을 입은 채 인사불성으로 된 레니가 드러누웠다.

×   ×   ×

데이비드의 치료로 레니는 소생(蘇生)하였다. 그러나 지금까지의 일좌(一座)에서는 해고되고 거기에 손목의 부자유와 아픔으로 댄스를 할 수 없는 그 여자에게 있어서는 살아가는 것이란 죽음보담도 쓰라렸다.

그의 자살 미수의 소문은 곧 온 거리에 알려지고 데이비드의 부조(扶助)로 그가 하숙에 들어서자 주인 여사는 그 자리에서 "자살하려고 하는 사람은 유숙(留宿)시킬 수 없으니 나가달라"고 거절하는 것이다. 할 수 없이 데이비드는 피로한 레니를 빅토리아·호텔로 데리고 갔다. 호텔 숙박부(宿泊簿)에 이름을 적기 위해서 데이비드가 이름을 부른즉 레니·크라후트라고 대답하므로 이상하게 생각했다.

데이비드는 잠이 잘 오지 않았다. 다음 날 아침 두 사람분의 요금을 내고 불행한 여자와 헤어질 수가 없다는 것을 그는 느꼈다. 그에게는 돈도 친우도 없었다. 손이 다친 것이 날 때까지 일도 못할 것이다. 거기에 그는 영어로 말도 못한다. 어떻게 하면 좋을는지 잘 알 수는 없었으나 아무것도 원조하여주지 않으면 안 된다는 것은 명확한 일이었다.

다음 날 아침 그는 레니와 함께 조반을 들고 그 다음 레니가 마음 놓고 있을 수 있는 하숙을 찾아준 후 콜다브리에 돌아가는 기차를 탔다.

또다시 금요일이 돌아왔다. 그날 산드마스에서 레니와 만났을 때 데이비드는 요다음에는 제럴드를 데리고 와서 자기가 왕진하는 동안 그를 돌보아주도록 할 것을 생각했다. 레니는 즐거워했다.

"그런데 참 귀찮은 애예요. 아홉 살인데."

"괜찮습니다. 꼭 데리고 와주세요."

그리고 다른 금요일 그는 이 계획을 실행했다. 그가 걱정한 것과는 달리 제럴드는 곧 레니와 가까워졌다. 왕진을 끝마치고 돌아와 보니 둘은 도색(桃色) 아이스크림을 먹고 있다. 제시카 같으면 "어서 맨들었는지도 모르는 아이스크림 같은 것 먹으면 안 돼……" 하고 야단을 쳤을 것인데 데이비드는 단지 미소를 띠었을 뿐이다. 왜냐하면 그때의 제럴드는 보통스러운 소년처럼 보였다.

"무엇인지 무서워하지 않았어요."

"바닷가에 나가서 파도를 볼 때 제가 독일 말을 하니깐 웃지 않아요."

"나도 저 애가 발작(發作)을 한다는 등으로 웃기지요."

"더 어렸을 때 기차에 치었다고 말하였는데 사실입니까?"

"별소리 다했구만요. 그런 말을 했습니까? 아니 여러 가지 일을 상상해서 말한 것이겠지요. 거짓말을 한다기보담 자기가 상상한 것을 그대로 믿어버리는 것이지요."

×   ×   ×

다음 금요일에도 데이비드는 또 제럴드를 데리고 산드마스에 갔다. 이날도 제럴드는 기분이 좋았다. 그러나 콜다브리에 가는 것을 싫어하며 그가 울었을 때 데이비드의 마음에는 불안이 생겼다. 무일일전(無一一錢)에 가까운 레니가 언제까지나 산드마스에 머물 수는 없었다. 또 댄스를 하지 못한다 하더라도 그는 어디서나 다른 일을 구하지 않으면 안 된다. 그렇다면 제럴드가 그를 따르게 된다는 것은 참으로 위험한 일이다.

이런 난처한 상태를 해결한 것은 실제가(實際家)인 제시카었다.

제시카는 산드마스에서 제럴드를 잘 봐주는 여자가 있다는 것을 알고 신분이 확실치 않은 독일인이라는 것을 걱정하면서도 1년의 60파운드의 약속으로 보모(保姆)로서 레니를 고용하기로 했다.

레니는 데이비드의 집에 옮겨오고 그래서 제럴드는 참으로 좋아했다.

그는 피아노의 연습을 했다. 악보를 잘 읽지는 못했으나 그의 손은 잘 움직인다. 데이비드는 교회의 풍금가(風琴家) 짝가스나 합창장(合唱長)인 유울에게 그 여자를 소개하려고 생각을 했으나 언제나 주저했다. 그것은 제시카가 뭐라고 말할지 몰라서 그랬던 것이다. 15년의 결혼생활 후에도 그는 직접 직업상에 관한 이외는 무엇이나 제시카에게 결정시키는 버릇이 되었다.

7월의 어느 금요일 산드마스에 돌아왔을 때 데이비드는 의외의 일에 놀랐다. 레니의 전신(前身)을 안 제시카가 그를 내보냈다. 그가 여러 가지로 말해도 제시카는 듣지 않는다.

"허나 제럴드가."

"그런 여자에게 제럴드를 맡길 수는 없어요."

"그러나 이달 한 달만 두지 않을 수 없지 않소."

"돈만 주면 두지 않아도 그뿐 아니에요."

"아니 돈의 문제가 아니야 새로 일거리를 찾을 때까지 기다려주어야지 불쌍하지 않아. 얼마 안 되는 돈을 주고 잘못도 없이 한다면."

"그러면 앞으로 2주일간만 두기로 합시다. 그 대신 제럴드를 돌보지는 못하게 해요."

그리하여 제럴드는 숙부 집으로 보내고 레니는 앞으로 2주일간만 데이비드 부부와 같은 울안에서 살게 되었다.

×　　　×　　　×

어떤 날 밤 언덕 위에 산보를 나간 데이비드는 거기서 우연히 레니와 만났다. 두 사람은 아무 말도 없이 걸었다.

"무엇을 생각하고 계세요."

레니는 이렇게 물었다.

"당신과 당신의 장래에 관해서⋯⋯."

"어디든지 일자리를 찾겠습니다."

"그러나 그런 극단에 들어가면 안 되오. 런던에 있는 훌륭한 극장에 나가야지."

레니는 미소를 띠었다. 두 사람의 세계는 달랐다. 두 사람의 사이도 달랐다(그것은 46과 19이었다). 두 사람의 생활과 언어도 다르다. 그러나 이러한 상반은 두 사람의 마음이 서로 접촉하는데 조금도 방해는 되지 않았다.

그는 머리를 흔들었다.

"어떤 춤을 춥니까?"

"언젠가 한번 보여드릴까 합니다. 참 엉터리예요. 페테르부르크의 학교에서 더 공부했었으면 좋았을 것을……."

그는 진실한 태도로 말했다.

"곤란한 일은 콜다브리에는 좋은 댄스학교도 없으니깐."

"그러나 저는 여기서 참으로 행복합니다."고 레니는 대답했다.

×   ×   ×

레니에게 허용된 2주일간이 앞으로 며칠밖에 남지 않았던 어느 날 데이비드는 바훠드에서 개최되었던 학회에 출석하여야만 되었다. 학회는 4일간 계속되었다.

그 첫날 그는 한 시간 동안의 틈을 타 그곳 지방 도서관에 가서 레니의 취직을 위하여 신문의 광고를 찾아보았는데 다행이도 적당한 곳을 발견했으므로 그 자리에서 편지를 썼다.

"그간 말했던 건을 조사했습니다. 물론 집에 돌아가 상세한 것을 이야기하겠습니다. 나는 음악 선생이 되고 싶어 하던 당신의 생각이 충분히 가능하게 될 것이라는 것만 말해두겠습니다. 그러나 제시카에게는 아무 말도 먼저 하지는 마시고 그렇게 되면 방해를 할지 모릅니다. 우리들이 그전과 같은 오해를 하지 않도록 주의를 하지 않으면 안 됩니다."

여기까지 썼을 때 그는 제시카가 이 편지를 먼저 빼서 볼지 모를 것이라고 생각했다.

이미 그를 방해하기 위해서 레니가 어떤 사숙(私塾)에서 독일어 선생을 할 수 있었던 것이 안 되고 말았다. "전과 같은 선책(先策)"이라고 쓴 것은 그것을 지적하는 것이다. 그러므로 만일 제시카에게 편지가 들켜도 아무 일 없게 문구를 바꿀 것이 필요해졌다. 그래서 그는 지금까지 쓴 편지를 찢고 이러한 막연한 문구를 쓴 것이다.

"어제 상담했던 것을 알아보았습니다. 현재와 같아서는 우리들이 생각했던 해결법이 가장 좋다고 생각됩니다. 물론 조력할 작정입니다. 상세한 것은 집에 돌아간 후로 밉시다. J(제이)에게는 아무 말도 하지 마십시오. 우리들은 그전과 같은 선책(先策)을 하지 않도록 주의하지 않으면 안 됩니다. 나의 뜻을 잘 알 것으로 믿습니다. 그러므로 이 편지를 읽으신 후에는 곧 찢어버리십시오……."

그러나 레니는 이 편지를 찢어버리지 않았다. 그것은 그에서 받는 최초의 편지였기 때문에.

3일 후에 데이비드는 콜다브리에 돌아왔다. 소낙비에 깨끗이 씻긴 길을 걸으면서 그가 지나간 여하한 경험보담도 강하게 레니를 생각했다. 그 여자와 함께 지내는 것은 앞으로 하루밖에 없다.

집에 들어오니 레니는 짐을 싸고 있다.

제시카가 마침 없는 것을 다행히 데이비드는 바이올린을 꺼내 들고 레니와 모차르트를 합주했다. 그 다음 레니는 춤을 추어보이겠다고 했다.

"춤을 추겠단 말인가? 여기서?"

"쇼팽의 전주곡을 아시지요? 그것을 바이올린으로 켜세요. 춤을 추겠으니."

"그런데……"

"지나가는 사람에게 뵈일까 바 그러세요. 커튼을 내리세요. 그동안 준비하겠습니다."

얼마 후 레니는 발레 의상을 입고 나왔다. 데이비드의 바이올린에 맞추어 그는 춤을 춘다. 그래서 두 사람이 아무것도 잊고 있는 동안에 전화의 벨이 요란스럽게 울렸다.

데이비드는 곧 병가(病家)에 가게 되었다. 환자는 폐렴에 걸린 소년이다. 그는 베드에 걸터앉아 조그마한 손을 잡았다. 그러자 의식을 잃은 소년은 그의 얼굴을 쳐다보며 미소한 채 숨을 끊었다.

자전거를 타고 집에 돌아오는 도중 그는 마을 사람들이 눈이 빠지게 신문을 읽고 있는 것을 보고 자기도 신문 한 장을 샀다. 그가 자전거에서 내려 그것을 보려고 할 때 누군지 말을 걸었다.

"선생님 암만해도 큰일 나겠지요."

"그렇습니다. 차마 이렇게 될 줄은 생각지 않았습니다."

"마 어떻게 끝나겠지요. 해안이 움직이면."

신문은 동원령(動員令)이 공포된 것을 보도하고 있었다. 데이비드는 어느 때보다 급히 페달을 밟고 땀을 흘리면서 집에 돌아왔다. 그리고 방에서 짐을 꾸리고 있는 레니에게 바로 갔다.

"영국과 독일이 개전(開戰)할지도 모르니깐 곧 나라에 돌아가지 않으면 안돼."

"그러나 ―"

"아니 어떻게 하든지 어디든지 가야 된단 말이야. 잘못하면 여기서 체포될 것이니 우리들은 곧 나갑시다."

"우리들이라니요?"

"나는 당신을 구하겠소. 최종 열차에는 탈 수 없지만 마스랜드에서 12시 10분 전에 발차하는 것이 있으니깐 어떻게 해서든지 그것을 탑시다."

두 사람은 언덕 위에서 서로 만나 자전거를 타고 출발했다. 언덕길에 이르렀을 때 데이비드는 거(車)에서 내려 그것을 밀고 가게 되었다.

"여긴 참으로 언덕이 심하거든. 그러나 이대로 가면 충분히 기차를 탈 수 있어. 어디 피로하지 않소?"

"걱정 마세요. 그런데 좀 다리가 아파요."

"얼마 남지 않았소. 이 근처는 어디든지 잘 알지요. 이 토지에 온 지도 거의 15년이 되었소. 내가 개업할 무렵 당신은 아마도 어린애였을 것이오. 거기에 내가 이름도 모를 독일에 있었을 것이니깐! 그 마을의 이름은 뭐라고 하오?"

"도시입니다. 쾨니히스베르크라고 합니다. 양친(兩親)이 모두 일찍 작고하셨지요. 저는 학교에 다니었는데 곧 그 학교에서 도망했어요."

"이젠 다 올라왔소. 또 타시오."

그러나 그 언덕 아래까지 왔을 때 뒤 타이어가 터졌다. 그래서 두 사람은 목적한 기차를 타지 못했다.

길가의 돌밭에서 하룻밤을 세운 두 사람은 아침 기차를 타고 도중에서 다른 차를 갈아탄 후 런던을 향했다.

레니는 데이비드의 어깨에 머리를 기대고 잠이 들었다. 오후에서야 기차는 겨우 런던에 도착했다. 그런데 혼란된 군중에 끼어 플랫폼을 걸을 때 두 남자가 뛰어달려 두 사람의 손을 잡았다.

×   ×   ×

데이비드는 콜다브리의 형무소에서 이별의 날만 기다리고 있었다. 그가 레니와 함께 집을 나오던 날 밤 독약을 마신 제시카의 시체가 발견되었던 것이다. 모든 증거는 그를 하수인으로 그리고 레니를 공모자로 하였다. 보모의 경험이 없고 영어도 잘 모르는 거기에 지방 극단의 댄서로서 자살까지 하려고 했던 젊은 여자에게 그가 자기 아들을 돌보게 하였다는 것은 당연히 사람들의 의혹을 사게 했다. 거기에 레니가 가지고 있었던 그의 편지도 비밀의 계획을 협의한 것으로 해석되었다. 그 외에 의심되는 일은 세보면 얼마든지 있었다.

형무소의 생활은 생각한 것처럼 불쾌하지는 않았다. 사치로운 취미가 없던 데이비드에게 있어 그곳 방은 그가 살던 집의 방과 그리 변함이 없었다.

그가 여러 번 원했던 것은 단 한 가지밖에 없었다. 그것은 레니와 면회할 수 있는 허가이다. 레니는 20마일쯤 떨어져 있는 미드체스터 형무소에 수감되어 있었다.

처형되는 바로 전날 데이비드의 소원은 의외에도 허용됐다. 여기에는 특별한 이유가 있다. 전쟁정보부(戰爭情報部)의 주임(主任)이 레니의 과거를 의심하고 혹시나 독일 스파이가 아닌가 생각하고 데이비드와 면회를 시킨 후 두 사람의 대화를 숨어서 필기하지고 생각하였기 때문이다.

레니는 보통 때와 같은 옷을 입고 나와도 좋다는 것이 허락되었다. 그 최후의 밤에 입었던 옷이다. 데이비드의 모습을 보고 그는 흐느껴 울었다. 그리고 레니의 최후의 말은 다음과 같았다.

"어떠한 일을 하셨다 해도 나는 당신을 사랑합니다. 전에도 그런 말을 했었지만 당신은 모르는 척하셨지요."

"도대체 언제 말했소."

"춤을 추던 바로 그날입니다."

"아, 이제 생각납니다. 어찌된 심인지 모르겠소. 그런데 레니 당신은 저 아무것도 하시지 않았지요?"

"하지 않았습니다. 당신은?"

"나도 하지 않았소. 내가 했다고 생각하십니까?"

"혹시나 하고 생각합니다."

"나도 그렇게 생각됩니다. 용서하시오. 어째서 그런 의심이 생겼는지……."

"만일 그것이 사실이라면 우리들은 아무도 하지 않았겠지요."

"그렇소. 허나 곤란한 것은 아무도 우리들을 믿어주지 않는다는 것이오."

"아무것도 잘못이 없음에도 불구코 우리들은 사형이 됩니다."

"나도 알고 있소."

그리고 멀리 바라다보면서 그는 말을 계속했다

"우리들뿐만이 아닙니다."

"그것은 어떤 뜻입니까?"

"이러한 일은 항상 일어나고 있소. 죽는다는 것을 겁내면 안 됩니다. 죽음이란 최악은 아니니깐. 단지 최후뿐이오."

"그래도…… 그러니 최악이지요……."

면회 시간이 끝나고 레니가 미드체스터에 호송되어 가고 있을 때 옆방에 있던 사람들은 필기를 대조해보면서 그 결과가 실패라는 것을 자인했다.

"그놈은 의심하고 있다는 것을 알고 있었어. '우리들뿐만이 아니다'고 작은 소리로 말했지. 그것은 섣불리 말하지 말라는 것을 의미한 거야."라고 그중의 한 사람은 말했다.

$$\times \qquad \times \qquad \times$$

데이비드와 레니가 교수대의 이슬로 사라진 후 20년의 세월이 흘렀다.

수주일 전에 나는 고향인 콜다브리를 방문하였는데 그때 우연한 일로서 이 의사의 외아들 — 왕년의 제럴드를 알게 되어 그의 입에서 생각지 않았던 사실을 듣게 되었다.

대전(大戰)의 전후 아홉 살인 제럴드는 숙부(삼촌) 집을 빠져나와 자기집에 돌아왔다. 그리고 아무도 모르는 사이 진료실에 들어갔었다. 이 진료실은 그가 가장 좋아했던 놀기 좋은 장소였다. 그런데 그날 밤은 웬일인지 언제나 쇠(錠)를 잠가둔 약(藥)장이 열려 있었고 그가 여러 가지 병을 꺼내어 장난감으로 하고 있을 때 저쪽에서 발자국 소리가 들린다. 그것이 어머니의 발자국이라고 직감한 그는 급히 약장을 닫고 남아 있는 병을 선반 위에 세워놓았다.

어머니는 그가 거기 있는 것을 보고 놀라면서도 다른 때처럼 야단도 하지 않고 선반 위에 있는 병에서 환약(丸藥)을 꺼내면서 "머리가 아파서 죽겠다

곧 잘 테니 물을 한잔 갖다 다오." 그렇게 말해두었다.

"즉 이랬던 것입니다. 모든 것은 참으로 액시던트였지요."
라고 그는 말했다.

그 다음 더 설명을 들은즉 그는 그날 밤 야단을 듣지 않았던 것을 즐거워하면서 숙부 집에 뛰어갔다. 그의 모습이 다소 이상했다 하더라도 사람들은 언제나 발작(發作)의 상태로 돌렸다. 거기에 이 불행한 사건에 대해서 아무도 그에게 한마디도 전하지 않았다. 그는 단지 양친이 다른 토지에 옮겨갔다는 것만 들었을 뿐이다. 그리고 그 자신은 그 후 얼마 되지 않아 아메리카에 건너가게 되었다. 따라서 이 사건의 진상을 안 것은 몇 년이 지난 후였다는 것을 말했다.

그의 어조는 참으로 진실한 것이었다. 그는 그의 아버지보담도 더욱 불쌍한 레니에 대한 그리운 기억을 가지고 있는 것 같았다.

"그 여자는 내 마음에 있는 천국에 가장 가까운 분이었었습니다."
라고까지 그는 말했다.

그러나 나에게는 그 사건에 관하여 그의 설명이 어느 정도까지 신용하여야 될지 유감하나 알 수가 없다.

먼 시골 도읍 콜다브리도 나의 소년 시대에 비하면 참으로 변했다. 그리고 데이비드 뉴콤이 살고 있었던 곧 비극의 집이 어떤 연쇄점의 터가 되기 때문에 부숴버리는 것을 나는 목격했다. 그리고 데이비드와 레니가 지금 어디 있는가를 생각했던 것이다.

■ 해설

영국의 작은 교회의 거리 콜다브리에서 19세기 최후의 해에 데이비드 뉴컴은 병원을 개업하였다. 만일 세속적인 야심만 그에게 있었다면 그는 천하의 명의의 한 사람이 되었을는지 모른다. 그러나 그처럼 금전과 지위에 대해서 담백한 인간도 없었다. 사실 그의 성격에는 천재들에게 흔히 있는 세속을 떠난 거의 어린애들과 같은 일면이 있었다. 그런데 아내인 제시카는 그와 정반대적인 실제이며 그보담도 나이는 한두 줄 위에 있다. 데이비드에게 있어서 그 여자는 마음으로 사랑을 할 수 있는 존재는 아니었었다.

그러나 제시카의 처지에서 보면 데이비드는 온후하기는 하나 어딘지 의지할 수 없는 남편이었다. 허나 두 사람의 결혼생활은 외아들 제럴드에 관해서 간혹 말다툼을 하는 이외에 별로 몰란(沒瀾)도 없이 10여 년을 경과했다.

제럴드는 어렸을 때부터 성을 잘 냈다. 그의 간질(癎疾)의 발작을 아버지는 병리적인 것이라고 생각하고 잊어버리는 데 반하여 어머니는 단순한 떼질로서 생각했다. 이 해석의 상반이 간혹 두 사람으로 하여금 싸움을 일으키게 했던 것이다.

■ 저자 소개

제임스 힐턴의 이름은 내가 여기서 소개하지 않아도 전후(戰後)의 아메리카 영화 〈마음의 행로〉 〈브룩필드의 종〉(원명은 〈칩스 선생 안녕하세요〉)의 원작자로 이미 우리나라에도 널리 알려진 현대 미국의 대표적인 소설가이다. 전전에도 〈잃어버린 지평선〉과 〈갑판(甲板) 없는 기사(騎士)〉의 원작이 그의 유명한 소설이었다는 것도 기억하여야 될 것이며 그의 작품의 영화에는 거의 로버트 도냇이 주연하였으며 영화로서도 대성공을 이루었다.

(『신태양』, 1954.5)

바다의 살인

어니스트 헤밍웨이

봄

쿠바의 아침 공기는 참으로 선선하였다. 하바나의 항구에는 부랑자들이 큰 건물의 벽에 기대어 잠자코 있다. 해리 모건은 부두를 지나 카페 '샌프란시스코의 진주'에 나타났다. 얼음을 운반하는 아이스 웨건(얼음 배급차)도 나타나지 않았다. 겨우 거지가 하나 일어나 광장의 분수에서 물을 마시고 있을 뿐이다.

그러나 카페 속에 들어간 즉 이미 세 사람의 사나이가 해리를 기다리고 있었다.

"어떻습니까?"

"하기 싫어."라고 해리는 말했다.

"어젯밤에도 말한 것처럼 나는 할 수 없어."

"보수는 자네가 말하는 대로 낼 테니까."

"그런 뜻이 아니라 단지 나는 할 수가 없을 뿐이야."

다른 남자들은 모여와 그의 옆에 와 섰다. 이들은 어딘지 서글픈 표정을 하고 있다.

"1천 달러 정도면 어때."

영어를 잘하는 사내가 말한다.

"세 사람이면 3천 달러이네. 거기에 다음부터는 더 좋은 일거리도 있고⋯⋯. 이런 일은 그리 없네."

그것은 세 사람의 중국인을 하바나에서 플로리다의 키웨스트까지 밀항시키는 일이었다. 그러나 해리 모건은 "나로서는 할 수 없다"고 거절했다. 어떤 한 놈은 성을 내면서 "차라리 저자를 죽이자"고 소리쳤다. 그러나 얼마 후 세 사람은 단념하고 카페에서 나갔다.

해리는 '훌륭한 젊은 놈이다. 거기에 돈도 많이 가지고 있으니' 이렇게 속으로 생각하면서 그들의 뒤를 바라보고 있었다.

해리에게 부탁한 세 사람이 카페의 입구를 나가 바른쪽 길을 돌아설 때 돌연 광장을 지나서 세단형 자동차 한 대가 그들에게 가까이 갔다. 순간 상점의 유리창은 부서지고 술병을 늘어놓은 벽에 탄환이 날아온다. 파 파 파 팡 기총 소리가 들리면서 술병은 부서진다.

해리는 카운터 속에 뛰어들어가 그쪽을 내다보았다. 톰슨 건(기관총)을 쥔 흑인과 오버를 입고 자동총을 든 운전수 같은 남자가 차에서 내리며 땅 위에 엎드린다.

젊은 남자들 중 한 사람은 이미 길 위에 쓰러졌다. 남은 두 사람은 옆집 앞에 있는 얼음 배급차에 의지하며 응사한다.

흑인은 얼굴을 땅에 대는 듯이 조준을 정하자 얼음 배급차 아래를 향하여 난사했다. 그랬더니 젊은이 중 한 사람이 포도에 나오자마자 죽었다. 남은 한 사람은 차에서 뛰쳐나왔다. 그의 얼굴은 손수건처럼 창백했다. 그는 두 손으로 루거 총을 힘 있게 잡고 운전수를 향하여 쏘았다. 더욱 뛰어가면서 두 번이나 흑인의 머리를 쏘았으나 한 피트 떨어진 곳에서 흑인은 그의 기총으로 그의 복부를 뚫었다. 젊은이는 고통스럽게 주저앉아 여러 번 일어나려고 애쓴다.

흑인은 기총을 버리고 운전수 옆에 있는 자동총을 돌려 젊은이의 머리에 또 한 방을 쏘았다. 그의 머리는 날아가버렸다.

하바나의 흑인들은 밀수업자를 싫어하고 있다.

해리는 그저 잡히는 대로 마개가 열린 술병에서 한 잔 마신 후 카운터 뒤에 있는 요리장(부엌)을 빠져 길로 나갔다.

광장에는 갑작스럽게 사람들이 모여들었다. 그는 본체만체 그의 배가 있는 부두로 향했다.

×　　　×　　　×

선상에는 이미 그의 배를 고용한 존슨 씨가 기다리고 있다. 해리가 바로 조금 전에 일어난 일을 존슨 씨에게 말하고 있으니, 술주정꾼인 에디가 몸의 관절을 전부 빼버린 것 같은 모습으로 돌아왔다.

알코올 중독의 에디는 아무 소용도 없는 자이긴 하나 존슨 씨와의 용선 계약을 꾸며주었으므로 해리는 그에게 하루 4달러씩 지불했다.

해리는 존슨 씨에게 낚시 도구 전부를 합쳐서 35달러에 제공하고 있다. 그러나 이미 3주일이 되었는데 존슨 씨는 처음에 100달러만 낸 후 한 푼도 내지 않고 있다. 해리는 다소 불안했으나 결국 1개월 분을 한몫으로 받는 것이 좋을 것 같아서 청구도 하지 않았다.

존슨 씨는 벌써 3주일이 되어도 아직 낚시의 요령을 파악 못했다. 해리는 여러 차례 그에게 알려주었으나 성과는 좋지 못하다.

저녁 때 이미 하루의 일에 피곤하여 석양을 등지고 만류를 헤쳐가며 돌아갈 때이다. 존슨 씨는 두 다리 사이에 낚싯대를 세우고 먹이를 던지고 있었다. 돌연 1천 파운드 이상이 되는 거대한 마린이 먹이에 뛰어들었다. 해리는 줄을 좀 풀라고 소리치려고 했으니 그 순간 존슨 씨는 의자에서 공중에 뜨고 말았다. 그리고 낚싯대가 활[릭]처럼 휘자 존슨 씨의 복부를 콱 찌르고 바닷속에 추락하였다.

낚싯대와 도구 일체 전부 합쳐 3백 달러의 손이라고 해리는 불쾌히 생각했다. 존슨 씨도 찔린 배를 쥐면서 "낚시는 이젠 고만이다"라고 말한다.

해리는 3주간의 용선료와 도구 손료를 청구하니 다음 날 은행에서 돈을 찾은 후 오후에 지불하겠다고 말하며 자기의 호텔로 들어가버리고 말았다.

그 다음 날 해리는 오전 중 배의 소지와 수선을 하고 오후에는 키웨스트에서 기다리고 있는 아내와 딸 셋에게 값싼 선사품을 사 가지고 두세 군데 술집에서 몇 잔 마신 후 배에 돌아왔을 때는 대단히 유쾌할 정도로 취했다. 그는 도중에서 프랭키란 귀머거리에게 맥주를 사주었다. 프랭키는 먹을 것을 받은 개 모양 즐거이 해리의 뒤에 따라왔다. 배에 돌아온 그는 주머니에 겨우 50센트밖에 남아 있지 않았다.

때마침 은행 문을 닫는 세 시 반경 그들의 머리 위를 여객기가 날고 있었다.

해리는 존슨 씨를 기다리는 동안 프랭키와 함께 할 수 없이 선 중에 있는 맥주를 꺼내 먹었다. 그러나 존슨은 모습을 나타내지 않는다. 저녁때가 되자 그는 대단히 초조했다. 그래서 더 기다릴 수 없이 프랭키를 존슨 씨의 호텔로 보내본즉 존슨 씨는 이미 비행 편으로 마이애미(플로리다)로 떠났다. 세 시 반에 출발한 것이니까 도착된 지금 무전을 친댔자 소용없는 일이다.

그는 용선료와 낚시 도구를 완전히 손을 보았을 뿐만 아니라 어제 아침에는 3천 달러를 벌 것을 놓치고 지금 수중에는 돈 한 푼커녕 가솔린 값도 없다. 집에서는 아내와 세 계집애가 그를 기다리고 있다. 돈 한 푼 없이 돌아간댔자 식구들을 굶기는 수밖에 없다. 그는 속으로 존슨 씨를 욕하고 그를 별렀다.

"프랭키, 뭐 운반할 것 없니. 돈이 필요해."

프랭키는 지금까지 술의 밀수 같은 것을 간혹 주선한 일이 있어서 그런 사정에는 정통했다.

"아무것이라도 운반하지."

프랭키는 다짐하는 듯이 물은 후

"그럼 있다가 파라 주장에서 만나. 별로 걱정할 것 없어. 프랭키가 옆에 있지 않아." 하고 말하고 나갔다.

×　　　×　　　×

중국인

해리가 파라 주장에서 기다리고 있으니까 얼마 후 프랭키는 미스터 신이라는 중국 신사를 데리고 왔다. 미스터 신은 한 250달러쯤 되는 파나마모를 쓰고 유창한 영어로 말한다. 두 사람은 교섭한 결과 한 사람에 100달러씩으로 20명의 중국인을 플로리다의 건너편에 있는 토스가스섬까지 데려다줄 것을 약속하고 약속금으로 200달러를 해리는 받았다.

중국인은 다음 날 밤 하바나 항외의 해안에서 배를 타고 타기 전에 잔금을 해리에게 주기로 하였다.

프랭키의 말에 의하면 쿠바에는 중국인이 10만 가까이 있으나 그중 여자는 단 세 명에 지나지 않는다. 따라서 중국인은 아메리카에 건너가고 싶어 하나 아메리카에서는 중국인 이민의 입국을 금지하고 있으므로 중국인의 밀항은 돈벌이하는 데는 좋으나 흑인 노동자가 이것을 증오하여 밀수업자를 닥치는 대로 죽인다. 미스터 신도 얼마 가지 않아 죽을 것이다라고 말하는 것이었다.

그날 밤 해리는 술 몇 잔을 프랭키에게 먹인 후 다음 날 새벽부터 준비를 시작했다. 우선 스탠더드 석유회사의 암벽에 배를 대고 양쪽 탱크에 가솔린을 채웠다. 그리고 배를 먼저 자리에 돌려놓으니까 주정뱅이 에디가 초라한 모습으로 그를 기다리고 있었으며 해리의 배로 아메리카에 데려다 달라고 애원하는 것이다.

그러나 맡은 일이 있기 때문에 이번만은 에디를 동승시킬 수가 없다.

해리는 불쌍했으나 에디의 뺨을 쳤다. 에디는 울상이었는데 해리가 중국인에서 받은 돈에서 5달러 지폐를 한 장 주니까 원기를 다시 내고 관절이 거꾸로 매달린 모습으로 거리를 향하여 돌아갔다.

배가 항외에 나가자 해리는 엔진을 끄고 시간이 될 때까지 완류에 그대로 배를 띄우기로 했다. 그리고 그가 일을 하기 전에 선실을 점검하려고 뒤에 있는 선실에 들어가 보니 거기 에디가 숨어 있다.

에디는 거리에 나가 술을 한 병 사 가지고 어느 틈에 들어와 이미 한잠 자고 있는 판이다. 해리는 그가 든 니크아드 술을 한 모금 마신 후 에디를 죽이지 않으면 아니 되겠다고 생각하면서도 그가 불쌍해졌다. 그래서 선실에서 펌프 총과 윈체스터 총을 꺼내 실탄을 가득 채웠다. 그 다음 또 침구소에서 스미스와 웨스턴 특삼십팔호의 피스톨을 꺼내 허리에 찼다.

아름다운 석양도 저물고 사방은 어두워지자 선선한 바람이 불 때 해리는 배의 엔진을 움직이었다. 배는 불을 끈 채 서서히 목적지에 다다른다. 아홉 시 경 해리는 에디에게 한 잔 먹이고 설명했다. "바크라나오에서 십이 명의 중국인이 배를 탈 테니까 그자들을 선수 밑에 있는 방에 가두어둬. 알았지?"

"괜히 술에 취하지 말고 잘 들어야 해. 한 중국인이 열두 명을 데리고 오는데 그자는 맨 처음과 마지막에 돈을 내기로 했어. 그러니 열두 명이 타고 나서 마지막 돈을 낼 때에 너는 배에 엔진을 넣고 어떤 일이 있더라도 전진하는 거야."

"만일 선수의 중국인이 떠들어대든지 하면 이 펌프 총으로 쏘아버려."

열 시 반경 해리는 에디에게 힘을 주기 위해 술을 더 세 잔 먹였다. 열한 시 조금 전 약속한 장소에서 신호 등불이 비쳤다. 해리는 해변 가까이 배를 몰고 엔진을 죽이자 붉은 빛과 푸른 빛이 일순 육지를 향해 커졌다. 얼마 후 미스터 신과 6명의 중국인을 태운 통선이 해리의 배의 뒤에 오고 해리는 미스터 신에게 "예의 것을 좀 보여주시오"라고 말했다.

미스터 신은 주머니에서 돈을 꺼내 해리에게 주었다. 그는 자세히 돈을 세어본 다음 6명을 승선시켰다.

"여러분, 이쪽으로 오시오."

에디는 대단히 좋은 기분으로 중국인을 선수로 안내했다.

미스터 신은 "남은 사람을 데리고 오겠소" 하면서 배로 돌아갔다.

해리는 한잔하려고 술병을 드니까 이미 그것은 빈 병이다. 에디가 마셔버렸다.

"알았지! 네가 할 것은 그자가 돈을 내면 배를 앞으로 내는 일이야."

해리는 또다시 설명하면서 새 병을 꺼내 들자 곧 미스터 신이 배에 돌아왔다.

"한 사람씩 조용하게 타시오."

해리는 말한다. 에디 중국인을 선실에 집어넣자 그는 에디가 선수에 있는 것을 확인했다.

"미스터 신, 나머지 것을 주시오."

그래서 미스터 신이 주머니에서 잔금을 내려고 할 때 그는 지폐를 손에 쥐고 순간 그의 목을 바른팔 손으로 잡아당겼다. 배는 앞으로 달리고 있다. 미스터 신은 숨이 막혀 공중에서 껑충껑충거린다. 그러나 잠시 후 그곳에 이상한 소리가 나면서 미스터 신은 움직이지를 못하였다.

해리는 처음에 그저 그의 소지금만 뺏으려고 했으나 그는 죽고 말았다. 그래서 그의 시체에 무거운 철물 같은 것을 매달고 바닷속에 가라앉혔다. 해리는 사실 미스터 신에게 미안했다.

그 후 그는 에디에게 배를 또다시 해안으로 돌리라고 명령하고 배가 수심 5피트가량 되는 데 이르자 두 사람은 윈체스터 총과 펌프 총으로 중국인을 위협하면서 선상에 끌어내고 배에서 내리라고 명령했다. 중국인은 잘 얘기를 듣지 않았으나 죽는 것이 무서워 한 사람씩 바다로 뛰어내렸다.

해리는 선수를 돌리어 키웨스트로 향했다.

남은 문제는 에디의 처분이다. 에디는 선원 명부에도 오르지 않았으므로 죽여도 별로 남들이 의심하지 않을 것이다. 그러나 만일 그가 술이 취해서 떠들어대도 남들은 곧이듣지 않는다는 것도 생각났다. 그래서 할 수 없이 "이 사건을 딴 사람에게 말하면 네 목숨은 없다"고 에디를 협박했다. 이미 배는 키웨스트의 등대를 바라보며 달리고 있다. 그의 주머니 속에는 1천 달러가 들어 있다. 이만한 돈만 있으면 금년 여름은 잘 지낼 수 있다고 생각했다. 집에서는 아내 마리가 기다리고 있을 것이다.

×　　　×　　　×

가을

그들은 밤중에 해협을 건넜다. 북서풍이 강하게 불고 바다는 몹시 출렁거린다. 새벽이 되어 보니 선체의 여러 곳에 탄환의 자리가 남아 있으며 조종실의 유리창도 부서져 있다.

배 안에 실은 술병이 깨어져 선내는 알코올 냄새가 가득 차 있고 흑인 하나가 술병을 베개 삼고 잠이 들었다. 그의 발목엔 총알이 맞아 피가 흐른다.

해리 모건 역시 한쪽 팔에 탄환이 맞았다. 그는 겨우 키웨스트를 뒤로 맹글로브가 무성한 쪽으로 배를 댄 후 약속한 다른 배가 오는 것을 기다렸다.

그들은 하바나 가까이 있는 마리엘에서 술을 실었다. 금주령은 철폐되었다 할지라도 마리엘에서 주류를 밀수한다는 것은 거의 공연한 비밀로 되었다. 그리 큰 돈이 남는 일은 아니나, 아메리카가 불경기여서 유람객이 적을 때의 키웨스트의 선주들에게는 충분한 장사이다. 그것은 쿠바에는 술이 너무 많아서 아무도 사지 않기 때문이며 따라서 술의 밀수는 그전처럼 위험한 것은 아님에도 불구하고 그것이 결국 공연한 취인(取引)이 아닌 고로 브로커 손에 넘어가는 도중 누구 하나라도 부정한 짓을 하면 나중의 재난은 술을 실은 선주가 입게 된다.

해리의 배가 쿠바를 떠나자마자 사격을 받게 된 것도 역시 이러한 원인에서 온다고 해리는 생각했다.

얼마 후 전면에 흰 칠을 한 유람선이 나타났다. 선상에는 두 사람의 손님이 타고 있다. '윌리 선장의 배'라고 해리가 느낄 때 "워싱턴 정부의 손님이 의심하고 있다. 짐을 내던지고 키웨스트로 가라" 하는 윌리의 소리가 들렸다.

해리는 사실 괴로웠으나 마지막 술병을 바닷속에 투하했다. 그 다음 배에 엔진을 넣고 맹글로브의 숲을 지나 옆으로 달렸다.

그의 출혈은 점점 약해졌으나 이 길로 키웨스트에 들어가 치료를 받으면 혹시 그의 바른팔은 절단하지 않아도 괜찮을 것이라고 생각했다.

얼마 후 키웨스트의 거리가 보이자 그의 마음은 언제나 다름없는 귀향의 즐거움으로 변했다.

그러나 해리는 불행했다.

그는 그의 바른팔을 잘랐고 그의 배도 워싱턴 정부의 관리의 명령으로 세관에 억류되었다.

× × ×

겨울

프레디의 주점에서 해리 모건은 변호사인 비립스와 만났다. 비립스란 사내는 친구에게 와이로를 써서 그 남자를 고소시키고 그래서 그 남자의 변호를 맡아본다는 일로서 지금까지 살아왔다. 그는 망명 쿠바인을 본국에 다시 잠입시키는 일이 있는데 하지 않겠느냐고 물었다. 해리는 왼팔을 자르고 자기 배까지 나포(拿捕)시킨 이후 아내와 딸을 남과 같이 살리기 위해서는 어떠한 일이라도 할 작정이었다. 그래서 물론 비립스의 제안을 거부할 수 없다. 때마침 옛날 친구인 앨버트와 만나 그 역시 지금은 실업 구제비로 일주일에 7달러 반을 받는 형편없는 생활을 한다는 것을 들었다. 해리는 앨버트도 쿠바인을 밀항시키는 일에 한몫 끼게 하고 옛날과 같은 화려한 생활을 시키겠다고 속으로 생각했다.

이들 두 사람은 비립스의 집에 가서 거기서 네 명의 쿠바인을 기다렸다. 쿠바인은 해리의 배가 세관에 압수되어 있는 사정을 몰랐다. 해리는 교섭이 다 끝나면 그의 배를 세관 도크에서 몰래 꺼내려고 결심했다.

네 명의 쿠바인을 교섭한 결과 2백 달러의 선임과 1천 달러의 보증금을 내놓고 성공할 경우에는 주겠다는 것으로 낙착했다. 결행할 날은 금명일 중인데 상세한 시각은 비립스를 통해서 결정되는 대로 알리기로 했다.

해리는 서반아어를 잘 모르는 척했으나 쿠바인들이 서로 이야기하는 것을 들은즉 그들은 단순히 쿠바에 잠입하는 것이 아니고 그전에 키웨스트 은행을 습격하여 쿠바 혁명의 자금을 조달하려고 계획하고 있는 것을 알았다. 따라서 해리는 이번 일이야말로 참으로 위험한 것이며 자칫하면 생명이 날아가는 판이라고 생각했다. 거기에 겨울의 플로리다 해협 횡단은 그것만으로서도 모험이다. 허나 그렇다고 하여 이번 일을 단념할 수는 없다. 그는 끝까지 참아가면서 이 위협을 돌파하려고 각오했다.

변호사 비립스도 쿠바인의 은행 습격의 계획을 알고 있었다. 그뿐 아니라 그도 이 계획에 참가하여 이제부터는 그런 값싼 변호사업은 내던지고 큰돈을 가지고 외국으로 도망할 각오라고 해리에게 말했다.

해리는 처음에 세관에서 배를 끌어내면 그가 그전부터 살펴둔 남들 눈에 띄지 않는 해변에 감춰두고 쿠바인은 그곳까지 스피드 보트로 옮길 계획이다.

역시 그의 배를 몰래 끌어내는 일은 간단히 끝났다. 가솔린도 그가 사둔 그대로 남아 있었으며 발동기도 급유관을 빼놓은 것을 수선하니깐 배는 전과 다름없이 달렸다.

밤이 밝기 전 집에 돌아와 보니 아내 마리는 아직 잠들지도 않고 그를 기다리고 있다.

해리는 배를 훔쳐내고 여행을 간다는 말을 하니 마리는 걱정스러운 표정으로 그의 곁으로 온다. 그러나 마리는 남편에게 절대의 신뢰를 하고 있었다. 이번에 돌아오면 딸들은 집에 두고 두 사람만이 마이애미에 여행하자고도 말했다. 그리고 마리는 신혼 당시의 즐거운 회상에 빠지고 하룻밤 동안 잠들지 못했다.

그러나 해리의 계획은 제대로 되지 않았다. 다음 날 아침 세관리(稅官吏)가 배를 감춘 장소를 발견했기 때문이다.

프레디의 주점에 이 사실을 해리에게 알리려고 온 비립스의 얼굴은 긴장과 흥분으로 가득 차 있다. 거기에 쿠바인은 저녁 다섯 시에 출발한다고 한다. 해리는 할 수 없이 술집 주인 프레디의 배를 생각했다.

해리는 비립스에게 쿠바인에게서 1천 2백 달러의 돈을 달라고 하고 한편 그는 프레디와 교섭하여 1천 2백 달러의 보증금을 내고 그의 배를 빌려 쓰기로 했다.

얼마 후 비립스는 그 후 커미션으로서 120달러를 빼고 1,080달러를 해리에게 주고 해리는 나머지 금액을 신용대부로 한 다음 프레디에게 주었다.

해리는 그 길로 바로 집에 돌아갔다. 그리고 지붕 속에 감춰두었던 기관총 (톰슨 건)을 꺼내서 실탄을 채우고 또 절단된 바른팔에는 의수를 달고 총의 조종에 부자유롭지 않게 하였다. 그리고 프레디의 배를 탄 다음 기관실의 천 장에 기관총을 건 다음 왼손으로서도 그 조종 가죽 끈을 매달고 사격을 할 수 있게 장치했다.

그 다음 발동기를 검사하고 갑판에 올라가 보니 앨버트가 허기진 초라한 모습으로 서 있다. 그는 실업 구제의 일이 일주일에 삼 일간밖에 없어서 아 내에게 욕을 들은 후 쓸쓸히 돌아왔다. 그래서 해리는 앨버트에게 힘을 주는 뜻에서 가솔린과 술과 발동기의 플러그 등을 사가지고 오라고 했다.

선상에서는 제일주립저축은행의 장대한 건물이 청명한 겨울 햇빛 아래 보 였다. 해리는 웬일인지 모르게 마음이 떨렸다. 그러나 아직 예정 시각까지는 상당한 시간이 남았다. 해리는 프레디의 술집에 가 한 잔 들어 마시고 그와 의 오랜 유의상 프레디에게 사정을 이야기할 생각도 있었으나 그의 얼굴을 보고 차마 그 말을 할 수가 없었다.

출항

배에 돌아와 보니 이미 가솔린도 가득 찼고 기관의 시운전도 잘된다. 사정 을 알지 못하는 앨버트는 선실에서 낚시 도구 준비를 하고 있다.

바로 그때이다. 자동차의 타이어가 터지는 소리가 들리고 은행에서 어떤 남자가 총을 들고 달려 나오고 있다. 이어 남자 두 사람이 레더로 만든 슈트 케이스를 들고 나타나고 최후에 거대한 체구를 한 남자가 기관총을 가지고 나왔다. 그러자 은행의 비상경보인 사이렌이 요란스럽게 울리고 기총을 발 사하는 소리가 겨울 하늘에 퍼졌다.

곧 포드 차에 나누어 탄 네 사람이 해리 앞에서 차를 내버리고 그의 배에 뛰어올라 왔다. 거대한 쿠바인 로베르토가 해리에게 기관총을 내대며 배를 떠나게 하라고 명했다.

그때 앨버트가 돌연 "배를 내면 안 돼. 이 자들은 은행 강도다."고 고함쳤다.

거대한 쿠바인은 앨버트에게 기총을 겨누고 "쏘지 말라"고 애원하는 그에게 난사하고 말았다. 앨버트는 그 자리에서 쓰러지자마자 그대로 움직이지 못했다. 불쌍한 그는 죽고 말았다.

배는 차차 속력을 내며 제1방파제와 제2방파제를 나오니 대양의 파도는 크게 배를 요동시켰다. 해리는 수상 경찰의 스피드 보트의 추적을 겁내고 있었다. 더욱 잘못하면 수상 경찰의 비행기가 날아올지 모른다. 그러나 얼마 후 그의 배를 진격하는 듯 배를 보니깐 그것은 속력이 느린 어선에 지나지 않는다는 것을 알았다. 또 비행기도 밤이 되면 날지 못할 것이니 그동안 될 수 있는 한 해상 멀리 나가지 않으면 안 된다. 그는 등대를 지나자 곧 진로를 하바나의 방향으로 취했다.

배는 크게 흔들렸으나 제대로 달렸다. 로베르토는 "너도 네 친구(앨버트)와 같은 운명에 빠트린다."고 말하며 해리를 적의 있는 눈초리로 보았다. 그는 기관총에 새로이 실탄을 채우고 술을 가지고 나와서 선실에서 혼자 마시기 시작했다.

한 젊은 쿠바인이 해리 옆에 와서 말을 걸었다. 그는 비립스가 은행에서 로베르토에게 죽었다는 것을 말하고 로베르토는 혁명 때문이라는 구실로 너무 사람을 많이 죽인다고 비난했다.

해리는 점점 앨버트와 비립스를 위해서라도 로베르토에게 복수하여야 될 것이라고 생각했다.

이미 나머지 두 사람은 뱃멀미 때문에 가솔린 탱크 위에 있는 벤치에 쓰러져 있다. 해리는 소년에게 배의 조종을 부탁하고 로베르토의 옆으로 갔다. 로베르토는 제대로 술에 취했고 그 곁에는 피투성이가 된 앨버트가 쓰러진 그대로 있다. 그는 로베르토의 말대로 앨버트를 바다에 투하하기로 했다. 두 사람은 시체를 들고 투하하는 순간에 해리는 옆에 있던 로베르토의 기총도 동시에 발로 차버렸다. 이것을 안 로베르토는 성이 나서 해리를 죽인다고 했으나 그를 죽이고 말면 배를 조종할 사람이 없으므로 목적지에 도착할 때까지 참으라는 다른 쿠바인의 말을 듣고 할 수 없이 그만두었으나 그는 끝끝내 분노에 불탄 눈으로 해리를 바라보았다.

해리는 새 술병을 내다가 자기가 한 잔 마신 후 잘못을 관대히 여겨달라고 말하며 로베르토에게도 술을 권했다.

해리는 기관실에 내려가 발동기를 조절한 후 숨겨두었던 기관총을 만져보았다. 그러나 아직 시기가 빠른 것 같아서 그만두었다. 그리고 소년 대신 조종기를 잡았으나 그 소년도 항해의 지식이 없는 것 같으며 배는 크게 원을 그리며 회전하고 있었다.

이대로 하바나의 방향으로 직행하면 배는 얼마 안 가 목적지에 다다를 것 같다. 다행히 쿠바인은 배의 지식이 없으니깐 저녁노을이 지나면 배를 동쪽으로 흐르게 한다. 소년은 해리에게 쿠바 혁명에 관해서 말하고 혁명의 현 단계로서는 비상수단도 할 수 없고 또 쿠바 압제의 사실 등을 말했다.

이 소년을 죽이는 것은 불쌍한 일이라고 해리는 생각했다.

그리고 얼마 있다 밤이 어두워지자 배는 완류에 올라선 것을 알았다. 로베르토는 선실의 의자에 앉고 다리는 또 다른 의자에 뻗치고 있으나 대단히 취해 있다. 해리는 선실 쪽으로 가서 새로 술병을 들어 마시고 그것을 가진 채 기관실로 달려갔다. 지금이야말로 참으로 좋은 기회다. 그의 위치에서 보면 소년은 그의 바로 앞 위에 서 있고 뱃멀미가 난 두 사람은 바로 그 뒤의 벤치에서 드러누워 있다. 그는 또다시 한 잔을 마셨다. 그러나 그의 마음은 점점 서늘해진다.

"주저할 것 없이" 그는 스스로 마음에 가리키면서 기관총의 혁대를 풀었다. 그리고 안전장치를 재치고 방아쇠를 왼손으로 힘 있게 쥐자 소년의 뒤통수를 향해 쏘았다. 총구에서는 무서울 정도로 불을 토했다. 그리고 소년의 신체가 쓰러지기도 전에 그는 방향을 돌려 좌우 양 항위의 벤치를 향해 사격했다. 선실 쪽을 살펴보니 조금 전까지 있었던 로베르토는 어느 사이 의자에서 몸을 감추었다. 배 안의 위의 남자 하나는 머리를 떨어뜨리고 이미 절명이다. 그러나 다른 한 자는 신음하고 있다. 그 자가 가진 피스톨을 잡으려고 기어오는 로베르토를 발견하자 해리는 그를 향해 난사했다. 로베르토도 결국 쓰러졌다. 해리는 비로소 큰 한숨을 쉴 수가 있었다.

그러나 그가 정신을 차려보니 기관실에는 가솔린이 상당히 흘러졌으며 탱크가 뚫어졌다. 이건 큰일이다. 이대로 방치하면 불이 난다…… 고 생각하여 해리가 기총을 들고 올라가자 배 안의 벤치에 있던 자가 급히 몸을 돌리면서 피스톨을 발사했다. 해리는 복부를 힘 있게 맞은 것 같은 기분이 생겨 하는 수 없이 그 자리에 앉아버렸다. 그의 복부가 관통했다.

허나 정신을 차리고 기총을 다시 들고 그자에게 난사했다. 더욱 로베르토가 쓰러진 옆에 오자 그에게 대해서도 또다시 난사했다. 해리는 엔진을 정지시키기 위하여 숨이 가쁜 것도 무릅쓰고 조종실까지 가서 전동기의 스위치를 절단했다. 그는 조종기에 기대면서 힘이 점차 그의 몸에서 떠나는 것을 느꼈다. 그는 셔츠를 벗고 복부의 상처를 살펴보니 외부에는 거의 출혈이 없다. 아마 심한 내출혈일 것이다. 그는 기절하기 전에 쿠바인이 가지고 온 돈을 보아두려고 생각했다. 선실에는 돈이 가득 들어 있는 슈트케이스가 떨어져 있다. 이것을 마리에게 전하고 싶다. 이것만 있으면 마리와 세 계집애는 편안히 살 수 있을 것이다. 이젠 이런 모험적인 일은 그만두겠다. 이런 일은 너무 나에겐 짐이 무거웠다. 이번에 돌아가면 가솔린 스탠드라도 경영하며 성실한 사업을 하자.

선상의 시체도 치워버려야지. 그러나 그리 급히 서둘 필요는 없다. 그저 드러누워 물만 마시지 않으면 아마 살아날 수 있다. 그는 선실에서 배의 동요를 이겨가면서 정신을 차리자 정신을 차리자 하고 스스로가 생각했다. 그러나 그러는 동안에 배가 흔들리는 대로 함께 몸을 맡겼다.

해리의 배가 표류 중에 유조선에 발견되어 수상 경찰의 커터에 끌려온 것은 그 다음 날이다. 키웨스트의 항구에는 여러 가지의 다른 인생을 실은 부호들의 요트가 나란히 서 있다. 그리고 키웨스트의 거리에서나 또는 요트 위에서도 희, 비, 애(喜悲哀) 엉클어진 남녀노소의 알려져 있지 않는 생활이 해리의 비극적 생애와는 또 달리…… 그러나 그것과 같은 강렬성을 지니고 영위되어 갔다.

해리 모건은 인사불성이 된 채 병원에 옮겨지고 수술을 받자마자 그곳에서 숨을 끊었다.

■ 해설

금년도(1954년도) 노벨문학상의 수상자인 어니스트 헤밍웨이(Ernist Hemingway)는 미국뿐만이 아니라 세계적으로 저명한 소설가이다. 그의 대표작에는 『무기야 잘 있거라』 『누구를 위하여 종은 울리나』 최근에 우리나라에도 소개된 『바다와 노인』 등이 있으나 여기 소개하는 「바다의 살인」(원제 To Have and Have not)은 그중에서도 연애와 죽음의 제재가 훌륭하게 결합되고 성숙한 작품이다. 그는 1898년 7월에 일리노이주에서 출생했으며 제1차 대전에는 구호반원으로 이탈리아에 출정, 1차대전 후에는 파리 몽파르나스에서 지냈다. 대개의 문학작품이 빠지기 쉬운 지루함도 없는 스릴과 모험과 심리 갈등의 묘사는 큰 감동을 주고 있다.

자랑스러운 마음

■ **작품 소개**

　펄 벅 여사는 지금까지 중국이 아니면 대체적으로 동양에 관한 것을 주제로 작품을 써왔고 또한 그중 『대지』는 가장 대표작이었다.

　그러나 여기 소개하는 작품은 여사가 처음으로 아메리카인의 생활과 의견을 취급한 것이어서 주목되었다.

　여기에는 물질문명 속에 살고 있는 몇 사람의 정신 경영자 즉 자신의 창조력을 위해서 살아가고 있는 하나의 여류 예술가의 모습이 잘 그려져 있다.

　숲속에는 이미 봄이 찾아왔다. 마크에게 기대고 있는 수전은 모든 것이…… 그 부근에 있는 수목이란 수목은…… 나뭇가지에서 재잘거리는 참새들이 모두 소리를 내면서 '수전은 결혼한다'고 노래 부르는 것같이 들리었다.

마크는 겸손한 말투로 이야기한다.

"수전! 나하고 결혼해주시렵니까?"

수전은 명백하게 대답하였다.

"결혼하려고 하였습니다. 당신과 꼭 결혼하겠다고 믿고 있습니다."

그 다음 긴 침묵이 계속되었다.

두 사람은 어렸을 때부터 친한 사이였다. 수전은 인생에서 모든 것을 다 가지고 싶었다. 연애도 어린아이도 동무들도 또한 예술에 있어서의 성공도 가지고 싶었다.

그러므로 우선 결혼을 하고 싶었던 것이다. 얼마 후에 수전은 말했다.

"결혼을 한 다음에도 조각을 해도 좋겠지요? 물론 가정생활에 방해가 되지 않을 정도로 말이에요."

"무엇이든지 당신 마음껏 하세요. 그것은 나의 희망입니다. 당신은 이곳에서 제일가는 재원인데 나는 당신의 남편이 될 자격이 없는 것을 알고 있소."

"천만에, 별 말씀을……."

수전은 웃으며 그의 말을 부인하고

"나는 가난한 대학 교수의 딸이 아닙니까?"

그리고 그에게 키스하고 서로 손목을 잡고 숲을 뛰어 내려갔다.

그 다음 날 수전으로부터 약혼하였다는 이야기를 들은 그의 어머니는 결혼하면 평생이 작정되는 것이므로 수전의 나이 20은 너무도 조혼이라고 하였다.

아버지는 결혼 준비에 쓰라고 100불을 내놓았다.

"이것은 시를 20편쯤 살 원고료다. 사실이지 시로써는 밥을 먹을 수 없다. 수전 너의 애인이 시인이 아니고 토지 회사에 근무하고 있어서 나도 안심이 된다."

그의 아버지는 시인이라는 자신을 가지고 있으나 시로써는 살 수 없으므로 이곳 대학의 교수가 되어서 대학 구내에 살고 있었다.

그는 사위가 될 마크가 그의 시학 강의 시간에 출석치 않는 것을 탓하지 않으나 지금도 시의 원고료만은 일상 생활비로 하지 않는 결백성을 가지고 있는 것이다.

×　　　×　　　×

발코니 옆에 서 있는 고목 그늘 밑에 달빛을 받으며 수전은 마크의 팔에 안기면서

"이제는 결혼식에 입을 옷도 거의 반 이상 끝이 났어요."
라고 속삭인다.

마크는 감개무량한 듯이 ─ 그러나 걱정스럽게 말한다.

"당신은 연극도 하고 노래도 부르며 그림도 그릴 줄 알고 또한 요리도 잘 만들고 또 조각도 잘하는데 나는 참으로 당신의 남편 될 자격이 없소."

그의 겸손이 도리어 수전에게는 마음에 들지 않았다. 자기에게 대해서 너무나 겸손을 하는 사람을 남편으로 생각하기는 싫은 것이다. 그의 그러한 마음을 없애기 위하여 다른 이야기를 하는 것이었다.

"당신의 얼굴을 조각해볼까요? 참으로 아름답게 됩니다……."

수전은 그의 얼굴을 달이 떠 있는 쪽으로 돌리면서 그의 얼굴을 어루만진다.

그러는 동안 수전의 마음속에는 다른 새로운 충동이 일어났다.

달빛도, 또한 곁에 있는 고목도, 또한 마크까지도 없어지고 다만 진흙으로 어떤 형체를 만들어보고 싶어지는 것이다. 그러나 달빛 아래에 애인을 혼자 있게 하고 그의 얼굴을 흙으로 만드는 것은 아무리 생각하여도 우스운 일이다.

수전은 그의 얼굴을 가슴으로 끌어당겼다.

이 따뜻한 현실은 진흙보다도 훨씬 좋고 즐거운 것이라 생각이 든다.

× × ×

두 사람은 결혼식을 끝마치었다. 지금까지 두 사람 사이를 가로막고 있던 벽은 식과 함께 사라지고 아침 서리처럼 사라진 벽 대신에 새로운 부끄러움이 생겼다.

신혼의 첫날밤을 보낼 산장으로 차를 달리려던 마크는 엔진 소리만 나고 차가 움직이지 않는 것을 알았다. 자동차 브레이크를 거는 것까지 잊어버릴 정도로 마크는 어리둥절하게 되었던 것이다.

신혼여행에서 돌아온 두 사람은 어린 시절에 놀러 다니던 거리에 집을 사고 들었다.

창으로는 멀리 대학이 보인다.

수전의 아버지가 교수의 한 사람이며 두 사람이 함께 4년을 보낸 대학의 옥상이 푸른 나무 그늘 밑으로 보인다. 옛날부터 그리워하던 것은 모두 남아 있다. 그 앞의 길을 돌아가면 수전의 부모들의 집이 있다. 그 문을 열면 그곳엔 소녀 시절이 남아 있다.

그러나 수전은 소녀 시절에 미련이 없었다.

"나는 참 행복하다."

이렇게 속삭이는 말에는 열정이 들어 있었다.

× × ×

출산 비용 때문에 판 조상(彫像)이 인연이 되어 이 지방에 피서를 하러 온 조각계의 거성인 반스에게서 공부하게 된 것은 장남 존을 출산한 그 다음해였다.

"이와 같은 천성을 여자에게 부여한 것은 참으로 놀랄 만하다."라고 감탄한 반스는 일주일에 2회씩 그를 가르쳤다.

그리고 조형미술은 사진과는 다르다. 인체 같으면 골격서부터 쌓아올려야 한다. 금년 가을에 파리로 함께 가서 인체의 해부서부터 가르쳐주겠다는 말을 꺼냈다.

그러나 수전은 남편과 아이들이 있어서 파리엔 갈 수 없다고 거절하였다. 허나 반스는 재차 권고를 하는 것이다.

"당신에게는 풍부한 천성이 있습니다. 당신은 필요 없을지 모르나 그것은 버릴 수 없는 것이오, 그것을 버릴 권리는 없는 것입니다. 당신에게는 남편에게 대한 애정보다도 모성애보다도 더 깊은, 욕망이 있을 것이오, 그 욕망을 만족시키지 않으면 행복할 수는 없을 것입니다. 여자로서도 행복해지지 못할 것입니다."

수전을 위해 9월 3일 자의 선표(船票)를 사서 주기까지 하였다.

그러나 그는 파리로 떠나지 않았다. 그는 가정생활에 변함없이 행복을 느끼고 있었다.

그해의 크리스마스에는 두 번째의 임신을 알게 되었다.

다음해 정월에는 파리에 체류 중이던 반스에게서

"왜 그렇게 주저하십니까?"

라는 성을 낸 편지가 왔으나 다만 그는 미소를 띠었을 뿐이며 그 편지를 버리고 말았다.

그날그날에 마음을 붙일 수 있는 그는 행복을 느낄 수 있게 태어난 것이다.

은사인 반스의 콜럼버스 상(像)에게 뉴욕시에서 5천 불을 증여하였다는 신문 기사를 읽었을 때와 또한 생각지도 않은 장소에 노란 장미꽃을 발견하였을 때도 같은 흥미가 솟아올랐다.

이렇게 매일에 불안을 느끼지 않은 그는 지식보다도 도리어 본능으로써 그의 현재에 만족하고 있는 생활의 평화 이상으로 깊은 평화를 느낄 수 있는 것을 알고 있다.

이 본능에서 점점 나무가 무성해지는 것같이 그 자신이 생장하여서 창조욕이 강화되어오는 것이다.

그는 큰일이 하고 싶었다.

반스가 귀국할 때까지 사람만 한 군상(群像)을 만들고 싶었다.

그러기 위해서는 지금까지의 집은 좁은 것같이 생각되었다.

거기에 큰아들은 점점 성장해가고 7월에 낳은 계집애도 있고 해서 어떤 일이 있어도 넓은 집으로 이사를 하고 싶었다.

그러므로 거리를 남쪽으로 한 일 마일쯤 떨어지고 산기슭에 강이 보이는 오래된 석조 집으로 가게 되었다.

그곳에 부속되어 있는 커다란 창고가 스튜디오로 사용되었다.

이곳에서 그는 앞으로 제작할 군상의 스케치를 시작했다.

남자와 여자 사이에 어린아이를 놓고 여자의 팔에 작은애를 안고 있는 구상이다.

이 넷은 그의 세계의 단위였다. 그리고 '민중'이라는 제목을 마음속으로 정해버렸다.

파리에 있는 반스한테서는 2년 동안에 2, 3회 간단한 소식이 있었다.

최근에 온 엽서에는

"7월 5일 귀국 예정."

이라고 써 보내왔다.

×   ×   ×

그는 매일 창고에서 일에 정진하고 있었다.

용이하게 되지 않던 여자의 상도 제법 되어갔다. 팔에 껴안은 어린것에서 약간 얼굴을 돌리고 있는 포즈이다. 남편이 집에 돌아오자마자 그는 곧 창고로 데리고 갔다.

남편은 한참 동안 들여다보고 난 후 물어본다.

"수전, 이 사람들은 누구요?"

"누구라고 지적할 수는 없어요. 평범한 민중입니다."

"모두들 서로 얼굴을 보지 않고 있는 것은 웬일이오? 특히 여자가 어린것을 보지 않고 있는 것은 이상하지 않소. 여자는 어린것이나 남자 그 어떤 쪽이든 간에 바라보고 있는 것이 좋지 않소."

"글쎄? 나는 그 포즈를 만들기까지 무척 고생을 하였는데요."

"저 여자의 눈이 마음에 걸리는군. 가끔 내가 이야기할 때 당신이 저런 눈을 하는 때가 있었는데……."

그러나 그해 여름 이 군상을 본 반스는 역시 사진과 같다고 하면서도 여자의 포즈만을 칭찬하였다.

그리고 어떤 병원의 입구를 장식하기 위하여 이러한 군상을 현상으로 모집하고 있다는 그곳으로 보냈다.

그리고 그를 뉴욕에 있는 어떤 해부 연구실로 다니게 하고 근육과 골격의 비밀을 알게 직접 해부의 메스를 들게 하였다.

×　　　　×　　　　×

여름이 지나 가을이 시작되면서부터 반스는 또 그에게 파리로 가자고 권했다. 그러나 그는 다음과 같이 대답하였다.

"모든 것을 내가 가지고 싶어하는 것을 당신은 이해해주십시오. 결혼을 하고도 어린아이를 출산하지 않으면 나의 생명의 일부분은 죽어버리는 것입니다. 남은 다른 일부분으로만 어떻게 훌륭한 일을 할 수가 있을까요?"

"감옥이 어떤 곳인지를 알기 위해서 일평생을 그곳에서 보낼 필요가 없지 않습니까? 그것을 생각하기에는 이틀 밤이면 되지 않습니까?"

그러나 수전은 그 말에 모른 체하고 말았다.

자기 남편에게도 말하여 모르는 점이 있는 것처럼 반스에게도 말로써는 모르는 점이 있는 것이다.

두 사람이 모두 자기를 이해하는 점은 단 일면뿐인 것이다.

그러나 반스는 다시 권한다.

……파리로 가지 않으면 예술은 이해할 수 없다.

인간은 이기적인 존재이므로 남편도 아이들도 떨어져서 자기 혼자가 될 때가 필연코 올 것이다. 인생은 전부를 가질 만한 시간도 없으며 한 가지는 버려야 하고 하나만 택하여야 한다고 역설하고 모든 것을 다 가지려는 것은 도리어 불가능을 초래하는 것이다…… 라고 말한다. 그래도 그는 승낙하지 않으므로 언제든지 파리에서 만날 날이 있을 것이라는 말을 남기고 반스는 떠나버리고 말았다.

×   ×   ×

그 후 수전은 아직까지는 젊다. 얼마든지 기회는 있으며 급히 굴 필요는 없다고 생각하였다.

얼마 후에 남편이 돌아왔다.

그러나 피곤한 모양이다. 그는 걱정이 되었다.

그 이튿날 아침에 전보가 왔다.

〈민중〉이라고 한 군상이 당선되었다고 반스에게서 통지가 왔다. 그것 때문에 의논할 것이 있어서 출발을 연기하였으니 곧 오라는 것이다.

어딘지 모르게 괴로워하는 남편이 마음에 걸려 뉴욕으로 가지 못하고 있는 것을 남편은 억지로 정류장까지 전송을 해주었다.

그곳에서 즐거운 반나절을 지내고 돌아와 보니 남편의 병은 더 심해지고 있었다. 우물물에 균이 있었기 때문에 티푸스가 되었다고 의사는 말했다.

오래된 집의 우물을 검사도 받지 않고 사용한 것이 원인이 된 모양이다.

자기의 창조욕을 위하여 그 집으로 이사를 하지 않았던들 남편의 병도 나지 않았을 텐데…… 하고 가책을 느끼며 입원한 남편을 성심껏 간호하였으나 그는 돌연 세상을 떠나버리고 말았다.

×　　　×　　　×

그 다음해의 여름 녹음이 우거질 때 수전은 마크와 처음으로 사랑을 속삭이던 숲으로 갔다.

그리고 저녁때 발길을 돌리니 생각지도 않은 신혼 당시에 살던 집 앞으로 나왔다.

오랫동안 비어 있었음인지 정원에 잡초는 무성하고 더욱 작게 보인다.

그때는 어떻게 이런 작은 집에서 살았을까? 그러나 그때는 만족을 느끼고 살았는데…… 하고 생각하는 순간 이 거리도, 아는 사람들도, 이곳에서 지낸 세월도, 남편의 기억도, 모든 것이 이 조그마한 집에 흡수되어가는 것같이 생각이 들었다.

모든 것은 과거로 돌아가고 그와 두 아이들만이 장래를 향하여 남아 있다.

그 장래로 들어갈 수밖에 길은 없었다. 그는 파리로 갈 결심을 하였다.

×　　　×　　　×

아이들은 두고 떠나라는 부모들의 의견도 듣지 않고 그는 애들과 식모를 데리고 대서양을 건너갔다.

남편의 보험금 중에서 반액과 〈군상〉의 상금을 합치니 일 년은 파리에서 살 수가 있었다.

그동안에 다음부터 지낼 수 있는 수입을 만들어놓는 것이 그의 희망이었다.

자기를 위하여 또한 예술을 위해서가 아니라 내 자식들을 기르기 위하여 일하지 않으면 안 된다고 생각했다.

그를 파리에서 맞이한 반스는 지금까지는 당신을 여자로서 대우해왔으나 이제부터는 일개 여자로서가 아니고 한 사람의 조각가로서 생각하겠다고 하며 어떤 어려운 공부에도 굽히지 말라고 격려해주었다.

제법 살 만한 집을 빌린 수전은 소지금의 전부를 식모에게 맡기고 나머지가 일 개월 분의 비용밖에 되지 않았을 때 알려달라고 하고…… 모든 것을 잊어버리고…… 남성들과 다름없이 공부하기 시작하였다.

반스의 소개로 다니게 된 불란서인 선생은 이런 말도 하였다.

……예술가는 공부를 해서 되는 것이 아니다. 나면서부터 예술가는 예술가인 것이다.

×   ×   ×

반스가 미국으로 돌아간 후 그의 친우이며 모던 아트의 조각을 하는 젊은 부호인 킨네아드라는 사람이 왔다.

여자라는 것을 잊어버리고 있던 그의 생활에 한 줄기 바람과도 같이 그는 날아 들어와서 그 정서적인 일면을 붙잡게 되었다.

두 사람은 결혼을 하고 미국으로 돌아갔다.

애정에 도취되어 그는 다시 대서양을 건너갔다.

어느 순간이고 생명에 넘쳐흐르지 않는 순간이 없었다.

새로운 빛나는 생명이었다.

그는 명랑하게 웃고만 있었다.

바다는 청백색으로 뛰논다.

아이들도 행복하였으나 그는 잊어버릴 때가 많았다.

어느 날 밤 남편의 가슴에 기대어 뱃머리에 선 그는 말했다.

"태양과 달 그리고 푸른 바다, 모두 다 당신이 준비한 것 같군요."

그는 이 순간을, 두 사람이 달빛과 푸른 바다와의 결부된 모습같이 명확하게 기억에 남겼다.

×   ×   ×

뉴욕의 하늘 높이 뻗어 있는 마천루를 보았을 때 이와 같은 행복이 육상에까지 계속할 것인가 하고 생각해본다.

그러나 더한층 호화스러운 생활이 지상에서도 전개되어 그는 사랑에 도취되었다.

그러다 어느 날 그는 물어보았다.

"나는 부모를 만나러 가야 하겠는데 왜 가지 못할까요? 그렇게도 사랑하고 있는 부모인데."

"당신은 부모를 만나고 싶은 것이 아니라 만나보아야만 한다는 것뿐이오. 자식은 부모를 싫어하는 것이 자연이니깐."

"그렇지는 않겠지요?"

"그렇다면 당신이 가지 않는 것은 무슨 때문이오? 나는 아버지와 별거하여도 만족하게 생각하고 있고 또 당신의 아이들은 당신하고 떨어져도 행복하게 있는 것은 웬일이오?"

이렇게 말하는 그의 얼굴은 완강하였다. 준엄하고 인정미가 없었다.

"당신은 참 인정이 없군요?"

"비인정하지 않고서는 아무것도 가질 수가 없소. 우리들 현대인이 가지고 있는 가장 좋은 것은 비인정하다는 그것뿐이요."

"왜 그러할까요?"

"미(美)에 대한 준엄한 애정이 그렇게 만드는 것이며 순수한 미일수록 비인정합니다."

그에게는 전연 부드러운 정이라고는 하나도 없었다.

애정이 절정에 이르러서도 그러하였다.

어떤 생애를 과거에 가졌으면 이렇게 되는 것일까?

수전은 알고 싶지도 않았다.

그도 또한 수전의 과거를 물어보지도 않았으며 이야기하지 않았다.

결국은 그것이 좋을지도 모른다.

지금까지 단순하고 통일돼 있었던 그의 생애는 모두가 빛나는 단편으로 되고 말았다.

어느 날 찾아온 반스는 그를 수상하다는 듯이 보고 있었다.

"웬일이세요?"

"당신은 죄악이라고 생각하지 않소?"

"죄악이라니요?"

"확실히 죄악이오, 당신의 생명은 차차 지나가는데 아무것도 하지 않는다는 것은 죄악이요."

"저는 이 생활에 만족하고 있어요."

"이것을 생활이라고 하시오? 그렇다면 아직 이야기하는 것은 무익한 일이오."

나중에 그는 남편에게 말했다.

"반스 씨는 옹색한 상자 속에서 살고 있는 모양이에요. 예술 때문에 생활을 죽인 것 같아요. 제일은 생활이고 그 후 예술이 오는 것이 아닐까요?"

×   ×   ×

크리스마스에 수전은 부모의 집을 찾아갔다.

옛날과는 달리 집은 적막하였고 부모들은 서로 말도 잘 안 하고 딸에게도 깊이 물어보지 않는다. 그러나 안식은 있었다. 그것이 그는 기뻤다.

좋은 곡을 피아노로 치라고 한다. 그 후에 아버지인 노교수는 갑자기 말을 한다.

"나는 인생의 길을 어디선지 잘못 들었다. 본도(本道)라고 믿고 온 것이 막혀버려서 다른 데로 나갈 수 없었다. 구하고 있던 것을 최후까지 찾지 못하면 모든 것은 공허한 것이다."

그때의 아버지 눈에 나타난 공포는 그의 영혼을 각성시키는 광명이었다.

남편을 사랑하기 때문에 자기 자신을 잃어버리고 있었던 사실을…… 그리고 반스가 죄악이라고 한 말의 의를 자각할 수 있었다.

손은 떨리고 눈은 어두워지고 노년(老年)은 온다.

세월을 따라서 창조의 길로 공부하자, 온몸에 확신이 또다시 넘쳐흘렀다. 이 확신을 가지고 뉴욕에 돌아온 수전은 호화스러운 자기 집의 스튜디오는 사용하지 않고 다른 곳에 넓은 장소를 빌려서 큰 대리석을 쌓게 했다.

아메리카를 쌓은 만족적 요소를 돌에 나타내어서 그 후에 유명해진 〈아메리카의 행진〉이라고 제한 군상은 그때 생긴 것이다.

그 당시의 군상 중의 하나로 〈춤추는 러시아인〉이라고 불리는 것은 그 무렵 뉴욕 전시를 열광시킨 러시아의 무희인 소니아 프로와로프의 댄스에 나타난 경쾌하고도 빠른 선을 그린 것이었다.

그 소니아와 남편이 어떤 관계에 있다는 것을 안 것은 그때이다.

아침 식사를 할 때 그는 남편에게 물었다.

"당신은 소니아를 사랑하고 계시지요?"

이 솔직한 질문은 근대인인 남편을 몹시 놀라게 했다.

그는 성을 내고 있는 것이 아니라 단순하게 사실을 알려고 하고 있다.

그리고 소니아와의 관계가 어떠하다 하더라도 명백히 설명해주기 전에는 나를 찾지 말라고 남편에게 말했다.

그해 11월 수전의 작품 전람회가 개최되고 있었을 때 '부친 위독'이라는 전보를 회장에서 받은 그는 그곳에서 바로 고향으로 달려갔으나 임종은 보지 못했다.

그러나 그는 비통한 감을 느끼면서도 죽은 아버지한테서 생명을 만들어낼 것을 생각하고 자기 스스로 위안하였다.

아버지의 기억을 대리석에다 살리려는 것이다.

아버지의 관 위에 떨어지는 흙 소리를 들으면서 그의 마음의 눈은 그 완성한 모습을 보았다.

그것을 완성시키기 위해서 그는 큰 돌집 속으로 들어갔다.

이제는 뉴욕으로 돌아가지 않았다. 찾아온 남편하고는 헤어질 것을 상의했다.

돌아갈 적에 남편은 다음과 같은 말을 남기고 갔다.

"영원히 변하지 않는 것은 없으니 당신도 슬픔을 알 때도 있을 것이오."

그러나 그에게는 모든 것이 변하지 않고 존재하는 것이다.

모든 경험이 그의 소유로서 남아 있다. 때에 따라서 슬플 때도 있을 것이다. 허나 슬픈 밤은 있어도 밤이 밝고 아침이 오면 그에게는 할 일이 있었다.

그러면 슬픔은 없다. 슬픔은 잊어버리게 될 것이오.

백주(白晝)의 악마

애거서 크리스티

■ 해설

크리스티가 현재까지 발표하고 있는 40권에 가까운 작품은 비교적으로 실패작이 없고 거의 일정한 수준에 달하고 있다. 그중에서도 평판이 좋은 작품은 1926년에 쓴 「애크로이드 살인」과 이 작품이다. 다이제스트인 까닭에 이 작품의 주인공인 탐정 푸아로의 인품은 충분히 묘사할 수가 없고 단지 스토리만 알게 되는 것이다. '생각지 않는 인물이 범인이된다'는 것만을 알고 읽어주기 바란다.

1

무대는 잉글랜드의 남단 데번주의 해안에서 그리 멀리 떨어져 있지 않은 적은 섬, 이 섬에는 18세기 말에 세운 주택이 있는데 1920년대가 되어 해수욕이 유행되니깐 기회를 잡는 데 재주가 있는 주인은 그전부터 생각하여왔던 것처럼 이 저택을 호텔로 개조하여 섬과 해안 사이에 콘크리트로 도로를 건설하여 섬 전체를 호화로운 피서지로 만들었다.

계획은 예정대로 호텔의 수용력은 적다 할지라도 손님들의 질이 좋다는 소문이 생기어 매년 6월부터 9월에 걸쳐서 부유한 손님들이 끊일 사이 없이 모여들었다. …… 어떤 해의 여름 더위로 고비를 지낸 8월 말경 호텔은 전과 다름없이 피서객으로 가득찼다. 그 당시의 체류객의 이름을 순서 없이 들어 보면 먼저

△ 푸아로가 있었다. 그도 남과 다름없이 피서할 줄을 알았다. 다음은

△ 가드너 부처 … 아메리카에서 온 관광객이며 부인이 혼자서 떠들어대면 남편이 그것에 따라 이야기한다는 전형적인 아메리카 부부.

△ 미스 브루스터 … 운동가형이며 고집이 센 중년의 독신 여자.

△ 미스 단리 … 런던에서 일류 가는 드레스 메이커. 입지전적(立志傳的)인 인물이면서도 어딘지 기품이 있어 보여 남에게 좋은 인상을 주는 여성.

△ 바리 육군 소령 … 오랫동안 인도에 있었으며 지금은 편안히 영국에서 여생을 즐기고 있는 옛날이야기를 하 기좋아하는 퇴역 군인.

△ 스티븐 레인 목사 … 보통 사람과 다른 광신적인 목사.

△ 레드펀 부처 … 결혼해서 얼마 되지 않는 젊은 부부. 남편인 패트릭은 언제나 스포츠맨과 같이 보기 좋은 체격이며 성질은 명랑하고 솔직하여 아무에게도 호의를 베풀지 않고서는 참지 못하는 인물. 아내인 크리스틴은 키는 크나 손과 발은 인형과 같이 귀엽고 살결이 너무 희어 어딘지 약하디 약한 느낌을 사람들에게 준다.

△ 블래트 … 남의 생각은 전연 하지 않고 자기 혼자만 좋으면 제일이라고 생각하는 남자.

△ 마셜 부처… 부인은 알리나 스튜어드라고 하고 이 년 전까지는 무대 생활을 하던 미모의 여성이며 항상 남자와 관계를 맺어 스캔들을 일으키고 있

다. 남편 케네스는 젊고 아름다운 알리나의 남편으로서는 참으로 어울리지 않는 그리 말도 하지 않는 침울한 성질의 중년 신사. 두 사람은 케네스가 전처와의 사이에 난 열여섯 살이 된 딸 린다를 동반하고 와 있다.

이상이 주요한 등장인물이며 푸아로가 호텔 앞에 있는 테라스에서 가드너 부처의 몇 사람과 세상 이야기를 하는 데서부터 시작된다. 푸아로는 보통 때와 다름없이 기교한 이야기만을 해가며 상대방을 어리둥절하게 한다.

해변가에서 일광욕을 하는 사람들을 손짓해가며 "마치 시체와 같다. 고깃간 도마 위에 놓여 있는 고깃덩어리와 꼭 같다" 또는 "이렇게 일기가 밝아서는 제아무리 악마라 할지라도 손 하나 꼼작 못 할 것이다"라고 혼자말을 해가면서도 "아니 청천백일하에 어떠한 곳이라도 악은 있다"고 반대 의견의 말도 하는 것이다.

거기에 패트릭이 해수욕을 끝마치고 돌아오는데 그때 마침 알리나가 해변가에 서 있는 것을 바라보고서는 아내인 크리스틴이 부르고 있는데도 불구하고 자석(磁石)에 끌린 쇠붙이와 같이 알리나를 향하여 걸어간다. 그것을 보고

"아 또다시 스캔들이 생긴다. 어찌할 수 없는 더러운 여자다. 크리스틴이 불쌍하다"

고 그 자리에서 보고 있는 사람들은 모두 생각한다.

단 한 사람 알리나를 전연 쳐다보지도 않는 남자가 있었다. 남편인 케네스다. 그는 여러 사람으로부터 떨어진 곳에 앉아 파이프 담배를 피우며 혼자 신문을 열심히 보고 있을 따름이다.

그 후 푸아로는 미스 단리가 어딘지 좋지 않은 기색을 하고 있는 것을 보고 "케네스가 온 후 웬일인지 당신은 태도가 이상하다"고 말을 걸면서 그 여자한테서 마셜 부처에 관한 여러 가지 일을 듣는다. 그 여자는 집이 이웃에

있었기 때문에 어렸을 때부터 케네스를 잘 알고 있었다. 오랫동안 만날 기회가 없었는데 이번에 이곳에 와서 십오 년 만에 만나게 되었다는 것이며 "그 사람이 하는 짓은 잘 알 수가 없다"고 단리는 말한다.

지금으로부터 십수 년 전의 일인데 한 여자가 남편을 살해한 혐의로 고발되었던 사건이 있으며 그 후 얼마 있다 그 혐의가 풀리어 여자는 석방되었는데 케네스는 상대로서 하필 그 여자와 결혼하였다.

결혼한 후 일 년이 지나 여자는 린다를 난 후 사망하였다. 그다음의 부인이 바로 알리나인 것이다. 그는 아내가 있는 남자와 관계를 맺었는데 상대방이 그 부인과 이혼을 하였으므로 그전부터의 약속대로 자기와 결혼하는 줄로만 생각하였더니 언제까지 지내도 약속을 지키지 않으므로 알리나는 자신의 입장을 잃어버린 것처럼 되고 말았다. 그때 알리나의 처지를 언짢게 여기고 아내로서 맞아들인 것이 케네스였다. 쓸데없는 말인지 또는 사람이 좋다고 할까요. 그것만이라도 참으로 어리석은 이야기가 되는데, 최근엔 알리나가 어떤 늙은 귀족으로부터 오만 파운드라는 막대한 재산을 받아 스캔들을 일으키었는데 케네스는 이혼할 마음도 없고 전과 다름없이 유유히 지내고 있다는 것은 도대체 어찌된 셈인지 우스운 일이라고 푸아로에게 말하는 미스 단리의 말투에는 어렸을 때의 친우에 대한 마음만의 것 이상의 어떠한 것이 숨어 있기도 했다.

그러한 알리나가 또다시 지금 새로운 남자 패트릭에 유혹의 손을 뻗치고 있는 것 같다.

그리 하고 얼마간 있다 그 여자에게 가까이하지 말아달라고 애원하는 아내 크리스틴에게 패트릭이 너무 걱정하지 않아도 좋다고 대답하는 것을 푸아로는 우연히 들을 수 있었다.

그러한 일이 있었음에도 패트릭이 얼마 후 알리나와 밀회를 하는 것을…… 그때도 참으로 우연하게 푸아로는 보았다. 이대로 진행하면 두 사람은 어떠한 짓을 할 것같이 생각되었다. 거기에 린다와 계모인 알리나의 사이가 그리 좋지 않은 것 같으며 여기에도 어떤 무기미한 공기가 흐르고 있다. 이것저것 생각하여보니 일은 단지 스캔들 정도에서 그칠 것 같지는 않았다.

2

그날은 구름 한 점 없이 맑은 아름다운 여름의 하늘이었다.

아침 일찍이 린다는 호텔에서 나와 대안(對岸)의 잡화점에서 어떤 물건을 사 가지고 남들이 보지 않게 자기 방에 돌아와 있는데 크리스틴이 들어와 좀 있다가 함께 산보를 나갑시다고 말하였다. 그 대답을 하는 중에 무심히 들었던 바구니가 바닥에 떨어져 속에 든 물건이 빠져나왔다. 양초이다. 양초 같은 것이 무슨 필요가 있어서 린다는 사 가지고 왔는지 모를 일이다.

푸아로는 조반을 먹고 해안에 나가 아름다운 아침 바다를 즐기고 있었다. 열 시가 지나 열한 시 전에는 아직 한 번도 방에서 나온 일이 없던 알리나가 바닷가에 나타나 푸아로에게 부탁하여 보트를 물 위에 띄운 후 어느 사이에 바다 저쪽으로 나갔다. 그 태도로 보아 누구와 만나기 위해서 나간 것이 틀림없다.

만일 그 여자가 누구를 만나기 위해서 나갔다 하면 그 상대는 말할 것도 없이 패트릭일 것이라고 생각하고 있을 때 거기에 의외에도 당자인 패트릭이 우연히 나타나 알리나의 모습이 보이지 않는 것을 실망이라도 한 듯이 초조한 표정으로 해안을 걸어다닌다. 이상스러운 일이기도 하다.

푸아로는 그 모습을 못 본 척하고 마침 와 있는 가드너 부처와 미스 브루스터를 상대로 전과 다름없는 이야기를 한다.

그 대화 중에서 미스 브루스터는 "오늘 아침 저는 수영을 하다가 잘못하면 머리를 깰 뻔했어요. 누가 호텔 창문에서 약병을 던지지 않아요?"라고 분개하여 말한 것이 묘하게 마음에 남았다.

열한 시 반이 가까워 알리나에 관해서는 잊은 듯이 패트릭은 미스 브루스터를 데리고 보트를 타고 나간다. 두 사람은 비크시커브라는 섬 서쪽에 있는 곳을 향하여 갔다. 거기는 낭비탈이 바다에까지 내려와 그 아래에 겨우 조그만 사장이 있을 뿐이다. 보트가 비크시커브에 이르자 사장 쪽을 보니 누군지 모래밭 위에 누워 있는데 아마 알리나일 것이다. 그러나 그 옆으로 누워 있는 자태가 어쩐지 보통스럽지 않다. 급히 보트를 대고 패트릭이 큰 소리로 "알리나" 하고 불러도 대답이 없다.

가까이 가보니 얼굴은 알리나가 언제나 사용하고 있던 넓은 모자로 덮이어 보이지 않으나 양쪽 팔이 부자연스럽게 퍼지고 그 모습은 생명이 있는 것처럼은 생각되지 않았다.

패트릭이 모자를 들쳐 슬쩍 들여다보며 "어이, 징그러워! 교살(絞殺)당했다"고 말하는 소리를 브루스터는 떨어져 서서 들었다.

백일하의 살인! 미스 브루스터는 패트릭을 그곳에 두고 이 급보를 전하기 위하여 보트를 탔다.

3

지방의 경찰은 푸아로의 조언을 얻어 즉시 사건의 조사를 개시했다.

알리나가 혼자서 보트를 타고 나간 것이 푸아로의 증언에 의해 열 시 십오 분이 지난 후며 시체가 발견된 것이 미스 브루스터의 증언에 의하여 열두 시 오 분 전이었다는 것을 우선 알게 되었다.

이 두 가지의 시각 사이에 문제의 초점이 있다고 할 수 있다.

체류자의 한 사람 한 사람에 관하여 그간의 알리바이의 유무를 알지 않으면 안 된다. 만일 그중에 범인이 있다고 치면 누구나 즉시로 생각할 수 있는 것은 피해자의 남편 케네스이다.

알리나는 전부터 악명이 높은 여자이며 지금도 새로운 정부를 만들었다고 생각되니까 케네스에게는 살해의 동기가 있었다고도 할수 있다.

그런데 그는 조사관이 아내의 추행(醜行)을 끄집어내도 조금도 흥분도 하지 않을뿐더러 아내와는 아침에 잠시 만났을 뿐 그 후에 어디로 갔는지도 모르며 자기는 푸아로 등이 있는 앞에서 헤엄을 치고 열한 시 십 분 전에는 방에 돌아와 열두 시 십 분까지 타이프를 쳤다고 대답하였다. 그후에 조사해본 결과 그는 그의 말대로 한 것이 틀림없으므로 케네스는 완전히 혐의의 권외에 있다고 할 수가 있다.

케네스의 다음에 의심되는 것은 피해자에게 남편을 빼앗겼던 크리스틴인데 그는 약속에 따라 열 시 반경 린다를 데리고 섬 동쪽에 있는 해변가를 산보하고 일이 있었으므로 열두 시 십오 분경, 린다와 작별, 자기 혼자서 돌아왔으므로 알리바이는 성립된다고 대답한다. 그 시각은 시계를 가지고 가는 것을 잊었으므로 린다의 팔목시계로 확인하였다. 그러므로 그 점을 의심하려면 할 수도 있으나 여자의 약한 힘으로서는 알리나를 교살할 수는 없으며 거기에 또 육로로서 비크시커브에 갈려면은 높은 낭비탈을 내려가지 않을 수 없고 그것은 암만 생각하여도 신경이 약한 그 여자로서는 할 수도 없는 일이다. 이 두 가지 점에서 크리스틴을 혐의자로 본다는 것은 무리한 일이 된다. 린다도 크리스틴과 행동을 같이 취했으므로 이것도 의심할 수는 없다.

패트릭은 사랑의 여러 가지 고민으로 또는 죽일 수 있었다고 생각할 수도 있으나 시체 발견자인 까닭에 이것도 혐의의 여지가 없다.

미스 브루스터 그 역시 같이 문제가 없다. 푸아로와 가드너 부처는 더욱 문제가 되지 않는다.

나머지 네 사람… 미스 단리와 바리 소령과 레인 목사와 블래트는 사건 발생 당시 각기 다른 곳에 가 있었으며 여하간 알리바이를 가지고 있지 않다. 범인은 이 네 사람 속에 있는 것일까?

여하튼 알리나가 혼자서 비크시커브에 간 것은 어떤 자와 만나기 위해서 간 것이 목적이었다는 것은 틀림없이 판단할 수 있고 제반 사정에 비추어볼 때 그 상대자가 섬에 있는 자라고 추측될 수 있으니 범인은 암만해도 호텔 체류자 속에서 찾아내지 않을 수가 없다.

가부간 알리바이의 유무를 조사한 후에 푸아로와 경찰 사람은 호텔의 여러 방을 조사하였다. 린다의 방에 왔을 때 푸아로는 난로 속에 종이 조각 핀 머리털로 생각되는 동물질의 것이 타다가 남아 있으며 촛농도 떨어져 있었다. 그다음 책상을 보니 여러 책 속에 마법에 관한 서적이 끼어 있는 것을 보고 느끼는 점도 있었다.

방 조사를 끝마치고 미스 브루스터의 머리가 터질 뻔했다는 약병이 어느 방에서 던지어졌는지 접대부에게 살펴보도록 했으나 결국 알 수 없었고 그 대신에 어느 손님인지 알 수 없으나 열두 시경 호텔 내의 목욕탕을 사용한 것이 명확히 되었다. 누군지 모르나 대낮 열두 시에 목욕을 했다는 것은 다소 이상한 이야기다.

그 후 일동은 실지 검증을 위해 비크시커브에 나갔다. 낭비탈 아래에 있던 여러 물품이 경찰에 수집되었다. 그중 손톱가위 신문 조각 짧은 노끈 세 개 등이 모두 더럽혀 있지 않은 것을 보면 극히 얼마 전에 틀림없이 오늘 아침에 누가 놓고 가지 않았으면 떨어트리고 간 것이 틀림이 없다.

그리고 이 낭비탈 밑에는 용이하게 사람들에게 보이지 않는 동굴이 있었다. 일행은 그 동굴 속을 조사했다. 그 속에 들어가자마자 푸아로는 향수 냄새가 코를 찌르는 데 놀랐다. 이러한 냄새의 향수를 뿌리는 것은 그의 기억으로서는 미스 단리와 알리나 두 사람뿐이다. 그렇다면 두 사람 중의 한 사람 즉 전후의 사정으로 미루어보아 알리나가 이곳에 온 것이 틀림없이 된다.

푸아로는 함석 상자가 떨어져 있는 것을 보니 '샌드위치'라고 써 있다. 열어 본즉 그속에는 소금 고추 겨자라고 써 있는 깡통이 가득 차 있다. 고추라고 써 있는 깡통을 들쳐보니 소금과 같은 흰 분말이 가득 찼다. 겨자 통도 같다. 이상해서 손에 찍어 맛을 보니깐 찌르르하다. 마약이다. 일행은 마약의 밀수입이라는 데 일치할 수가 있었다. 이 섬은 마약의 거래 장소일지도 모른다. 그렇다면 알리나를 교살시킨 자는 피서객 이외의 자의 소행일지도 모른다.

4

검시정(檢屍廷)은 간단히 끝나고 이 주간의 휴정이 선고되었다.

린다는 아버지의 처지를 근심하고 있다. 최후의 혐의가 풀렸다 할지라도 살인죄로서 고발되었던 여자와 자진해서 결혼하였던 아버지인 것이다.

사람을 죽인다는 것이 그리 나쁘게 생각되지 않는 아버지가 아닌가 하고 생각하는 린다에게 미스 단리는 그런 일은 없을 것이며 얼마 있으면 모든 것을 잊을 수 있게 될 때가 온다고 위안하여주나 린다는 아니 잊어버릴 수 있는 시기는 절대 오지 않을 것이라고 이상한 뜻을 말한다.

푸아로는 그러한 린다에게 신경을 쓰며 크리스틴에게 여러 가지 일을 엿듣게 하고 그날 아침 린다가 양초를 사 가지고 온 것, 마법에 관한 책을 읽고 있었다는 것을 알게 되며 그후 린다와 단둘이 되었을 때 아버지와 같은 심정으로 마음의 고민을 듣고자 하여 생각 없이 양초의 건을 말하니 린다는 공포로써 얼굴빛을 변하고 갑자기 뛰어나갔다. 과연 그 여자는 이 사건에서 어떠한 역할을 하고 있는 것일까.

그러는 동안 경찰은 알리나의 재산 상황을 조사하여 그가 어떤 자로부터 공갈을 받고 있었다는 증거를 찾아냈다. 전에 말한 바와 같이 알리나는 어떤 늙은 귀족으로부터 5만 파운드의 재산을 받았는데 최근에 와서 정체 모를 어떤 상대에게 그 돈을 보내주고 있으며 지금은 겨우 1만 5천 파운드밖에 남아 있지 않다는 것을 알게 되었다.

공갈로 죽는 것은 공갈자 측의 소행이라는 것이 상식인 것인데 이번 처우에서는 피공갈자로 생각할 수 있는 알리나가 죽고 있다. 어떠한 사정인지 참으로 알 수가 없다. 경찰은 이 공갈 문제와 마약 밀수입자를 찾기 위하여 맹렬히 수사하기로 했다.

그러나 푸아로는 경찰의 방침에 동의하는 것도 아니며 '나의 길을 가련다'는 조로 과거 3년간에 일어난 교살 사건의 기록을 보겠다고 했다. 그대로 해 주니깐 그는 열심히 그 기록을 보고 특히 그의 주목을 끄는 사건이 하나 있었다. 그것은 앨리스 코리건이라는 여자가 쓸쓸한 숲속에서 죽어 있었다는 사건이며 시체 발견자는 학교의 운동 선생을 하고 있는 젊은 여성이었다.

사건의 대개의 윤곽을 설명하면, 선생은 하이킹을 하고 오는 도중, 현장을 지나가다가 발견하였으며 그것은 네 시 십오 분경이며 거기에 죽은 직후이었을 것이라고 증언하였다. 후에 시체를 검사한 경찰 의사도 죽은 것은 그 시각이라고 추정하였다.

피해자는 소금액을 가지고 그것을 생명보험에 걸고 있었으므로 혐의는 당연히 그 남편에게 있었으나 그에게는 알리바이가 있었다.

그의 행동에 관해서는 그날 세 시경까지는 확실히 알고 있었고, 살해될 시각 전후에는 문제의 삼림(森林) 근처에 있는 약집에서 아내와 만나기 위하여 기다리고 있었다. 더욱 네 시 이십오 분경까지 아내가 올 것을 기다리고 있었다는 것이 증명되었다. 그 삼림은 찻집에서 그리 멀지 않았으나 네 시 십오 분까지 그 찻집에 있었던 자가 네 시 십오 분경에 일어난 살인범인일 수는 없다. 그래서 남편의 혐의는 완전히 풀리고 사건은 결국 미궁에 들어갔고 아직도 미해결이 되어 있다고 한다. 푸아로는 이 사건의 기록에서 어떤 힌트를 얻은 것 같았다.

그 다음 날 사건 이래 좋지 않은 기분을 일소하기 위하여 푸아로는 피크닉을 제안했다.

목적지는 유명한 다트무어이다.

케네스, 바리 소령(少領), 린다의 세 사람은 남았으나 나머지 사람은 모두 이 피크닉에 참가했다.

이날의 청유(清遊)는 대단히 즐거웠으며 다행히 일기도 맑고 도중에 사고도 없이 이들은 오랫동안 해방된 기분으로 마음껏 하루를 즐기는 것이다. 단지 가는 길에 급류에 걸린 외나무다리를 건너기에 힘이 들었는데 가드너 부인은 건너기는 했으나 마음이 출렁 내려앉았고 미스 브루스터는 다리 중간에서 떨며 걸어오지 못해 남자들의 손을 빌려서야 겨우 건너왔다. 이 정도가 다소 변한 일이 있었다고 할까. 다른 사람들은 남자들은 물론 약한 크리스틴마저 쉽게 건너올 수 있었다.

하루의 향락을 그치고 일행이 호텔에 돌아와보니 그간 의외의 사건이 벌어져 있었다. 린다가 최면제 자살(催眠自殺)을 기도했었다. 생명은 겨우 면했으나 쿨쿨 잠이 들어 의식이 없다. 그것만으로도 이상한 데다가 그는 유서를 썼고 그 문중(文中)에서… 계모 알리나를 살해한 범인은 자기라고 고백하고 있다. 거기에 그 필적은 틀림없는 린다의 글씨이다.

이것으로서 사건은 해결이 된 것처럼 보인다.

그러나 푸아로에게는 그렇게는 생각되지 않았다. 린다의 행동에는 확실히 의심할 수 있는 점이 있다. 그의 방에서 이미 마법에 관한 책, 묘한 종이 조각, 핀, 그 외의 것이 발견되었으나 그것은 그가 계모를 미워하는 나머지 옛날 미신을 믿고 양초로 사람과 같이 만들고 그 심장부를 핀으로 찌른 다음 그것을 불에 태우면서 알리나를 저주했다고 생각되니까 린다에게는 충분한 살의(殺意)가 있었다고 인정할 수 있다.

더욱이 그에게는 기회도 있었다고 말할 수 있다. 이유는 그날 크리스틴은 열두 시 오십 분경에 린다와 헤어졌다고 하나 그 시각은 린다의 팔목시계로서 인정한 것이며 가정으로 린다가 자기의 시계를 이십 분 빨리 해놓았다 하면 크리스틴과 헤어진 후 재빨리 걸어서 육로로 비크시커브에 내려갈 수도 있고 알리나를 죽일 수 있었다는 데 적어도 시간의 점(點)에서는 불합리한 것은 아니다.

도리어 완전 일치된다고도 할 수 있다. 이렇게 보면 린다를 범인으로만 정해도 틀림은 없다. 그러나 탐정 푸아로가 생각하는 범인은 틀림없이 딴 사람인 것이다.

5

알리나 살인범의 수사도 거의 그 결말에 다워진다.

푸아로의 추리의 방향을 나타나기 위해서 이상에 쓴 사건 중에서 그의 판단에 도움이 될 수 있었던 재료를 여기에 표로 해서 적어보기로 한다.

1. 알리나로 인정할 수 있었던 여자가 해변에 누워 있었던 것이 발견된 것은 열두 시 십오 분경이었다.

2. 그 여자를 알리나라고 말한 것은 패트릭이며 미스 브루스터는 여자의 얼굴을 확인하고 있지 않다. 패트릭의 말만 그대로 믿었을 따름이다.

3. 알리나가 비크시커브에 간 것은 그 태도로 보아 밀회를 목적으로 한 것이 틀림없다.

4. 푸아로, 케네스, 가드너 부처에게는 알리바이가 있다.

5. 미스 단리, 바리 소령(少領), 레인 목사(牧師), 블래트 네 사람은 알리바이가 없다. 그러나 동시에 범행할 동기도 찾어볼 수 없다.

6. 크리스틴과 린다는 여하간 알리바이는 있다. 그러나 두 사람이 열두 시

십오 분경에 헤어졌다는 것은 앞에서 말한 바와 같이 린다의 시계에 의한 것이다. 그 시계가 정확한 것인지 아닌지는 단언치 않다. 만일 이십 분 정도만 시계를 돌려놓았다 하면 두 사람 중 어떤 한 사람이 기회는 있었을 것이다.

7. 범행이 일어난 날의 아침 호텔 창문에서 약병을 던진 자가 있었다는 것은 무엇을 의미하는 것일까.

8. 같은 열두 시경 호텔 안 목욕탕을 사용한 것은 누구이며 그리고 무엇 때문일까.

9. 앨리스 코리건 살인 사건과 이번 사건과는 어떤 공통된 것이 있지나 않을까?

이처럼 해놓으면 독자는 대개 범인이 누구라는 것을 추리할 수가 있을 것이다.

×　　　×　　　×

범인은 패트릭이며 공범자는 아내인 크리스틴이다.

패트릭은 앨리스 코리건 사건에 있어서 제일 먼저 혐의를 받은 남편인 남자이며 그때 그의 알리바이를 성립시킨 선생이라는 여자가 다름없는 현재의 처 크리스틴인 것이다.

두 사람은 알리나가 남자를 희롱시키는 요부라고 보고 남자 없이는 하루도 살 수 없는 여자로 알고서 이러한 악계를 생각해냈다. 즉 패트릭은 요부의 유혹에 넘어진 남편, 크리스틴은 남편을 다른 여자에게 빼앗긴 아내로서 알리나에게 돈을 뺏고 있었으나 케네스가 처 알리나의 재산 상태의 변화를 알지 못할 때 부부는 전의 사건 때와같이 교묘히 피차의 알리바이를 만들고 알리나를 죽이고 만 것이다.

푸아로는 이 사건을 타이밍한 점에서 천재적이라고 한다.

그날 아침 크리스틴은 린다의 방을 찾아 들어가 틈을 타서 린다의 시계를 이십 분 빠르게 해놓았다.

그 후 자기 방에 들어와 천성적인 흰 피부에 약품을 발라 햇빛에 탄 것처럼 만든다. 그리고 약병을 창으로부터 바다에 내던진다. 그것이 미스 브루스터의 머리를 잘못하면 맞을 뻔했다.

열 시 반에 린다를 데리고 호텔을 나온다. 열두 시 십오 분 전(정확한 시계로서는 열한 시 이십오 분경)이 되어 린다와 헤어지고 호텔에 돌아가는 것처럼 하고 실은 비크시커브에 급히 달려가 까마득한 낭비탈을 내려간다. 전신이 운동 선생이었던 그에게 있어서 이 정도는 아무렇지도 않다. 피크닉을 할 때, 미스 브루스터가 잘 건너지 못했던 외나무다리를 남자에게도 지지 않게 쉽게 건너온 것을 보면 짐작할 수도 있다.

한편 알리나는 전날 밤 패트릭과 약속한 것처럼 지정된 시각에 비크시커브에 나간다. 그곳에서 남자가 올 것을 기다리고 있었더니 그에게 있어서는 그리 보면 좋지 못한 크리스틴이 바위 언덕을 내려온다. 보면 앞으로 귀찮을까 해서 낭비탈 아래 있는 동굴 속에 일시 몸을 감춘다.

그 후 크리스틴은 해변 가까이 나가 모래 위에 드러누워 얼굴은 알리나 것과 똑같은 넓은 모자로 가리고 죽어 있는 모습을 한다.

그때 패트릭이 미스 브루스터와 보트를 타고 온다.

뛰어 달려온 패트릭은 넓은 모자로 가린 얼굴을 슬며시 보며 "어이, 징그러워! 교살당했다"고 말하므로 미스 브루스터는 눈앞에 보이는 햇빛에 탄 여자를 그 자리에서 알리나라고 생각했던 것이다.

그가 경찰에 급고하기 위해서 보트로 떠나자 크리스틴은 얼굴을 가린 넓은 밀짚모자를 준비하였던 가위로 찔러 처분하고(그 가위를 그 자리에 떨어트렸다는 것이 이 범죄에 있어서 큰 실수였으나) 그 다음 오던 길을 재빨리 걸어 호텔에 돌아와 목욕탕에 들어가서는 몸에 칠한 약을 씻어버린다.

혼자 해변에 남은 패트릭은 동굴 속에 있는 알리나를 불러내어 그 자리에서 교살…… 시체를 조금 전 처 크리스틴이 누웠던 장소에 옮겨놓고 경찰의 일행이 올 때까지 기다리고 있었던 것이다.

×   ×   ×

이상으로서 사건은 해결된 셈인데 린다가 그와 같은 유서를 남기고 자살하려고 한 것은 계모를 그전부터 미워하여왔는데 그 직후에 알리나가 무참히 살해되었으므로 이것은 자기의 저주가 이루어진 때문이라고 생각한 사춘기에 있는 소녀의 이상심리라고 설명할 수 있다.

또 그의 아버지 케네스가 남편 살해의 혐의로 고발된 여자나 알리나와 같은 여자와 가정을 이룬 것은 여자의 신상에 동정을 품고 자기의 힘으로 다소라도 행복해주겠다는 좀 보통 사람과 다른 마음에서 우러난 일이었으나 최초의 결혼은 잘 몰라도 알리나와의 생활은 절대로 행복한 것이었다고는 할 수가 없다.

얼마 후 케네스는 어렸을 때부터의 친우 미스 단리와 또다시 결혼하게 되는데 그에게 있어서나 린다에게도 처음으로 참다운 행복이 돌아올 것이라고 생각할 수가 있다.

『아리랑』 2-2호(1956.2.1)

이별

윌라 캐더

제1부

1

플래트 강변에 있는 해버퍼드의 거리에서는 아직도 사람들은 루시 게이하트의 이야기를 하고 있다. 그렇다고 하여 언제나 하고 있는 것은 아니다 — 즉 생활의 흐름은 그칠 줄을 모르며 우리들은 언제나 현재 속에 살고 있기 때문이다.

그러나 한번 그 여자의 이름을 입에 담으면 사람들의 얼굴과 말소리에는 웬일인지 부드러운 즐거움이 가득 차고, "그래 당신도 잘 알고 계시구면요?" 하는 듯한 표정을 나타내 보이는 것이다.

여러 사람들의 눈 속에는 지금도 언제나 가만히 있지 않았던 그 여자의 모습이 남아 있다.

춤을 추든가 스케이트를 타고 있든가 그렇지 않으면 자기의 집에 돌아가는 작은 새와 같이 어떤 한 점을 바라보면서 재빠른 발걸음으로 걸어가는 그

여자의 모습이,

눈이 몹시 내리는 날에는 옛날 일을 잘 알고 있는 사람들은 창에서 밖을 내다보며 목도리에 뺨을 대고 뒤를 바라보는 법도 없이 마치 바람과 보조를 맞추고 있는 것과 같이 온몸을 바람에 맡기고 눈바람 속을 잘 뛰어다니었던 루시의 모습을 생각해 보는 것이다. 거기에 무더운 여름에는 역시 똑같이 재빠른 발걸음으로 가로수 그늘 아래의 긴 길을 걸어가며 그늘도 하나도 없는 작은 공원을 지나가는 것이다. 8월의 백주의 태양이 숨 막힐 것같이 번쩍이며 내리쪼이고 말은 힘이 들어 목을 굽히고 노동자들은 "좀 천천히 일을 하자"고 한 시름을 잊고 쉬고 있을 때에도 그 여자는 천천히 가려고 하지 않았다. 추우면 나는 더 힘이 나요 라고 그는 간혹 말하였던 것인데, 그 반대로 더위도 역시 그와 같은 효과를 준 것과 같았다.

게이하트의 일가는 해버퍼드의 서쪽 큰 거리에서 반마일쯤 떨어진 곳에서 살고 있었다. 사람들은 "좀 게이하트 씨네 집엘 다녀온다."고 말하였으며 여름철에는 그곳까지 간다는 것이 좀 먼 길이라고 그들은 생각하고 있었다. 그러나 루시는 하루에 몇 번씩 그곳을 왕래하며 거기에 어떻게 보아도 억누를 수 없는 쾌활성의 표현이라고 생각할 수밖에 도리가 없는 그 독특한 발걸음으로 척척 걸어가는 것이었다.

뜰에서 일을 하던 늙은 할머니들이 먼 곳에서 그의 모습을 바라보는 때이면 ── 그것은 초여름의 산들산들 흔들리는 나무 그늘을 지나가는 흰 모습에 지나지 않았으나 ── 그 걸음걸이에 루시라는 것을 언제나 손쉽게 알아차릴 수 있었다. 담이나 라일락이 우거진 숲이나 희미한 녹색의 포도 넝쿨 아래 그리고 여러 갈래로 심어 있는 황수선 옆을 그가 지나갈 때 모든 것에 그가 즐거움을 느끼고 있다는 것을 알게 되었다 ── 그 여자 자신의 여름 옷차림에도 주위의 공기에도 태양에게도 그리고 꽃피고 있는 세계에게도 그의 성질 속에는 그 걸음걸이와 어딘지 비슷한 서로 통하고 있는 것이 웬일인지 즉시 주저할 것 없이 달려오는 즐거움과 꼭 같은 것이 있었으며 또 그 금갈색의 눈동자 속에는 그것과 같은 것이 있었다. 그것이 상냥스러운 갈색의 눈이 아니고 코로라도석(우리들은 호안석(虎眼石)이라고 부른다)과 같이 금빛의 환한 빛을 비춰주는 눈이었다.

피부는 좀 까마쭉쭉했으나 입술과 볼은 진홍색과 작약을 닮은 붉은 — 깊은 비로드와 같이 붉었다. 그의 입모습은 마치 불타오르는 것과 같은 충동적인 것이었으므로 한 번 그의 입에 오르기만 하면 모든 감정의 그림자가 모습을 변하고 마는 것이었다.

루시의 사진은 그의 옛날 친구들에게는 아무에게도 가지지 못했다. 그들이 사랑한 것은 그의 즐거운 양기 있는 성격과 기품이었다.

생명이 그 육체의 어느 곳에서든지 지금이라도 넘쳐 흘러나오는 것과 같은 느낌을 주었다. 그의 그 젊고 아름다움이 갖는 불가사의한 빛을 지니고 있었다.

해가 떠오른 처음 몇 시간에는 화원도 그러한 빛을 가지고 있는 것이다.

루시가 음악 공부를 하기 위해 시카고에 떠났을 때 해버퍼드의 거리에 남아 있는 우리들은 웬일인지 적적하였다. 그 당시 루시는 18세이며 음악에는 어떤 천재성을 가지고 있었으나 너무도 쾌활했던 그는 자기의 재능 같은 데 진심으로 생각해본 일이 없었다.

출세라는 것은 꿈에도 생각하지 않다 음악은 생의 즐거움을 나타내는 자연의 형식이며 고향에 돌아오면 아버지를 돕기 위하여 돈을 버는 한 수단에 불과하다고 그 여자는 생각하고 있었다.

부친 제이콥 게이하트는 거리의 밴드(악대)를 인솔하고 있었으며 시계를 수리하는 일터 뒤에서 클라리넷과 플루트 또는 바이올린 같은 것의 교수를 했다. 루시는 여학교 2년급이 되었을 때부터 초보의 사람들에게 피아노를 가르쳤다. 어린애들은 그가 자기들을 어린애 취급을 하지 않았으므로 루시가 참으로 좋았다. 그들은 어떻게 하든지 그를 즐겁게 하기 위하여 노력하고 더욱이 남자 애들은 더욱 그러한 생각이 많았다.

제이콥 게이하트는 시계 수선으로서는 제법 훌륭한 솜씨를 가지고 있었으나 장사에는 빠르지 못했다. 일리노이주 벨빌의 독일 식민지에서 바바리아인을 양친으로 태어난 그는 아버지 아래서 장사하는 법을 배웠다. 그는 젊은 시절에 해버퍼드에 이사를 하고 아메리카의 부인과 결혼을 했다. 이 부인은 시집올 때에 반 섹션[區] 가량 되는 훌륭한 토질의 밭을 가지고 왔다. 그는 부인과 사별한 후 이 농장을 담보로 해가지고 또 하나의 밭을 샀으나 하나 지금엔 그 모두가 저당에 들어가 있었다. 이런 일에 누이인 폴린은 걱정하고 있었으나 당자인 게이하트 씨는 별로 아무 생각이 없었다. 그는 이자의 지불에 대해서보다도 밴드의 소년들을 훈련해주는 것에 더욱 애썼다. 그는 말할 것도 없이 마을에 있어서 좀 색다른 이단자이며 거리의 사람들은 그에 관해서 여러 가지로 놀려댔으나 또 한편 자기들의 마을의 밴드에 우쭐했었다. 게이하트 씨는 독일의 엉터리 시인의 낡은 은판 사진과 같은 풍채를 하고 있었다. 입술엔 수염과 턱 아래는 털을 기르고 이마 위에는 검은 머리털이 아름답게 흩어져 있었다. 그의 영리하게 보이는 눈은 "아니 이렇게 유쾌한 세상에서 무엇을 그렇게 걱정하는가?"라는 듯이 말하는 것 같았다.

그는 매일의 생활을 처음부터 끝까지 즐기는 법을 알고 있었다. 아침 일찍이 일어나면 한 시간 정도 꽃밭에서 일을 하고 그 다음 목욕탕에서 몸을 씻고 옷을 입는 것이었는데 마치 이제부터 그 누구를 방문이라도 하는 듯이 와이셔츠와 넥타이를 공을 들여 선택하는 것이다.

아침밥을 먹은 후에는 고급 퀄런[시가]을 입에 물고 거리에 나가는데 담배의 향기를 단 한순간이라도 놓치지 않으려고 애를 쓰는 버릇이 있었다.

집을 나오기 전에는 저고리에 꽃을 다는 법을 대개 잊지 않았다. 제이콥 게이하트처럼 건강과 단순한 쾌락과 푸른빛이 들어간 금색빛 밴드의 제복

등으로 큰 만족감을 가지고 있는 인간은 없었다. 아마도 그는 해버퍼드에서 가장 행복한 인간이었을 것이다.

2

때는 1901년의 크리스마스 휴가가 끝날 무렵이며 루시가 시카고에 가게 된 후부터 세 번째의 겨울이었다.

크리스마스 휴가의 1주일 간은 계속해서 좋은 절호의 스케이트 일기가 되었다. 그는 싫증이 날 정도로 스케이트를 탔다.

마지막 휴가의 날 오후부터 주말이면 짐을 꾸려야만 되지만 그는 해버퍼드의 젊은 사람들의 한패와 함께 교외에 나가 덕 아일랜드의 북쪽에 있는 가늘고 긴 얼음판 위에서 스케이팅을 했다. 이 섬은 길이가 반 마일쯤 되며 강을 두 갈래로 분할하고 있다라고 하기보다도 한 갈래의 긴 강을 본류에서 절단시키고 있었다.

플래트강의 본류는 이 섬의 남단을 흐르고 있으며 그것이 동결되는 일은 그리 없었으나 섬과 북안의 사이를 흐르고 있는 얕은 이 강은 두껍게 얼고 거기에 얼음의 표면이 참으로 곱게 되어 있었다.

이것은 아직 관개(灌漑)가 되기 전의 이야기이며 홍수가 날 때에는 그것은 무서운 강으로 변했다. 봄이 되어서 해빙이 될 무렵에는 양안의 연한 밭의 흙을 씻고 새로운 수류가 되어 하상(河床)을 영영 변모시키는 수도 있었다.

이 십이월도 마지막인 어느 날의 오후 4시였는데 댕댕 방울 소리를 내면서 수우(水牛)의 모피 복으로 온몸을 싼 남자를 태우고 한 마리의 좋은 말에 끌린 한 대의 경쾌한 눈썰매가 마을쪽에서 길을 이곳에 향하여 급속도로 달려왔다. 그리고 벤손 씨의 옆을 돌아서자 스케이트장에 들어왔다.

키가 큰 한 청년이 차에서 뛰어내리고 이미 수대가 와 있는 눈썰매를 둔 곳에 말을 매달자 스케이트화를 한쪽 손에 들고 하안으로 온다. 그는 그 신을 신고 얼음 위를 달리고 있는 일단의 사람들을 잠시 바라보고 있었다. 그 사람들 중에서 그가 찾고 있는 사람을 찾아낸다는 것은 그리 어려운 일이 아니었다. 제일 잘하는 여섯 명만이 다른 사람들을 뒤에 남겨두고 섬의 일단을 향하여 바람처럼 달리고 있었다. 더욱 그중의 두 사람이 선두에 서서 달리고 있는데 그것이 짐 하드웍과 루시 게이하트이었다.

갈색 빛과 다람쥐 빛을 혼합한 재킷과 털모자 그 자신만만한 스케이팅으로 그의 눈에는 그것이 루시라는 것을 손쉽게 알 수 있었다.

긴 진홍빛 스카프의 양단이 바람에 날리어 두 장의 화사한 날개처럼 루시의 등을 살살 치고 있었다.

해리 고든은 그 여자의 뒤를 따르려고 열심히 얼음을 차고 나갔다. 그도 역시 스케이트의 명수이다. 중량이 권투선수와도 같이 느껴지는 몸집이 큰 사나이이며 발도 복서와 같이 가벼웠다. 그런데도 불구하고 네 사람의 일단을 지내고 짐 하드웍의 선까지 쭉 나왔을 때에는 아무리 그라 해도 숨이 가쁜 것을 느끼었다.

"짐 군." 그는 소리쳤다.

"해가 지기 전에 루시와 한 바퀴만 돌게 해주지 않겠나?"

"좋고 말고 하리. 나는 단지 자네를 위해서 그의 호위를 하고 있지 않은가?"

그 청년은 뒤에 떨어졌다. 해버퍼드의 청년들은 이러한 때에 별로 기분도 상하지 않고 해리 고든을 위해 손을 빼는 것이었다. 그는 이 거리의 부잣집 청년이었으나 교만한 점도 건방진 점도 없으며 오히려 '좋은 남자'로서 평판이 높았다. 장사에 있어서는 다소 무정한 때도 있었으나 야구팀이나 밴드에 대해서는 큰 마음을 나타내고 있으며 '공공심이 풍부한 남자'로서 사람들에게 인심을 잃고 있지 않았다.

"그러나 해리 씨. 당신은 오시지 않겠다고 하시지 않았어요?" 루시는 그의 팔목을 잡으며 말했다.

"오지 못할 줄만 알았어요. 허나 여하간 오게 되지 않았습니까? 중역회의가 끝나고 여기까지 오느라고 플리커가 좀 땀을 흘렸지요. 이제부터가 오후에는 제일 좋은 때입니다. 자 함께 갑시다." 두 사람은 손을 잡고 투 스텝의 타임으로 똑바로 달리고 있었다.

저녁놀은 남쪽에 얕게 가라앉아가고 있었다. 바라다 보이는 전 시야의 눈에 덮인 평탄한 토지가 장미색의 빛으로 빛나기 시작하자마자 얼마 후 그것이 등색에서 붉은 불꽃빛으로 깊어가는 것이었다.

섬에 심어 있는 버드나무의 검은 나뭇가지들이 울안에 있는 개나리처럼 무성하고 절이 많고 꾸불꾸불한 성장이 느린 것은 마치 그 나무들을 염상시키려고 하는 것처럼 생각되는 치열한 사양을 받아서 청동과 같은 빛을 내고 있다.

태양이 기울어져 가면서부터 몹시 바람이 불기 시작했다. 두 사람은 다른 사람들을 멀리 뒤에 남겨둔 채 달려왔다.

"이젠 돌아 안 가요?" 얼마 후 루시는 힘이 들어서 이렇게 물었다.

"아니 좀더…… 나는 저쪽 바람이 불지 않는 두 갈래로 갈라진 곳까지 가보겠어. 주머니에 스카치 위스키를 가지고 왔으니깐 그것을 먹으면 몸이 좀 따뜻해질 거야."

"아 참 좋아라, 그러나 나는 좀 피곤해졌어요. 벌써 오랜 시간 이곳에 와 있으니깐."

섬의 일단은 물고기의 뒤꼬리처럼 두 쪽으로 분기되어 있었다. 두 사람이 그 한쪽의 초단을 빙그르 돌았을 때 해리는 그 여자를 꾹 껴안는 듯이 땅위에 올려놓았다. 그들은 하얀 백양나무를 자른 통나무에 걸터앉았는데 그곳에서는 검은 버드나무의 가지들이 그들을 위해 바람을 막아주었다. 서로 합쳐진 작은 가지가 백열전선과 같이 새빨간 빛을 내고 그 아래의 눈은 장밋빛을 하고 있다. 해리는 마개 위에 덮여 있는 금속성의 컵을 빼서 루시에게 위스키를 따라주었다.

그리고 자기는 그대로 병째 마셔버렸다. 붉고 둥근 석양이 중량 선수와도 같이 가라앉아 가고 있었다. 그것이 지평선에 접촉되자 광막한 평원 위에 선형(扇形)의 원형을 그리고 적과 금색의 광선이 확대되어 갔다. 두 사람은 자기들의 얼굴이 갑자가 환하기 비치게 되었음으로 서로 얼굴을 마주 쳐다보며 웃었다. 곧 빛은 꺼졌다. 동결된 강과 눈의 가면을 쓴 대초원(프레리)은 청록색으로 흐린 하늘 아래 초록색으로 변했다. 어느 곳을 바라보아도 초록색과 회색을 바른 담담한 평원과 얕은 언덕을 제외하면 아주 하나도 보이지 않았다. 루시는 깊게 한숨을 쉬었다.

고든은 통나무에서 그를 끌어 일으키고 그 다음 두 사람은 바람을 배후에 받으며 귀도에 올랐다. 강 위는 조용하고 푸른빛이 섞인 회색의 얼음이 쓸쓸하게 넓혀져 있다. 스케이트를 하던 사람들은 이미 모두 돌아가고 말았다.

해리는 루시의 스케이팅을 하는 것을 보고 그가 피로해진 것을 알 수 있었다. 그는 해리가 이곳에 오기 훨씬 전부터 와 있었으며 또 그와 함께 타기 위하여 특별한 노력을 했다. 그렇게 생각하니깐 해리는 그에게 미안하기도 하고 또 즐겁기도 했다. 그는 썰매를 둔 곳에서 좀 떨어진 지점인 땅에 그를 올려놓고 무릎을 꿇고 그의 스케이트화를 벗겨주었다. 그리고 자기의 신도 바꿔 신은 다음 루시의 몸을 덜렁 끼어들고 발자국이 많이 있는 눈을 넘어 그의 소형의 썰매마차까지 데리고 왔다. 그 여자의 몸을 수우의 모피복으로 감아주었을 때 여자는 해리에게 고맙다는 인사를 했다.

"바람 때문인가 봐요. 나 참 잠이 와서 죽겠어요. 오늘 밤엔 도저히 짐을 꾸릴 수 없는데요. 내일도 있으니깐 그리고 오늘 스케이트 참으로 즐거웠어요."

돌아오는 길에 고든은 자기는 아무 말도 하지 않고 썰매의 방울소리에 이야기할 것을 맡겼다. (이것은 음악적인 방울이며 루시를 즐겁게 하기 위하여 산 것이다.) 그는 침묵을 지킬 때를 잘 알고 있었다.

루시는 몸이 따뜻해지니깐 참으로 기분이 좋아지고 웬일인지 잠이 올 것만 같았다. 그들의 썰매는 그림자와 침묵 속에 가라앉아가는 조용한 흰 나라 위에 남겨진 참으로 작은 움직이는 한 점에 불과했다. 루시는 돌연 갑자기 놀라고 꽉 쌓여 있는 모피 아래서 몸을 움직였다. 저물어가는 저녁 하늘에 최초의 별이 반짝이는 것을 그는 보았다. 그리고 갑자기 자신에게 돌아온 것이다.

그 은빛의 일점은 어떠한 신호처럼 그에게 말을 걸며 지금 여기에 있는 것과는 다른 생활과 감정을 그의 가슴에 가르쳐주었다. 그것은 압도적인 힘을 가지고 달려들었다. 루시의 생각은 오로지 한길 그 별에만 달려가 있었다. 그리고 별은 그것에 응하고 그 두 가지의 사이에 인식이 생겼다. 그렇게 되고 보니 아무도 모르는 황야에 있어서 역시 그 누군가 알고 있었다. 그 누군가 지금까지 쭉 알고 있었다! 영원히 그러할 것이다! 멀리 인간의 머리 위에 높이 존재하고 있는 것이 불러주는 그 즐거움이야말로 하나의 영원적인 것이며 단지 그의 무지와 그의 어리석은 마음에만 일어난 어떠한 것은 아니었다.

이러한 이해의 빛은 한순간밖에 지속되지 않았다. 그 다음부터 모든 것이 또다시 혼돈해지고 말았다. 루시는 눈을 감고 해리의 어깨에 기대면서 지금 자기가 잡으려고 했다가 저렇게도 멀리 달려가 버린 것에서 벗어나려고 했다. 그것은 너무도 반짝이며 너무도 예민한 것이었다.

그것은 사람을 상하게 하고 자기는 작은 갈 길을 잃고 헤매는 자에 지나지 않는다는 자각을 가르쳐줄 뿐이었다.

3

그 다음 날 밤 그것은 일요일의 밤이었는데 휴가로 돌아와 있었던 모든 청년남녀가 각자의 학교에 돌아갈 때였다.

그중 대부분은 링컨에서 내리기로 되어 있으므로 시카고까지 그대로 가는 것은 루시 하나뿐이다. 서부에서 오는 기차는 7시 반에 해버퍼드를 출발하게 되었으므로 7시경까지는 거리의 남단에 있는 정거장을 향해 사방에서 썰매와 사륜마차가 몰려들었다.

플랫폼은 얼마 후 웬일인지 떠들썩해지고 젊은 사람들이 가득 찼다. 그들은 자기들의 고향의 거리에는 잠시라도 더 머물러 있을 수 없다는 듯이 선로를 내다보고 자기들의 시계를 들여다보고 있었다. 얼마 후 두 마리의 말에 끌린 마차 한 대가 질주해 와서 선로 직전에서 정지했다. 그러자 일단의 사람들이 갑작스레 떠들어대며 그 마차를 맞이하기 위해 달려가면서 말했다.

"왔고만…… 페어리 씨가!"

"페어리 블레어!"

"야 페어리 씨!"

어여쁜 녹색 티롤 모자를 쓰고 노란 머리와 연하고 고운 육체를 한 작은 고양이같이 산뜻한 여자가 마차에서 내렸다. 그 여자는 회색 모피 외투를 벗고 높이 공중에 던져서 남자들이 받게 하고 여행복에…… 그것은 검은 비로드 재킷과 비색 조끼와 그 무렵의 유행으로서는 좀 짧은 정도의 스커트로 치장한 것인데……몸을 차리고 홈에 달려갔다. 그때 마침 한 역원이 나와서 기차가 한 20분 가까이 연착할 것이라는 것을 알렸다. 그러자 떠들썩하는 소리가 군중 속에서 일어났다.

"아이참 무슨 일이야."

"대체 우리들은 어떻게 하면 된담."

푸른빛 모자가 어깨를 흔들며 웃어댔다.

"아무 말 마세요. 군소리 말고 마을을 깨우러 나갔다 옵시다."

그 여자는 두 남자의 팔을 잡고 아무렇게나 외투를 입고 둘 사이에 끼어 좌우로 몸짓을 해가면서 마치 두 개의 나무를 흔드는 것처럼 그 청년들을 밀면서 또는 발바닥을 끄는 것과 같은 스텝을 밟으며 조용해진 거리를 향하여 나갔다.

이 여자는 귀엽고 특징이 없는 작은 얼굴을 하고 있었으나 그 눈은 참으로 반짝거리고 있었으며 앞만 뚜렷하게 내다보는 눈초리였으므로 아마 술이라도 마시지 않았는가 생각되었다.

그의 신선한 작은 입술은 절대로 보기 싫지는 않았으나 어딘지 장난꾸러기처럼 보였다. 그는 청년들을 암만 빨리 몰아쳐도 아직 모자란 것과 같이 생각하는 모습이었다. 돌연 그는 돌팔매로 맞은 것처럼 두 사람 사이에서 뛰쳐나가 큰 거리를 뛰기 시작했다. 그러자 청년들은 뒤를 이어 따라갔다. 모두가 다소 정신이상이 된 것처럼 느껴졌으나 그중에서도 그 여자가 가장 미치광이 같았으므로 여자가 선두에서 먼저 뛰고 그들이 그것에 따라 뛰고 있는 것이다. 일동은 거리의 버스를 지내보내기 위해 길목에 섰다.

버스는 인취선(引取線)까지 백했다. 게이하트 씨가 먼저 내리고 나서 두 딸들에게 일일이 손을 빌렸다. 언니인 폴린이 먼저 내렸다. 그는 키가 작고 좀 뚱뚱한 편이며 어머니 쪽 말하자면 외가인 프레스턴 가의 사람들을 많이 닮은 블론드였다. 그는 루시보다 12세나 연상이 된다. (두 딸의 사이에 두 남자아이가 출생했으나 모두 어렸을 때 죽고 말았다.) 루시가 겨우 6세가 되었을 때 모친이 세상을 떠났으므로 그를 길러준 것은 딴 사람이 아니라 언니 폴린이다.

폴린은 버스에서 내리자 아버지를 향해 빨리 트렁크를 체크해놓고 오라고 재촉하고 있었다.

"수하물 취급소는 언제나 혼잡하니까 버트 씨에게 맡겨두면 언제 체크될는지 몰라요 아버지 수하물은 이번 기차에 즉시 돌리도록 저 사람에게 틀림없이 말해두세요. 요전의 영 부인이 미네아폴리스에 가셨을 때에 부인의 트렁크가 24시간이나 여기에 그대로 남아 있었대요. 그래서 부인의 손에 화물이 들어간 것은……" 이렇게 말하는데 폴린의 지껄이는 소리를 듣고 있던 게이하트 씨는 얘기 도중에 가버리고 말았으므로 영 부인의 트렁크 이야기는 최후까지 다 들을 수는 없었다.

루시는 언니 옆에 서 있었으나 역시 언니가 지껄이는 소리는 듣고 있지 않았다. 그는 무슨 딴 것을 생각하고 있었다.

폴린은 그렇게 하는 것이 무슨 당연히 할 일을 한 것처럼 동생의 팔을 힘껏 잡으며 잠시 아무 말도 없었다.

"애야, 저것 보아라. 해리 고든 씨가 썰매를 타고 온다. 젠크 씨 댁의 머슴이 마부가 되고 저 사람도 오늘 밤에 동부로 가느냐?"

"오마하에 가신다고 말하셨어요."

루시는 아무 뜻 없이 대답했다.

"그것은 잘되었다. 동반이 생겨서."

폴린은 어떠한 일에 놀라면 그것은 감추기 위하여 우정 호의를 나타내는 그때그때의 성의를 피력하며 말했다.

루시는 그 말에 대해서는 아무 소리도 없이 창 너머로 정거장의 시계를 바라다보았다. 그는 이처럼 움직일 것을 바라는 마음이 된 일이 없었다. 단 혼자 기차가 반들반들한 레일 위를 달려가는 것을 작은 정거장이 차차 뒤로 떠나버리는 것을 이처럼 욕망했던 일은 없었다.

예의 티롤 모자를 쓴 페어리 블레어 두 남자의 팔에 끌리어 숨 가쁘게 겨우 그들의 도망에서 돌아왔다. 게이하트 자매의 옆에 이르자 그는 이렇게 말했다.

"루시, 동부에 가요. 나도 참 함께 가고 싶어요. 당신네와 같은 음악가는 언제나 즐거워 보여요."

그의 외투를 입은 그의 지지자가 옆에 와 서니까 그는 곁눈질을 하면서 루시를 눈이 빠지도록 보았다. 이 두 사람은 해버퍼드에서 가장 인기가 있는 여자들이며 페어리는 루시가 무척 얌전하고 무뚝뚝하며 어린애와 같을 것이라고 생각하였다. 그는 해리 고든을 만날 때마다 목을 뒤로 돌리며 '도대체 당신은 저 따위 여자에게서 무엇을 구하는 것입니까?'라고 하는 듯한 눈초리로 힐끗 그를 바라다보았다.

게이하트 씨는 돌아와서 딸에게 체크를 주자마자 하늘을 쳐다보고 말았다. 그는 실제 아무데도 소용없는 것만 연구하고 있는데 천문학도 역시 그 하나이다. 얼마 후 조용한 겨울의 공기를 깨트리고 기적 소리가 들려오니까 루시는 재빠르게 맨 앞으로 나갔다. 부친은 그의 손목을 쥐고 친절하게 앞으로 밀었다. 막내딸에게 너무 많은 애정을 나타낸다는 것은 총명한 일이 못된다. 길고 일렬의 흔들리는 불빛이 서쪽 평야에 나타나 잠시 후에는 헤드라이트의 흰 광선이 그 발밑에 뻗어 있는 강철 레일 위에 흘러나갔다. 서리[霜]에 쌓인 대형 기관차는 그들의 앞을 지나가서 정차하고 숨이 가쁜 듯이 식식 허덕거리었다.

폴린은 동생을 왈가닥 안으며 입을 맞춰주었다. 게이하트 씨는 루시의 트렁크를 들고 자기가 먼저 앞서서 바른편에 있는 차로 향했다. 그는 딸이 앉을자리를 찾고 가지고 갈 것을 모두 잘 정리해주자 다음에는 그곳에 벌떡 서서 나에게는 아름다운 것은 어떠한 거나 잘 알고 있다고 하는 듯 미소를 띠고 딸을 바라다보았다. 그는 아마도 아름다운 딸이 좋아졌으며 자기의 집에서도 그처럼 해주었다. 딸의 어깨를 왼팔로 껴안고 입을 맞출 때 그의 귀에 이렇게 속삭이었다.

"루시는 참으로 좋은 계집애다."

그 다음 그는 유유히 차내의 출구를 향하여 걸어가서 침대차의 보이가 승강구의 계단을 막 오르려고 할 때 뛰어내렸다.

폴린은 부친이 틀림없이 다음 역까지 끌려갈 것이라고 생각되어 이미 걱정이 시작됐다.

루시의 차에는 링컨의 대학에 돌아가는 수 명의 청년이 타고 있었다. 그들은 재빠르게 그의 자리에 와서 말을 걸었다. 해리 고든이 들어와 통로를 지나갈 때 그들은 슬며시 일어나려고 했으나 그는 머리를 옆으로 흔들었다.

"나는 이제부터 식사를 하고 오겠소."

루시는 그가 지나가는 것을 어깨 너머로 보았다. 얼마나 그 사람다운 일이냐? 물론 그 사람은 자기나 다른 학생들이 모두 출발에 앞서 일찍이 저녁밥을 온 집안 식구들과 함께 먹고 온 것을 알고 있을 것이다. 그러나 자기와 학생들을 식당차에 불러 디저트나 치즈 토스트쯤은 사도 좋을 것인데 이러한 것도 고든 가를 오늘의 치부로 해온 그 본능적인 낭비 소모를 싫어하는 일례가 아닌가.

하리도 간혹 필요에 응하여 제법 훌륭히 돈을 쓸 때도 있으나 그러한 필요를 고의로 만드는 법도 있었다. 그것은 용의주도한 계산에서 나타나는 것이었다.

루시는 그렇게 해줄 것을 마음으로부터 기다리는 젊은이들에게 전부의 주의를 경주했다. 해리가 그보다 8년이나 연장인 데 비하여 이 청년들은 거의가 모다 그와 동갑들이다. 페어리 블레어도 같은 차내의 다른 한구석에서 조그마한 자리를 만들고 있었으나 그 여자가 간혹 웃는 경련적인 웃음은 ─ 그것이 산양이 매헤 하고 우는 소리와 같으며 좀 추잡한 몸짓과 같은 느낌을 주는 기묘한 웃음이었는데 ─ 그것밖에 되지 않는 짧은 거리에서 충분히 들을 수가 있었다.

이와 같은 웃음이 일어나면 루시의 옆에 앉았던 청년들은 좀 당황한 빛을 나타내고 자기들의 정절을 수호라도 하는 듯이 더한층 루시의 곁으로 가까이 오는 것이었다. 해리 고든이 돌아와 청년들이 떠났을 때 좀 놀란 그 여자는 어딘가 쌀쌀한 태도로 그를 맞이했으나 상대방에서는 전연 그러한 것을 눈치채지 못한 것 같다. 그는 의자에 앉자마자 해버퍼드의 거리에 세워질 새로운 가로등에 관해서 말을 꺼냈다. 그와 그의 부친이 경비의 절반을 부담하게 되었다고 말하는 것이다.

해리는 일등 침대차(풀먼)의 좌석에 기분 좋게 걸터앉고 있었는데 절대로 드러누웠다 일어났다 하지 않으며 어디까지나 신사답게 앉고 있었다. 그는 활동할 때나 휴식할 때에도 훌륭한 풍채를 흐트러트리는 법이 없었다. 놀랄 만하게 자부심이 강한 남자인데 그러기 위해서는 신경질이 되거나 공세를 취하는 법이 없었다. 따라서 그 자부심은 그의 경우에서는 약점으로 되지 않고 오히려 일종의 장점으로 되었다. 이와 같이 점잖은 침착한 태도는 루시와 같이 덜렁대고 안정치 못한 인간에게 있어서는 웬일인지 참으로 믿음직한 느낌으로 받게 하였다.

오늘 저녁은 루시로서는 단 혼자서 있고 싶은 마음이었으나 다른 날 같으면 어디서든지 하리를 만나도 즐거웠다 ─ 우편국에서 서로 만나도 거리를 걸어오는 그의 모습을 보아도, 그와 단 한마디를 이야기하기 위해서 발걸음을 멈춰도 그 생활력과 인생에 대한 언제나 변함없는 만족이 그의 마음을 이끌어주었다.

두 사람이 어떠한 일에 대해서 이야기해도 그것은 즐거운 일이었다. 그와 만나고 있으면 그에게는 어떤 절대적인 자유와 같은 것을 느낄 수 있었고 그리고 그를 둘러싼 모든 것이 따스하게 생각되었다. 그의 음성과 날카로운 푸른 눈동자 상쾌한 기분을 풍기는 그의 피부 붉은 머리털 등 모든 것이 그러하였다.

세상 사람들은 그가 장사를 하는 데 있어서 냉혹하다고 하며 채금[借金]으로 꼼짝달싹하지 못하게 된 인간의 약점을 찔러서 이용한다는 평판을 하고 있으나 그의 인품이나 태도에는 그러한 성질의 냄새를 풍기는 것과 같은 점은 조금도 없었다.

새로운 가로등의 문제를 그에게 터놓고 말하였을 때 해리는 루시의 손이 웬일인지 안정하지 못하고 몸이 이상스럽다는 것을 알았다.

"루시 웬일이요. 왜 그렇게 안정하지 못하고 있소."

루시는 다시 점잖게 앉은 다음 생긋 웃었다.

"난 참 못난이예요. 언제나 여행만 하게 되면 그렇습니다. 아직 여행에 익숙하지 못한 탓인가 봐요."

"빨리 도착하고 싶어서 그러신가 봅니다. 틀림없이."

그는 잘 알고 있다는 듯이 말했다.

"이번 봄의 오페라는 어떻게 되오? 일 주일쯤 가서 매일 저녁 당신과 함께 가보았으면 하는데, 어떻습니까?"

"아, 그것 참 즐거워라. 그러나 매일 밤 만나지는 못할 것이에요. 저는 요즘 가르쳐주는 것이 있으니깐 지난해보다는 훨씬 바빠요."

"그런 일이야 얼마든지 좋도록 꾸밀 수 있지 않소. 여하간 아우어바흐 선생을 찾아봅시다. 나는 선생과 대단히 친합니다. 당신과는 어렸을 때부터의 동무라고 선생에게 말해두었지."

해리는 웃으며 몸을 더 가까이 내밀었다.

"루시, 내가 처음 당신의 모습을 보았을 때의 일을 알고 있습니까? 그것은 옛날의 스케이트 링크이었지. 해버퍼드는 아마도 스케이트 링크를 가지고 있는 최후의 거리라고 생각됩니다."

"그래도 그것은 벌써 오래전 이야기예요. 당신네 집 은행이 생기기 전에 옛날 링크는 부숴버리고 말았지요."

"그래요 당신 아버지와 저는 호텔에 유숙하고 있었지요. 우리들은 거리를 보기 위하여 왔었습니다. 어느 날 오후 내가 링크 부근에 갔을 때 피아노 소리가 들려왔다. 그래서 속에 들어가 보았다. 노인이 왈츠를 치고 있었지 아마 〈마음과 꽃〉(아메리카에서는 극히 알려진 센티멘털한 무용곡 ─ 역자)이라는 곡이었을 것이다. 여러 사람들이 스케이트를 하고 있었으나 나는 그 자리에서 바로 당신을 찾아냈다. 당신은 머리를 길게 내려 달고 아직 13세 정도였을 것이다. 짧은 스커트와 몸에 꼭 맞는 스웨터…… 이러한 복장이며 잘 스케이트를 타고 있었다. 이 세상에서 이처럼 아름다운 눈은 없다고 생각했다…… 아니 지금도 그렇다고 생각하고 있지.”

그는 이렇게 끝에 말을 붙이고 무슨 중대한 양보라도 하는 것처럼 그 이마에 주름을 잡았다.

루시는 웃었다. 해리는 남을 칭찬할 때에는 조심성이 깊은 사나이다.

“참 해리 씨는 말을 잘하세요. 그 옛날 링크는 저에게는 참으로 즐거웠어요. 그것을 부숴버렸을 때 저는 한없이 쓸쓸했습니다. 그 무렵 언니는 저를 절대로 댄스에 보내지 않았습니다. 그러나 당신에 관한 일은 저 해버퍼드를 대표하여 투수(피처)로 나가기 전까지는 잘 모릅니다. 당신의 인커브에는 모두들 열중했지요. 어째서 당신은 야구를 그만두셨지요?”

“좀 귀찮아지는데.”

그는 어깨를 치키며 말했다.

“야구는 가장 좋아했던 스포츠인데…… 얘기는 다시 돌아가 그 오페라를 부탁합니다. 4월 초의 2주일 간은 한 번 저를 위해서 해방해주시지요. 지금 같아서는 언제쯤 가게 되는지는 아직 확실치 못하나.”

젊은 고든은 말을 이어 나가면서도 루시의 얼굴을 가끔 바라다보았으나 거의 자기의 결심은 정한 것처럼 생각되었다. 그는 앞을 함부로 내다보지 않았으나 그렇다고 하여 덤비지도 않았다. 그렇게도 많이 훌륭하고 좋은 기회가 눈앞에 있는데 시곗방집 딸 같은 것과 결혼한다는 것을 생각하면 화도 났다. 그러나 지금까지 간혹 자신에게 말한 것처럼 이런 때 시곗방집이라는 것에 눈을 감지 않으면 안 된다고 생각했다. 루시가 시카고에 가서 없는 두 겨울 동안 아버지의 용건으로 가 보게 된 여러 거리거리에서 여러 여자들과 놀기도 했다. 그러나 루시와 같은 여자는 단 한 사람도 없었다.

― 적어도 그 자신에게서는.

내일은 다소 힘든 일을 잘 처리하지 않으면 안 된다. 그것은 세인트조지프시에 사는 아크라이트 가의 해리엇 아크라이트가 오마하의 친우를 찾아오기로 되어 있는데 그 여자로부터 찾아와서 함께 댄스에 데려가 달라는 전화를 받았다.

그는 아크라이트 양과는 꽤 깊은 데까지 교제하고 있었다. 이 여자의 마음에 들었다는 것은 시골 출신인 청년에게는 과분한 일이었다. 그 여자는 세인트조지프시에서 상당한 신분이 있는 집의 딸이다.

부친은 거리에서 가장 오래된 은행의 두취(頭取)이며 모친에게서 받은 큰 재산도 자기가 가지고 있다. 그가 26세가 되기까지도 아직 미혼이라고는 하지만 그것은 절대로 구혼자가 없는 때문이 아니다.

그 여자로서는 지금 황급히 자기 자신을 속박시키고 싶지 않았기 때문이다. 재산은 잘 관리되고 기분 나는 대로 여행도 할 수 있는 독립적인 생활을 그는 즐거워하고 있었다.

속세에서 벗어난 여자 ― 이렇게 해리는 그 여자에 관해서 생각했다.

스타일도 나쁘지 않고 언제나 유유자적했으며 돈과 사회적 지위가 줄 수 있는 일종의 위신이라고 할 수 있는 것을 가지고 있었다. 그런데 좀 마음에 들지 않는 것은 얼굴이 잘생기지 못했다.

그 여자의 가족들인 남자들과 꼭 같은 얼굴이다. 그것은 윤택이 없었으며 곱지 못한 목소리고 어떠한 일에도 조금도 불타오르지 않는 어딘지 코가 멘 목소리다.

그 여자는 무엇을 말할 때에도 그 화제의 매력을 뺏어 가고 말았다.

그가 보낸 화사한 장미의 꽃에 감사할 때에는 언제나 그의 목소리가 우정 보내준 꽃을 더욱 가치 없는 것으로 하여버린다.

해리가 이와 같은 결혼이 그의 장래에 좋은 영향을 줄 것인가 라는 공상을 즐거워한 때도 있었으나 자기가 해리엇를 사랑하고 있다고 마음에 믿는다는 것은 도저히 불가능했다.

실제로 기묘한 일이기는 하나 그의 깊은 가슴을 뒤흔들게 한 유일한 여자는 다른 그 어떠한 사람도 아니고 바로 이 루시였던 것이다. 그 자신의 마을에 살며 교회의 쥐와 같이 가난하고 칭찬 한마디 한 일도 없는 — 입을 열면 그를 놀려주기가 일쑤인 루시 게이하트뿐이었다.

그와 함께 있으면 웬일인지 인생이 달라진다 — 단지 그것뿐이었다.

거기에 그가 어른이 되었다는 것을 해리는 알게 되었다. 그동안 크리스마스의 휴가를 통해서 그 신체의 내부에 어떤 변화가 일어나고 있는 것을 그는 느끼었다. 아마 이전보다도 좀 수줍어지고 사양하는 버릇이 생겼다.

12월 말일 밤에 열린 무도회에서도 어딘지 좀 그에게서 몸을 멀리하려고 하는 것을 알게 되었다.

— 단지 그에게서뿐만이 아니라 다른 어떤 사람에게도 허나 그렇다고 해서 냉정하게 한다는 것은 아니다.

그 여자가 그때처럼 애교를 부린 일도 없으며 또 옛날 친구들에 대해서 그때처럼 정이 들은 농담을 한 일도 없었다.

그러나 어딘지 옛날과는 달랐다. 그날 밤은 처음부터 끝까지 그의 눈은 해리에게는 말하지 않았던 그 무엇 때문에 빛나고 있었다.

그 여자가 다른 사람들과 말을 하지 않는 순간에 그러한 눈초리가 그의 눈에 돌아오는 것이었다. 그것은 왈츠를 춤출 때에도 그 여자는 꼭 그의 어깨 너머로 무엇을 보고 있었다 — 그때의 매혹적인 눈초리로 말하면…… 그러나 그곳에는 단지 공제조합의 주단 위에 값싼 헝겊을 치고 조합 홀에서 춤추고 있는 옛날과 지금도 변함이 없는 친구들밖에 있지 않았는데.

그에게는 그 그믐날 밤의 일을 간단히 잊을 수가 없었다. 그 어떠한 것에 돌연 그는 부딪치고 말았다.

루시는 이미 철없는 즐겁고 귀여운 시골 처녀가 아니다. 그 어떠한 무엇에 향하여 자기의 진로를 정해놓은 여자로 되어 있는 것이다 그로서는 속히 결심하는 편이 좋다 ─ 그 여자에게 그가 전 주의를 경주하고 있는 이 기차 속에서 오늘 밤중이라도 빨리. 그러나 실은 그 여자는 그에게 주의를 하지 않고 있었으나.

보이가 고든의 짐을 가지러 오면서 기차가 오마하역에 도착한다는 것을 알려주었다. 루시는 출구로 가는 좁은 길까지 해리를 전송하기 위하여 나가 기차가 정거하고 있는 동안 두 사람은 그곳에서 서로 수군수군거렸다.

그는 루시의 손을 잡은 채 얼마나 투명하고 음모 같은 것은 없다는 듯한 푸른 눈동자에 우정을 가득 채우고 여자를 내려다보았다. 그러자 곧 보이가 "여러분 승차해 주십시오!"라고 소리쳤다. 해리는 여자의 뺨에 입을 맞추고 홈에 내렸다. 루시는 기차가 서서히 역을 떠나가는 사이 창에서 그를 향하여 손을 흔들었다.

고든은 마차를 타고 호텔로 향했다. 그는 머플러(목도리) 속에 턱을 박고 털걱털걱 뛰어가는 마차의 창에 기대어 가로등을 바라보면서 미소를 띠었다.

그렇다! 아크라이트 양에 대해서 이제부터 얼마간만 교묘하게 대하지 않으면 안 된다…… 라고 스스로 자기에게 일러주었다.

그 여자의 마음도 점점 그림자가 흐려져가고 있었다. 그는 한번 모험할 셈 치고 미를 위하여 결혼해볼까 생각했다.

즉 다른 남자들이 부러워할 만한 아내를 얻을 것을 결심한 것이다.

×　　　×　　　×

　루시는 재빨리 옷을 갈아입고 침대 속에 들어가 불을 껐다. 이제야 겨우 자기 혼자가 되어 어둠 속에 조용하게 드러누워 기차의 진동에 몸을 맡기게 된 것이다.

　—그 진동은 도피와 변화와 기회에 관련된 또 전방에 전방에 달리는 인생에 관계되는 리듬이었다. 그러한 해방과 방기(放棄)의 의식이 그의 전신에 넘쳐 스며드는 것이었다. 마치 따뜻한 목욕물 속에 들어가 있는 것처럼 그는 그의 의식 속에서 펄떡펄떡하는 것과 같은 것을 느끼었다.

　내일 밤 이 시간에는 클레멘트 세바스찬의 리사이틀(음악회)에서 돌아올 것이다. 겨우 수시간으로 셀 수 없는 정도의 거리를 넘어갈 수가 있는 것이다 — 겨울날의 시골과 순박한 이웃 사람들로부터 헤어져 상상도 할 수 없는 여러 가지 가능성을 가지고 음(音)과 같이 공기가 진동하고 있는 도시에 나가게 되는 것이다.

　루시는 마음속에 극히 독특한 시카고의 지도를 그리고 있었다. 연기와 바람과 소음 — 그리고 푸른 불이 반짝반짝거리는 안개 낀 광경, 그 혼란 속에서 우뚝 솟아오른 몇 개의 윤곽 — 세바스찬이 스튜디오를 가지고 있는 미시간통의 높은 건물 — 오후가 되면 그가 간혹 산보하는 그 가느다란 공원 — 어느 날 아침 그가 나오는 것을 본 교회의 현관 — 처음으로 그가 노래하는 것을 들은 음악당, 이런 감정의 거리는 명확한 구도와 같이 현실의 거리 속에서 솟아올랐다 — 그것은 다른 것이 말살되어 있었기 때문에 하나의 아름다운 거리였다.

　그 예술회관에서 내려오는 돌층계에는 언제나 오렌지 빛이 물들은 붉은 햇빛이 가득 쪼이고 있는 것처럼 그는 생각하고 있었다. 그것은 세바스찬이 5시경 그 건물에서 나와 외투 깃을 올리기 위하여 청동으로 만든 사자 옆에

서서 담배에 불을 붙이고 자동차를 불러 타고 어디로 떠나기 전 길의 좌우를 맥없이 바라보고 있었던 바람이 세게 불던 어떤 11월의 오후가 그대로 나타났다.

루시는 매일처럼 꼭 같은 일로 시카고의 거리를 이곳저곳 돌아다니고 있을 때 그의 마음을 돌연 설레게 하는 또 웬일인지 자신도 모르게 그에게 즐거움을 주는 것과 같은 지점에 발길을 멈출 때가 있었다. 오늘 밤 침대에 드러누운 채 그는 매일 세바스찬이 그곳에 없어도 그 거리에 돌아가는 것은 즐거운 일이라고 생각했다. 그렇다. 그 거리에 돌아가자 — 그렇게도 많은 회상과 감동이 축첩된 그곳에 — 하나의 창이나 하나의 집 문이나 하나의 길목이 언제 어떠한 때 안개 속에서 마술적인 의미를 가지고 불연 중 떠올라 올지 모르는 그 장소에 돌아가자.

4

그 다음 날 아침 루시는 시카고의 자기 방에서 짐을 풀고 의복 같은 것을 정리하고 있었다. 그는 좀 색다른 곳에 살고 있었다. 강에서 조금 옆으로 들어간 더러운 거리의 빵집 3층에 방 한간을 빌리고 있었던 것이다.

그는 처음에 시카고에 나왔을 때에는 학생 전문인 하숙집에 방을 빌리고 있었는데 그곳이 너무 모든 것에 개방적인 것이 마음에 들지 않았고 또 그곳을 경영하고 있는 남부 출신인 지금은 거의 윤락되어버린 어떤 부인이 마음에 들지 않았다. 살롱 쪽에서 말하는 큰 소리가 들려오지 않고 함부로 자기 방의 문에 노크하는 자가 없는 곳으로 단지 피아노를 상대로 단 혼자서 생활하는 것이 아니면 자기는 도저히 해나갈 수 없다는 뜻을 그의 선생인 아우어바흐 교수에게 호소했다.

아우어바흐는 그를 자기 집에 데리고 가서 부인과 그것을 상의했다. 아우어바흐 부인은 이러한 때에는 어떻게 하면 된다는 것을 잘 알고 있었다. 부인은 루시를 데리고 슈네프 부인이 경영하는 빵집을 방문했다.

슈네프 베이커리는 거리의 그 구역에 있어서는 옛날부터 독일의 상대로 되어왔다. 일층이 빵가게와 독일요리 전문인 간단한 레스토랑으로 되어 있고 맨 위층에는 장갑 제조 공장이 있었다. 그 사이에 있는 2층부터 4층까지를 슈네프 가에서는 행상인이나 점원이나 정거장 근처에 사는 것이 필요한 역원과 같은 별로 오랫동안 체재하지 않는 손님들에게 빌려주고 있었다. 아래층의 베이커리의 식사는 겨우 먹을 만한 것이었으며 식사를 함께하는 상대인이나 식탁의 사례 같은 것 때문에 골머리를 쓸 필요는 없었다.

그 누구나 자기의 작은 테이블을 가지고 있고 자기만의 것을 생각하고 자기의 신문을 읽는 것이다.

루시는 비로소 처음으로 이곳에 방 하나를 빌리고 세상에 나와 처음으로 남자와 같이 출입이 자유로운 생활을 즐길 수 있게 되었다. 루시 때문에 이렇다 저렇다 소동을 일으키는 사람도 없었으며 그의 곁에서 언제나 서서 감시하는 사람도 없었다.

이것은 확실히 여러 가지의 불편한 일도 있었다. 먼저 유숙인은 레스토랑의 앞문 옆에 있어서 가두에서 곧 통하는 언제든지 열려 있는 계단에서 자유롭게 출입한다.

그것은 겨울의 바람이 살롱 쪽에서 위로 불어왔으며 — 도둑놈도 들어오려면 언제든지 들어올 수가 있었다.

그러나 지금까지 그러한 일도 없었던 것 같다. 또 방문객을 접대하기 위한 객실의 설비가 없었다. 그는 아우어바흐의 제자 중의 한 사람과 어디로 나가게 되는 일이 있게 되면 그 청년은 계단이 있는 옆에서 그를 기다리든가 또는 아래 레스토랑에서 그와 만나지 않으면 안 된다.

이날 아침 루시는 자기 자신의 것과 자기 자신의 의지에로 돌아온 것을 지금까지 없이 즐겁게 생각했다. 짐을 풀고서 그는 의복을 비롯한 몸 치다꺼리를 여러 번 정리해 놓았다. 그러나 너무 손이 가서 곤란하다는 것은 하나도 없었다. 수하물의 배달부가 나간 후 문을 닫은 순간 그는 또다시 자기 자신의 것을 찾아낸 것 같은 마음이 들었다.

해버퍼드에 가 있었을 때에는 자기가 조금도 진실한 자기가 아니었던 것 같았다. 즉 그는 이미 오늘의 자기가 아닌 어떤 다른 인간처럼 느끼고 행동하려고 노력하고 있었던 것이다. 그것은 마치 어린애들이 내심으로는 이미 어린애가 아니면서도 단지 어른들을 즐겁게 하기 위해서 어린애와 같은 장난을 하는 것과 같은 일이다.

정거장에서 피부를 찢는 듯이 우박이 떨어지는 길을 걸어올 때 그는 자기가 없는 동안에 방 안에 좀 두고 간 것이 사라지고 자기를 즐거이 맞아주는 것이 아닌가 하고 생각했다.

그것은 클레멘트 세바스찬의 노래를 처음으로 듣고 올라왔던 밤에도 여기에 있었고 또 우연하게 담 너머로 본 그의 모습을 소중하게 운반해왔을 때에도 여기에 있었던 것이다.

이 네 개의 벽은 그에 관한 그의 모든 상념과 정감을 둘러싸고 있다.

그의 지나간 날의 회상은 그 하나하나가 어떠한 뚜렷한 윤곽을 가지고 있는 것이 아니고 모든 것이 하나로 조화되고 서로 합쳐 있었다.

그러한 것이 이 방을 실제보다도 더 크게 조용하게 안전하게 하고 있는 것 같았으며 또 이방에 마음으로부터 엄숙한 기분을 주고 있었다.

루시는 오늘 밤 세바스찬의 독창회에 가보기로 하였으므로 다른 때보다 일찍이 아래층 레스토랑에서 저녁을 먹었다. 3층에 또다시 올라가보니까 아직 의복을 갈아입을 만한 정도의 시간은 되지 않았다. 거기서 그는 화장할 때의 옷을 걸치고 와사등(瓦斯燈)을 끄고 옆으로 드러누워 전의 일을 생각해보는 것이다.

그것은 아직 겨우 3개월 전 10월도 초순경이었다.

아우어바흐 선생은 선생의 옛날 친구인 클레멘트 세바스찬이 지금 시카고에 와 있으니 꼭 그 사람의 노래를 듣도록 — 아마도 이 사람은 그리 오랫동안은 체재할 수 없을 것이라고 — 그에게 말해주었다. 이 사람의 노래를 혹시 못 들어서는 안 되는 사람이라고까지 말했다. 그러나 루시에게는 돈이 없어도 갖고 싶은 것이 많이 있었고 대체로 바리톤 같은 목소리는 그리 마음에 드는 것이라고 생각하지 않았다.

그래서 그는 그의 최초의 독창회를 듣지 못해도 그리 유감이라고 생각지 않았다. 더욱이 다음 신문에 나온 비평을 보고 음악생 간의 평판을 듣고서는 호기심이 쏠리기는 했으나.

다음 주간에 세바스찬은 광산에서 일을 하다가 부상을 입은 사람들을 위해 자선음악회를 열었다.

아우어바흐는 그를 위하여 한 장의 입장권을 주었으므로 그는 혼자서 가보았다.

그는 대수로운 열의도 갖지 않고 도리어 하루 동안의 일로서 피로한 몸으로 가본다는 것은 고된 일이라고 생각하면서 바로 이 방에서 옷을 갈아입었다.

스팀을 밖에 내놓고 와사등을 끄고 아무 기대도 갖지 않고 아래층으로 내려왔다.

스테이지에 모습을 나타낸 순간 아직 노래를 시작하기 전부터 세바스찬의 풍채가 그의 흥미를 끌었다. 그는 젊지 않았다. 오히려 중년기이며 엄숙한 얼굴과 크고 어딘지 피로한 눈을 가지고 있었다.

참으로 몸집이 크고 키가 큰 믿음직하게 넓은 어깨를 가진 그는 많은 장소를 점령하고 거기에 그곳을 턱 차지하고 있었다. 폭이 넓은 검은 라사의 윗저고리와 흰 조끼를 입은 그의 토르소는 확실히 타원형을 이루고 있는데 이것은 이 사람에게 있어서 가장 옳게 알맞은 모습처럼 생각되었다.

그는 곧 혼자 말을 했다.

"그렇다. 위대한 예술가는 확실히 이와 같은 모습이어야만 한다."

최초의 곡목은 그가 듣지도 못하고 보지도 못한 슈베르트의 노래였다. 그 노래하는 식은 세바스찬의 노래의 방식 속에서도 가장 독특한 특징의 하나인 것이며 루시는 독일어의 가사를 한마디도 빼놓지 않고 들었다. 어떤 희랍의 뱃사공이 항해에서 돌아와 뱃사공의 수호성인 카스토르와 폴룩스의 신전 앞에 서서 그 별의 신의 가호에 대하여 감사를 올리는 것이다. 그는 그 이주(二柱)의 신의 고마운 수호의 빛에 의하여 "오이레 미르데 오이레 와첸"(eure milde eure wachen 당신의 고마운 당신의 가호)에 의하여 자기의 작은 배의 노를 젓고 왔다. 그는 그러한 가호에 대한 감사의 뜻으로 이 여러 신들의 신전 입구에서 그의 돛대를 봉납하는 것이다.

그 노래는 종교적인 하나의 의식으로서 고전적인 정신으로 기원이라기보다는 하나의 예배로서 노래하게 되었다.

너무도 높은 존재에 대한 숭고한 인사이었으므로 이 뱃사공이 기도를 올리는 말 중에는 어딘지 야비한 간원도 인식할 수 없었다.

"오, 훌륭한 별이여, 그대의 빛 속에 우리는 두려움도 없이 서서 그대의 영원한 생명 속에 우리는 무릎을 꿇다."

— 이와 같은 감명이었다. 루시는 어떠한 노래일지라도 이처럼 고매한 스타일로 노래 부르는 것을 지나간 어떠한 때에도 들어본 일이 없었다.

그 정온(靜穩)과 청명성 속에는 새벽과 흡사한 어떤 위대한 광명이 있었다.

이 기원의 노래에 이어 더욱 대여섯 가지의 슈베르트의 노래가 있었는데 모두 우울한 것뿐이었다.

그것을 듣고 있던 루시는 이 사람에게는 어딘지 깊은 비극적인 것이 있는 것처럼 생각되었다.

모든 노래가 갖고 있는 어두운 아름다움이라는 것이 마치 친절성이 손의 접촉 속에 숨어 있는 것처럼 이 사람의 목소리 그 자체 속에 존재하고 있는 성질의 것인 것처럼 생각되었다.

그것은 또 그것과 같은 단순한 것…… 말하자면 수면에 시시로 변해가는 햇빛과 같은 것이었다. 그가 이 첫 프로의 최후의 〈도플갱어(분신)〉(Der Doppelganger는 하이네의 시를 작곡한 것 — 역자)라는 노래 〈밤은 조용하고 거리는 잠들었다〉를 노래하기 시작하자 달빛은 어떠한 옛날의 독일의 마을 좁은 거리를 내려 비춰주는 것처럼 생각되었다. 한 절마다 그 광경은 깊어갔다 — 낡은 인간이 살던 집 위에 잠든 조용하고 깨끗이 빛나는 달빛……그리고 밤하늘 그 어느 곳에 한 점의 쓸쓸한 검은 구름의 그림자가 있다. "그 옛날 여러 밤마다"(Der Doppelganger의 마지막 구절 — 역자) 달은 떠나고 조용한 거리는…… 그리고 세바스찬의 모습도 사라졌다. 더욱이 루시는 그가 어느 사이 무대에서 사라졌는지를 전연 눈치채지 못했으나.

검은 구름이 달을 뺏어가고 말았다. 그리고 노래도 그의 모습을 말살시키고 말았다.

회색 비로드의 막 앞에는 발이 아픈 반주자 이외에는 아무도 남아 있지 않았다. 그리고 그 청년도 왼발을 절룩거리며 무대를 지나 나갔다.

그 다음부터 다음 곡목에서는 그의 주의는 간혹 중단되기 쉬웠다. 때때로 열심히 귀를 기울이고 있었는가 하면 다음 순간에는 마음이 어딘지 멀리 헤매가는 것과 같았다.

루시는 그때까지 느끼지 못했던 그 어떠한 것과 마주쳐서 허덕이고 있었다. 그것은 예술에 관한 새로운 개념이라고 할 것인가? 아니 그것보다도 훨씬 자신에 가까운 것이었다.

새로운 종류의 개성? 아니 그것보다도 훨씬 이상의 것이었다.

그것은 인생에 관해서의 하나의 발견 — 비극적인 힘으로서의 사랑의 계시이었다.

이미 사랑은 흙탕물과 같이 사람을 빠지게 하는 열정이 갖는 융화할 수 있는 정조는 지나고 말았다.

루시가 이 사람이 노래하는 데 귀를 기울이고 있으면 다른 외부의 세계는 지금까지 그의 신변에 다가오지 못했던 공포와 위험에 찼다. 어두운 전율과 같이 느껴졌었다.

프로그램의 주의서에는 앙코르에 대해서 다시 노래는 하지 않겠다는 것이 적혀 있었다. 마지막 곡목이 끝나고 가수가 박수에 답하기 위하여 몇 번이나 나왔다 들어갔다 한 후 무대 위의 불은 꺼졌다. 마침 시카고에 와 있었던 뉴욕 오페라의 베이스(저음 가수)가 이날 밤 우인들의 일행과 무대 옆에 있는 특별석을 자리잡고 있었는데 그는 여러 번 "클레멘트! 클레멘트!"이라고 부르고 있었다.

끝으로 바리톤 가수는 오버는 손에 걸치고 모자를 들고 무대에 돌아왔다. 그는 동업인 바스 가수에게 인사를 하고 그 다음 옆을 향하여 스테이지 도어 쪽에 한두 마디 무슨 말을 했다. 먼젓번의 절름발이 청년이 나타나고 두 사람은 박수갈채를 받아가면서 서로 무슨 말을 주고받는다.

세바스찬은 좀 어두운 곳에서 무대의 전면으로 나와 바이런의 〈이별의 노래〉라는 옛날 노래를 부르기 시작했다. 그것은 가수로서는 거의 노력이 필요치 않을 정도의 단순한 그리고 슬픈 옛날 스타일의 소곡이었는데 그날 밤의 노래를 들은 자로서는 아마도 한평생 잊지 못할 것이다.

루시는 집에 돌아와 계단을 올라 자기 방에 들어갔으나 참으로 괴로워서 웬일인지 자기를 지키고 있던 장벽이 사라져버린 것과 같은 공포감이 났다.

하나의 창이 부서지고 밤의 추위와 어둠이 숨어들고 있었다. 외투를 몸에 걸친 채 그 자리에 앉고 몸을 떨면서 그는 그 최후의 노래의 말(가사)을 몇 번이나 몇 번이나 입에서 외웠다.

그대와 나 헤어져 갈 때
다시 만날 날이 멀 것을 생각해
아무 말 없이 눈물만 흘리고
두 가슴은 한없이 아프더라

그대의 뺨은 파랗게 식고
입맞출 때에는 더욱 차더라
그렇다 그날의 이야기는
이 서러움을 위해서인가.

그것은 마치 이 노래가 자기 자신의 생애에 어떠한 관련을 갖는 것같이 생각되었다. 그는 이 노래를 잊으려고 노력했다. 그러나 암만해도 그 노래에서 벗어날 수가 없었다.

그것은 어떤 불길한 전도와 같이 그를 따라다니고 자기 마음 밖으로 쫓아낼 수가 없었다.

그 후부터 몇 주일 간도 그 노래는 그의 머릿속에서 혼자서 노래 부르고 있었다. 그 처음날 밤 그가 가진 예감은 틀림이 없었다 — 세바스찬은 이미 벌써 그 여자에게 적지 않은 파괴를 하고 말았다.

어떤 다른 사람들의 생애는 그들의 일신의 재산 때문에 일어나는 사건에 의하여 영향을 받고 있으나 그러나 다른 종류의 사람들에게는 그 각기의 감정과 사상 때문에 일어나는 것만이 그들의 운명을 짜고 결정해 가는 것이다.

그 다음 날 루시는 파울 아우어바흐에게 세바스찬의 이야기를 처음엔 서먹서먹하게 그리고 다음엔 대담하게 물어보았다. 어떠한 경력을 가진 사람인가? 어렸을 때에는 어떠했는지? 다른 성악가와 다른 것은 어떠한 때문인가?

"그렇지만……."

아우어바흐 교수는 태연히 대답했다.

"클레멘트는 참으로 보기 드문 훌륭한 예술가입니다."

이 설명을 듣고 있으려니깐 그는 속으로 화가 났다. 그러한 대답은 마치 이것은 검은 말(馬)입니다. 또는 이것은 큰 나무입니다라고 하는 것과 다름이 없었다. 아우어바흐는 언젠가 그와 세바스찬을 만나게 해주겠다고 약속했다. 그러나 그것은 도저히 실현되기 쉬운 일 같지는 않았다.

그 다음 크리스마스 휴가의 수일 전의 어떤 날 오후였는데 구석방에서 루시가 한 제자의 교습을 끝마치고 있는데 아우어바흐가 들어와서 그를 놀라게 할 만한 일이 있다고 말했다.

세바스찬이 내일 아침 10시경에 이 스튜디오에 올 것이라고 하는 것이다. 그의 반주자인 제임스 모크퍼드가 영국에 건너가 다리 수술을 하게 되어 의사는 당분간 그를 오전 중은 베드에 드러누워 있는 편이 좋겠다고 말했다.

매일 일정한 일만 없다면 음악회의 약속만은 어떻게 할 수가 있다는 것이다.

그래서 세바스찬은 연습시간의 반주를 할 수 있는 사람을 찾고 있었다. 그는 내일 아우어바흐의 몇 사람의 제자 중에서 수명을 선택하고 엄밀한 시험을 해보기 위해서 오는 것이며 루시도 그를 위해서 피아노를 치는 기회를 얻게 되었다.

"그 사람은 자기에게 어떠한 것을 가르쳐주려고 하는 인간이 아니고 젊고 솔직하고 자기가 말하는 대로 할 만한 사람을 필요로 하고 있습니다. 루시씨 당신과 같은 사람이라면 꼭 마음에 들 것이라고 생각합니다. 나도 당신을 추천해 놓았습니다."

그날 밤 물론 그는 전연 잠을 이루지 못했다. 그는 지금까지 아우어바흐 선생에게서 선생의 우인들을 위해 반주해달라고 부탁을 받아도 신경질이 돼

본 일이 없었다. 이것은 그가 야심을 갖지 않았기 때문이다 — 그것이 그의 최대의 결점이라고 선생은 말했다.

그런데 이번만은 달랐다. 만일 그가 세바스찬의 마음에 들지 않으면 두 번 다시 그와 만나게 된다는 것은 아마도 없을 것이다. 만일 그의 마음에 든다면……그러나 그 가능성이 또 하나의 가능성 이상으로 그의 마음을 겁나게 하였던 것이다.

보통 성악가를 위해서라면 자기로서도 충분히 해나갈 수 있다고 생각했다. 그러나 그의 반주는 도저히 할 것 같지 않았으며 그렇게 생각하는 자기 자신을 속일수도 없었다.

그날 아침 5시경이 되니 그는 그날은 스튜디오에 전연 모습을 나타내지 않겠다고 결심하게 되었다. 그러한 모험은 사퇴하려고 생각하였기 때문이다.

조반을 마치고 나니까 용기가 생겼다. 오늘날에 이르기까지 그가 어떻게 해서 아우어바흐의 스튜디오까지 그날 가게 된 것인지 잘 생각나지가 않았다. 그러나 그는 어느 사이 그곳에 와있었던 것이다.

문까지 가니까 세바스찬이 〈세빌리아의 이발사〉 중에서 〈라르고 알 팍토툼〉을 노래하는 것이 들려왔다. 피아노를 치고 있는 것은 존 패터슨에 틀림이 없었다. 그는 몰래 속으로 들어갔다. 그것은 그가 생각하고 있었던 것보다는 마음이 편한 입장이었다.

아리아(서정조)가 끝나니깐 아우어바흐는 그를 소개했다. 세바스찬은 마음을 놓을 수 없는 그러한 친절한 분이었다. 그는 루시의 손을 잡더니 똑바로 그의 눈을 들여다보았다.

"게이하트 씨 곧 일을 시작하실까요? 그렇지 않으면 슈넬라 씨와 해볼 때까지 좀 기다리는 편이 좋지 않으실까요?"

"혹시 좋으시다면 지금 곧 해보았으면 합니다."

그는 똑똑히 말했다.

그는 웃었다.

"그렇게 해서 빨리 해버리고 싶으십니까? 너무 신경질이 되지 마십시오. 별로 큰 문제가 아니니까. 지금 것과 같은 아리아를 또 한 번 해보셔도 좋습니다. 내가 잘 생각대로 하지 못했으니깐요."

불쌍한 젊은 패터슨은 붉은 머리털이 가린 얼굴이 좀 붉었다. 세바스찬의 말이 무엇을 의미하는가를 알았기 때문이다.

"당신은 피아노의 반주를 지금까지 해보신 일이 있습니까?"

세바스찬은 그가 앉으니깐 이렇게 물어보았다.

"네, 그러나 그런 기회가 없었습니다. 그러나 오페라를 들은 일은 있습니다."

노래가 끝나자 그는 악보를 뒤적거리었다.

"이번엔 좀 전연 다른 것을 한번 해보실까요?"

그는 마스네의 〈에로디아드〉 중에서 〈순간적인 환상〉이라는 아리아를 찾아내서 그것을 그의 앞의 악보대 위에 놓았다.

그것이 끝나자 그는 슈넬라 씨를 불렀다. 루시는 소파 한쪽 구석에 푹 쭈그려 앉아 자기가 범한 몇 가지의 과오를 생각하고 있었다.

얼마 후 세바스찬이 그 두 청년에게 고맙다는 말을 하고 아우어바흐에게 훌륭한 제자를 두었다고 말하는 것이 그의 귀에 들렸다.

"그러면 오늘은 이만하십시다. 가까운 날 또 한 번 아침 연습을 해보십시다. 게이하트 씨만 좀 남아 계십시오. 조금 전에는 너무 신경을 쓰신 모양 같으시니 다시 한번 해보시지 않겠습니까?"

그와 슈넬라와 패터슨이 악수를 한 후 두 사람은 나갔다. 그 다음 그는 아우어바흐의 팔을 잡고 루시가 앉고 있는 소파쪽에 두 사람은 걸어왔다.

"파울 군, 아마 전체적으로 보면 게이하트 씨가 가장 장래성이 있는 것 같구먼. 좀 미숙한 점도 있는 것 같으나 터치는 단연 훌륭합니다."

아우어바흐는 루시를 위해서 대답했다.

"그 사람은 언제나 잘하는데 마스네를 할 때 잘못했을 때에 나는 참으로 의외로 생각했어. 악보는 잘 읽을 줄 아니까."

"아우어바흐 선생 저는 웬일인지 겁을 먹었어요."

루시는 힘없는 소리로 말했다.

더블 브레스트의 모닝을 입은 커다란 모습이 그의 앞에 서서 위로해주는 것처럼 생긋 웃었다.

"사람이 겁을 먹을 때에는 나는 잘 그것을 알고 있습니다. 전에도 그런 일이 있었습니다. 요는 그러할 때에는 추한 소리를 내지 않을 것입니다. 그러한 짓을 하게 되면 저는 참으로 질색입니다. 휴가가 끝나면 꼭 한번 저의 스튜디오에 와주십시오. 그렇게 되면 한 시간 정도 함께 연습해보십시오. 그렇게라도 하지 않으면 만족한 결과를 얻지 못하게 되니까요. 당신은 언제쯤 휴가가 끝난 후 돌아오십니까?"

1월 3일이라고 그는 대답했다.

"그렇습니까? 그러면 1월 4일의 오전 10시에 미시간 통에 있는 저의 스튜디오에 오시도록 하실까요?" 그는 포켓에서 수첩을 꺼내 들고 기입했다.

"그럼 〈엘리야〉(멘델스존의 오라토리오 — 역자)의 악보를 가지고 가셔서 한 번 쭉 보시도록 하십시오." 그는 참으로 친절한 눈으로 또다시 그를 자세히 바라보았다.

"잘 계십시오. 게이하트 씨 될 수 있는 한 휴가를 즐겁게 보내십시오."

그것이 지금까지 그와 만난 최후이었다.

오늘 밤 그는 그의 슈베르트의 프로그램을 듣고 내일 아침 열 시에는 그의 스튜디오를 방문하게 되었던 것이다.

×   ×   ×

루시는 베드에서 뛰어 일어났다. 이젠 거의 음악회에 갈 시간이 되었다. 그는 한 벌밖에 없는 야회복을 걸치고 크리스마스에 귀성(歸省)하기 직전에 산 비로드 외투를 입었다. 그것은 제법 마음에 들고 그리고 곱다고 그는 생각했다. 거기에 잘 어울리기도 했다.(그는 그것을 사기 위하여 주머니 속의 돈을 다 내던졌으나) 그러나 그리 따뜻하지는 않았다. 오늘 밤은 호숫가에서 차디찬 바람이 불어왔다. 그는 마차를 타려고 생각했다……그렇다 하여 추위 같은 것이 겁나지는 않았으나 얇고 가벼운 외투를 벌거벗은 팔과 어깨 위에 감고 가솔린의 화염과 화물 궤도에 얼어붙은 전철기(轉轍器)를 녹이고 있는 노동자의 해머 소리가 들려오는 얼음과 같은 추위 속을 뛰어나가는 흥분을 웬일인지 모르게 그는 사랑하고 있었다. 추위를 외투와 같이 몸에 걸치고 그 중심에 자기가 따뜻하게 싸이고 눈[目]을 뜨고 있는 것처럼 느껴지는 것 ― 장미의 꽃이 곧 얼어버릴 것 같은 공기 속에서 자기의 혈액만은 식는 일 없이 순환하고 있다 ― 그것이 우선 무엇보다도 중요한 일이었다.

5

이날 밤의 독창회는 조그마한 곳으로 독일 사람과 유태 사람뿐으로 된 청중이 모인 중에서 시작되었다. 루시는 너무 빨리 회장에 도착하였으므로 자기 자리를(그것은 아우어바흐 선생 근처였으나) 깊숙한 기둥 뒤로 옮길 수가 있었다.

그곳은 그가 혼자만의 기분으로 해줄 수가 있었다. 그는 지금까지 〈겨울의 여행〉(테이 윈인타 라이제)을 전부 다 통해서 들어본 적이 없었다.

그래서 그에게는 그것이 이때 처음으로 노래하는 것과 같은 어떤 새롭게 창조된 것처럼 생각되는 것이었다.

그리고 그가 그전 같았으면 작곡가 자신에게 주어야 할 명예의 대반을 가수에게 대해서 바치고 말았다.

그는 끊임없이 이것은 하나의 해석이 아니고 그것 자체이며 하나하나의 노래의 배후에는 한 사람의 인간과 하나의 성격이 있다고 느끼고 있었다.

그 노래하는 모습은 그가 생각하고 있었던 어떠한 의미에 있어서도 극적인 것은 아니었다. 세바스찬은 자기 자신을 이 노래의 우울한 청년과 함께 혼합시키지 않고 마치 이 청년이 현재라는 시간 속에 너무 가까이 접근시킬 수가 없는 하나의 지나간 생각처럼 표현시킨 것이었다.

그것을 듣고 있으니깐 가수와 가수가 환기시키고 있는 정경 사이에는 긴 거리가 — 더욱 떨어져 있는 원경이 느껴지는 것이었다.

이날 밤 루시는 반주자에 대해서 어느 정도의 주의를 하려고 노력했다 — 만일 그가 내일부터라도 이 사람의 대리를 맡아보게 된다면 확실히 그렇게 하는 것이 옳은 일이었다. 요 전번의 음악회에 있어서도 그러하였지만 반주자가 이처럼 교묘하게 가수에게 합친 피아노를 치는 것을 들은 일이 없다고 그는 생각했다.

간혹 "길 안내의 새가……"라고 하는데 그렇게 말한다면 그 청년의 짧고 몽통한 손가락에는 어딘지 기분이 좋지 않은 데가 있었다. 그는 그 청년을 존경했다. 그러나 웬일인지 그리 좋아지지는 않았다.

이미 질투의 마음이 생겼는지? 아니다 그의 풍모 속의 어떠한 것이 그의 신경을 쓰게 하고 좋지 못한 기분을 갖게 했다.

그에게는 그림과 같은 — 너무도 그림과 같은 점이 있었다. 그는 때와 장소에 있어서는 붉은 머리와 잘 조화가 될 수 있는 참으로 흰 얼굴이었다. 거기에 오늘 이러한 올리브색의 비로드의 막을 배경으로 하고 그가 앉아 있으면 그의 눈과 코가 전연 사라져 없어진 것처럼 생각되었다. 그의 얼굴은 말하자면 비로드에 향해 내던진 한 주먹쯤 되는 밀가루와 같은 것이었다.

머리는 귀에서부터 뒤는 좀 편평한 느낌을 주며 그 붉은 머리털이 억세긴 하나 어딘지 맥이 없는 잔털을 주워서 모아 만든 둥근 가발을 쓰고 있는 것처럼 보였다.

미술관에서 이와 똑같은 곱슬머리를 한 석고상을 본 기억이 있다고 그는 생각했다. 웬일인지 모르되 그는 이와 같은 사내가 스테이지를 걸어서 건너 가는 때의 모습이 참으로 싫었다. 발이 나쁘기 때문에 그 걸음걸이가 묘하게 힘이 없어 보이며 파도의 물결치는 사이에 표류하고 있는 것과 같고 꼭 헝겊 쪼가리가 걸어 다니는 것 같다고 그는 생각했다. 그러나 육체적 결함에서 사 람을 나쁘게 생각한다는 것은 좋지 못한 일이었으며 거기에 이 남자가 절름 발이가 아니었었다면 그는 내일 세바스찬의 스튜디오에 갈 필요가 없었을 것이다 — 아니 세바스찬에게 만날 기회까지도 절대로 없었을 것이다.

제임스 모크퍼드의 발이 나빴던 것이 그의 신상에 이러한 가장 중대한 사 건을 일으키게 한 원인으로 되었다는 것은 참으로 불가사의한 운명이다.

음악회가 끝나자 구식 연미복과 백색 모슬린의 넥타이를 맨 파울 아우어 바흐 선생이 그의 옆으로 왔다.

"루시 씨 나는 이제부터 스튜디오에 돌아가려고 생각하는데 당신도 함께 가시지 않겠습니까?"

그는 주저했다.

"선생님 모처럼 말씀하시는데 오늘 저녁만은 실례하겠습니다. 저 세바스 찬 선생님은 정말 내일 제가 가는 것을 기다리실까요? 어떠실는지?"

6

그 다음 날 아침 루시는 미시간 통을 향하여 거리에 나갔다. 그는 행복하 였다…… 허나 또 웬일인지 무섭기도 했다. 어떠한 하나의 것을 생각하려고 해도 주의가 집중되지 않았다. 웬일인지 정신이 자기의 마음에서 도망쳐 나 가서 높은 건물의 맨 위가 일광이 내리쪼이는 곳에서 이곳저곳으로 날아다 니고 있는 것 같았다. 정각 10시에 그는 예술회관에 들어가 자기가 세바스찬

씨에게 면회하기로 약속되어 있다는 것을 문지기에게 알렸다. 그는 벨을 누르고 엘리베이터를 불러주었다. 그리고 그는 6층에 올라갔다. 유기로 된 노커를 들어 올리니까 세바스찬 자신이 문을 열어주었다.

"기다리고 있었습니다."

그는 머리를 끄떡끄떡거리며 말했다.

"당신이 고향에서 돌아오셨다는 것을 알고 있었습니다. 어젯밤 저의 청중들 틈에서 당신의 모습을 보았었으니깐요 — 더욱이 당신은 기둥 옆에서 듣고 계셨지요? 그 음악회를 어떻게 생각하고 계십니까?"

그는 루시의 오버를 벗기고 그곳에 걸어주었다.

"모자도 벗어버리는 편이 좋으실 것입니다. 그 편이 훨씬 기분이 좋으실 것 같습니다."

음악실은 현관에서 바로 얼마 안 되는 데 있으며 그 사이에는 도어가 하나 있을 뿐이었다. 루시는 그곳에 들어가 보니까 거기는 일광이 전면에 쪼이는 넓은 방이며 전체의 색채가 좀 어두운 빨간 색으로 통일되어 있는 것을 알았다. 주단도 커튼도 의자도 꼭 같은 색이다. 피아노는 앞에 창이 두 개 있는데 그 사이에 놓았다.

세바스찬은 그가 서먹서먹하여 특별히 아무것도 보지 않고 있는 것을 알았다. 아마도 또 겁을 먹고 있는 것일 게다.

"곧 시작해 볼까요? 이야기는 후에도 할 수 있으니까요. 〈엘렛야〉를 좀 연습해 보십시다. 근근 센트 폴에 가서 오라토리오(聖樂) 협회에서 그것을 노래하지 않으면 안 될 것이고 나는 참 오랫동안 그것을 보지 않고 있으니."

루시가 피아노 앞에 앉으니까 그는 악보를 대에 올려놓고 페이지를 들쳐 주었다.

"내가 할 차례가 되기 전에 여기의 테놀의 아리아를 다해 보십시다. 물론 나에게는 참으로 소리가 높으나 여하간 한 번 이것을 노래하고 싶습니다."

그는 그 페이지를 손으로 가리키면서 노래를 시작했다.

"진심을 갖고 또한 구하면"

×　　　　　×　　　　　×

"전체에 대한 좋은 서곡이 아닙니까? 이번에 꼭 여기서부터 시작해봅시다."

그는 루시의 바로 뒤에서 몸을 꾸부리고 손으로 그곳을 가리켰다.

그는 칠피 구두를 신고 두 손을 실내복 주머니에 넣은 채 노래하면서 이곳저곳을 걸어 다녔다.

루시에게는 자기 앞에 놓여 있는 악보 이외의 것을 생각할 만한 여유가 없었다. 한 시간 반이라는 시간이 순식간에 지나갔다. 겨우 피아노와 노래가 잘 맞았다고 그가 생각했을 때 세바스찬은 그의 어깨에 손을 놓았다.

"게이하트 씨, 오늘은 이것으로써 충분합니다. 처음의 테스트로서 참으로 훌륭합니다. 내일도 같은 시간에 시작하실까요. 그리고 하다가 틀리는 데가 있어도 절대로 동요하지 마십시오. 제일 중요한 것은 융통성이니까요. 더욱 템포는 재빨리 저의 암시를 알아채도록 해주십시오. 제가 곡이 잘 맞지 않을 때가 있어도 제가 하는 대로 따라와 주시기 바랍니다. 이유가 있어서 그렇게 하는 것이니 — 아니 그것은 저의 독단인지도 모릅니다마는. 자 그러면 이쪽 불 옆에라도 앉아서 포트 와인이나 비스킷이라도 잡수십시오. 많이 수고하신 것 같으시니까."

그는 일어나서 세바스찬이 가리키는 의자 쪽을 향했다. 그는 갑자기 피로한 것을 느꼈다. 세바스찬이 무거운 커튼을 좀 내려놓았으므로 햇빛은 주단과 유기로 만든 화로에만 비치게 되었다.

그는 포도주가 든 병과 글라스를 올려놓은 쟁반을 가지고 와서 루시의 바로 건너편쪽 의자에 앉아 화로에 발을 올려놓고 잠이 들려고 했다.

"게이하트 씨, 당신은 지금까지 〈엘리야〉를 잘 노래부르는 것을 들어본 적이 있습니까?"

루시는 지금까지 그 노래는 전연 들은 일이 없다고 대답했다.

그는 혼자서 기분이 좋은 듯이 미소를 띠었다.

"멘델스존 같은 것은 요즘엔 별로 잘하지 않지요. 최근의 유행은 누구입니까? 드뷔시인가요? 여러 사람들은 대개 만찬회 같은 데서 무슨 얘깃거리로 하기 위해서 음악에 흥미를 갖고 있지 않아요?"

루시는 그런 문제에 대해서는 무어라고 말할 자격이 없다고 말했다. 도대체 그는 만찬회 같은 데 나가본 일이 없으며 시카고에서는 아우어바흐 교수와 그 2, 3명의 제자들 이외에는 아무도 몰랐던 것이다.

"그러면 당신의 고향에서는 어떠합니까?"

"저의 고향에서는 음악에 참으로 흥미를 가지고 계신 분은 저의 아버지뿐이라고 생각됩니다. 부친께서는 마을의 밴드를 지휘도 하고 클라리넷의 교수도 하시고 계십니다."

"부친님은 음악선생이십니다 그려"

"그렇다고는 말할 수가 없습니다. 본직은 시곗방입니다. 클라리넷과 플루트를 잘하시며 바이올린도 조금은 하십니다."

"물론 독일인이시겠지요? 그것은 좋은 일입니다. 플루트를 부시는 독일인의 시곗방 주인…… 이라는 부친을 가지고 계시다는 것은 즐거운 일이 아닙니까?"

세바스찬은 그가 어떻게 돼서 시카고에 나왔으며 아우어바흐에게 공부하게 되었는가를 물었다. 그 질문이 보통 남들이 하는 식의 질문이 아니라는 것, 그가 진심으로 루시의 생활에 관해서 그 무엇을 알려고 애쓴다는 것을 그는 느꼈다. 그래서 루시는 간혹 생기는 수치스러운 심경을 이겨나갈 수가 있었다.

이렇게 두 사람이 이야기하고 있을 때 밖의 도어가 조용히 열리자마자 풀을 진하게 먹여서 빠닥빠닥한 흰옷을 입고 소리가 나지 않는 테니스화를 신은 자그마한 남자가 양복걸이에 윗저고리를 몇 개인가 걸고 방을 조용하게 지나서 구석의 침실로 들어가 버렸다.

"저 사람은 나의 몸 심부름을 해주고 있는 주세페라는 자입니다."

세바스찬은 이렇게 설명했다.

"자 이곳에 좀 오셔서 그 사람이 얼마나 잘 나를 위하여 일을 해주고 있는지를 봐주십시오."

그는 도어를 열고 루시를 침실로 안내했다.

"주세페! 이분은 모크퍼드 씨가 건강해질 때까지 나의 반주를 해주시게 된 분이오. 좀 우리들의 생활 형태를 보여드리려고 생각해서."

"그러십니까?"

주세페는 반가운 듯이 웃으며 의상장에서 한 발 뒤로 물러나와 마치 자기가 화랑이나 또는 어떤 곳의 안내역인 것처럼 몇 줄로 걸어놓은 윗저고리와 바지를 가리키면서 설명했다. 루시가 이것으로서 충분히 다 보았다고 생각했을 때 그는 손을 척 내밀고 화장대와 한 점도 틀린 것을 발견할 수 없는 윤곽을 한 침대 쪽을 가리켰다.

"그렇습니다. 저 사나이는 어떠한 것이나 잘 정리해서 깨끗이 정돈해둡니다. 그 실례로서 저의 책상 서랍을 좀 열어보십시오. 마치 당신의 서랍과 같은 기분이 생기실 것입니다. 거기에 조반까지 만들어서 저에게 갖다주니깐요."

주세페는 마치 작은 어린애들이 칭찬을 받을 때와도 같이 두 손을 배 위에다 올려놓고 빙그레 웃었다. 이렇게 말하고 보면 얼굴까지 어딘지 소년과 같았다.

그러나 머리털은 얼마 없고 광택은 없으며 그 넓고 붉은 이마에는 왼쪽에서 바른편에 걸치어 깊은 주름이 파져 있는 것을 그는 보았다. 얼마 후 그가 화로에 새 석탄을 집어넣기 위해 음악실의 한편 구석에 갔었을 때 루시는 세바스찬에게 주세페는 오랫동안 그와 함께 있느냐고 물어보았다.

"나는 저 사나이를 여행 도중 런던에서 만났습니다. 원래는 플로렌스의 호텔에서 일을 하고 있었던 모양인데 나는 이처럼 잘 일을 해주는 인간을 아직 모르고 있습니다. 생각해보십시오. 저 남자의 이마에 주름살은 모두 타인의 양복과 구두와 조반 때문에 머리를 쓴 덕택으로 그리되었으니까요. 나에게는 전 세상에서 저 작은 사나이가 해주는 것과 같이 나를 위해서 일해주는 친구는 한 사람도 없습니다."

이렇게 말하는 그의 말투에는 어딘지 루시의 기분을 이상하게 하는 것이 있었다. 아 내가 주세페였었다면 그는 이렇게 소원하고 싶을 정도이었다.

결국 예술가에게 있어서 도움이 되는 것은 그 예찬자보다도 오히려 이러한 인간이었을지도 모른다.

얼마 후 루시가 스튜디오에서 나와 보니까 작은 현관 사이에 놓여 있는 테이블 서랍 앞에 예의 이태리인이 서 있었다. 그는 이 서랍 하나하나씩을 열고 각각 흰 손수건 노란 빛깔이 나는 손수건 그리고 회색 손수건을 잘 접어서 집어넣는 것이었다.

이처럼 아름다운 질서 속에서 생활하기 위해서는 어느 누구나 성공해 가지고 돈을 많이 벌어야 한다고 그는 생각했다.

점심을 끝마치고 자기 자신의 방에 돌아온 루시는 그리운 것과 같은 또는 불쌍하게 생각하는 마음으로 자기가 있는 방을 살펴보았다.

그는 커튼을 젖히고 창을 마음껏 열어놓고 힘없이 베드 위에 몸을 내던지고 말았다 ― 일어나서 있기에는 너무도 피로했으며 잠들기에는 심히 흥분하고 있었다. 그때에는 별로 느끼지 못했던 일들이 갑자기 한꺼번에 그의 머릿속에 나타났다.

— 의자에 걸려 있었던 화장옷이라든가 화장대 위의 은제품, 주세페가 침대 위에서 주름을 펴고 있던 그 해면과 같이 부드러운 모포라든가 테이블 서랍 속에 넣던 그 손수건 등이 세바스찬 자신의 기품을 흐리게 할 만한 것은 그 어떠한 것도 그의 신변에는 가까이 오지 못하는 것 같았다. 그는 그와 같은 생활을 하고 살고 있는 인간을 지금까지 알지 못했던 것이다.

해리 고든은 확실히 부자이다. 그는 여러 대의 마차와 품질이 좋은 말과 썰매와 총을 가지고 있었으며 양복은 시카고에서 조제시키고 있었다. 그러나 그에게 있어서는 물건이 묘하게 눈에 띄며 그것은 하나도 그 자신의 일부로 되어 있지 않았다. 그의 외투는 만지기가 꺼칠꺼칠했으며 모자는 참으로 어색한 모습이다.

거기에 그 자신도 루시가 알고 있는 다른 모든 사람들과 마찬가지로 조야(粗野)했다. 물론 고향에서는 멋있는 청년이라고 불리고 있었으며 자기의 시골 거리에서는 버젓한 점잖은 신사이었으나 큰 도읍에 나오면 마치 군중 속에서 자기가 무시당하는 것을 겁내고 있는 것처럼 일종 으스대는 법이 있었다.

그는 세바스찬이 뒤축이 없는 신발을 신고 옛날 비로드로 만든 재킷을 입고 햇빛을 등허리에 쪼이면서 서 있었을 때의 모습을 생각했다.

이러한 사람이라면 전세계 어떠한 곳에 갔다 논다 해도 조금도 손색을 느끼는 일이 없을 것이다.

이 사람은 여러 가지 생활을 했으며 여러 가지 일을 정복해 왔으므로 자연히 생겨져오는 일종의 단순성을 구비하고 있었다.

여하튼 순식간이나마 그의 생활에 접촉했다 해도 그것은 깊은 반향을 가진 종을 두들기는 것과 같은 것이었다. 귀에 들리지 않는 것을 모두 느낄 수 있는 것이었다.

7

당분간 세바스찬이 거리에 있을 사이에는 루시는 매일 스튜디오에 나가기로 결정했다.

아침 그는 눈을 뜨면 하룻밤 중 황금의 구름을 타고 온 것과 같은 경쾌한 기분이었다.

잠시 동안 그대로 옆으로 드러누운 채 잠에서 깨는 육체적인 쾌감에 빠지고 난 후 그는 차가운 낭하를 뛰어가 자기와 같이 3층에 사는 다른 사람들이 일어나기 전에 물을 끼얹는 것이었다.

아래층 식당에 내려가면 커피의 향기가 참으로 좋았다. 아침 일찍이 일어나는 사람들에게는 하늘빛 깅엄 복에 흰 에이프런을 한 슈네프 부인이 자신 차를 날라다주는 것이다. 부인은 루시에게 요즘은 어째서 전보다 아침 식사를 많이 먹게 되었느냐고 물었다. 루시는 웃으며 그것은 전보다 돈을 많이 벌게 된 때문일 것이라고 대답했다.

"그것은 참으로 좋은 일입니다."
라고 베이커리 집 주부는 머리를 끄덕거리며 말했다.

아침밥을 먹고 루시는 3층에 올라가 방을 정돈했다. 그에게는 주세페와 같이 베드를 높이 부드럽게 잘 쌓아올릴 수는 도저히 할 수 없었다. 그러나 그 것은 그가 스프링이나 모피와 같이 얇고 부드러운 모포를 가지고 있지 않았기 때문이다.

밖은 1월 달로서는 기적적인 일기였다. 그는 언제나 미시간 통을 향하여 아침 일찍이 걸어 나가 예술회관에 들어가기 전 한 시간쯤은 호숫가에 있는 유보도(遊步道)를 걷는 시간이었다.

그해 1월에는 호수는 거의 얼지 않고 푸른 물결은 금빛 잔 파도를 일으키고 백주와 꼭 같이 그의 앞에 아름다운 모습을 자랑하고 있었다.

머플러(목도리)를 바람이 스치는 뺨쪽에 대고 걸어 다니고 있을 때 만일 희망만 한다면 손에 들어오지 않는 것이 이 세상에서 하나라도 있다고는 믿지 못할 기분이었다.

수면을 거쳐서 부드러운 찬바람은 그의 온몸 속에 생명의 불꽃을 남김없이 일으키는 것 같았고 또 그것은 모든 것을 삼켜버리는 불꽃과 같았다. 루시는 때때로 숨을 쉬기 위하여 그 바람을 뒤로 향해서 받지 않을 수 없었다.

열 시에 그는 스튜디오에 들어갔다. 그리고 아침 늦잠을 자고 오정 때까지 외출을 하지 않는 남자에게 신선한 아침 공기를 갖다주는 것이었다. 그는 세바스찬이 담배를 한 대 피울 때까지 화로에서 손을 녹이고 있었다. 만일 세바스찬이 옷을 갈아입는 데 시간이 걸릴 때에는 왼쪽 손에 수건을 들고 있던 주세페가 그의 노크에 대답하여 주인은 지금 곧 나오십니다라고 말하면서 그의 외투를 받아 못에 걸어주는 것이었다.

그는 루시의 이태리식으로 '세뇨리나 루치아'라고 불렀다. 루시와 세바스찬이 일을 시작하면 주세페는 노래가 겨우 들리도록 도어를 좀 열어놓고 침실에 들어가서 침대를 정돈했다.

어느 날 아침 세바스찬이

　　"그것으로 만족하다
　　나는 나의 조상과는 다르니깐"

이라고 노래를 끝마쳤을 때 루시는 그의 얼굴을 보려고 의자에 앉은 채 충동적으로 뒤를 바라보았다. 그는 비판적인 이야기는 일체 입에서 꺼내지 않기로 했다.(그가 그러한 것을 좋아하지 않는다는 것을 알고 있었기 때문에……) 그러나 긴장을 풀기 위해서 간혹 어떤 육체적인 동작을 하지 않으면 안 되었다. 보니깐 침대의 도어 옆에 주세페가 수줍게 두 손을 배 위에 놓고 머리를 좀 옆으로 돌리고 서 있었는데 그 예민한 얼굴과 똑똑하게 보이는 작은 눈은 조용하게 명상에 빠지고 있었다. 그 다음 순간 정신을 바짝 차리고 세바스찬의 눈을 똑바로 바라보며

"참으로 훌륭했습니다."

라고 목쉰 소리로 말을 했는가 하면 어느 틈에 현관을 향하여 모습을 감추고 말았다.

루시는 새롭고 잘 익숙하지 않는 이 집에 와 있는 동안에 있어서 주세페를 마치 보호자처럼 생각하며 의지하고 있었다. 루시는 거리에서 5, 6회 그와 만난 일이 있었는데 그것은 그가 기다란 회색 오버를 입고 높은 모자를 쓰고 어디로인지 심부름을 하러 가는 때였다.

루시의 모습을 보자마자 그는 모자를 벗었는데 그의 얼굴은 아니 전신은 두 사람이 이렇게 만나게 된다는 것은 참으로 놀라운 일이며 거의 초자연적인 것처럼 놀라움과 즐거움을 표현하는 것이었다.

주세페와 그와의 교제는 급속히 진행되었으나 세바스찬에 대해서는 최초의 날 이상으로는 진행되지 않았다.

그는 은근한 직업적인 태도의 그림자 속에 완전히 몸을 감추고 있었다 — 그리고 그 태도는 충분한 완성의 경지에 이르고 있었으므로 진실한 그가 아니면 참으로 방심 상태에 있을 때에는 그 태도만이 세바스찬이라는 인간을 밖으로 향하여 나타내고 마는 것이다. 그의 친절함에 루시는 당황하고 어느 정도 실망도 하였다.

루시가 얼마 전 거리와 공원에서 간혹 우연하게도 세바스찬을 만났을 때에는 그의 얼굴은 가까이 갈 수 없는 것처럼 생각되었던 것이다.

때때로 그는 그의 얼굴이 존엄하고 냉담한 것이다라고 생각한 일도 있었으며 그것이 우울한 얼굴로서 그의 마음을 졸이게 한 일도 한두 번이 아니었

다. 그런데 스튜디오 안에서는 그와 같은 모습은 전연 엿볼 수 없었다. 그는 미소를 띠고 루시를 맞이해주고 오전 중은 쭉 친절하고 기분 좋은 태도를 잃지 않았다. 그러나 지난날 몰라보았던 또 한 사람의 인간만이 그의 진실한 모습에 틀림이 없을 것이라는 마음을 지니고 그는 언제나 그와 헤어지는 것이다.

섬세한 우연적인 일들이 점점 그와 가까이할 수 없었던 담을 부숴주었다.

어떤 때 루시가 미시간 통의 호숫가를 걸어와서 마침 예술회관 쪽을 향해 길을 건너가려고 할 때 무심코 시선을 올려다보니깐 세바스찬이 열려 있는 창가에 기대어 그가 오는 것을 바라보고 있는 것이 눈이 띄었다. 그는 조금 몸을 창밖으로 내밀며 손짓을 했다. 그 후부터 그는 거의 매일 아침처럼 창가에 서 있었다. 그 때문인지 집에 들어가면 문에서 그가 맞이해주는 방법이 변해졌다. 그것은 마치 두 사람이 이어 거리에서 만나서 함께 스튜디오에 들어오는 것과 같았다. 그의 손을 잡을 때의 그의 눈에는 더한층 날카로운 흥미가 반짝이며 어딘지 루시가 그의 마음을 즐겁게 할 수 있는 것을 무엇인가 가지고 온 것처럼 그는 그의 얼굴을 내려다보는 것이다. 실제로 어느 때에는 그와 꼭 같은 말을 한 적도 있었다. 루시가 아무 생각 없이 모자를 벗어 현관 테이블 위에 올려놓으면 그는 그것을 다시 들어가지고 갈색 모피를 손으로 쓰다듬고 그 다음 가느다란 빨간 날개털을 손톱으로 튀긴다.

"저 루시 씨, 나는 이 작은 빨간 날개털이 거리의 저편에서 오는 것을 보는 것이 참으로 좋습니다. 나는 그것을 언제나 창가에 기대서서 찾고 있습니다. 그러므로 만일 그 빨간 날개가 오지 않는 일이 있다면 나는 참으로 실망할 것입니다. 당신은 추위 속을 걸어오는 것을 참 유쾌히 생각하시지요. 청춘 시대에는 인생의 즐거움은 발에 있다고 몽테뉴는 어디선지 말하고 있습니다. 루시 씨, 당신은 그 문구를 저에게 또다시 상기시켜주셨습니다 — 완전히 잊어버리고 있었는데."

그는 잘 우스운 이야기를 루시에게 해주었다. 그러한 것이 그의 항상 하는 습관은 아니었으나 루시의 웃음소리를 듣기 위해서 그렇게 하는 것이다. 더욱 그러한 것을 말하는 사람은 아니나…… (남을 칭찬하는 것은 거의 아름다운 자연의 표현에 대해서 슬픈 효과를 초래하는 것이라고 그는 믿고 있었다.)

그는 단지 자기의 즐거움을 위해서 그를 웃기는 것이었다. 아름다운 웃음이란 확실히 드물게 보는 것이다.

그는 루시가 가고 나면 잘 눈을 감고 마음속으로 그 웃음을 흉내 냈던 것이다. 루시가 가지고 있는 것 중에서 이와 같은 무의식적인 육체적인 반응처럼 그를 더욱 루시에게 끌고 가는 것은 없었다.

루시는 세바스찬의 외면적 생활에 관해서는 겨우 전화를 할 때의 이야기에서 알 수가 있었다. 루시가 피아노를 다 치고 나면 추운 밖으로 나가기 전에 언제나 그는 루시를 잠시 동안 쉬어 가도록 해주었다. 그는 의자에 앉아서 말을 걸기 시작했는데 두 사람의 화제는 전화가 걸려오기 때문에 잘 중단되는 일이 있었다 — 이 빌딩[建物]의 교환수는 열한 시 반을 지나기 전까지는 그에게 전화를 연결시키지 않기로 되어 있었다. 옆에 앉아있는 루시로서는 그가 전화를 하고 있는 말을 듣지 않을 수 없었기 때문에 그의 약속과 그의 사업상의 여러 문제와 그의 친구가 누구누구라는 것을 또한 알지 않을 수 없었던 것이다.

상대가 부인일 경우에는 저편 여자가 놀랄 정도로 그의 말은 친절하고 타일러 주는 투로 언제나 말했다. 그는 초대를 거절할 때에는 참으로 앞이 뻔히 보이는 것 같은 거짓말을 손쉽게 말하고 그것을 가장 참말인 것처럼 보이려고 노력하는 모습이었다. 그러나 언제나 똑같이 상대편에서 듣기 좋은 말을 몇 마디 하는 버릇을 잊지 않았다 — 댁의 어여쁜 따님에게 모쪼록 잘 말씀을 해주십시오. 참으로 재미나는 책을 추천해주셔서 감사합니다라는.

매일 전화가 걸려오면 그는 먼저 그의 음악회의 주선을 해주는 모리스 와이즈본으로부터 전화를 받게 되는 것이다. 두 사람의 이야기는 보통 때는 지극히 짧았으나 어떤 날 아침 와이즈본의 호출에 응한 세바스찬의 소리가 갑자기 변하는 것을 루시는 들었다.

"그것은 무엇입니까, 모리스 군? 그 편지는 언제 왔습니까? 아니 나에게는 그 일에 관해서는 아무 말도 해오지 않았어. 우리들의 편지에는 사무적인 문제에 대해서는 터치하지 않기로 되어 있으니깐 그것은 자네에게 일임시키고 있지 않은가? 그 여자가 말하여 온 돈의 액면만을 송금시켜주게 오늘 중으로 늦지 않도록…… 물론 됩니다. 심 계산을 연기시켜둘 수밖에 없는…… 좋아…… 그러면 점심때 공회당에서 만나도록 합시다. 그때에 소절수를 쓰겠으니깐……."

전화기에서 돌아오자 그는 또 다른 담배에 불을 붙이고 먼젓번에 루시에게 이야기하였던 그가 처음으로 드뷔시를 만났을 때의 이야기를 또다시 시작했다. 그러나 그 미소에는 어딘지 쓸쓸한 부자연한 데가 있었다. 루시는 일어나 밖으로 나갔다.

돈을 보내달라고 써 보내온 여자가 세바스찬의 부인이라는 것은 이름은 나타내지 않았다 해도 그에게는 확실히 알게 되었다. 그리고 그것은 창피한 일이라고 생각하였다. 그는 언제나 부인에 관해서는 기사와 같은 태도로서 예찬하는 어조로 말했었다. 또 요 최근 동양에서 온 어떤 친구에게 대해서 세바스찬 부인은 시카고의 겨울의 기후가 싫으므로 그와 지금 함께 있지 않다는 의미를 그가 전화로 설명하는 것을 들었다. 루시에게는 그들 부처가 지금까지 해온 일과 보아온 일들에 관해서 간혹 말할 때가 있으면 그는 참으로 그 회상이 즐거웠던 것처럼 갑자기 힘을 얻고 얼굴에 미소를 띠는 것이었다. 그러나 오늘 처음으로 지금의 두 사람 사이가 옛날과 같지 않다는 것을 루시는 확신한 것이다. 그가 불행한 것은 아마도 이 때문일 것이다.

그의 태도는 루시가 함께 있을 때에는 인생을 유유히 즐거워하고 있는—
그렇다 하더라도 어느 정도 인종하고 있는 것이었지만—사람의 태도이었
다. 그는 전화를 걸어오는 사람들 중의 몇 사람에게는 참으로 호의로 대해
주고 있었다. 거기에 또 제임스 모크퍼드에 대해서도 애착을 갖고 있는 것
을 그는 알고 있었다. 그는 현재 어떤 때 제임스 모크퍼드는 "때가 변하는 데
에 따라서 변하지 않는 소수의 친구의 한 사람"이라고 말한 적도 있다. 그러
나 그에게는 어딘지 사람들에게 접근하는 것을 피하려고 주의하고 있는 점
이 있었다. 그는 틀림없이 어떤 일에—그렇지 않으면 모든 일에—실망하
고 있지 않은가 루시는 생각했다.

그를 위하여 반주를 시작해서 3주일 가까이 된 어느 날, 루시는 참으로 우
연히 보통 때는 그 친절한 태도가 감추어 두고 있는 그의 다른 반면을 보았
던 것이다. 어느 저녁때 일이었는데 주세페가 루시의 방의 도어를 노크하고
세바스찬으로부터의 편지를 전해주었다. 그는 한 친구의 장례식에 참석하게
되었으니깐 내일 아침엔 스튜디오에 있지 않겠다는 것이다.

루시가 석간신문에 눈을 돌리니깐 캘리포니아에서 돌아와서 얼마 되지 않
는 프랑스의 성악가 르네 드 비뇽 부인이 겨우 24시간밖에 알지 못하고 어젯
밤 그 호텔에서 서거했다는 것을 알았다. 장례식은 루시가 사는 호텔의 근처
에 있는 조그만 가톨릭 교회에서 거행되며 그 후 유해는 프랑스에 보낸다는
것이다.

다음 날 아침 정각 조금 전에 루시는 몰래 그 교회에 들어갔다. 참열자가
너무 많이 않았으므로 그는 좀 실내가 어두웠으나 세바스찬의 모습을 단번
에 찾아낼 수가 있었다. 그는 왼손에 얼굴을 기대고 무릎을 꿇고 있었다. 부
드러운 오르간의 주악(奏樂)이 시작되고 입구의 두 개의 문이 열리고 관을
멘 사람들을 안으로 들어오기 위해 문이 그대로 열려 있을 때 그는 머리를
들고 자리에 앉은 채 몸을 돌리고 여섯 사람의 어깨에 실려 회당에 운반되는

관쪽을 바라보았다. 승려와 향로를 가진 사람들의 일단이 그것에 따라 통로를 조용조용히 제단 쪽으로 걸어갔다. 행렬이 진행되는 동안 세바스찬의 시선도 그것에 따랐다. 그는 머리를 서서히 돌리고 루시의 마음에 어딘지 찬바람이 돌 것만 같은 눈으로 그것을 견송하는 것이다. 그것은 전율할 만한 눈초리며 고뇌와 절망 그리고 애원에 가까운 표정이었다.

모든 사람이 얼굴이 그 행렬 쪽을 향하여 진심으로 향하고 있었으나 그의 얼굴만이 격렬한 개인적인 감정 때문에 다른 얼굴 속에서 확실히 뛰어나고 있었다.

그는 자기 자신을 잃고 자기가 어디 있는지 또 자기쪽을 바라보고 있는 사람들이 있다는 것도 잊고 있었다.

어둡고 검은 절망의 파도가 회당 속에 쳐들어오고 그와 그 검은 관도 함께 통로의 저쪽으로 밀려나가는 것처럼 루시에게는 생각되었다 ― 승려와 내회자들은 그러한 일에는 전연 아무것도 느끼지를 못했으나, 이 부인에 대해서는 특별히 친한 우인이었던가? 그렇지 않으면 그에게 있어서 무섭게 생각되었던 것은 죽음 그 자체였단 말인가? 사랑하는 모든 것에서 멀리 떠나 이향(異鄕)의 호텔에서 죽어 갔다는 그런 것에 대해서였던가?

식이 열리는 동안 그는 쭉 그대로 앉아 있었다. 때때로 손수건을 꺼내어 이마를 씻고 있었으나 관이 또다시 문밖으로 나가기까지에는 얼굴도 넓은 검은 어깨도 들려고 하지 않았다. 관이 그의 옆을 지나갈 때 잠시 동안 생기를 잃은 거의 반쯤 감은 눈으로 그것을 보고 있었다.

그는 제일 먼저 회당을 나간 단 한 사람이었다. 루시가 밖의 석단(石段)까지 나왔을 때에는 그가 가로의 먼 저편을 어깨를 버쩍 세우고 똑바로 선 모습으로 걸어가는 것을 보았다.

또 지난 11월의 어느 날(그것이 어찌된 셈인지 벌써 오래된 옛날처럼 생각되는지!) 루시는 우연히 지나가던 어떤 교회당에서 ― 그것은 참 큰 사원이 있는데 ― 그가 나오는 것을 본 일이 있었다. 그는 문에서 나와 가지고 돌층계를 내려 보통 때처럼 차를 찾기 위하여 사방을 돌아보는 일도 없이 똑바로 북쪽을 향하여 걸어가 버렸다. 루시는 그 얼굴의 표정에서 볼 때 틀림없이 그는 어떤 종교적인 예식을 끝마치고 나오는 것이라고 느꼈다. 그는 그 사원 속에 들어가 보았다. 거기에서는 별로 예식 같은 것을 한 것 같지도 않고 그 건물 속에는 10명의 인간도 없었다. 그러나 그에게는 틀림없이 그가 그 혼의 문제에 관련된 목적으로 그 곳에 온 것이 틀림없다고 생각했다.

8

세바스찬과 모크퍼드는 주말에는 어디서나 독창회를 열기 위하여 거기에 나가는 것이 그 예로 되었었다.

세바스찬은 그 청년에게 전화를 걸고서 오후가 아니면 밤에 만날 약속을 하게 되어 있었다. 따라서 모크퍼드 쪽에서 오전 중에 이곳으로 오는 일은 없었다. 루시에게는 그것은 고마웠다. 그는 음악회의 스테이지 이외에는 그에게 만난 일도 그를 본 일도 없었다.

어떤 날 아침 세바스찬이 〈겨울의 여행〉 속의 노래를 몇 개 그에게 주면서 그것을 보아두도록 부탁하였을 때 그는 한숨을 쉬면서 머리를 옆으로 흔들었다.

"그러한 일을 해도 별로 소용이 없다고 저는 생각합니다. 모크퍼드 씨가 그것을 치시는 것을 들은 후에는 저로서 되는 일은 겨우 그 악보만 보고 쳐 본다는 것뿐이에요."

세바스찬은 웃었다.

"그렇다면 지미는 그러한 것에 관해서는 좀 천재입니다그려? 슈베르트 자신도 그 노래가 그렇게도 훌륭하게 연주되는 것을 들은 일이 없지 않을까요? 더욱이 머릿속에서는 있었는지도 모르지만…… 지미도 모차르트나 이태리의 작곡가의 것이 되면 특히 잘하지는 못합니다마는…… 그러나 좋은 독일 리드라면 그는 어떠한 것을 해도 잘합니다. 나도 그에게서 여러 가지 좋은 힌트를 받았습니다."

세바스찬이 미네소타나 위스콘신에서 열리게 되는 음악회의 약속으로 떠나려고 하는 날 루시는 작별 인사를 하기 위하여 스튜디오에 갔다. 그런데 도어를 열면서 어서 들어오십시오라고 말한 것은 다른 사람이 아니라 모크퍼드이었다. 루시는 망설이게 되고 혹시 될 수만 있다면 도망치려고 생각했다.

"어서 들어오십시오. 게이하트 씨. 당신이 게이하트 씨지요? 클레멘트는 잠깐 올스턴의 스튜디오에 나갔습니다. 자 어서."

그는 루시의 외투를 받아들고 그가 음악실에 들어가는 것을 기다리고 그의 뒤에서 절름거리며 따라 들어갔다.

그가 루시를 위하여 의자를 끌어당기고 석탄불을 쑤시고 있는 동안 루시는 처음으로 낮의 밝은 광선 아래서 이 남자를 보았다.

그는 대단히 젊은 남자 아니 이제 겨우 청년이라고만 생각하고 있었는데 오늘 아침은 별로 젊은 것같이는 보이지 않았다. 도리어 늙어 보이고 몸짓이 긴장되어 보였다. 그 흰 피부까지가 단단하고 어딘지 고무와 같은 느낌을 주며 면도칼이 잘 들지 않은 곳에는 털이 노랗게 빛나고 있었다. 좀 동색(銅色)인 붉은 머리는 참으로 잘 머리에 꼭 붙어 있으며 잘 만들어진 가발[鬘]을 쓰고 있다고 해도 별로 의심할 만한 사람은 없었을 것이다.

"게이하트 씨, 만나뵙게 되어 반갑습니다. 제가 없는 동안을 돌봐주신 예를 올릴 기회를 갖게 된 것을 기뻐하는 바입니다."

그는 앉아서 루시의 머리꼭대기서부터 발끝까지 유심히 바라보았다.

루시도 그를 자세히 바라보았다.

문에서 만났을 때에는 광선을 배후에서 받고 있었기 때문에 그의 눈을 볼

수가 없었다. 그것은 아마도 밤색이라고 불러도 괜찮았을 것이나 오늘 아침
은 명확히 녹색이다 ― 어딘지 침착성이 적고 시원스런 녹색으로 빛나는 눈
이었다. 서로가 찾는 것 같은 시선을 처음으로 다른 데 돌린 것은 모크퍼드
이었다. 그는 재빨리 소리도 내지 않고 일어나서 창의 커튼(일광을 막기 위
한)을 내렸다. 그리고 의자에 돌아오면서 그는 말을 시작했다.

"저는 이곳저곳 의사에게 보인 결과 이처럼 낙오해버렸으니까 참으로 썩
고[腐心] 말았습니다. 우리들은 어느 사람이나 아메리카의 시즌을 즐거울 것
이라고 예상은 하지 않았으니까요. 그러나 그 사람은 당신과 대단히 의의 있
게 지낸다니 참으로 좋습니다."

"그런 일은 저는 잘 몰라요. 경험이 없으니까요. 그러나 저로서는 전력을
다하고 있는 것처럼 생각됩니다."

루시는 과연 이자가 자기를 눈 아래로 보고 피호해주려고 하는지 또는 단
지 서성대며 침착을 잃고 있는지 판단할 수가 없었다. 마치 자기가 그에게
대해서 그러한 것과 같이 그쪽에서도 루시를 한 번 보자마자 마음에 들지 않
는 자라고 생각했을 것이라고 믿었다.

"아마 그 사람은 새 사람과 지내는 것을 웬일인지 좋아하는 모양이지요.
단지 좀 곤란한 것은 클레멘트는 인간적으로 잘 통하지 않는 자와는 전연 일
을 하지 못합니다. 임박해 가지고 급히 그러한 사람을 구하려고 해도 그렇게
쉽게 잘되지는 않으니까요."

루시는 얼굴을 붉히었으나 아무 말도 하지 않았다. 그는 의자의 빨간 비로
드 위에 놓은 손을 바라보았다. 그의 손가락은 거칠고 피아니스트로서는 이
상하게도 짧았으나 그러나 손바닥은 놀랄 만한 정도로 넓었다.

"그 사람은 당신을 칭찬하고 있었습니다."

모크퍼드의 푸른 눈이 흘깃 그를 보았다.

"거기에 당신 자신도 유쾌하게 일을 보시고 계시니 그 사람을 위해서도 나

쁠 리는 없을 것입니다 ― 적어도 눈앞에 있는 것이 바꾸어졌으니 ― 이곳에 온 후 그 사람에게는 마음을 위로해줄 만한 것이 그리 없었으니깐요. 사실인즉 그는 참으로 심심했어요. 나는 그가 이곳에 오는 데는 전연 반대했습니다. 그러나 그는 돈이 필요했으며 거기에 지금 같아서는 그는 어디 있어서도 역시 심심했을 것입니다. 그러나 당신네들은 우리들이 고국이나 구라파 대륙에서 알고 있는 것과 같은 세바스찬의 노래를 이곳에서 듣고 계시지 않다고 말씀드린다 해도 그것은 거짓말이 아니라고 저는 생각됩니다."

"모크퍼드 씨 댁에서는 선생과 오랫동안 함께 계셨습니까?"

"그렇습니다. 가끔 떨어져 있었을 때도 있었으나 참으로 오랫동안입니다." 그는 별 생각 없이 대답했다.

"중단 기간이 몇 번 있었습니다. 세바스찬 부인이 간혹 새로운 피아니스트를 좋아하셔서 클레멘트는 그 사나이를 철저하게 시험해보기로 했습니다. 지금까지는 아직 이렇다 할 인간이 발견되지 않았지요."

"그럼 저 부인께서는 음악을 잘 아십니까?"

"그야 물론이죠! 로버트 레스터 경(卿)의 따님의 한 사람이니까요."

이것이 상대에게 통했는지 어떤가를 확인하기 위하여 그는 루시를 다시 보았다. 아마 잘 알아듣지 못하는 것 같다. 그래서 그는 다음과 같이 말을 이었다.

"그분은 우리들의 고국에서는 가장 훌륭한 지휘자의 한 분입니다. 그래서 반주의 피아니스트는 클레멘트와 마음이 맞지 않으면 안 되고 부인에게도 잘 보이어야 됩니다 ― 당신이 물어보시는 의미가 그러하시다면."

루시는 또다시 얼굴을 붉혔다.

"아니에요, 그렇지 않습니다. 저는 단지 부인이 그저 ― 저 선생님의 그러한 일면에 큰 관심을 가지고 계신지 어떤지를 알고 싶었기 때문입니다."

"모든 방면에도 그렇다고 할 수 있지요. 부인께서는 부친의 집에 계실 때도 모든 것을 하고 싶은 대로 해오셨으니깐요. 그것이 부인에게는 참으로 어울린다고 할까요?"

그는 강한 광선이 얼굴에 쪼인 것처럼 작은 코를 찡그리고 곁눈으로 보았다.

모크퍼드에게는 어딘지 일종의 매력이 있다고 루시는 생각했다.

그에게는 무대를 위하여 분장한 것과 같은 데도 있었으나 그래도 녹색 비단[絹織] 와이셔츠와 녹색 넥타이를 제외하면 참으로 보통 사람과 같은 복장을 하고 있었다. 무대인과 같은 태도를 갖는 것을 자기로서는 도저히 막을 수가 없었던 것 같다. 즉 그는 그와 같이 세상을 나올 때부터 지니고 온 것 같다. 도대체 그 자신은 남들과 다르다는 것을 좋아하는지 어떤지를 루시는 알 수 없었다. 그의 태도는 음정과 심장이 함께 붙어 있는 것 같았으며 어떤 말이 정말인지 도무지 알 수가 없었다.

단지 한 가지 일만은 잘 알 수 있었다. 그것은 그가 루시와 함께 있는 것을 즐겁게 생각하고 있지 않다는 것이다. 그리고 확실히 루시도 그와 함께 있는 것이 싫었다.

그는 막 일어서려고 했다. 때마침 문쪽에서 버석버석하는 소리가 들려왔다. 그러나 그것은 세바스찬이 아니고 기차표를 가지고 온 현관지기였다. 그는 차표를 모크퍼드에게 주고 몇 시에 기차가 떠나며 어느 때쯤 자동차를 부르게 된다는 것을 알렸다. 문지기가 나가자 바로 루시는 일어나서 이젠 이 이상 더 기다릴 수는 없다고 말했다. 그는 두 분의 즐거운 여로를 빌며 그 다음 요다음 찾아뵐 수 있는 날은 어느 때쯤 될 것이냐고 세바스찬 선생에게 알려주셨으면 고맙겠다고 말했다.

"틀림없이 당신에게 전보하겠습니다. 우리들은 8일 간 동안은 돌아오지 못할 것입니다. 오라토리오(성악)를 2회 독창회를 세 번 가지게 되니깐요. 그 사람은 당신을 만나 뵈옵지 못해서 아마 크게 실망할 것입니다마는 또 그 사람처럼 약속을 잊어버리는 사람도 없을 겁니다."

루시는 엘리베이터를 탔는데 앞으로 자기가 두 번 다시 이것을 타고 이곳에 올라올 수 있을 것인가를 생각했다.

그는 전부터 모크퍼드와 만나게 되는 것을 겁내고 있었으나 그러한 회견이 그의 용기를 꺾고 그의 감정을 상하게 할 것이라고는 도저히 상상할 수도 없었다. 모크퍼드가 자기 일에 관해서 또 자기와 세바스찬과의 관계에 대해서 어딘지 비평적인 말을 한 것이 참으로 화가 났다. 제3자가 이러니저러니 두 사람만의 작은 세계에 들어온 것은 이번이 처음이며 그것이 어딘지 그의 마음에는 들지 않았다. 이렇게 되고 보니깐 그 사람들은 자기에게 관해서 서로 이야기를 한 것이 아닐까? 아마 그러했을 것이 자연하다. 그러나 그럼에도 불구하고 그의 기분을 상하지 않게 할 수는 없었다. 거기에 그의 마음을 뒤숭숭하게 흔들어놓은 것이 또 다른 데 있었다. 젊지도 않고 늙지도 않은 또 보기에는 천하고 기분이 좋지 않은 이 불가사의한 남자에 대해서 그는 전적인 신뢰를 할 수 없다고 느끼었다. 만일 루시가 옆에서 부채질만 했다면 그는 틀림없이 세바스찬 부인에 관한 일을 아무 거리낌도 없이 다 말했을 것이다. 거기에 세바스찬 자신의 일도…… 싫을 정도의 친절한 어조로 말하고 있지 않았던가.

이자는 무서울 정도로 이기적이며 위선적이고 클레멘트라고 함부로 부르는 인간에 대해서 질투를 느끼고 있다는 것이 그의 인상이었다. 아, 저 하얘 빠진 얼굴을 내 마음속에서 말살시킬 수 없는가라고 그는 원하는 것이었다.

그는 거리를 급히 걸어가면서 다음에서 다음으로 자기가 범한 잘못이 생각되었다. 모크퍼드는 그의 지금의 입장을 마치 방관자가 그것을 관찰하는 것처럼 보여주었다.

교육을 받지 못한 순진한 시골 처녀가 그를 대신하여 일을 하려고 하는 것은 원래부터 잘못이다라는 것을 그는 그에게 알게 하였다.

그러면 어째서 전문가의 반주자를 고용하지 않는 것일까? 그러한 인간이 시카고에는 썩을 정도로 있다. 자기와 같은 자가 세바스찬의 반주를 한다는 것은 참으로 희극이다. 도대체 어떻게 돼서 그러한 일을 맡게 되었는지? 최초는 와달라고 부탁을 받았으므로 그분의 스튜디오에 갔던 것이다. 그곳에 가보니까 마음이 편했다. 그리고 재삼재사 가보았다. 그분은 즐거워했었으며 좋아도 했다. 또한 참으로 친절하게 해주셨다. 그분은 자기가 젊고 무지하고 너무 똑똑하지 않은 점이 마음에 들었을 것이라고 생각했다. 그것은 모든 것을 가지고 있는 것과 아무것도 가지고 있지 않는 것과의 사이에 생긴 우연적인 관계였다. 그리고 그것은 다른 아무도 알고 있는 것은 아니었다. 루시는 말하자면 이 사람의 생활에 맨 가운데 떨어져 와서 그로서는 현재와 과거에서 자기가 주울 수 있는 것을 주웠을 뿐이었다. 그가 세바스찬을 위해 반주한다는 것도 실은 흉내를 내는 데 지나지 않고 그의 우정도 하나의 흉내일 것이다 ─ 아마도 이렇게 보면 거기에는 어떤 것 하나 진실한 것은 없었던 것이다 ─ 루시 자신의 마음을 제외하고서는 ─ 하나 그것만은 확실히 사실인 것이다.

그날 오후 루시는 아우어바흐의 스튜디오에서 두 가지를 연습하지 않으면 안 되었다. 그가 그곳에 머물러 있는 동안 일기는 갑자기 변하고 음산한 겨울비가 내리기 시작했다.

그는 우중을 걸어서 돌아가는 것은 전부터 습관이 되었다. 그는 스튜디오를 나와 처음에는 똑바른 방향으로 걷고 있었으나 얼마 후엔 자기가 서쪽이 아니고 동쪽을 향하여 걸어가고 있다는 것을 알게 되었다. 그리고 곧 미시간 통의 맨 끝까지 와버렸다. 그는 세바스찬의 창가에 비치는 불을 바라보면서 예술회관 건너편 길을 오고가고 했다. 얼마 후 창의 불은 어두워졌다. 현관지기가 기선용 대형 트렁크를 어깨에 메고 나왔다. 그 다음 그것을 자동차의 뒤쪽에 가죽 끈으로 매달았다.

세바스찬과 모크퍼드가 그 뒤에서 내려와서 트렁크를 매다는 동안 비를 맞으며 서로 서서 이야기를 하고 있었다. 그리고 세바스찬은 문지기에게 팁을 주고 손을 끌어서 절름발이 사나이를 먼저 차에 태우고 자기도 그 후에 타고 어디론지 떠나버렸다. 루시는 갑자기 실망하여 세계에서 자기만이 혼자 외롭게 남아 있는 것 같은 마음이 되었다.

그는 하는 수 없이 길을 건너 다시 돌아갔으나 혼잡한 가로와 비를 피하면서 자기 옆으로 뛰어가며 자기에게 혹은 부딪히는 사람들 때문에 어느 정도 정신을 잃었다. 대도시에서는 누구나 자신도 모르게 고독해지는 수가 얼마든지 있다고 그는 생각했다.

그러나 만일 자기가 마음을 졸이고 있다면 다른 어떤 인간이라도 역시 같을 것이다. 자기 혼자만이 고독하고 대초원(프레리)의 맨 끝에 있는 것은 아니다. 그는 지금까지 이와 같이 크게 실망하고 슬픈 사람들을 보지 못했다고 생각했다. 부랑인이 말과 같이 쪼르륵 비에 젖어서 빈집 처마 아래서 비를 보내고 있다. 그는 또한 노인이 보도의 철창 안에서 일어나는 증기를 받고 있는 옆을 지나갔다.

보통 때 같았으면 루시는 마치 풍선을 쫓아다니는 어린애들처럼 앞으로 앞으로 달리는 마음에 급히 서둘러서 이 거리를 지나가고 자기를 위해서나 남을 위해서도 추위 같은 것은 좀체 걱정하지 않았다. 그런데 오늘 밤에 한해서 이들 모든 사람들이 모두 자기의 친구들인 것처럼 생각되며 가냘픈 애정과 같은 것을 그들에 대해서 느끼는 것이었다.

9

세바스찬은 9일간이 지나도 돌아오지 않았다. 그리고 루시는 이젠 선생에게는 필요가 없게 되었다고 차차 생각하게 되었다.

그는 아우어바흐에게 보낸 편지 속에 동봉해서 소절수를 보내주었으나 일언도 문구는 적어서 보내지 않았다.

거기에 그것은 너무도 큰 금액이었기 때문에 그는 이젠 이것으로 끝나는 것이 아닌가 하고 느꼈다. 그는 그것을 현금으로 바꾸지 않고 책상 맨 위 서랍 속에 그대로 집어넣고 말았다.

그의 신변은 점점 바빠졌다. 자기의 제자들에게 지금까지 대로의 시간을 그대로 했을 뿐더러 아우어바흐 선생에게서 4회의 연습을 받게 되었으므로 그는 굳은 결의를 가지고 연습을 시작했던 것이다. 그러나 그의 마음은 그곳에는 없었다. 아마도 선생은 자기보다도 적당한 피아니스트를 발견했을는지도 모르며 또 제임스 모크퍼드가 다시 일을 시작하게끔 건강해졌는지도 모른다.

그날 스튜디오에 있어서 모크퍼드가 그의 오버를 들고 그의 배후에 서 있었을 때 그가 테이블을 건너서 아무 뜻 없이 잠깐 거울을 보니깐 그의 얼굴에는 이상한 미소가 떠 있는 것을 느끼었다 — 그것은 급한 일이 생기면 나에게는 숨겨둔 그 무엇이 있다고 하는 듯한 미소이었다.

세바스찬이 떠나고 난 후 열흘째 되는 아침 루시는 방이 어두웠기 때문에 보통 때보다 늦게 눈을 떴다. 밖에는 눈바람이 부는지 열어둔 창의 아래 마루 위에는 눈이 내려 쌓였다. 그는 화장옷을 입고 비와 신문지로 눈을 쓸어 모으고 히터를 꺼내 방이 따뜻해질 때까지 기다리려고 또다시 베드 속으로 들어갔다.

특별히 아무것도 생각지도 않고 옆으로 드러눕고 있을 때 방의 문을 노크하는 소리에 갑자기 놀랐다. 그러자 전보 배달의 소년이 웨스턴 유니온(아메리카의 최대의 전신회사)이라고 소리를 쳤다.

고무 우비를 입은 소년이 나간 후 루시는 봉을 열기 전에 그 노란 봉투를 바라보며 서 있었다. 그는 그것이 세바스찬한테서 온 것에 틀림이 없다고 생각했다. 그리고 그것은 공교롭게 그가 세상에 태어나 처음으로 받은 전보이었다.

> 목요일 아침 전과 같은 시간에
> 스튜디오에 오시기 바람 안녕히.
> 세바스찬

목요일이라면 내일이다. 루시는 전보를 거울이 붙이고 대단히 급하게 옷을 갈아입었다. 지금으로부터 몇 년인가 후에 아마도 해버퍼드에서 이웃 어린애들에게 피아노를 가르치게 될 때에는 이 일편의 종잇조각처럼 그의 일생의 이 시기를 눈에 보는 것처럼 불러서 재현시켜줄 것은 없을 것이며 또 이것처럼 이 시대를 진실한 것으로 보여줄 것은 없을 것이라고 그는 생각했다.

그가 아래 식당에 내려가니깐 슈네프 부인은 만면에 미소를 띠며 맞이해주었다.

"오늘은 틀림없이 조반을 많이 잡수시겠구먼요? 전보 배달이 여기를 먼저 찾아왔어. 여하튼 나쁜 소식은 아니겠지요?"

네, 좋은 일이에요 라고 루시는 대답했다.

"그것은 참 기쁩니다. 자 많이 잡수세요. 나는 당신이 근심스러운 모습을 하고 있는 것을 보는 것이 참으로 싫어요."

부인은 자기의 에이프런으로 테이블을 닦고 그 위에 깨끗한 냅킨을 깔아주었다.

그다음 얼마 지난 후 루시는 높은 오버슈즈를 신고 은행에 달려가 소절수를 현금으로 바꾸었다. 그다음 이번엔 데파트에 가서 스튜디오에서 입기 위한 새 양복을 샀다. 그것은 견직으로 만든 블라우스와 자수가 있는 재킷으로 된 고운 것이었다.

물건을 싼 보자기를 들고 집에 돌아오는 도중 꽃방에도 들러서 진달래를 한 아름 샀다.

그는 그날 오후 옷과 책상서랍의 정리를 했다. 네 시에는 아우어바흐의 스튜디오에 나가 제자들의 연습을 보아주었다. 돌아왔을 때에는 방은 이미 어두웠었다.

방의 공기는 창을 좀 열어 두었기 때문에 청명하고 꽃의 향기가 가득 차 있었다. 겨울 경치의 거리에서 들어온 사람에게 있어서는 여기는 마치 봄과 같았다. 그는 좀 쉬기 위해서 회색으로 네모진 유리창을 앞으로 하고 어둠 속의 의자에 앉았다.

어제의 그는 병원의 대합실에서 기다리고 있는 인간과 같은 것이었다. 그것은 살아 있는 것이 아니고 단지 때가 지나가고 있을 뿐이었다.

그는 어떠한 일을 하고 있어도 마치 납[鉛]이나 그 무엇을 매달아 논 것처럼 웬일인지 정신없이 무거운 것을 느끼었다. 오늘은 모든 것이 가벼운 감촉을 갖고 진정되어 있었다. 호흡하는 공기 속에도 일종의 따스함을 느끼었다.

어떤 가게에서든지 사람들이 친절하게 대해주는 것처럼 생각되었다. 인생은 언제나 이러한 것이라야만 되지 않는가?

잠시 후 네모진 창마저 어두워졌으므로 그는 와사등을 켜고 피아노 앞에 앉아서 _〈아름다운 물방아집의 딸〉(데이슈네 미유레린) 속에서 몇 개의 노래를 골라서 치기 시작했다.

그것은 세바스찬이 떠나기 전에 연습하고 있었던 곡목이다. 그분은 이젠 이미 귀도에 올라 지금쯤은 기차의 침대실에 들어앉아 저 북쪽의 광막한 눈나라[雪國]를…… 사람들의 말에 의하면 산림과 호수가 많이 있는 지방을 달리고 있을 것이라고 그는 생각하고 있었다.

10

거리에는 눈이 내려 땅이 질었다. 그래서 루시는 다른 날처럼 호숫가를 걸어서 가는 것을 그만두었다. 새 옷에 흙탕물이 튀면 곤란하기 때문이었다.

그는 똑바로 예술회관으로 향했다. 문지기에게 인사를 하고 또다시 엘리베이터를 탔을 때 그의 즐거움은 말할 수가 없었다.

"죠지 씨 얼마 동안 뵙지 못했습니다. 세바스찬 선생은 벌써 돌아와 계십니까?"

"네 어제 아침 일찍이 돌아오셨습니다."

루시는 의외로 생각했다. 어제 돌아오셨다? 그러나 어제 온 전보에는 오늘 도착하시는 것처럼 쓰여 있었는데 — 아니 그렇지 않다. 전보에는 어느 날 도착하신다고 쓰여 있지 않았다는 것을 그는 생각했다. 틀림없이 그분은 세인트폴에서 기차를 타시기 직전에 전보를 치셨을 것이다. 발신 날짜에는 전연 주의하지 않았다. 어제 이 건물에서 사람을 보낼 수도 있었을 것인데 얼마나 묘한 일이냐? 그러나 그처럼 하는 것이 그분의 일할 때의 버릇인지도 모른다 — 라고 생각하고 있는 동안에 그는 이미 스튜디오의 입구에 와 있었다.

세바스찬은 보통 때와 마찬가지로 큰 사슴의 모피와 짧은 재킷을 입고 문을 열어주었다. 그러나 그는 떠날 때보다도 어딘지 훨씬 젊어지고 건강해 보였다. 그는 싱글싱글 웃으면서 안으로 들어오는 그를 맞이하고 그의 양편 어깨에 가볍게 손을 올려놓았다.

"아, 오셔 주셨습니다그려. 좀 얼굴을 보여주시오, 그리고 내가 없는 동안에 어떤 일을 하셨는지 들려주시오. 거기에 옷도 새로 만드신 모양입니다. 아주 잘 맞고 좋습니다."

이렇게 하여 그가 루시를 입구의 홀에서 멈추게 하는 동안 그는 유달리 짙은 꽃의 향기가 사방에 가득 차 있는 것을 알았다. 음악실에 들어가 보니 찬

장은 전에 놓였던 장소에서 화로 옆으로 옮겨져 있고 그 위에는 크림빛 장미꽃과 무겁게 축 내려진 아카시아의 작은 가지가 많이 찔러 있었다. 큰 앵초색 화병이 놓여 있는 것을 그는 보았다. 그는 감탄의 소리를 올리고 피아노 옆으로 가는 도중 그곳에 잠깐 발을 멈추고 꽃을 바라다보았다. 그것은 그가 지금까지 본 어떠한 것보다도 화려하고 사치스러운 것이었다.

"실은 나의 옛날 친구이며 친절한 여자 분이 어제 시카고에 오는 도중하차해서 찾아왔습니다. 그리고 오늘 아침 정거장까지 가는 도중에 저를 위해서 이 꽃을 그대로 전부 사주었습니다."

루시는 미모사의 꽃을 지금까지 꽃가게 쇼윈도 이외에서는 본 일이 없었으므로 그것을 신기한 것처럼 언제까지나 바라다보았다.

그것은 마치 남국의 화원을 그대로 덜렁 옮겨다놓은 것 같았다.

"그분은 틀림없이 애인의 한 사람이었겠지요?"라고 루시는 말했다.

세바스찬은 웃으면서

"아마 그러했던 모양입니다. 실제 있었던 것보다는 더 아름다운 생각에 잠겨 있는 것 같습니다. 그러한 일은 간혹 있으니까요. 거기에 그렇게 되기 위해서는 하나님의 덕택 인지도 모릅니다."

그는 루시를 위하여 악보를 준비했다.

"오늘은 〈아름다운 물방아집 처녀〉에서부터 시작하여 피로할 때까지 쭉 해봅시다. 나는 오늘 아침 참말로 일을 해보고 싶은 생각이 들었습니다."

세바스찬이 이렇게 아름답게 노래하는 것을 그는 지금까지 듣지를 못했다고 생각했다. 그러나 서먹서먹해서 그렇다고 입으로 말할 수는 없었다.

그는 처음부터 끝까지 노래를 하고나서 겨우 끝마치었다. 그리고 그는 예의 포트와인을 가지고 와서 두 사람은 화로 앞에 앉았다.

그는 북쪽 나라에서 개최했던 음악회의 이야기를 시작하고 여러 음악단체에서의 초대가 유쾌했다는 것을 말했다.

"가수들은 거의 잘못했으나 합창단의 사람들에게는 언제나 우정을 느끼게 됩니다. 나는 그런 사람들이 좋습니다. 특히 잘 노래를 불러 줄 때에는, 바스의 가수도 좋습니다. 그들은 대개 독일인이 아니면 스웨덴 사람입니다. 코러스 단의 사람들은 실제 음악이라는 것에서 어떤 것을 — 인생에 있어서 무엇인가 그들의 도움이 될 수 있는 것을 구하고 있는 것 같습니다 — 단지 이야기 거리가 될 것을 구하는 것이 아니고, 연관공(鉛管工)이나 양조업자라든가 은행원 그리고 부인복을 만드는 사람들이 무엇인가 얻는 것이 없다면 그러한 데를 출입하지 않습니다."

마침 그때 그의 대리인으로부터 전화가 걸려왔다. 그가 돌아오자 루시는 또다시 꽃을 바라다보았다. 그는 화병을 손에 들고 자기와 광선 사이에서 그것을 받들고 섰다.

"어떻습니까? 아름답지 않습니까? 그것은 참으로 암시적입니다 — 청춘과 사랑과 희망 — 이것은 모두 얼마 있으면 지나가고 마는 것입니다."

그는 다시 화롯가로 돌아서서 책장 위에 아까 놓았던 담배를 입에 물었다.

그가 가만히 서 있는 그 순간에 루시는 홀쭉으로 빠져나가 외투와 모자를 입고 가겠다는 인사를 하기 위하여 방에 돌아왔다. 그는 아직 그 자리에 서서 담배를 피우고 있었는데 그것은 어느 때보다도 가까이하기 쉬운 태도였다. 그러나 루시의 손을 잡았을 때 그는 확실히 다른 것을 생각하고 있었다.

"세바스찬 선생님."

그는 얼굴에 미소를 띠면서 물어보았다.

"선생님은 사랑함으로 인해서 즐거움을 느끼신 일이 있습니까?"

그는 머리를 조용히 옆으로 흔들며 눈썹을 찌푸리고 입술에 웃음을 띠었다.

"아니 별로 그렇게."

그리고 재떨이를 찾기 위하여 뒤돌아서면서 그는 장난하는 것과 같은 말

투로

"어째서? ─ 당신은 어떻습니까?"

루시는 정신을 차리고 보니깐 벌써 도어의 문고리를 손으로 잡고 있었다. 그는 우선 무엇보다도 밖에 나가고 싶었다. 그러나 웬일인지 그의 발은 멈추고 세바스찬쪽을 바라다보았으나 그의 얼굴이 흐려서 보이지 않았다.

"네 저는 느끼고 있습니다. 그리고 그 누구도 그것을 부술 수는 없습니다."

그는 자기의 소리를 들을 수가 있었다 ─ 그것은 숨이 따르지 않기 때문에 겨우 나오는 쉰 목소리였다.

방문을 열고 낭하에 나가자 그는 엘리베이터의 벨을 누르지 않고 그대로 5층에서부터 계단을 뛰어 내려갔다.

그는 어렸을 때 꾸중을 들으면 마치 상한 감정을 뒤에 남겨두고 가는 것처럼 플래트강변으로 가는 시골길을 그냥 막 뛰어나간 일이 있었다. 이번에 똑같이 소중히 하려고 생각했던 새 옷에 흙이 튀는 것도 가리지 않고 급한 걸음으로 길을 걸어갔다. 그는 눈물을 흘리고 있었다. 그리고 누가 그것을 보더라도 할 수 없다고 생각했다. 그 스튜디오에는 두 번 다시 가지는 않을 것이다. 만일 자기의 감정을 억제할 수가 없다면 그곳에 가지 않도록 하지 않으면 안 된다.

어떻게 생각해도 그분이 자기를 놀려댔다는 것은 무정한 일이다. 그분한테서 그러한 일을 당하게 되었다는 것은 꿈에도 생각해본 일이 없다.

그분은 돈이 많고 깨끗하고 교양이 있다. 그리고 자기가 가지고 있지 않는 모든 것을 가지고 있는 여자들을 상대로 해왔다. 그래서 기품이 높아지고 남자로서의 우월감을 만족시켜 왔던 것이다.

그분은 자기를 단지 재미있는 여자로서 생각하고 있을 따름이다. 그는 그 꽃을 본 순간 갑자기 치밀어 오르는 불안을 느끼었다. 눈알이 날아갈 정도로 비싼 장미꽃을 그분에게 보낼 수 있는 권리를 가진 미지의 여성에 대한 막연한 동경을 느끼었던 것이다.

오늘날까지 그 사람이 자기에 대해서 불친절한 태도를 취할 것이라고는 상상조차 할 수 없었다. 지금까지는 아마도 무관심했을는지도 모르지마는 불친절하지는 않았다. 거기에 그분의 생각엔 틀린 점이 있었다. 그분이 좋다고 해도 별로 그러한 뜻에서는 아니었다. 자기는 그분에게서 아무것도 요구하고 있지 않다. 자기에게 대해서 특별히 생각해달라고 그분에게 희망한 일조차 없다. 그러한데 어째서 그러한 말을 그분은 말하시는 것일까?

루시는 집에 도달하려는 한발 앞에서 돌연 걸어가는 것을 멈추고 그대로 서 있었다. 진흙을 내려다보았을 때의 그의 얼굴은 갑자기 놀랐다. 자칫하면 그분은 지금 자기가 생각하는 것과 같은 마음은 전연 없는지도 모른다. 왜냐하면 그분은 나의 생활에 관해서는 아무것도 모르고 계시니깐 ― 그렇다면 자기가 음악생 간에 어떤 애인이라도 있을 것이라고 그분이 생각했다 해도 그것은 지당한 일이다. 루시는 아름다웠고 사랑에 빠지는 것이 극히 자연한 연령이기도 했다. 나이를 먹은 사람들은 간혹 아첨하는 투로 이런 소리를 젊은 처녀들에 말하는 것이다. 그의 어깨는 갑자기 힘이 나가서 이번엔 어슬렁어슬렁 걷기 시작했다.

만일 그렇다면 만사가 전과 같이 될 것이다 ― 문턱에서 그러한 소리만 하지 않았더라면……어째서 나는 쓰라린 감정과 분노를 남들 앞에서 나타냈단 말인가? 나는 자기가 마음에 먹은 일은 무엇이든지 말하기 때문에 어느 날이고 그 때문에 우환을 볼 때가 있을 것이라고 폴린에게 여러 번 충언을 들은 일이 있지 않은가?

그가 방에 돌아와 한 30분도 지나지 않았을 때 메신저 보이가 한 통의 전보를 전해주었다. 답신료는 이미 지불하고 있으니 답신을 기다리지 않으면 안 된다는 것이다. 그는 떨리는 손으로 봉투를 찢었다. 그것은 역시 세바스찬한테서 온 것이며 5시에 공회당에서 차를 함께 마시고 싶은데 오지 않겠느냐는 문구이었다. 그리고 마지막에 "중요한 요건으로"라고 부언하고 있었다.

그로서는 지금 기분으로서는 그와 얼굴을 마주칠 용기가 없었다. 그런데 다행히 그것을 거절할 수 있는 적절한 이유가 발견되었다.

"섭섭합니다마는 5시에는 아우어바흐 선생의 대리로 연습을 보지 않으면 안 되겠습니다."

그는 서명은 하고 싶지 않았으나 메신저 보이가 꼭 서명이 필요하다고 말하며 듣지를 않았다.

속달부가 나간 다음 그는 손에 들은 노란 종이에서 이제 막 온 화장 체경 위에 있는 또 하나의 전보쪽으로 시선을 옮겼다. 그동안에 어떠한 일이 일어났단 말인가?

그러나 그는 생각하는 것을 단념했다. 너무 피곤해서 생각할 수가 없었다. 아 어떻게 되든 간에 운명에 맡기고 말자. 그는 옆으로 쓰러지고 두 시간 가까이 잠들고 말았다. 네 시에 일어나서 아우어바흐의 스튜디오에 나갈 때에는 그는 완전히 원기가 회복되었다.

루시는 그날 오후에 한해서 학생들을 오래도록 가르치었다. 아우어바흐 선생이 문 앞에 와서 가기 전에 자기 방에 좀 들려달라고 부탁했다. 그가 그곳에 가보니 클레멘트 세바스찬이 책상 옆에 앉아 그와 무슨 이야기를 하고 있는 참이었다. 그는 그가 들어가자 일어나서 손을 내밀었다. 그는 내일 할 일 때문에 그와 만나고 싶다는 것, 또 그가 사는 곳에는 전화가 없으니까 아우어바흐 씨 댁에 오면 만나게 될 것이라고 생각했다는 것을 설명했다.

"나는 차를 밖에 기다리게 해두었습니다. 당신을 차로 모셔다드리는 편이 좋을 것 같아서 ─ 길에서 말할 수가 없으니깐요. 파울 군, 이것으로서 이 젊은 부인이 어디서 살고 계시는가를 알 수 있게 되었소. 나는 번지로 짐작하면 시카고 강의 중간 부근이 아닌가 하는데."

두 사람이 차를 타자마자 그는 곧 요건을 말하기 시작했다.

"그래, 오늘 아침 당신은 그렇게 하고 나가버렸는데 도대체 어떠한 뜻입니까? 그러한 말은 누구든지 젊은 사람에게는 언제나 말하고 있는 것입니다. 그것은 아마 그리 좋은 일은 아닌지 모르지만 습관이 되고 말아서……우리들은 아주 익숙해지고 말았습니다 ― 당신도 꼭 그러한 일에는 태연하게 되지 않으면 안 됩니다. 어째서 당신은 그렇게까지 노하셨습니까?"

루시는 차의 창가에서 밖을 내다보고 있었다. 그는 무어라고 대답하여야만 좋을지 설명하기가 곤란했다.

"선생님 그것은 저도 모를 일입니다. 실은 후에 참으로 부끄러워졌습니다. 아마 그것은 그때의 선생님의 말투가 저에게 이상하게 들렸는지 모릅니다. 저는 참으로 놀랐어요. 이젠 그런 일은 조금도 생각지 말아주세요. 선생님이 별로 불친절하게 말씀하시지 않았다는 것은 잘 알고 있으니깐요."

"불친절? 별말을 다하오. 루시 씨, 자 더욱 서로 신뢰하도록 합시다. 서로가 우리들의 아침시간 위에 구름이 끼지 않도록 하지 않으면 안 됩니다. 우선 그러한 것을 하고 있을 틈도 없으니……출범의 날이 곧 다가옵니다. 그때가 돼서 후회를 한댔자 소용이 없으니깐요."

차가 길목을 돌아서자 베이커리의 푸른 불빛이 보였다. 곧 차는 정차했다.

"그러면 당신이 사시는 곳은 이 집입니까? 당신이 차를 잡수시러 나오시지 못하면 내가 나와서 여기서 함께 커피라도 마시기로 합시다. 제법 훌륭한 장소입니다그려."

그는 리놀륨을 깐 나무계단 아래까지 그를 따라와 모자를 왼손에 들고 루시의 얼굴을 바라보며 잠시 그곳에 서 있었다. 그의 눈에는 그날 아침 루시가 느끼었던 그 원기 있는 모습 아직 그대로 남아 있었다.

"자, 내일 만납시다. 이번엔 부엉이처럼 얌전한 얼굴을 하고 있을까요? 루시 씨에게는 농담은 통하지 않으니깐요."

다음 날 아침 도어를 열어준 것은 주세페였다. 그는 싱글싱글 웃으며 빠른 소리로 몇 마디 말을 했다. 요즘은 그에게도 주세페의 말을 어느 정도 이해하게 되었다. 그것은 어느 날 세바스찬이 이태리어의 사전을 주고, 될 수 있는 한 공부해두는 것이 좋을 것이라고 말해주었기 때문이다. 주세페의 설명에 의하면 세바스찬은 지금 병을 앓고 있는 이웃방의 커닝햄 씨가 불러서 갔는데 곧 돌아올 것이라고 한다. 그때까지 그는 앉아서 몸을 녹이기로 했다. 주세페는 꾸부리고 불을 붙였다. 그 다음 그는 소제를 하였는데 그러는 동안 당신은 이렇게도 젊은데 세바스찬과 같은 훌륭한 예술가와 함께 일을 할 수 있는 것은 얼마나 행복한 일이냐고 그에게 말을 했다. 지금 세상에서는 교육이 전부이며 만일 그의 부친이 그를 학교에 보내줄 수가 있었다면 그는 지금쯤은 보이와 같은 일은 하지 않았을 것이라고 말했다. 이분과 같이 언제든지 미소를 띠고 있는 작은 사나이도 후회라는 것을 느끼는 것일까? 라고 루시는 처음으로 알게 되었던 것이다. 거기에 그는 예의 무기미한 감각으로서 어제는 무슨 문제가 틀림없이 있었을 것이라고 눈치를 채고 있었던 것이다.

11

2월도 말일이 가까웠던 어느 일요일의 오후 루시는 자기 방에 앉아서 옆 건물의 뒤편을 보고 있었다. 그것은 그의 창가에까지 가까이 와 있었으며 회색 칠을 한 창이 없는 벽이었다.

일요일은 1주일간 중에서 그에게 있어서는 사색할 시간이 많은 유일한 날이다. 토요일은 하루 종일 연습이 있었으나 일요일에는 아무것도 없었다.

그날 아침 그는 한 달이라는 세월이, 아니 두 달 동안이라는 세월이 이처럼 빨리 지나가는 것인가 하고 생각하고 있었다. 생각하면 이상스러운 생활을 해온 것이다. 1주에 5일 동안은 두 시간씩 그와 다른 밖의 세계와는 완전히 떨어지고 세바스찬과 단 두 사람만의 시간을 갖는 것이었다. 그것은 말하자면 안개에 싸인 조용한 산의 바위에 두 사람이 앉아 있는 것 같았다. 두 사람은 주세페 이외에는 아무에게도 만나지 않았고 누구의 소리도 듣지 못했다. 아래의 거리는 완전히 그들의 안계(眼界)에서 말살되어 버리고 마는 것이다. 그리고 11시 반이 지나면 점점 거리가 촉수를 그곳에 뻗치는 것이다. 전화가 짜르릉짜르릉 난다. 그리고 루시는 그가 다음 날의 애정을 꾸미는 것을 듣는 것이었다. 12시경 그는 엘리베이터를 타고 또다시 시카고의 거리에 내려가는 것이었다.

그 누구나 싫어하는 겨울의 기후가 그에게는 참으로 알맞은 좋은 기후였다. 껌껌하고 바람이 이는 아침은 그의 발이 그를 급히 서두르게 하는 저 따뜻한 세계를 도리어 한층 풍순(豊醇)한 것으로 하는 데 도움이 될 뿐이었다.

안개와 눈을 무릅쓰고 그가 거리를 건너갈 적에 더러운 가로는 회색빛 단애에 둘러싸인 좁은 개울과 같았다. 그리고 그곳에는 항상 햇빛이 쪼이고 그자신은 흐르는 강물 위에 떠 있는 나뭇가지나 나뭇잎과 같이 생각되었다. 스튜디오에 이르자 곧 그 흥분과 투쟁감은 어디로 사라져버리고 그의 마음은 마치 지금까지 동요하고 있었던 저울이 급히 정지한 것 같았다.

그 어떠한 것이 커다란 자연의 힘과 같이 그의 마음을 진정시키는 것이었다. 모든 것이 똑바른 관계로 돼도 라스고 쪼그마한 평화를 교란시키는 것과 같은 것은 어디로 쫓겨 가고 말았다.

생활은 어떤 단순한 고귀한 것에 — 그렇다. 그리고 즐거움에 넘쳐흐르는 것에 해체되고 마는 것이었다. 그것은 세바스찬이 잘 노래하는 슈베르트의 〈송어〉* 속의 즐거움과 같이 때와 변화에서 초월한 것처럼 보이는 환희이기

---

* 박인환의 번역 원본에는 〈붕어〉라고 되어 있으나, 원서에서는 Die Forelle(송어).

도 했다.

루시는 회색 벽을 배경으로 실[絲]과 같이 졸졸 떨어지는 비를 보는 것을 그만두고 초라한 피아노 앞에 앉아 몇 번이고 몇 번이고 그 노래를 치는 것이었다. 그가 세바스찬과 더욱 밀접하게 연결시켜서 생각하는 노래는 이외에도 여러 가지가 있었다. 그러나 이 노래만은 스튜디오 그것과 같이 생각되었으며 두 사람이 그곳에서 함께 지내는 그 시간과도 같았다.

그가 그 노래를 세계의 어느 곳에서 듣는다 해도 그것은 언제나 두 개의 큰 창의 사이에 피아노가 있고 그의 뒤에는 석탄불이 활활 타고 있는—그리고 호수가 그의 눈앞에서 멀리까지 넓어져 있으며 세바스찬이 노래하면서 별로 생각 없이 이곳저곳을 왔다 갔다 하는 그 스튜디오 속에 그를 데리고 가는 것이었다.

마침 이날 같은 일요일 세바스찬 자신은 참으로 좋지 않은 생각을 하고 있었다. 그는 이날에 한해서 출연할 계약을 하지 않았기 때문에 시카고의 자기 스튜디오에 들어앉았었다. 폭우가 빌딩을 심하게 때리는 이날은 마음이 쓸쓸한 처참한 하루였다.

그는 조간신문에서 그의 옛날부터의 친구이며 동급생이었던 자가 사보이의 사나토리엄에서 죽었다는 제네바 지급전을 읽었던 것이다. 그는 래리 맥고완이 병으로 앓았다는 것도 몰랐다. 과거 수년간 두 사람 사이는 적조했기 때문이다. 그러나 그의 시선이 검은 타이를 기사 위에 떨어진 그 순간에 냉정한 마음은 그러한 것이 지난날 존재하지 않았던 것처럼 사라지고 말았다. 그리고 현실로서 남아 있는 것은 청년시대의 불타오르던 커다란 우정이며 함께 보냈던 학생시대였다—무엇보다도 그것은 어제의 일과 같았다. 그는 누가 눈을 뜨는 것을 겁내는 것과 같이 신문을 살며시 아래로 놓았다. 그에게는 웬일인지 자기 자신의 부보(訃報)를 읽은 것 같은 기분이었다. 무엇이? 그것과 같은 기분이라고? 그런 것이 아니라 틀림없이 그것은 자기의 주 검 그것이었다.

그 사망기사는 자기들 두 사람에게 대해서 쓰인 것이라고 말할 수가 있다 ─두 사람이 보낸 즐거웠던 시대에 대하여.

지금까지 세바스찬에 대해서 그의 청춘은 영원히 다시는 어찌할 수 없을 정도로 사라지고 말았다고 생각게 하는 것은 아무 하나도 없었다. 자기만은 어디선가 또다시 그것을 건지게 될 것이다라고 남모르는 신념을 굳게 품고 살아왔던 것이다. 지금은 일시적인 권태와 환멸의 시기이긴 하나 그의 인생 에 대한 옛날과 같은 마음이 얼마 후엔 돌아올 것이다. 그렇다. 하나의 모퉁 이를 지나가면 그곳에 확연히 모습을 나타낼 것이다.

어느 날 아침 눈을 뜨면 옛날 그대로의 모습으로 자기는 침대에서 일어날 것이다라고 그는 생각했었다. 그런데 지금 돌연히 사람들이 죽어버린 청춘 을 이야기할 때에는 결코 비유적인 표현을 하고 있지 않다는 진리가 확실하 게 되었다.

그가 구하고 있었던 것은 휘발유와 같은 것이 넓은 공중에 발산해버리고 그는 텅 비고 마른 병 속안을 바라보고 있는 것이다. 공허─확실히 그러한 감정이었다. 스튜디오 속의 여러 가지 물체마저 서로 떨어져 헤어지고 서로 가 지금까지보다 차가운 시선으로 겨누고 있는 것처럼 생각되었다. 래리는 이렇게 하여 모든 것에서─회색 하늘이나 쏟아지는 비나 썩어버린 애정과 같은 것에서 빠져나가고 만 것이다. 이 방이나 이 거리 이 나라의 모든 것들 이 갑작스럽게 다정하지 않고 싫증이 나게 되었다.

한 번 뚜껑이 열리면 모든 것이 기억 속에 살아나오고 그리고 어찌되든 모 든 것이 전부 잘못된 것처럼 생각되었다. 나이가 50이 가까우나 지금 그에게 는 나라도 없고 집도 없고 가족도 없고 친구도 거의 없다고 할 수 있는 경지에 놓여 있었다. 이러한 결과를 자아내게 한 경력에 대해서 어찌하여 혼자 즐거움에 빠질 수 있을까? 그는 모든 접촉 중에서 가장 깊은 것을······즉 대지 그것과의 시골과 국민과의 접촉을 놓치고 말았던 것이다.

그러한 접촉이 구한다고 얻게 되는 것이 아니고 오랜 유구한 것이며 무의식적인 것이라는 것을 그는 알고 있었다. 그뿐만이 아니라 그것은 하나의 살아가는 방법의 문제가 아니면 안 된다. 그런데 그는 그것을 그 실체가 어떠한 것이든 간에 놓쳐버리고 말았다. 그리고 그는 최근 그러한 것만이 인간이 가질 수 있는 만족한 것이 아닌가 하고 믿게 되었던 것이다. 그러면 우정에서는? 래리는 그가 가장 좋아했던 남자였다. 여자들과에 있어서는? 그 방면에서는 달콤한 회상에 남을 만한 것은 거의 아무것도 없었다. 그는 사랑하는 여자와 결혼하여 수년 간은 행복했었다. 그러나 현재에 와서는 대서양을 사이에 두고 사는 편이 피차의 기분이 유쾌했다. 두 사람 사이를 멀게 만든 것은 예술가와 그 부인 간에서 간혹 일어난다고 상상되고 있는 그러한 보통 있는 경우가 아니었다. 아마도 그것은 질투인지도 모른다. 그러나 세상에 흔히 있는 질투와는 그 류(類)를 달리하고 있었다.

두 사람 사이에는 어린이가 없었으므로 세바스찬은 어떤 재능 있는 소년을 집에 데리고 왔다. 그 소년은 집도 양친도 없고 왔을 때에는 아직 작은 어린애였다.

그의 양친이라는 분들은 두 사람이 모두 옛날 오페라 코미크(희가극좌)에서 노래하던 가수였다. 그는 귀여운 소년으로 마담 세바스찬을 어머니처럼 따르고 있었는데 부인이 이 소년이 참으로 싫어서 섭섭한 태도로 대해주었다.

이 소년은 민감했고 부인을 참으로 숭배했었으므로 그의 냉엄한 태도는 거의 참혹한 감을 주었다. 일 년 반쯤 지나자 세바스찬은 이러한 태도를 더 이상 참을 수가 없어서 마리우스를 훌륭한 학교에 맡겨두었다. 소년은 그의 부인의 성질에서 그때까지는 꿈에도 생각지 않았던 일면을 찾아내고 말았다. 그래서 소년의 부인에 대한 감정이 완전히 변했다. 부인은 이러한 것을 알고 더욱 싫어했다. 세바스찬은 소년이 없는 것이 섭섭히 생각되어 그를 만나기 위하여 파리로 떠날 때가 있었다. 그런데 그러한 것마저 부인에게는 마음에 들지 않았다.

그는 아메리카에 건너왔다. 그가 출생한 고향인 시카고에 왔다. 더욱이 그는 18세 때에 시카고를 떠난 이래 대부분은 해외에서 생활을 해왔지만.

세바스찬은 몇 시간 동안 난로 옆에 앉아 있었다. 그의 목구멍이 깔깔해질 때까지 담배를 계속해서 피웠다.

그리고 그의 생각은 지구의 표면을 넓게 달리고 있었다. 그는 수저(水底)를 살펴보았으나 그곳에서 기억할 만한 것은 별로 아무것도 떠오르지 않았다. 그의 마음은 조용하게 쉴 수 있는 장소를 발견할 수가 없었던 것이다.

그는 〈맥베스〉의

"아 나의 가슴속엔 도마뱀으로 가득 찼다. 나의 아내여"(〈맥베스〉 제3막 제2장 36행에서 인용 — 역자) 라는 말을 생각했다.

단지 하나의 아름다운 더럽히지 않는 기억은 없는 것일까? 적어도 현재는 그 어디선가 살며시 가지고 와서 그 신선한 냄새를 마실 수 있는 꽃이든가 푸른 잎사귀 같은 것은 없는 것일까?

그의 시선은 피아노 쪽으로 달려갔다. 그렇다. 아마 그중의 하나는 틀림없이 있다.

세바스찬은 일어나서 두 창문을 활짝 열어젖히고 목에다 머플러를 감고 바람이 담배 연기를 내보내는 동안 방의 이곳저곳을 왔다 갔다 했다. 그는 루시의 모습을 생각하고 있었다. 만일 한 시간이라도 오늘 이 자리에 그가 있어주었다면 이렇게까지 간절하게 그를 생각하지도 않았을 것인데……자기에게 사랑을 느끼고 있는 젊은 여자에게 동정을 구하러 가는 것은 위험한 일이었다. 그러나 루시만은 다르다. 그는 왔다 갔다 하면서 루시의 감정은 지금까지 여러 가지의 가면을 쓰고 그를 둘러싸고 있던 감정과는 전연 다른 것이라는 것을 자신에게 스스로 말해주었다.

그의 마음은 이젠 그 자체로서 충만한 것이며 한편에서만 종시(終始) 손을 내미는 것과는 다른 것 같았다. 때로는 그에게는 도리어 소년과 같은 점이 있는 것처럼도 생각되었다. 루시는 너무도 남자와 같이 활발하였기 때문이다.

그것은 젊은 정렬이라고 말하기보다도 기사도적인 충절에 가까운 데가 있었다. 그는 젊은 사람이 허영심에서 간혹 빠지기 쉬운 그 정체를 알지 못할 엷은 배신행위 같은 것은 절대로 해본 일이 없을 것이라고 세바스찬은 믿고 있었다. 자기 자신에게 유리할 때에 그의 이름을 이용한다는 일은 절대로 없었다 — 말하자면 별로 악의로서가 아니라도 단지 여러 학생들에게 자랑하고 싶어서 그러한 일을 했다는 것도 그에게 없었던 것 같다.

지반이 없는 세계에서 지반을 만들려고 고투하면서 자기의 생활의 길을 개척해나가지 않으면 안 되는 젊은이들에게 있어서 그것은 참으로 용이한 이야기가 아니다.

남자이든 여자이든 간에 이러한 세심한 것을 주의하고 있는 인간을 그는 지금까지 만나본 일이 없었다. 수줍은 듯한 시선을 그에게 돌리고 그 눈동자에는 금색과 같은 빛이 반짝거릴 때 그가 그곳에서 읽은 것은 헌신의 정렬이며 상상력의 불꽃이었으며 상대방의 마음을 끌고 가든가 호소를 하는 것과 같은 점은 조금도 없었다. 루시하고 교제하는 동안에 그가 무엇을 요구하는 듯한 모습은 전연 찾지 못했다.

더욱 그와는 반대로 그에게는 이익 같은 것은 멸시하고 전연 돌아보지 않는 그러한 기품을 엿볼 수 있었던 것이다.

그는 갑자기 방 안이 추워진 것을 느꼈다. 시계를 보니 다섯 시가 되었다. 벌써 한 시간 동안이나 방안을 오고 가고 한 것 같다. 방의 공기는 신선해지고 그리고 그의 마음속도 어딘지 신선해진 것 같았다. 마음을 졸이는 것과 같은 느낌도 입안이 텁텁하던 것도 사라졌다. 그는 창문을 닫고 옷을 갈아입기 위하여 침실에 들어갔다. 15분쯤 지나자 그는 턱시도를 입고 나와 그 위에 외투를 걸쳤다. 그는 아래에 내려온 후 처음 자기 눈앞에 지나가는 자동차를 불러 타고 운전수에게 루시의 번지를 가르쳐주었다.

베이커리 앞에서 차에서 내리자 그는 운전수를 그곳에 기다리도록 했다.

이미 루시는 저녁을 먹기 위해서 아래층에 내려와 있는지도 몰라서 그는 먼저 식당 속을 들여다보았다. 그 다음 계단을 두 개 올라갔다. 그는 어떤 도어를 노크해야 좋을지 망설이고 있을 참에 다행히 뒤에서 피아노 소리가 들려왔다. 그것은 〈송어〉라는 곡이었다. 그는 웃으며 그가 한 곡을 끝마칠 때에 비로소 조용하게 노크를 했다.

"누구십니까?"

"게이하트 씨, 세바스찬입니다. 좀 뵙고 싶은데요."

루시는 이것 참 곤란하다는 표정으로 방안을 살펴보았다. 그러나 방안은 어두웠으므로 아무것도 그에게는 보이지 않을 것이라고 생각되었다. 그는 화장옷을 다정히 입고서 문을 열었다.

"일요일까지도 당신을 귀찮게 해드리고 싶지는 않았는데…… 다른 데 별로 약속이 없으시다면 밖에 나가 저녁을 함께 하시지 않겠습니까? 오늘은 하루 종일 우울했으므로 나는 혼자서 식사를 하는 것이 웬일인지 겁이 납니다."

"그러면 선생님 함께 가겠어요, 좀 옷을 갈아입어야겠는데 그렇게 시간은 오래 걸리지는 않겠습니다."

"별로 급히 서두르지 마시고 천천히 하십시오. 아직 시간도 대단히 빠르니깐 나는 아래에 내려가서 차 안에서 기다리겠습니다. 그리고 베이커리에 들어가 빵이나 과자를 사겠습니다. 당신이 이상한 남자와 함께 나갔다고 하지 않게 하기 위해서입니다."

루시는 문을 닫고 불을 켜두었다. 그는 전과 같이 한 벌밖에 없는 이브닝과 어떤 음악회나 늘 하고 다니는 검은 네트를 했다.

그러나 만일 그가 식사를 함께 하겠다고 한 사람이 옷을 잘 입은 부인이라면 그가 초대할 수 있는 부인들은 얼마든지 있었을 것이다.

루시가 옷을 많이 가지고 있지 않다는 것은 그도 알고 있을 것이며 세바스찬이 아무렇게도 생각지 않는다면 루시도 그러한 것을 걱정할 필요가 없다. 그러나 역시 루시로서는 혹시 그를 위하여 입을 새 옷이 손에 들어온다면 어떤 한 일을 해도 좋다고 생각했다.

두 사람이 호텔의 식당에 들어갔을 때 거의 사람이 없고 텅 비어 있는 것을 보고 루시는 즐거웠다. 그가 초라한 옷을 입은 여자를 화려한 옷을 입은 사람이 가득 차 있는 곳에 데리고 갈 필요가 없었기 때문이다. 스프를 가지고 오는 것을 기다리고 있는 동안 그는 처음으로 웃었다.

"그처럼 내가 갑자기 찾아가서 당신이 혹시 놀라시지는 않을까 걱정했습니다. 저는 하루 종일 스튜디오 속에만 있었습니다. 당신은 조간에 래리 맥고완이란 사람이 사보이의 사나토리엄에서 어제 죽었다는 기사를 보지 못했습니까? 우리들은 학교 시대부터의 친구였지요."

마담 드 비뇽의 장례식날 일이 루시의 머릿속에서 생각났다. 그로서는 세바스찬이 나쁜 뉴스를 받게 되어 가엾게 생각된다는 외에는 할 말이 없었다.

"그런데 저는 딴 생각으로 서럽게 여겼습니다. 즉 나를 위하여 서러워했습니다. 만일 수년 전에 그러한 뉴스가 잔인한 활자로 쓰였던 것을 보았다면 나는 그 자리에 쓰러져서 어린애처럼 울었을 것입니다. 그런데 우리들의 우정에는 여러 가지 문제가 일어납니다 그려…… 이 세상을 살아가는 데 있어서 이처럼 싫은 일은 없습니다. 젊은 사람들에게는 그것이 어떠한 일인지는 잘 알지 못할 것이지만."

웨이터가 수프와 포도주를 가지고 왔다. 그가 뒤돌아서 가자 세바스찬은 다시 말을 시작했다.

"우리들 두 사람은 별로 대수로운 이유도 없이 서로 사이가 멀어졌습니다. 지금으로부터 5년 전 일인데 그는 나를 불란서로 찾아주었습니다. 우리들 부부는 마침 샹티에 조그마한 집을 다시 짓고 있었을 때이며 그것이 또 참으로 마음에 들었습니다. 나는 그곳에서 래리가 찾아오는 날을 매일처럼 기다리고 있었습니다. 그러나 그가 오고 보니깐 좋지 못한 일이 생겼습니다. 래리는 우리들의 집과 친구들도 그리고 아무것이나 마음에 들지 않았던 모양입니다. 거기에 그는 그러한 기분을 솔직히 얼굴에 나타냈으므로 나는 실망하고 성이 났습니다. 우리들은 섭섭하고 냉정한 마음으로 헤어졌습니다. 틀림없이 그때부터 그의 몸은 나빠졌을 것이라고 생각합니다. 매사에 좀 이상하고 상대의 기분을 나쁘게 하는 비평만 하고 있었으니깐요."

"그 후 그분과는 만난 일이 없으신지요."

"전연 없었습니다. 그 후 얼마 되지 않아 여러 가지 문제가 생겼습니다. 더욱 별로 아무 의미도 없는 편지가 두세 번 오고가고 했으나…… 신문의 통신에는 그가 사란시 위에 있는 산 속의 싸나트룸에서 죽었다고 되어 있습니다. 그 사람과 나는 아직 20세 때의 어느 여름 마침 그 지방을 순시한 일이 있습니다. 그는 그 산 위에서 앓았을 때에 당시의 일을 생각했을 것입니다. 우리들은 륙색을 머리에 깔고 그곳 산속에서 자고 또는 몇 시간 동안 계속해서 그 산을 바라다보았습니다.

아침엔 언제나 일찍 일어나 아직 해가 떠오르기 전 산정의 빛이 각각 변해 가고 있을 때 발코니에 나와 서로 잘 잤느냐고 말했던 것입니다. 도대체 어째서 그는 다시 한번 나와 만나려고 하지 않았는지, 어째서 지난해 여름 나를 자기 곁으로 부르지 않았는지 나는 참으로 궁금합니다."

세바스찬은 자주 포도주를 마시며 그의 반생에 관해서 지금까지보다도 많은 것을 루시에게 말해주었다.

그가 처음으로 시카고를 떠나 연구를 하기 위해서 외국에 가는 도중 뱃속에서 래리와 만났던 것이다.

그는 얼마 후 래리도 그와 같은 것을 공부하기 위하여 양행하는 것이며 거기에 같은 선생에게서 배우게 된다는 것도 알게 되었다. 셰르부르에 상륙할 때에는 이미 두 사람은 친구가 되었다. 파리에서는 함께 스튜디오를 빌리고 같은 하숙에 살고 있었다.

세바스찬은 천천히 시간을 들여서 저녁을 먹었다. 식당은 두 사람이 그곳을 나와 루시가 살고 있는 방향으로 차를 탔을 때에는 아주 텅 비고 말았다.

그는 루시의 팔 아래로 살며시 자기의 팔을 집어넣고 참으로 감사에 넘친 표정으로 그의 손을 잡았다.

"루시 씨 오늘 밤 저를 위하여 많은 시간을 소비해주셔서 참으로 감사합니다. 저는 아무와도 이야기하고 싶었습니다. 거기에 그 아무가 다른 사람이 아니고 당신이었기를 바랐습니다 — 다른 아무 사람이 아니고……"

루시는 급히 그의 얼굴을 돌려보고 세바스찬의 소매를 잡았다.

"세바스찬 선생님 어떻게 하시든지 선생님이 괴로움을 잊어주시도록 저는 언제나 바라고 있습니다. 저는 선생님의 일을 생각하면 언제나 행복해집니다. 거기에 다른 많은 사람들도 틀림없이 그럴 것입니다. 선생님은 다른 사람들이 애쓰며 구하려고 하는 모든 것을 지니고 계십니다. 그런데도 선생님 자신께서는 그 가치를 전연 인정치 않으시고 계시구먼요. 정말 그렇습니다!"

거기까지 말하고 나니 그는 갑자기 말을 그치고 말았다. 자기가 못난 소리를 하고 있다는 것을 느꼈기 때문이다.

세바스찬은 그가 말하는 데 귀를 기울이지는 않았으나 그 열렬한 젊은 소리의 근저에 흐르는 감정의 충격에는 어찌할 수가 없었다. 말소리 속에 잠겨 있는 그러한 진실한 반향이 무엇인지를 정의할 수는 없었으나 확실히 그것은 의심할 수가 없는 것이라고 그는 생각했다. 그는 자기의 소맷자락 위에 놓인 손을 잡고 그것을 자기의 두 손 사이에 두었다.

"루시. 당신에게는 내가 쓸쓸한 사람으로 보입니까? 어떠한 인간에게도 실망이라는 것이 있습니다. 나는 이곳에 건너온 후부터는 때때로 고독을 느낄 때가 있습니다. 우리들이 함께 일을 하는 아침엔 그런 일이 없으나……그때만 나는 확실히 자기 자신과 같은 기분이 됩니다. 그리고 내일 아침은 대리인과 함께 볼일이 있습니다. 당신은 5시경에 와주셔서 함께 차라도 마시지 않겠습니까? 제 생각은 그렇게 해주셨으면 생각합니다."

차가 길 모퉁이를 지나자 베이커리의 창에서 푸른빛이 나는 흰 불빛이 보였다. 세바스찬은 그를 계단 아래까지 데려다주었다.

"잊지 마세요. 내일은 당신은 휴일입니다. 아침에 늦잠을 자시고 좋은 꿈이라도 꾸십시오. 우리 두 사람이 20세 정도로서 불란서령(領) 알프스 산맥 근처를 도보로 여행이라도 하는 것을 혹시 꿈에 보실지 모릅니다. 그리고 나는 새벽의 발코니에서 당신의 이름을 부르게 되는지도 모릅니다."

12

그 다음 날 오후 루시는 미시간 통을 향하여 천천히 걸어갔다.

그는 지금까지 이처럼 그 거리를 좋아했던 일이 없었다 ─ 이곳은 인간이 자기의 청춘을 즐겁게 마음대로 보내고 자기의 비밀을 갖고 자기의 주인을 찾아서 자기 독특한 방법으로 그 사람에게 봉사하는 자유를 주는 거리였기 때문에.

어제의 비는 일종의 괴로움과 봄과 같은 냄새를 풍기고 갔다. 거리에서 그의 뺨을 때리고 그의 머리 위에서 오고가는 격렬한 공기도 오늘 저녁은 서글픈 손풍금처럼 어느 정도 생각에 잠긴 것과 같은 것을 품고 있었다. 상점 쇼윈도에 걸려 있는 모피와 보석 장미와 난꽃과 같은 아름다운 것이 모두 그 앞을 지나갈 때에 그 자신의 것인 것처럼 마음이 들었다. 물론 그것은 포장되어 자기의 집에 보내게 된다는 의미는 아니다 ─ 그러한 것을 어디다가 둘 것인가? 그것은 그 속에서 생활한다는 의미에 있어서 그의 것이었던 것이다.

얼마 후 다섯 시가 되고 회색의 황혼이 지났다. 그는 예술회관쪽을 향하여 발걸음을 재촉했다. 엘리베이터를 타고 올라갈 때 웬일인지 그의 마음은 겁이 났다. 그래서 그는 아무것도 생각하지 않도록 노력했다. 그는 멕카를 집어 올렸다. 그러자 세바스찬이 문을 열어주었다. 그가 무엇이라고 말하기 전에 아직 모자도 외투도 벗지 않은 그를 그대로 그는 포옹해버렸다.

두 사람은 오랫동안 움직이지도 않고 외투와 스틱으로 둘러싸인 으스무레한 현관에 서 있었던 것이다. 루시는 그가 자기의 마음속에 있는 모든 것을 뺏어가는 것이 아닌가 하고 생각했다. 이제 자기에게 남겨둘 만한 것은 하나도 없이 사라지고 말았다. 그의 부드러운 깊은 한숨은 그를 그대로 몽땅 삼켜버리고 겁과 주저와 허둥지둥하는 마음을 모두 뺏어가는 것처럼 생각됐다. 어떤 아름다운 깨끗한 것이 그의 마음에서 루시의 마음속으로 흘러들어 왔다 ─ 그것은 지혜와 슬픔이었다. 만일 그가 루시의 비밀을 뺏어갔다 하더라도 그에게서도 자기의 비밀을 그 대신으로 주었던 것이다. 그의 비밀이란 그가 인생을 체념하고 있다는 것이었다. 어떤 사람일지언정 또다시 그와 생활을 나눌 수는 없을 것이다. 그러나 인간의 낡은 아름다운 꿈에 대해서는 맑은 신념을 그는 가지고 있는 것이다. 그것을 루시에게 가르쳐주고 그리고 그와 함께 나누자, 두 사람은 음악실에 들어가기까지 서로 한마디도 말이 없었다.

차기(茶器)가 화로 옆에 놓여 있었다. 주전자의 물이 하도 끓어서 세바스찬은 물을 더 가지러 나갔다.

그러고 나서는 루시 혼자 오늘 밤에 한해서 들어갈 수가 없듯이 생각되었던 방에 남아 있었다.

피아노와 책장은 손이 닿지 않는 저 멀리 있었다. 그리고 루시도 그 자신에게서 먼 곳에 떨어져 있었다. 웬일인지 그에게는 모든 것이 지금이라도 사라져버리는 것과 같이 느껴졌다. 이젠 그는 모든 것을 알고 말았으니깐 루시를 내버릴 것을 의무로 생각하는지 모른다. 그는 단 한마디로서 루시의 존재를 말소시킬 수도 있을 것이다.

세바스찬은 돌아와서 그의 앞에 섰다. 그러나 그는 이름을 부르기까지는 얼굴을 들어 올릴 수가 없었다.

"루시 씨 그렇게 겁내지 마십시오. 나는 별로 당신에게 사랑을 속삭이려고 하지 않으니깐…… 더욱이 내가 당신을 사랑하고 있다는 것은 틀림없는 사실이니깐요……."

그는 바로 루시 옆에 와 앉았다.

"어째서 그렇게 겁을 내면서 나를 피하려고 하십니까? 거기에 당신의 손이 왜 이렇게 찹니까? 무엇을 당신은 두려워합니까?"

"그러한 일 잘 모르겠어요 ― 그러나 웬일인지 지금까지와는 모두 달라져 가는 것만 같아요. 아마 선생님은 이젠 제가 이곳에 와서 반주하는 것을 바라지 않는 것처럼 생각됩니다. 어떻게 하시든지 저를 내쫓지 말아주세요. 절대로 선생님에게 폐를 끼치지 않겠으니까……."

"당신을 내쫓는다니? 마침 나는 그렇게까지 욕심이 없는 인간은 아닙니다. 정말은 아마 그렇게 해야만 되지만……그러나 당신은 참다운 사랑을 하고 있는 것 같지 않습니다. 나는 당신의 아버지가 돼도 좋은 나이이며 당신은 이제부터 더 커질 것입니다 ― 여러 가지 일이 당신의 전도에서 기다리고 있습니다. 나의 마음을 잡은 것은 틀림없이 그러한 젊음일 것이라고 생각했었습니다. 그러나 지금에 와서는 루시 씨 당신이 갖는 모든 것을 나는 사랑하게 되었습니다. 그전에는 이곳에서 보내는 아침 시간은 나에게는 지루한 일이었었습니다. 당신은 거기에 어떤 달콤한 것을 가지고 오셨습니다. 저는 점점 저 창에서 당신이 오시는 것을 기다리고 바라보게 되었던 것입니다. 그리고 당신이 바람 속을 헤치고 오는 모습을 보게 되면 저의 가슴은 밝아졌던 것입니다. 저는 젊은 정열과 젊은 불덩어리를 사랑하고 있습니다. 전에는 우리 집에도 귀여운 소년이 있었으나 학교에 보내게 되고 말았지요. 당신은 이곳에서의 저의 생활에 얼마나 큰 변화를 가지고 오셨는지 알고 계십니까? 당신이 노크하면 봄의 계절이 문을 열고 찾아오는 것처럼 생각됩니다. 당신에게는 모든 것이 새롭고 놀라움을 지니고 있기 때문입니다. 저에게는 일이 대한 새로운 힘이 솟아올랐습니다."

루시는 행복의 눈물이 흐르는 것을 감추기 위해서 그의 어깨에 얼굴을 파묻었다. 그가 세바스찬에게 어떠한 것을 주었다는 것을 그 자신의 입에서 들었기 때문이다 ─ 아주 조금 전까지는 그러한 일은 모든 희망 중에서 가장 힘든 일로 생각되었으며 또 너무도 우스웠기 때문에 그는 어둠 속에서도 얼굴이 붉혀지는 것을 느꼈다. 그리고 그곳에 옆으로 드러누우니깐 그는 자기 자신이 또다시 그의 호흡 속에 그의 심장의 고동 속에 녹아들어가는 것과 같이 생각되었다. 이러한 상태가 오래 계속되지 않는다는 것을 그는 알고 있었다. 곧 일어나서 또다시 원래의 자신으로 돌아가지 않으면 안 된다. 허나 또 동시에 살아 있는 한에 있어서 이것은 틀림없이 계속될 것이라고도 그는 생각했다.

문을 가볍게 노크하는 소리가 들렸다. 루시는 재빨리 그에게서 떠나 화롯가로 갔다. 주세페는 열쇠로 문을 열고 들어오기 전에 언제나 꼭 그러한 노크를 하는 것이었다. 그는 머리를 살짝 기웃거리며 세바스찬에게 옷을 갈아입을 준비가 되었느냐고 물었다.

세바스찬은 방에 들어가 옷을 꺼내 놓으라고 그에게 말했다.

"루시 씨 사실은 만찬회에 약속이 있습니다. 그러니 가는 도중 당신을 집에까지 모셔다드리지요. 여기서 잠시 기다려주십시오. 별로 시간은 걸리지 않습니다."

그는 주세페와 함께 옆방으로 들어갔다. 그래서 루시는 그곳에 일어나 다시 의자에 앉았다. 그는 무릎 위에 두 손을 올려놓고 거리에서 겨우 들려오는 소음에 귀를 기울이며 몸 하나 움직이지 않고 앉아 있었다.

한 20분쯤 지나서 세바스찬은 턱시도를 입고 나왔다.

"루시 씨 당신은 이렇게 빨리 옷을 갈아입을 수 있습니까?"

라고 말하며 흰 장갑을 끼고 화로 옆에 그가 서 있을 때 문에서 열쇠 소리가 잘각 들렸다. 문이 열리고 역시 턱시도를 입은 제임스 모크퍼드가 들어왔다. 그는 실크해트를 쓰고 손에는 스틱을 들었다. 루시를 보자 그는 모자를 벗고 머리를 숙였다.

"지미 군 들어오게 어디서 오는 길인가?"

세바스찬은 기분 좋게 말했다. 모크퍼드는 이미 들어와 있었다.

이 사나이에게는 이편에서 뭐라고 말할 필요가 없다고 루시는 생각했다. 그가 방에 들어오는 태도에는 어딘지 사람을 무시하는 듯한 표정이 있었다.

"저의 하숙집에서 오는 길입니다. 이제부터 친구들과 저녁을 같이 하려고 합니다. 그래서 실은 당신의 차에 편승했으면 하고 찾아왔습니다."

세바스찬은 이 사람의 태연자약한 태도가 마음에 들었는지 껄껄 웃었다.

"미안하지만 오늘 저녁만은 자네 자신이 분발해서 한 대 불러 타야만 되겠네. 나는 게이하트 씨를 모셔다드리게 되었으니깐. 그러나 이곳에서 기다려도 좋다면 자네를 데리러 다시 한번 와도 상관은 없는데……."

"고맙습니다. 그럼 기다리기로 하지요."

모크퍼드는 외투와 모자를 피아노 위에 올려놓고 절름거리며 테이블 옆으로 가서 차를 마시기 위하여 내놓은 샌드위치를 집어 먹었다.

그는 아직 쓰지 않았던 차종(컵)이 새로 나와 있는 것을 바라보고 코를 찡그렸다. 루시는 그대로 아연히 바라다보았다. 대체 이자는 밤이 되면 분이나 크림 같은 것을 얼굴에 바르는 모양이라고 그는 생각했다.

모크퍼드는 세바스찬을 보고 말했다.

"리본을 달으셨습니다그려."

"벨기에[白耳義] 공사를 위해서 열리는 만찬회니깐."

이번엔 세바스찬의 대답이 좀 쌀쌀해졌다고 루시는 생각했다. 그는 그의 윗저고리에 작은 자색 리본을 단 것을 보았다. 주세페가 외투를 가지고 왔다. 모크퍼드는 샌드위치를 다 먹고 나서 손을 씻었다.

"얼마 동안이나 걸립니까?"

"한 20분 정도이면 자네를 데리러 올 것이네."

"돌아오시면 문지기를 여기까지 보내주시지요? 이 아픈 다리로 아래까지 내려가서 기다리게 되면 곤란하니깐. 그럼 다녀오세요. 게이하트 씨."

그는 루시가 나가려고 일어서니깐 좀 의자에서 일어섰으나 곧 그 자리에 앉고 말았다. 루시는 밖으로 나올 때 그가 제일 깊은 의자에 드러누워 아픈 다리를 긴 의자에 뻗치고 담배를 입술에 물고 있는 것을 보았다.

"모크퍼드가 하는 데 너무 신경을 쓰지 마세요."

세바스찬은 그의 다음에 차를 타고 도어를 닫으면서 말했다. 루시는 별로 아무 생각도 없다고 말하자 그는 루시의 어깨를 턱턱 치면서 말을 이었다.

"저 루시 씨 나는 당신의 얼굴을 책처럼 환히 읽을 수 있습니다! 당신은 감정을 위장시킨다는 것을 잘 못합니다. 지미는 때때로 철면피한 짓을 합니다 ― 그것은 어렸을 때 잘 배우지 못한 까닭입니다. 그자는 사실은 빈민굴에서 자라났습니다. 내 아내가 나를 위해서 그자를 데려다주었습니다. 좀 남과 다른 재능이 있는 교활한 사나이를 발견한 것은 내 장인의 친구입니다. 그 사람도 원래는 나쁜 사람이 아닌데 몸이 좋지 못하니깐 그런 데서 오는 원인이 많을 것입니다. 지금 그와 나는 심리적인 투쟁을 하고 있습니다. 즉 그의 말을 빌린다면 그의 권리를 위해서 싸우고 있다는 것입니다. 누군지 어떤 친한 친구가 그의 이름을 반주자로서가 아니라 '찬조 출연자'로서 프로그램에 내놓도록 하라고 코치해준 모양입니다. 그래서 나는 그러한 일은 싫다고 말했더니 그는 지금 화를 내고 있습니다."

루시는 마음먹고 있는 것을 전부 이야기하고 싶었으나 겨우 다음과 같은 말밖에 입에서 나오지 않았다.

"그럼 대체적으로 보아 그분은 충실하다고 선생님은 여기십니까?"

세바스찬은 웃었다.

"충실하다고요? 마 제2바이올린을 켜는 인간이 전부 충실하다는 뜻에서 말한다면 누구에게도 못지않게 충실하지요. 그 사람에게 여러 가지 일을 기대해서는 안 됩니다."

13

루시는 자기의 생일날이 3월이라는 것을 이전부터 섭섭하게 생각하고 있었다. 시카고에서는 그 무렵부터가 일 년 중에서 가장 불유쾌한 시절이었으며 고향인 해버퍼드에서도 언제나 역시 쓸쓸한 계절이었기 때문에……

플래트강의 얼음이 풀리거나 또는 우툴두툴해져서 스케이팅 같은 것은 생각도 못했다. 바람은 끊일 줄 모르게 불어오고 공기는 밭의 먼지와 강변에서 불어오는 사진(砂塵) 때문에 혼탁해졌다. 그러나 금년의 3월은 그에게 있어서 지금까지 없던 행복한 달이었다.

세바스찬은 동부지방에서의 4월 달의 연주 여행을 위한 프로그램을 준비하고 있었기 때문에 어떤 아침 시간도 중요했다. 그는 이번만은 스튜디오

안에서 전 생활을 하고 있다고 해도 과언이 아니었다. 그는 방안을 꽃과 신록의 식물로서 언제나 가득 채웠다. 루시가 그러한 것을 좋아한다고 그가 알았기 때문이다.

루시를 위하여 도어를 열어줄 때에는 그는 언제나 키스로서 그를 맞이했다. 간혹 장난삼아 할 때도 있었으나 절대로 성급하게 하지 않는 그 포옹은 그 자리에서 두 사람의 마음을 완전히 하나의 것으로 결합시키는 것이었다. 하나하나의 음이 하나하나의 침묵이 친밀과 신뢰의 아름다움을 지니고 있었다.

그 방에서 호흡하는 공기는 세계의 어떠한 곳의 공기와도 달랐다. 그곳에는 특별한 광선이 존재하고 있다고 루시는 생각했다 — 바깥세계에는 안개가 갈색으로 가리고 연기가 얕게 흐리고 있어도 그 방속에는 언제나 금색 광선이 윤하게 흐르고 있었다.

천기는 언제나 똑같이 나빴다. 호수에는 빙괴(氷塊)가 서로 부딪치며 흐르고 쉬지 않고 비 눈이 섞여 내려 폭풍은 가로(街路)에 부서진 우산을 흩어지게 하였다. 그러나 루시가 예술회관에 도착하면 엘리베이터는 그의 육체를 조용한 세계에 옮겨다주는 것이다.

그가 하루하루의 생활 속에서 최대의 행복을 느낄 수 있는 것은 밤 — 단 혼자서 조용하게 되었을 때 — 그것이 다 지나고 나서부터였다! 어째서 그런지 그에게는 잘 모르는 일이었었으나.

어두움 속에서 그는 아침의 여러 순간을 또 한 번 복습해보는 것이었다. 거기에는 어떠한 하나도 잃어버린 것이 없었다 — 노래의 일절도 그의 얼굴에 나타난 하나의 표정도 그의 손 하나하나의 움직임도 이러한 조용한 시간에 그는 1월 4일부터의 몇 주간이 지금까지 보낸 21년의 세월보다도 더 길었다는 것을 회고하고 여러 가지 일을 잘 생각해보는 것이었다.

인생은 세월에 의하여 측량할 수 없는 것이었다.

그렇다고 하여 그것은 루시가 지금까지 불만을 품고 살아왔다는 뜻은 아니다. 그는 처음으로 시카고에 나온 후부터 쭉 행복했으며 조그마한 시골 거리에서 대도시에 빠져나와 파울 아우어바흐와 같은 친절하고 양심적인 분에게서 공부하게 된 자기는 행복하다고 생각했다. 그러나 그 시대도 지금엔 먼 옛날처럼 되었다. 그는 처음으로 클레멘트 세바스찬의 노래를 듣던 밤부터 참으로 새로운 생애에 돌입한 것이다. 그때까지 그는 어떤 미숙하고 작은 것을 가지고 지내온 것 같다.

그때부터 그는 그 생각에 있어서나 그 생활 방법에서 아니 그 용모에 있어서도 너무도 갑자기 변화했기 때문에 대체 자기 자신이 알고 있는 것일까? 라는 스스로 의심할 정도였다 — 단지 모든 변화가 시시각각으로 자신의 본연의 자체로 가까이 가는 방향에 있다는 것만은 확신했으나.

이젠 그는 어떠한 일도 과도하게 좋아한다든가 싫어한다는 것을 겁내지 않았다. 그것은 마치 자기 자신의 것을 받아들이고 그리고 중요하지 않은 것은 받아들이지 않겠다는 태도에 대해서 어떤 하나의 신념을 찾은 것 같았다.

어느 날 아침 세바스찬은 〈사랑을 이야기하지 않았던 소녀〉라는 옛날 영국 노래를 꺼내냈다. 그는 방안을 왔다 갔다 하며 혼자서 싱글싱글 웃으면서 몇 번이고 몇 번이고 그것을 반복해가며 노래했다.

> "그러나 숨겨둔 생각은
> 봉오리에 들어가는 벌레와 같이
> 장밋빛 그 뺨을
> 갉아버린다"

그는 피아노 옆에서 발을 멈추고 몸을 꾸부리고 그의 얼굴을 루시의 얼굴에 가까이했다.

"당신의 뺨은 걱정 없겠지요?"

루시는 깜짝 놀라 왼손을 재빨리 뺨에 갖다 댔다.

"그러나 — 어째서 그런 일이 — 저에게는 아무것도 숨길 것이 없어요."

"아무것도 없어요? 가슴을 아프게 할 아무것도?"

"그러한 것을 새삼스럽게 물어보시지 마세요."

그는 놀란 것과 같은 표정으로 그를 바라보았다.

"이렇게 매일 선생님의 눈앞에서 생활하고 있지 않아요."

"이렇게 밖에 나와 일하고 있어서 때로는 자기의 생활을 허비하고 계시다고 느끼지 않으십니까?"

"저에게는 절대로 그처럼 생각되지 않습니다. 이제 이것으로 그만이에요?"

"한 번만 더 부탁합니다."

루시는 피아노에서 일어서자 긴 한숨을 쉬었다.

"그 노래 지금까지 듣지 못했어요. 그리고 가사도 아름답고."

세바스찬은 웃었다.

"아, 그러세요? 아직 그런 노래는 저 책 속에 많이 있습니다."

그는 책장에 가서 한 줄로 쭉 세워놓은 빨간 가죽으로 제본한 작은 책 중에서 한 권을 꺼내왔다.

"그것을 가지십시오. 지금 노래의 문구도 다른 노래도 거기 들었습니다. 아름다운 노래가 많이."

그가 간혹 마치 루시가 어린아이인 것처럼 그런 야유를 섞인 말로 이야기할 때가 있었다.

루시는 얼굴을 붉혔다. 그는 그것을 읽어보았다. 그리고 그것은 누구나 외견을 위장하고 진심으로 되고 있는 자는 한 사람도 없는 도리어 터무니없는 희극이라고 생각했다. 그는 세바스찬을 위해 반주를 하기 전까지는 언어가 그 직접의 의미 이외에 어떤 다른 가치를 가지고 있다고는 알지 못했다.

14

세바스찬이 동부지방으로 연주여행을 떠나고 얼마 후 루시는 해리 고든에게서 한 통의 편지를 받았다.

그는 1주일 동안 오페라를 구경하기 위하여 시카고에 가게 되니까 그와 전에 약속한 것을 잊지 않도록 바란다는 요지의 편지였다. 그 당시에는 뉴욕의 오페라단이 봄마다 수주간의 흥행을 하기 위하여 시카고에 왔던 것이다.

작년에는 즐겁게 해리와 그 오페라 구경을 다닌 그였으나 그러나 이번에는 완전히 사정이 달라졌다. 루시는 해리와 만나고도 싶지 않았고 해버퍼드에서나 또는 그의 지나간 날에 있어서의 모든 일은 다시 생각하고 싶지가 않았다.

그는 이제부터 매일 도서관에 나가서 세바스찬의 음악회의 비평을 보기 위해 여러 가지 신문을 찾아보려고 생각하고 있었던 참이다. 그러기 위해서는 상당히 시간이 걸린다. 그의 지금까지의 생활은 확실히 그가 생각하는 뜻대로 되었었는데 해리가 오게 되면 그것이 완전히 허물어질지도 모른다. 아마도 해리는 그는 꿈속에서 생활하고 있는 것을 또 그는 전과 같은 루시 게이하트이며 지금까지의 생활은 전부 어리석은 것에 불과했다는 것을 그에게 향하여 증명할 수 있는 일을 해내버릴지도 모른다.

해리는 편지 속에서 어디서 그와 만날 수 있느냐는 것을 물었다. 그가 베이커리에 그를 부르러 오기를 싫어하는 것을 루시는 잘 알고 있었다. 세바스찬은 그를 저녁식사에 초대할 때에 아래층 식당에서 기다리는 것을 조금도 언짢게 생각지 않았으나 해리는 그것을 염두에 뒀다.

루시는 그가 숙박하게 될 호텔에 편지를 보내고 월요일 연습이 끝난 후에 아우어바흐의 스튜디오에 만나러 오라고 썼다. 아우어바흐의 스튜디오는 그가 그곳에서 레슨을 해주지 않을 때에는 응접실로써 사용했다 그의 사용의 사무실이 그 뒤에 있었다. 현관 건너편 저쪽에 북편에서 광선이 들어오는 좀 어두운 방이 있어서 그곳에서 루시는 젊은 제자들의 연습을 돌보아주고 시간이 틈이 나면 자기의 연습을 했다.

월요일 오후 루시가 이 스튜디오에 나오니깐 응접실에서 아우어바흐 선생 자신이 해리 고든과 상대로 이야기하고 있었다. 그리고 두 사람은 서로가 잘 기분이 맞는 것 같은 모습이었다. 루시가 방을 지나서 그쪽으로 걸어갈 때에 갑자기 해리에 대해서 호의를 느꼈다. 그는 그 신선하고 좀 붉은 얼굴에 즐거운 미소를 띠고 새로 만든 회색 양복을 잘 몸에 맞도록 입고 그를 만나러 온 것이다.

첫눈으로 본 순간 루시가 그에게서 가장 사랑하고 있는 것을 그는 의식했다 — 그것은 그를 훌륭하게 춤을 추게 하고 피로를 모르는 스케이트의 명수로 한 그 훌륭한 육체적 균형이었다.

파울 아우어바흐는 두 사람의 회합을 루시 자신과 똑같이 즐거워하는 것 같았다. 그는 해리의 방문 시간이 지나는 것을 대단히 섭섭히 생각하는 모양이었다.

그리고 또다시 찾아와달라고 그에게 권하며 또 루시에게는 아우어바흐 부인에게 그를 소개하기 위해서 자택으로 함께 오면 어떠냐고 제안했다.

두 사람을 문턱까지 견송할 때 그는 해리에게 언제 시카고에 도착했느냐고 물었다. 해리는 그가 시카고에 와서 이미 3일 간이나 되었음에도 불구하고 아침 기차로 온 길이라고 대답했다.

그는 떠나기 전에 양복점에 편지를 내고 최후의 가봉(假縫)은 그곳에서 하겠으니까 두 벌[二着]만 준비해달라고 써 보냈는데 그것이 다 만들어져서 호텔까지 보내올 때까지 아무 데도 방문하지 않았다. 그는 시카고에서 훌륭한 복장을 한 사람들과 조금도 다름이 없는 복장을 하고 싶었기 때문이다.

두 사람이 스튜디오를 나오자 해리는 어디로 저녁식사를 하러 가자고 말했다.

"이제부터 일찌감치 가볼까 그렇지 않으면 당신이 옷을 갈아입은 후에 갈까?"

"아니 내일 밤 오페라에 가기 전에도 성장한 식사는 할 수 있어요. 오늘 밤은 이야기를 할 수 있는 조용한 곳에 데려다주셨으면 해요."

"아무렇게나. 당신이 좋으신 대로 합시다. 이번 주일은 실컷 즐겁게 놀려고 생각하고 있어, 루시 씨 그렇지 않아?"

해리는 어떤 즐겁게 놀려고 할 때에는 마치 폴카나 스코티시 같은 춤을 출 때에 그가 언제나 하는 것처럼 상대방을 막 끌고 가는 경향이 있다는 것을 루시는 생각했다.

그는 그러한 어딘지 격렬한 조약성이 있는 댄스를 그와 함께 추는 것을 좋아했다.

그는 리듬에 대해서 좋은 감각을 가지고 있었으며 그의 상대는 몸이 자연히 떠오르는 것과 같은 느낌을 주는 것이었다.

그날 밤 집에 돌아왔을 때 루시는 해리 고든과 재회하는 것도 나쁘지는 않다고 생각했다. 그는 오랜 옛 친구를 버리는 것이 무엇보다도 싫었다. 그렇게 자존심이 강하지만 않으면 해리도 대단히 좋은 사람이 될 텐데…… 하고 그는 옷을 벗으면서 생각했다. 그것은 일종의 정신적인 근시이며 그 때문에 그는 자기에게 직접 관련한 것 이외에는 보는 능력이 없는 것이다. 그러나 오늘 밤의 루시에게는 그가 자기 자신에 대해서 만족하고 있는 것이 마음에 들지 않았다. 그것은 그가 다른 모든 것에도 똑같이 만족하고 있기 때문이다. 급사들이 하는 버릇이나 음식의 결점을 찾아서 이러니저러니 말하는 시골 사람의 잘못을 그는 오늘 밤은 하지 않았다. 급사인에 대해서도 점잖은 태도를 취하고 팁도 많이 줬다. 그는 또 돌아오기 전에 미시간 통을 드라이브하자고 말했다 — 이것은 제법 유망한 징조였다 — 자가용의 말과 차를 가지고 있는 고든 가의 사람들에게 있어서 하이어는 어울리지 않는 사치이며 최단거리를 다니는 것이었기 때문에.

루시는 해리가 이야기하는 것을 듣는 것을 — 그것은 주로 그의 목소리 때문이었으나 — 자기가 얼마나 좋아한다는 것을 틀림없이 잊어버렸을 것이라고 생각했다. 그가 어떠한 문제를 말하더라도 한 번 그 목소리가 갖는 여러 가지 가면을 알고만 있으면 그 소리의 변화로 그의 마음속을 다 짐작할 수가 있었다. 아주 돈이 필요한 사람에게 대부를 거절할 때에 그가 사용하는 어조는 참으로 부드럽고 친절한 것이며 거기에 유감스러운 표정을 말과 함께 나타내는 버릇을 잊지 않았다. 그리고 또 별종의 친절도 있었다 — 그것도 대체로 전언한 바와 다름이 없었으나 그러나 그것은 진실한 것이었다.

그 다음 날 〈아이다〉를 듣기 위하여 해리는 참으로 좋은 신조 연미복을 입고 나왔다. 루시는 그날 오후에도 쭉 연습을 해주었기 때문에 저녁을 먹기 위하여 그의 호텔까지 두 사람이 차를 달리고 있을 때에는 몹시 피로했다. 그러나 그는 원기가 좋았으므로 루시 역시 따라서 원기를 회복했다.

오페라는 참으로 좋은 좌석을 준비해주었다. 해리가 몇 주일 전부터 편지로 자리를 예약해두었기 때문이다. 그는 대단히 기분이 좋았으며 그의 말을 빌자면 루시가 감상적으로 신성시한다는 것을 단 한 번도 조롱하는 것과 같은 태도를 보이지 않았다. 그는 음악도 청중도 루시와 함께 있다는 것도 즐거워했다. 거기에 테놀에 대한 그의 열의는 마음속으로부터 우러나온 것이었다. 제3막의 2중창은 확실히 그가 생각하고 있는 의미의 음악이라고 그는 말했다. 그는 개선 마치에 합쳐서 조용하게 박자를 쳤다. 그리고 나팔 소리가 좀 틀려도 그런 것을 아무렇게도 생각지 않았다.

그가 루시에게 그의 하숙집 계단 아래서 잘 자라고 말했을 때 루시는 그와 함께 오페라에 가는 것이 즐겁다고 정직한 마음으로 알릴 수가 있었다.

15

두 사람이 〈오셀로〉(베르디의 가극 〈오셀로〉 — 역자)를 들은 그 다음 날 루시는 해리에게서 미술관을 안내해달라고 청을 받았기 때문에 피아노 연습은 중지했다.

그날은 조용한 햇빛이 쪼이는 아름다운 아침이며 두 사람은 미시간 통까지 걸어가는 도중 물건을 좀 샀다.

루시는 조금이라도 구실이 생기면 그것을 이용해 가지고 되도록 시간이 걸리도록 했다. 지난해 함께 미술관을 돌아보고 다닐 때에는 두 사람은 모든 것에 관하여 상당한 의견의 차이를 일으키고 문을 나왔을 때에는 서로 어색해진 것을 느꼈기 때문이다.

마셜 필드(시카고의 대 백화점) 쪽이 해리에게는 마음이 들 만한 장소이며 그를 위하여 손수건과 넥타이를 골라주는 것은 재미도 있었다. 그러나 그는 종시 회중시계를 보고 있었으며 미술진열관의 문이 열리자마자 루시를 그곳까지 끌고 갔다.

그는 루시의 마음을 건드릴 것 같은 비평은 하나도 하지 않으려고 주의하고 있었다. 걸음걸이도 음성까지도 경계하고 있는 것을 루시는 실제로 느낄 수 있었다.

지난해 봄엔 내가 몹시 분개했음이 틀림없다! 금년에는 단 한 번도 그의 눈에는 예의 날카로운 눈이 보이지 않는다. 간혹 그림 앞에서 화가가 잘못 그린 점을 높은 소리로 떠들고 싶은 것처럼 어깨를 펴고 입술을 찌푸리는 법은 있었다. 그러나 구태여 우스운 말을 하려고는 하지 않았다.

두 사람이 불란서 인상파의 다른 데서 빌려다가 출품해놓은 곳까지 오니까 그는 결국 참지 못하여 묘사법이 틀린 초상화를 일일이 지적하기 시작했다.

"루시 씨 이번만은 당신도 인정하실 것입니다……."

그는 상대를 납득시킬 수 있는 식으로 말했다.

"그것은 확실히 그렇지만 그러나 그러한 것은 문제가 아니라고 생각해요. 저는 그림에 대해서는 아무것도 모르지만 제 생각으로서는 그림 속에는 어떤 것의 모습을 그려내는 것과 단지 일종의 감정을 표현하는 것이 있지 않아요? 후자에 있어서는 정확성이라는 것은 그리 문제가 되지 않을 것이라고 봅니다."

"그러나 해부는 어디까지나 사실이며 사실은 모든 것의 근저에 존재합니다."

그는 이렇게 말했다.

루시는 이전 같았으면 그랬을는지 모르지만 이때에는 성급히 대답을 하지 않고 단지 머리를 숙이고 그가 아무 말도 하지 못하게 침착한 소리로 말했다.

"그럴까요? 해리 씨 저는 그렇다고 확실히 말하지 못하겠어요."

이 말에 대해서 그는 아무 소리도 하지 않았다. 루시의 구조에는 그로 하여금 그에게 부드러운 마음을 일으키게 하는 것이 숨어 있었다. 틀림없이 루시는 피로해 있을 것이라고 그는 생각했다. 그는 호수로 면한 건물 뒤편에 있는 포르티코로 통한 문이 열려 있는 것을 보았다. 그리고 루시의 팔목을 살며시 쳤다.

"저쪽 발코니에 나가 신선한 공기라도 마십시다."

아침 공기는 따뜻해졌으나 안개가 끼어 수평선을 가리고 있었다. 물은 푸르고 그 위에 있는 모든 것이 조용했다. 그 중심 부근에는 시시각각으로 변해가는 파랗고 푸른 색깔을 가진 은빛 안개가 멀리 호수 끝까지 흐르고 있었다. 회색 갈매기까지도 서글픈 날개를 펄떡이며 날아갔다. 공기는 한바탕 비를 뿌릴 것 같은 기색이다. 이러한 아침에는…… 루시는 잘 알 수 없는 고통이 치밀어 올라왔다. 그는 부드러운 봄의 징조를 보았을 때—봄은 지상에 나타나기 전에 이미 하늘빛에 나타나고 있었다—무어라 말할 수 없는 갈망이 그의 온몸 안에 깃들고 가슴을 빠개는 듯한 느낌을 가졌다. 요 얼마 전에 발견했던 그 행복은 지금 어디 있는 것일까? 모든 것들이 것을 위협하고 세상의 습관이 그것을 반대하고 있다. 그것은 그의 손가락 사이에서 빠져나가고 말았다. 그것은 마치 지난날 들어본 일이 있는 매혹적인 멜로디에 대해서 그 리리시즘과 그것이 주고 간 즐거움은 기억하고 있어도 곡 자체는 확실히 생각할 수 없는 것과 같은 것이었다. 그러한 것과는 완전히 다른 지금의 세계—이러한 곳에서는 그는 호흡조차도 할 수가 없었다. 그것은 그를 질식시키고 그의 마음에 미칠 듯한 공포를…… 이 세계에 영원히 되돌아오게 하는 것과 같은 공포를 일으키는 것이었다.

아 만일 사람이 그 생명과 육체를 잃고 원망 이외에는 아무것도 남지 않았다면 만일 다른 것이 전부 사라져버리고 그 원망만이 남고 파랗고 푸른 저쪽 하늘가에 갈매기와 함께 떠날 수만 있다면—

그의 뒤에서 점심을 먹자는 소리가 들렸다.

루시는 깜짝 놀라 자기의 본정신으로 돌아갔다.

"싫어요. 웬일인지 머리가 아파요. 될 수 있으면 빨리 집에 가고 싶어요. 만일 오늘 저녁에도 함께 간다면 좀 집에서 쉰 후에 가겠어요."

그날 오후 루시는 자기 방에서 쉬고 있었다. 해리 고든의 휴가를 최후까지 잘 돌보아주자 그를 위해서 전력을 다해주자고 그는 자신에게 타일렀다. 나중에 후회될 만한 기분이 조금이라도 남아서는 안 된다. 루시가 그렇게 변해버린 것은 별로 그의 잘못에 의한 것이 아니었다. 도대체 그를 처음부터 오게 한 것이 잘못이라고 그는 생각했다. 허나 이미 이렇게 된 이상에는 극력

선처하는 길밖에는 없는 것이다. 루시는 매일처럼 네 가지의 오페라를 즐겁게 구경했다. 지금까지 그는 별로 오페라를 들은 일이 없었다. 너무 바빴고 거기에 가난했기 때문이다. 그들은 상등석에 자리를 잡고 모든 것에 만족하여 그곳에 앉아 있는 두 젊은이처럼 오페라에 열중했다.

오늘 밤 두 사람은 〈라트라비아타〉를 듣고 명 토요일은 밤의 흥행을 보는 대신 마티네(주간 공연)를 보기로 했다. 그것은 루시가 〈로엔 그린〉을 지금까지 들은 일이 없었으며 특히 그것을 듣고 싶어 했기 때문이다.

16

토요일은 바람은 세게 불었으나 일기는 맑은 4월 초하루였다. 거리에서는 남자 어린애들이 수선(水仙)을 팔고 있었으며 모든 손풍금(바렐 오르간)은 〈오 솔레 미오〉(아 나의 태양)를 틀고 있었다. 루시도 마음이 명랑해져서 즐거운 결말을 확신했다 — 해리는 내일 시카고를 떠나기로 되어 있다.

루시는 〈로엔 그린〉에 있어서도 오케스트라로 연주하는 것을 들은 일이 없었으므로 처음 몇 절에서 이미 놀라버리고 말았다. 제1막이 절반도 끝나기 전에 그는 혼자 되고 싶어서 애를 썼다.

이것은 해리와 함께 들을 만한 종류의 오페라가 아니었다. 그는 자기도 모르는 사이 될 수 있는 한 해리에게서 몸을 피하고 있었다. 이 음악을 듣고 있으니깐 그가 세바스찬의 스튜디오에서 느낀 것이 — 말하자면 눈에는 보이지 않고 침범할 수 없는 세계에 대한 신념과 같은 것이 또다시 나타나는 것이었다.

1막이 끝나고 불이 켜졌을 때 그의 눈에는 아직도 눈물이 빛나고 있었다.

혹시 해리가 놀려대는 말을 한다 치더라도 그러한 것은 지금엔 문제가 되지 않을 것이라고 믿었다. 그런데 해리는 아무 말도 하지 않았다. 곁눈으로 슬쩍 그를 보고 나서 자기의 프로그램에 시선을 떨어트리고 있다. 얼마 후 그는 마지못해 이렇게 말했다 —

"그 테너 참 잘하는데…… 거기에 연기도 좋고."

"그래요 틀림없이 신념을 가지고 있을 것이에요."

루시는 조용하게 말했다.

이날의 그의 태도에는 조금도 나쁜 데가 없었으나 그는 웬일인지 해리에 대해서 차차 적의에 가까운 감정을 느꼈다. 그러나 해리는 그가 깊이 감동한 것을 이해해주었다. 그런 종류의 일은 남자에게 있어서는 좀 못난 말이기는 하지만 여자의 경우에 있어서는 도리어 매력이 있다고 그는 생각했는지도 모른다.

제 2막이 끝나고 막이 내렸을 때 루시는 앉은 채로 몸을 움직이면서 사방을 돌아다보았다. 같은 줄의 저편 왼쪽에서 한 남자가 일어나서 루시를 바라보고 있다. 빨간 얼굴과 흥분으로 땀이 밴 미소 그는 깜짝 놀라 주세페라고 불렀다. 상대방은 그의 소리가 들릴 정도로 가까이 있지는 않았으나…….

루시는 몸을 앞으로 내밀고 손수건을 흔들었다. 그는 몇 번씩 몇 번씩 머리를 수그렸는데 별로 잘 안다는 체도 비굴한 모습도 없이 그저 애정과 경의에 찬 태도였다.

그의 모습을 보자 즐거움이 일시에 그의 전신에 넘쳤다. 웬일인지 몸이 떨리고 두 손이 차가워졌다. 그의 다른 세계에 있어서 그처럼 자르려야 자를 수 없는 일부분을 이루고 있는 사람이 지금까지 그곳에 쭉 앉아 있었다니 틀림없이 어떠한 것도 사라지지 않고 있다. 모든 것이 필연 또다시 옛날처럼 돌아올 것이라는 마음으로 그는 오페라가 끝날 때까지 그 자리에 앉아 있었다. 청중의 갈채에 답례하기 위하여 가수들이 무대에서 쭉 섰을 때 그는 그쪽을 보지 않고 주세페를 바라보고 있었다.

그는 일어서서 두 손을 앞으로 내밀고 한참 박수를 쳤다. 검고 흰 무늬가 있는 그의 명주 머플러는 거의 그의 무릎까지 내려와 있었다. 강철로 된 막이 내리자 그는 모자와 외투를 들고 사람으로 혼잡한 입구에 사라지고 말았다. 루시는 해리가 인내성 있게 들고 있었던 외투를 두 손으로 받았다.

"저 열성적인 친구는 누구지요?" 그는 극장 입구까지 루시를 안내하면서 별 생각 없이 그렇게 물었다.

"그분은 제가 반주하러 가는 스튜디오에서 일보는 이태리인이에요."

"그러면 음악생인가요?"

"아니에요, 단지 그저 고용인이에요. 그러나 대단히 음악을 좋아해요."

해리는 웃었다.

"확실히 그렇게 보입디다."

두 사람이 혼잡한 휴게실을 지나갈 때 해리는 자꾸만 〈로엔 그린〉의 백조에 대한 이별의 노래를 중얼거렸다. 루시는 그에게 주의하라는 듯이 말을 걸었다. 그러나 해리는 그 노래가 좋아서 별로 그만두려고 하지 않았다. 두 사람이 4월 달의 오후의 별로 따뜻하지도 않은 일광 아래 나왔을 때 그는 차를 불렀다.

"좀 드라이브라도 하면서 바깥 공기를 쏘입시다? 저녁을 먹기까지는 좀 이르고…… 여보 운전수 한 시간 정도 공원 쪽으로 데려다주구려. 루시 씨 당신을 데리고 갈 만한 장소는 차를 타고 가야만 되지."

그는 루시와 함께 나란히 앉아 긴 다리를 펴고 조용하게 웃었다.

"그 조그마한 이태리인은 어딘지 재주가 좀 다른 데가 있었어! 나는 사람들이 즐거워하는 것을 보는 것이 좋아. 그러나 용케도 그런 사람이 그렇게 좋은 자리를 살 돈이 있었던 말이야?"

그는 어딘지 마음에 거리끼는 모습으로 이야기했다.

"그러나 그 사람들은 무엇이나 자기가 좋아하는 것이 있다면 돈 같은 것은 안중에 없어요!"

그는 되도록 무심하게 얘기하려고 애썼다.

그는 머리를 옆으로 흔들었다.

"허나 역시 언제든지 셈을 다 치러야 할 날이 오는 법이야. 루시 미오."

루시는 입술을 물었다. 그 두 말이 모두 해리 고든이라는 인간을 잘 표현하고 있지 않은가! 그는 일 주일 동안이나 계속해서 이태리의 오페라를 들으러 왔기 때문에 이젠 잘 알게 되었다. 루시 미오(미오는 이태리 말로 "나의"라는 뜻—역자)라니.

그리고 조금 전에는 테너의 아리아(서정조)를 중얼거렸지 않은가. 루시는 차창에서 밖을 바라보며 안개 낀 푸른 하늘과 비둘기 빛 같은 물결에 주의를 집중하려고 했다. 멀리 등대에서 희미하게 불빛이 보였다.

해리는 그의 침묵을 별로 눈치채지 않았다. 그는 루시를 매년 오페라에 데리고 가려고 생각하고 있었다. 그러나 같은 일이라면 뉴욕까지 가서 보는 편이 좋을지도 모른다. 그렇게 하면 시골의 장사가 한산한 겨울에 갈 수가 있다. 그의 머릿속은 여러 가지 계획으로 가득 찼다. 그리고 그에게는 자기의 미래가 광휘 있는 것처럼 생각되었다.

그에게는 사람들 앞에서 너무 잘난 것처럼 생각하며 살아가는 것을 부끄럽게 여기는 일면이 있었는데(그는 센티멘털한 사나이는 싫었다) 그러한 일면을 되도록이면 루시를 통해서 살릴 수 있다고 생각하고 있었다. 그는 차 안의 의자에 깊숙이 앉아서 그의 팔에 기대어 또다시 백조의 노래를 중얼대는 것이었다.

루시는 몸을 좀 돌리고

"아니 거기는 이렇지 않아요?"

그는 머리를 끄떡거리며 웃었다.

"아참 그랬어…… 이제부터 방향을 바꾸고 저녁이나 먹으러 갈까?"

공회당 호텔의 식당에 그들이 들어갔을 때 손님들이 가득 차 있었다. 밤 흥행 전에 그곳에서 저녁을 먹는 사람들이 참으로 많았다.

해리는 자기의 취미에 맞는 테이블을 발견하고 다른 때 같았으면 빨리 가져올 필요가 없다고 했을 텐데 샴페인과 수프를 함께 가지고 오라고 주문했다.

"내 자신의 집만 갖게 된다면 샴페인을 많이 저축해두겠어 ─ 어떤 특별한 때를 위해서."

그는 식사를 하면서 여러 가지로 말을 많이 했다. 그리고 내일 가는 것은 싫으나 은행에서 볼일이 있는데 아버지를 대신해서 하지 않으면 안 된다고 말했다. 그의 부친은 류머티즘 때문에 온천에 가려고 하기 때문이었다. 그는 루시에게 대해서 이렇게 많은 시간을 할애해준 것은 참으로 감사한 일이라고도 말했다.

"당신이 없었으면 음악 같은 것은 나에게는 그리 의미가 없었을 거야……당신을 생각하는 것 이외에는."

루시는 그에게 미소를 보냈다. 그는 다른 때보다 안색이 나빴다. 너무도 피로했었다. 고마운 일로서는 이러한 일은 오늘 밤으로 마지막이다. 그로서는 지금까지 모든 정력을 다 기울여가며 도와주었다. 이제부터는 자기만의 생활에 돌아가고 싶어졌다.

식사는 이것저것 시간이 오래 가고 디저트 코스에 들어갔으나 끝날 것 같지도 않았다. 해리는 리큐어를 주문하고 여수연에 불을 붙였다. 그는 테이블 너머로 몸을 내밀고 루시의 접시 옆에 놓여 있던 그의 장갑을 손에 잡았다.

"저 루시 씨……."

그의 음성 속에 포함된 부드럽고도 고압적인 말투가 그 다음에 나오는 것에 대해서 루시의 마음을 싸우도록 준비하게 했다.

"이젠 서서히 여러 가지 일을 안정시킬 때가 아닐까? 우리들은 서로가 잘 상대방을 알고 있으며 나도 해보고 싶은 것을 조금씩은 해왔고…… 당신은 세상을 보겠다고 말할 것인데 나와 함께 있는 편이 훨씬 세상을 보게 되지

않을까 하는데 이젠 이 이상 시간을 허비할 이유가 없지 않아요? 지금이 4월
이니…… 어떠세요? 5월 달에 결혼하면 좋을 것 같은데 ─ 마 당신의 형편이
라면 6월경이라도 좋습니다. 그러나 가부간 또다시 여름을 넘기는 것은 좋지
않을 것 같은데…….”

루시는 눈살을 찌푸리고 상대방의 시선을 피했다.

“무슨 말씀이세요? 해리 씨 저는 아직 어떤 사람과도 결혼할 생각은 추호
도 없어요. 결혼 같은 것 하고 싶지 않아요 ─ 분간은.”

그는 펴고 있던 손바닥을 철썩 테이블 위에 떨어트렸다.

“그런데 나는 하고 싶습니다……. 참으로 그렇게 마음먹고 있습니다. 거기
에 우리들은 어느 때에는 그렇게 될 것이라고 처음부터 생각하고 있지 않았
습니까? ─ 서로가.”

루시는 빙긋 웃음을 띠었다.

“그렇던가요? 그러나 당신 역시 요전까지는 자신이 확실하지 않으셨지
요?”

해리는 생각난 듯이 뜻 있는 웃음을 했다.

“그래도 대체적으로는 확실했지요.”

그 다음 그는 기묘한 솔직성으로 보통 때는 안경처럼 그의 눈 위에 번쩍이
고 있던 예의 직업적인 친절성을 완전히 버리고 루시를 똑바로 보고 있었다.

“처음부터 내 마음은 확실했었지요. 나는 당신 없이는 어떠한 종류의 행복
한 생활도 믿을 수가 없었습니다. 그것은 진실한 내 마음입니다.”

루시도 그것은 틀림없는 일이라고 생각했다. 그래서 그로서는 대답할 이
야기를 갖지 못했다.

“처음부터 끝까지 당신이 소망하는 대로 될 것입니다. 당신의 마음에 맞는
집도 세울 수 있을 것이며 당신이 좋아하는 친구들과도 교제를 시키지요. 나
로서는 당신이 자연이 당신 자신으로 이루어갈 수 있는 생활을 바라고 있습

니다 ― 그것이 내가 마음으로부터 원하고 있는 유일한 생활이니깐."

그는 말하자면 잡혀 있는 것과 같은 상태였다. 해리는 꼿꼿이 바라보고 꼿꼿이 말하고 있었다. 이렇게 되니깐 그는 해리가 무서워졌다. 그로서는 그곳에 앉아서 눈앞에서 그의 표경한 가면을 그대로 벗기고 아마도 지금까지 어떠한 사람에게도 나타내지 않았던 적나라한 남자의 모습을 보게 되었다는 것은 참으로 감당하기 힘이 들었다. 이 이상 조금이라도 그가 더 나오기 전에 그를 잡아두지 않으면 안 된다. 루시는 두 손을 테이블 위에 내놓았다.

"해리 씨 제발 고만두세요‥‥‥. 모두가 소용없는 일이에요. 모든 것이 이 겨울 동안에 변하고 말았습니다. 저의 생활은 어떤 다른 사람과 맺어지고 말았습니다. 이제 다시 옛날로 돌아갈 수가 없습니다. 저로서는 따로 어찌할 길이 없습니다. 저는 다른 사람을 사랑하고 있습니다."

해리 고든은 처음에는 그의 말을 이해하지 못하는 것 같았다.

"그러나 ― 그것이 무슨 말입니까? 다른 사람이라고요? 그렇다면 그 남자가 당신과 내가 일주일 동안이나 놀러 돌아다니는 것을 방임해 둔단 말입니까? 당신은 나를 희롱하고 있지요? 루시⋯⋯."

그는 대단히 성난 얼굴로 루시를 바라보았다.

그래서 루시는 함정에 빠지고 말았다. 어떻게 하든지 거기에서 빠져나가 그것을 극복하지 않으면 안 된다.

"아니에요. 희롱하고 있는 것이 아니에요! 그분은 지금 시카고에 계시지 않아요. 그 사람이라는 것은 저에게 일을 시키고 있는 분입니다. 즉 제가 반주해드리고 있는 분입니다. 지금의 저는 이젠 옛날의 제가 아닙니다. 이러한 것을 아무에게도 이야기하고 싶지 않았습니다마는 당신이 이것저것 계획하고 계시므로 저로서는 가만히 있을 수 없었습니다."

그가 이렇게 말하고 있는 동안 고든의 험악한 표정은 차차 부드러워졌다. 마치 비밀의 열쇠라도 발견한 것처럼 그의 눈은 빛났다.

그는 자신도 모르게 루시의 손 위에 자기 손을 올려놓고 그가 손을 빼려고 하는 것을 꼭 붙잡고 놓지 않았다.

"저 루시 씨. 어떠한 소녀라도 음악 선생에게는 사랑을 하는 법입니다. 그러나 당신만은 무사하게 빠져나올 수가 있어서 잘됐습니다!"

루시는 성이 나서 양쪽 뺨이 활짝 불타오르는 것을 느꼈다.

"그분은 저의 음악 선생 같은 것이 아니에요! 위대한 예술가예요."

그는 이렇게 말했으나 그 말이 너무도 어린애처럼 들렸기 때문에 더욱 화가 치밀어 올랐다.

"그렇습니까? 그것에는 나도 별로 반대를 할 수가 없구먼요. 위대하다면 위대할수록 좋습니다. 그러나 루시 씨 그러는 사이에 눈을 뜨게 됩니다."

그는 곤란하다는 모습을 보이기커녕 관용과 미덕을 얼굴에 나타내는 것이었다. 루시는 도전적인 눈으로 그를 흘겨보고 겨우 손을 빼고 말았다. 해리는 잠시 동안 무엇을 생각하고 있었으나 좀 앞으로 나와 놀려대는 구조로 부드럽게 말했다.

"어떻습니까? 루시 씨, 이 난센스는 어느 정도까지 진척되고 있습니까?"

식당이 흔들흔들 루시의 눈앞에서 흔들렸다.

"어느 정도라고요?" 그는 경멸과 분노에 차서 침을 뱉듯이 크게 말했다.

"어느 정도요? 이미 갈 대로 다 가고 말았지요! 지금 새삼스럽게 뒤돌아설 수는 없습니다. 당신은 아무것도 모르는 사람이구먼요?"

그에게는 해리의 얼굴이 보이지 않았다. 용광로 속을 바라다보는 것처럼 그의 눈은 정신을 잃었다. 그러나 그가 일어나서 테이블을 떠난 것만을 알았다.

조금 정신을 차렸을 때 그는 식당의 저편에서 급사장과 무슨 이야기를 하고 있는 해리의 모습을 보았다. 그는 그 남자의 손에 무엇을 쥐여주고 식당에서 썩썩 나가버렸다.

루시는 아이스 워터를 천천히 마셨다. 그는 함부로 아무렇게나 지껄인 것을 부끄럽게 생각했다.

그로서는 처음에 거짓 없는 마음을 그대로 이야기하려고 생각했었으나 그러한 마음을 보인댔자 그에게는 아무 소용이 없다는 것을 알게 되었다.

외부적인 사정을 나타내 보이지 않으면 그의 머리에는 납득되지 않았다.

루시로 하여금 자기 자신을 잃게까지 만든 것은 다른 것이 아니라 해리의 조야한 선량성이며 어떠한 것이라도 참으로 명예에 관련되는 것이 아니라면 아주 보잘것없는 어린애의 숨바꼭질 정도로 생각지도 않는 그의 태도이다라고 그는 생각했다. 그것은 예를 들어 말한다면 마침 형태를 갖지 않는 다른 어떠한 것 — 신념이라든가 열의 같은 것을 조소하기 위해서 그는 그 체력의 전부를 그 커다란 씩씩한 육체의 전부를 끌고서 달려든 것과 다름이 없었다.

그가 그러한 인간이라는 것을 처음부터 알고 있으면서도 어째서 그에게 친절하게 대하려고 했단 말인가? 아, 그러나 그러한 것은 이미 끝나고 만 것이다. 이제는 그것으로써 그 사람의 지나친 생각에 못[釘]을 하나 박은 것으로 치면 된다. 돌아오지 않는 것을 보니까 아마 효과가 있었던 모양이다.

15분쯤 지나서 급사장이 그의 테이블에 왔다. 그리고 몸을 숙이면서 이 어색한 장면을 평상과 다름없는 아무렇지도 않은 경우에 전환시키려는 태도로 그에게 말했다.

"자 고든 씨로부터의 전언이 온 바 혹시 그분께서 10분이 지나도록 돌아오시지 않을 때에는 더 기다려주시지 말아달라는 말씀입니다. 단지 그렇게 말씀 올리면 댁에서는 다 알고 계시다고 말씀하고 계셨습니다."

"그렇습니까? 대단히 죄송합니다."

루시는 장갑과 돈이 한 푼도 들어 있지 않은 핸드백을 손에 잡았다.

"계산은 얼마지요?"

그는 더듬거리며 물었다.

"벌써 다 치르셨습니다, 차를 불러 올까요?"

"네 부탁합니다."

급사장은 보이에게 차를 부르라고 명하고 자기는 그의 외투를 들었다.

"밖에는 여름철의 저녁처럼 참 따뜻합니다. 금년의 오페라 시즌은 작년과 달라 일기가 좋아서 많은 혜택을 보았습니다."

그가 이야기하는 말에는 외국 말투는 없었으나 그 음성이나 태도가 틀림없는 이태리인이었다.

그는 어떤 훌륭한 사람을 안내해주는 것처럼 아주 점잖은 태도로 그의 앞에 서서 긴 식당을 지나서 현관문까지 오자 그는 다시 보이에게 루시를 차에 태워드리도록 지시했다. 그는 차를 불러와준 보이에게 줄 25센트의 은화를 가지고 있지 않았다. 해리 고든은 그가 아무렇게라도 저 좋을 대로 가라는 듯이 그렇게 나가버리고 말았다. 얼마나 비겁하고 너절한 남자란 말인가! 다행히 집에 돌아가면 책상 서랍 속엔 얼마간 돈이 들어 있으니깐 되기는 하지만 만일 그것이 없었다면 어찌될 뻔했는지? 싫어도 걸어서 집에 돌아갈 수밖에 길이 없지 않은가.

차가 베이커리 앞에서 와 섰을 때 그는 운전수에게 요금을 위에까지 와서 받아가달라고 말했다.

"너무 피곤해서 아래까지 다시 내려올 수가 없어요."

"좋습니다. 나는 힘이 세니깐 위에까지 올라가지요."

그는 루시를 이층까지 데려다주고 돈을 받고 좋아하면서 고맙다고 말했다.

17

다음 날 아침 루시는 눈을 뜨자마자 가슴이 아프고 몸이 쑤셨다. 그는 단 한순간도 혼자 있는 것이 싫었으므로 일찌감치 아우어바흐의 스튜디오에 나갔다.

—아마도 선생께서는 한 레슨 정도는 그를 위하여 보아줄 시간이 있을 것으로 생각했기 때문에…….

아우어바흐 선생은 왼쪽 손에 신문을 들고 루시를 맞이해주셨다.

"루시 씨, 이것을 좀 보시오. 클레멘트가 5월 3일 뉴욕에서 두 번째의 리사이틀을 열게 되었다는 광고가 나와 있습니다. 그는 이곳에 돌아오자마자 또 떠나게 됩니다. 대단히 훌륭한 성과를 거두고 있는 것 같습니다."

그것은 참으로 대단한 일이었다. 그의 가슴은 갑자기 맑아졌다. 세바스찬에게 있어서 모든 일이 잘된다면 다른 것은 아무 걱정이 없었다. 아우어바흐 선생 자신도 어느 때보다도 눈이 빛나 보였다. 그리고 그 다음부터 수일 간은 다른 때 같았으면 별로 무심히 여길 주의와 비판을 루시에게 해주었던 것이다. 그의 농후한 가정적인 기질과 중년자가 가질 수 있는 만족한 생활태도 속에는 일종의 예민한 음악적인 예지라고 할 수 있는 것이 숨어 있었다—그것은 너무 표면에 나타나는 일은 별로 없었지마는—

루시는 그 무엇을 잊기 위하여 일에 열중했었다. 그러나 간혹 해리 고든을 상대로 연출한 그 가슴이 아파질 것 같은 정경이 머리에 떠올라와 화가 치밀어 오르고 창피한 마음이 들었다. 그는 그때까지 별로 거짓말을 해본 일이 없었다—그의 마음이 그것을 허락하지 않았기 때문이다. 그런데 그때의 거짓말은 너무도 값싼 속이 들여다보이는 것이 아니었던가—그것은 마치 그가 세바스찬에 대해서 권리를 가지고 있는 것을 자랑하는 것과 같은 일이었다—그러한 것은 전연 갖고 있지도 않으면서도. 선생의 이름을……. 선생에게는 이야기할 수 없으면서도 끌어내놓고 말았다. 이러한 짓을 생각하니깐 그의 귀는 어느 틈에 붉어지는 것이었다. 어쩌면 그러한 말을 할 수 있었단 말인가!

루시는 해리에게 편지를 내고 자기 말한 것을 취소하려고 생각도 했으나 그것은 힘든 일이었다.

그는 밤에 잠을 자면서 그러한 편지를 머릿속에서 몇 번이고 써보았다. 허나 다음 날 아침 일어나면 그러한 것을 암만해도 쓸 생각이 되지 않았다.

어느 날 저녁……. 그는 저녁을 먹기 위해서 아래층으로 내려가보니깐 주세페가 바깥문이 있는 계단 아래서 서슴거리고 있었다. 그는 검은 저고리를 입고 점잖은 태도였다. 그는 재빨리 모자를 벗고 그 자리에 멈춰서며 아주 빠른 말소리로 루시에게 말했으나 무슨 말인지 전연 알아들을 수가 없었다. 단지 와이스 보우른 씨가 어떤 급한 용건으로 스튜디오에 와 있다는 것밖에 의미를 잡지 못했다. 루시는 손을 들면서 좀 천천히 말해달라고 그에게 부탁했다.

"죄송합니다."

그는 모자를 쓰고 다시 처음부터 말을 시작했다. 아마도 세바스찬한테서 와이즈본 씨에게 편지가 왔는데 그의 예정이 완전히 변경되어버렸다는 것을 써 보낸 것 같다. 세바스찬은 영국에서 받은 초대를 승낙하고 뉴욕에서 열리는 제2회 리사이틀이 끝나는 다음 날 즉 5월 4일에 출범하게 되었다는 것이다.

여기서 루시는 말을 꺼냈다.

"하나 주세페 씨, 오늘이 4월의 마지막 주간이지요. 선생님은 이젠 전연 이곳에 돌아오시지 않으십니까?"

"아니에요, 3일 간은 여기 계십니다."

세바스찬은 내일 금요일에 돌아와서 월요일 밤에 시카고를 떠나기로 되어 있다. 주세페는 그와 동행하여 영국에 있어서의 계약이 끝날 때까지 그와 함께 있고 그 후 부친을 만나기 위해서 이태리에 가기로 되었다. 그는 여름 동안 스튜디오를 닫아두기 위해서 하루 종일 짐을 꾸렸다. 와이즈본 씨는 루시에게 이러한 일을 전해달라는 부탁은 하지 않았으나 루시로서도 여러 가지

타협할 것과 예정의 변경을 하지 않으면 안 될 것이라고 생각해서 자기 마음대로 알려주기 위해서 온 것이라고 그는 말했다.

"아니에요. 주세페 씨 별로 타협할 만한 것은 없어요. 저에게는 예정 같은 것이 없으니까요. 단지 저도 당신네들과 함께 갔으면 하고 생각해요."

"저로서도 이대로 있었으면 좋겠다고 생각합니다. 그러나 우리들이 10월 경에 돌아오면 또다시 전과 같아지지요. 거기에 여름철은 곧 지나가고 맙니다."

루시는 주세페를 그대로 보내버리고 싶지 않았다. 그가 가지고 온 뉴스에 좀 더 이해가 갈 때까지 그를 놓고 싶은 생각이 없었다. 루시는 그의 여러 가지 준비와 짐을 꾸리는 것에 관해서 쓸데없는 일을 이것저것 물어보면서 같은 가구(街區)를 여러 번씩 왔다 갔다 했다.

"피아노도 가지고 가십니까?"

아니에요 피아노에 대해서는 아무 지시도 받지 않고 있다고 그는 대답했다.

그때는 마침 시카고에서도 가장 번잡한 부분의 가장 번잡한 시각이었으며 모든 사람들이 일이 끝나 집에 돌아가는 때였다. 그와 주세페는 땅이 진 보도를 지나가는 화차의 덜커덩거리는 소음 때문에 서로의 대화가 잘 들리지 않을 지경이었다.

롤러스케이트를 타고 있는 어린애들이 키키 소리를 내면서 거리를 한 줄로 서서 달리어왔으나 루시는 그들에게 거의 눈을 돌리지 않았다. 그는 주세페에게 바짝 기대서서 떨어지지 않으려고 했다. 그리고 그들 주위에 있는 것은 어떠한 것도 존재하고 있지 않는 것처럼 생각되었다.

하나의 커다란 공동(空洞)이 그의 주위를 둘러싸고 있었다. 이 마음이 고운 작은 사나이를 제외하면 그의 일을 걱정해줄 인간이 없는 것처럼 생각되었다. 거기에 이 사람 역시 마음속으로는 이미 외국을 향하고 있는 것이다. 그는 자기들 일행이 타기로 한 빌헬름 데어 그로세 호라는 배에 관해서 그에게 말을 시작했다─그 배의 길이와 톤수와 어떠한 사람들이 타게 된다는 것을.

그는 주인과 함께 먼저 영국에 가서 그 다음 불란서에 건너가고 플로렌스로 떠나기 전에 그는 샴에 있는 주인의 집을 찾아가 주인의 애견과 세바스찬 부인에게 만나게 될 것이라고 말했다. 부인은 영국의 미롤 경(卿)*의 따님이라는 것을 루시 씨는 알고 있느냐고 물었다.

여러 번이나 그 이웃을 돌아다닌 후 다시 먼젓번 길목에 나왔을 때 루시는 몹시 피곤했기 때문에 자기쪽에서 먼저 "편안히 쉬세요."라고 말했다. 그는 우정 와준 것에 대해서 그에게 고맙다고 인사를 할 것을 잊어버리고 말았다. 그날 밤은 저녁을 들기 위하여 식당에 들어가지 않고 그는 우울한 발걸음으로 자기 방으로 그대로 올라가고 말았다.

이렇게 되고 보니 이젠 그 사람은 돌아오지 않을 것이다. 또다시 이별의 슬픔을 맛보게 될 것이다. 이러한 일이었다면 처음부터 세바스찬을 만나지 않았던 것이 좋았을 것 같다.

단지 그분의 노래를 듣고 멀리서 그분의 모습을 보고 개인적인 실망에 흐리게 하지 않을 기억을 그대로 가슴에 품고 떠나가는 것이 좋았을 것 같은데. 지금 자기가 보내고 있는 생활에는 어떠한 하나라도 확실한 것이나 안전한 것이 없다. 어린애들이 종이 새처럼 단지 공중을 날아온 것에 지나지 않는다. 바람이 잠잠해지면 그 종이 새는 더러운 거리의 마차와 롤러스케이트 사이에 떨어지지 않으면 안 된다.

창 밖에는 3월의 비바람이 몰아치고 있었는데 자기만은 금빛 천장 아래서 봄의 꽃에 싸여 지내온 그 한 달 동안도 있었다. 그 무렵에는 어떠한 참혹한

---

* 원서에 의하면 mi-lord. 인명이 아니라 영국 귀족 남성의 호칭이다.(편집자 주)

돌발 사건이 일어나도 자기만은 무섭지 않다고 생각했다. 아마도 그때가 이 세상에서 가질 수 있는 것을 허락받았던 모든 것이었는지도 모른다. 어떤 사람들에게 겨우 얼마밖에 되지 않는 것을 주게 되니깐……

모든 것이 자기의 손가락 사이에서 빠져나가는 것을 느끼면서도 허덕거릴 힘도 없고 막을 권리도 갖지 못한다는 것은 참으로 미묘한 일이다. 단지 두 손을 들고서 그러한 것 전부 도망쳐버리는 것을 바라다보아야만 한다. 필경 우리들은 자기가 놓여 있는 수준보다 높은 곳에 살수가 있다. 운이 좋으면 겨우 몇 분 간 더한층 힘에 찬 공기 속에 내 자신을 지탱할 수도 없을 것이나 또 다시 먼저 자리에 떨어지고 만다 ― 점점 편편한 곳에 추락해버리고 그것은 처음부터 그곳에 머물러 있었던 것보다도 나빠지고 마는 것이다. 그가 6월에 출범하게 되어 있다는 것을 그는 최초부터 알고 있었다 ― 그러나 그것은 몇 년 후에 일처럼 생각되어왔었다. 그는 그러한 것을 단 한순간 이상도 생각해본 일이 없었다. 세바스찬이 떠난 후 그는 벌써 하루하루의 생활을 어떻게 처리하면 좋을 것인지 알 수 없게 되었다.

토요일 아침 루시는 세바스찬의 스튜디오에 앉아 있었다. 세바스찬과 아우어바흐의 두 사람도 그곳에 있었다. 그들은 루시를 맞이하기 전에 잠시 그곳에서 상담하고 있었다. 두 사람은 그에게 관해서 그를 중심으로 말하고 있었다. 그는 간혹 귀를 기울여 들을 때도 있었으나 또는 간혹 듣지 않을 때도 있었다. 아우어바흐가 그곳에 있었으므로 그는 모든 것에 무관심했다.

루시는 이 두 사람의 남자의 한 사람을 그렇게도 오랫동안 그리고 또 한 사람을 그렇게도 친하게 알아왔었는데 ― 지금이야말로 그는 두 사람에게 대해서 참으로 미지의 인간인 것처럼 생각되었다. 그에게는 자기가 어떠한 것을 구하러 와서 더욱이 그것을 얻지 못할 것 같은 때의 기분을 느꼈다. 거기에 그는 그것이 어떠한 것일지언정 그러한 것은 필요하다고 생각하지 않았다. 그의 가슴속에는 어떠한 희망도 어떠한 원망도 있지 않았고 그들이 말하는 것을 전연 믿을 생각이 없었다.

그에게 찾아든 최초의 쇼크는 세바스찬이 이번 겨울은 시카고가 아니라 뉴욕으로 돌아올 것이라고 말하였을 때였다. 루시는 11월에 그곳까지 가서 지금까지 이곳에서 해온 것처럼 그와 함께 일을 하게 된다고 그들은 말했다. 그는 이번 여름 시카고에 머물러 있으면서 다음 시즌의 준비 때문에 연습하지 않으면 안 된다고 두 사람은 정했다.

아우어바흐 자신은 아무 데도 가지 않기로 되어 있다. 내년에 그는 가족을 외국에 데리고 가기 위해서 절약을 하고 있기 때문이다. 이 스튜디오는 이미 집세를 지불했으므로 10월까지는 빌릴 수가 있었다. 세바스찬은 자기가 떠난 후 곧 루시가 이곳에 이사하면 어떠냐고 제안했다 — 그가 지금 살고 있는 데보다 여기가 훨씬 선선한 때문이라는 것이다.

루시는 아무 말도 하지 않고 그들의 말을 듣고 있었는데 이때 처음으로 입을 열었다.

"아니에요, 세바스찬 선생님. 저는 암만해도 그 집을 떠날 수가 없습니다. 오래 있어서 그런지 익숙해졌고 정이 들었습니다."

"그러나 이곳으로 옮기게 되면 호수에서 선선한 바람이 불어옵니다. 여름철의 시카고는 참으로 더우니깐요. 거기에 좀 지나면 여기도 정이 드는 법입니다. ……아마도 지금까지는 낯이 선지는 몰라도."

그는 머리를 옆으로 흔들었다.

"그러나 암만해도 저로서는 그렇게 할 수가 없습니다. 이곳에 옮겨오면 웬일인지 자기가 자기와 같은 생각이 들지 않을 것 같아요."

아우어바흐는 그를 설복시키고 싶었지만 세바스찬이 그것을 도중에서 가로막고 말았다.

"저 파울 군, 그러한 일은 너무 강요해서는 안 돼. 그렇지요 루시 씨? 당신은 틀림없이 이 장소를 스튜디오로서 반갑게 써주시겠지요? 마침 좋은 피아노를 여기서 그대로 놀려두시지는 않으실 게고……."

"네, 그것은 고맙게 선생님의 피아노만은 사용하겠습니다. 그러나 이 문제는 좀더 생각해볼 작정이니 저에게 좀 시간을 주시면 좋겠습니다."

"그러나 루시 씨 우리들은 지금 별로 시간이 없습니다. 저로서는 당신을 그대로 떠 있는 상태로 남겨두고 떠날 생각은 없습니다. 이번 여름은 당신으로서도 시골에 돌아가셔서 가만히 있을 수는 없을 것입니다. 파울에게는 당신이 지금 무엇을 가장 필요로 생각하고 있는지 내가 알고 있다는 것을 잘 알고 있으며 그리고 당신에게 대해서 충분히 뒷일을 보아줄 것을 약속해주었습니다."

이때 아우어바흐는 일어서서 나가려고 했다. 그는 모자를 손에 들고 잠시 멈춰 서서 미소를 띠고 루시의 침착한 얼굴을 내려다보았다.

"루시 씨 당신은 틀림없이 클레멘트가 말하는 것을 들어주시겠지요. 뉴욕의 겨울은 반드시 당신에게 있어서 훌륭한 경험이 될 것입니다. 그리고 봄이 되면 저의 가족들과 함께 빈(비엔나)에 가게 될 것입니다. 저의 아내는 항상 당신이 아이들과 같이 가게 되면 얼마나 좋겠느냐고 말하고 있습니다."

두 사람은 함께 엘리베이터까지 나갔다. 그들이 아직도 그의 말을 하고 있는 것을 루시는 알고 있었다. 그는 두 사람이 어디로 나가버리고 자기를 이곳에서 마음껏 울 수 있게 해주면 좋겠다고 생각했다. 그들이 그에게 해달라고 희망하는 것은 모든 것이 그의 손으로서는 이루지 못할 것처럼 생각되었다.

세바스찬은 돌아와서 소파의 구석에 힘없이 앉아 있는 그의 옆에 기대섰었다.

"에이 오늘 아침은 재수가 없어! 우선 파울이라는 자는 잘 알아채지 못하고 거기에 루시 씨도 왜 그렇게 몰라주십니까? 당신은 어째서 조금이라도 좋으니 즐거워해주지 않습니까? 이 이상 저를 위해서 반주하고 싶지 않으시지요? 그렇지 않으면 시카고가 너무 좋아서 다른 데는 가지 못하겠다는 말씀입니까?"

"다음 겨울은 참으로 멀구먼요."

루시는 눈을 올리면서 빙그레 웃었다. 이제 훨씬 그의 기분은 좋아졌다.

"거기에 5월 달도 가까워졌고 저는 틀림없이 그 일 개월이라는 것은 잃어버리고 허둥지둥합니다."

"아 그러나 5월 달이라 해도 이틀 간으로 충분히 할 수 있는 준비를 단지 쓸데없이 길게 끌게 했는지도 모르지요! 이번 여름은 당신에게 있어서 솔직히 말하면 준비의 제 1보입니다. 다음 시즌은 저에게는 중요한 이의를 갖게 될 것이며 당신에게도 같은 말을 할 수가 있습니다. 당신과 같은 나이로 뉴욕의 겨울을 경험한다 — 거기서 어떠한 것이 당신을 기다리고 있는지를 아마 당신은 모를 것입니다. 거기에 저의 새로운 반주자와 함께 일을 하게 되는 것도 좋아질 것이고."

"하나 모크퍼드 씨는요……?"

"이젠 돌아오지 않습니다."

세바스찬은 책상 옆에 가서 무엇을 찾으면서 어깨 너머로 그에게 말했다.

"모크퍼드 자신은 아직 그러한 것을 모르고 있습니다마는 영국에 가서 모든 것을 다 이야기하려고 합니다. 저는 그를 되도록이면 어디 좋은 자리에 두려고 생각했습니다마는 아마 저와는 너무 오랫동안 있었던 것 같습니다. 그는 와이즈본과 한패가 되어 저에게 조그마한 음모를 계획하고 있었다는 것을 알게 되었습니다. 그래서 저는 대리인과 반주자를 바꿀 생각입니다. 그것은 그렇다 하고 이번 연주 여행에서 가장 커다란 수확은 인생에 대한 흥미의 부활이었습니다 — 즉 이 가슴속에서지요."

그는 그렇게 말하면서 자기의 가슴을 가볍게 쳤다.

"저는 아직 인생에 흥미를 잃고 있지 않습니다. 실로 많은 옛적 친구들을 만났습니다. 그러한 일은 감염하는 법이더구먼요."

그는 한 통의 편지를 포켓 속에 집어놓고 소파에 돌아왔다.

"아 이제야 겨우 전과 같은 루시 씨처럼 되었습니다. 제가 당신 때문에 생각했던 여러 가지 일을 점점 믿게 되실 겁니다."

"아니요. 저는 그러한 것을 생각하지 않았습니다. 단지 선생님의 일만 생각하고 있었어요. 선생님에게는 어떤 좋은 일이 생기신 모양이세요."

"아 루시 씨!"

오래간만에 처음으로 그는 그를 끼어안았다.

"지금 비로소 나에게는 어떤 좋은 일이 일어났소! 그리고 어떤 좋은 것이 나에게 돌아왔습니다."

18

최후의 밤 루시가 예술회관에 도착했을 때에는 마침 제임스 모크퍼드가 소화물 운반차를 뒤 세우고 차로 그곳에 이르렀을 무렵이었다. 여행의 화물 이외에 그는 녹슨 부리키로 만든 트렁크와 커다란 긴 의자를 가지고 와서 하숙집을 내놓기로 되었으니깐 그 물건을 세바스찬에게 맡아달라고 부탁했다.

모크퍼드가 들어왔기 때문에 다소 불편이 생겼다. 주세페는 그 트렁크를 침실에 끌고 들어가면서 루시에게 손짓을 하면서 뒤를 따라오라는 눈짓을 했다. 루시가 그렇게 더러운 의자를 보지 않도록 좀 있다가 그러한 것은 잘 보이지 않는 데 처리해두겠다고 그는 작은 소리로 그에게 말했다. 음악실을 고물상과 혼동하지 않도록 그를 위해서 아주 깨끗하게 해놓고 갈 작정이라고도 말했다.

루시는 전부터 주세페도 모크퍼드를 싫어하고 있는 것을 눈치챘다. 그전에 세바스찬이 사랑하고 아끼던 시가렛 케이스가 보이지 않았을 때 그 방의 책임은 자기에게 있으니깐 자기 이외에는 어떤 사람에게도 절대로 딴 사람에게는 앞문 열쇠를 가지지 못하게 하겠다고 그의 예민한 눈을 반짝반짝거리며 루시에게 말한 것이 있다.

모리스 와이즈본이 도착하고 일동이 음악실로 모이자 마음부터 즐겁게 하고 있는 것은 모크퍼드뿐이었다.

그는 시카고를 떠나게 되는 것이 너무도 즐거워서 루시에게까지도 좋은 말을 했다. 세바스찬은 피아노 뒤에 놓은 책장에서 높이 쌓아올린 악보를 뒤적거리고 있었다. 고국을 향하여 떠나게 되고 커다란 배에 탄다는 것을 그렇게도 즐거워했던 주세페는 이미 그 열이 꺼지고 말았다. 그는 뒤에 둔 트렁크 사이에 서서 마치 관이 운반돼 나가는 것을 기다리고 있는 것처럼 두 손을 서로 움켜쥐고 얼굴을 찌푸리고 가만히 있다. 물론 그들은 짐을 가지러 올 인부가 오는 것을 기다리고 있는 참이었다. 방안의 공기는 좀 무더운 것 같았다 — 창문은 전부 열려 있었으나 바람이 조금도 불지 않는다. 호숫가의 저쪽 하늘은 시커멓게 어둡고 때때로 낮은 번개소리가 들렸다.

세바스찬은 루시를 자기가 있는 옆으로 오라고 부르고 여러 가지 얘기를 했다. 그는 그의 말을 잘 들으려고 애를 썼으나 자기들이 말하는 것을 여러 사람들에게 들리도록 하려는 것처럼 큰소리로 떠들어대는 와이즈본과 제임스 모크퍼드 때문에 방해가 되어 잘 알아듣지 못했다.

그 두 사람의 사나이들은 창가에 앉아서 마지막 남은 한 병의 포도주를 다 마시고 있었다. 와이즈본은 이곳에 오기 전에 술을 마시고 왔는지 창백한 얼굴이 부은 것처럼 보이고 눈이 찌프르하게 작아졌다. 함께 앉은 순간부터 두 사람은 완전히 마음이 맞는 모양이며 지금까지 서로 협의하여 일을 해온 두 사람의 책사의 얼굴에서 발광(發光)하는 것과 같은 애정을 주고받고 하였다.

"그러면 자네가 수술할 때에는 해저전신을 꼭 쳐주게, 알았지?"

세바스찬은 피아노의 뒤에 앉아서 두 사람들 쪽을 보고 괴상한 놈들이라고 하는 듯한 시선을 힐끗 던졌다.

루시는 두 사람의 술잔이 — 한쪽은 호박과 같은 손이고 또 한쪽은 희고 주근깨투성이의 손에 쥐어져서 — 철컥 합치면서 소리를 내는 것을 보았다.

바로 그때 문밖에서 무거운 발소리와 노크가 들려왔다. 주세페가 뛰어나가 수명의 수화물 계원들을 데리고 들어왔다.

"이것 참 고맙습니다."

세바스찬은 중얼거렸다. 트렁크를 전부 아래층으로 내려가자 그는 외투를 입으면서 모크퍼드와 와이즈본쪽을 바라보았다.

"여러분 나는 두세 군데 방문할 곳도 있고 게이하트 씨를 모셔다드려야만 되겠으니깐 조금 먼저 실례하겠습니다. 이곳에는 다시 돌아오지 않겠으니 정거장에서 만나도록 합시다. 주세페는 11시에 수화물을 내리도록 되어 있어 열쇠는 현관 수부에다 맡기도록 하게."

세바스찬이 언제나 타고 다니는 차가 벌써 30분이나 밖에서 기다리고 있었다. 그는 운전수에게 창을 열고서 공원쪽으로 가달라고 말했다.

"당신은 너무 떠들썩하는 바람에 피로하신 모양이구먼요. 나도 그렇습니다."

가로수 길을 차가 달려가고 있을 때 세바스찬은 말했다. 그는 살며시 루시에게 입을 맞췄다.

"자 눈을 감으시고 쉬십시오. 이제부터 세 시간 동안은 우리 두 사람만의 시간입니다."

그는 힘껏 루시의 부드러운 허리를 끼어 잡았다. 그리고 그의 온몸이 그의 몸짓과 같은 곡선을 그리는 것을 느꼈다. 루시는 잠든 유아처럼 가벼운 숨을 쉬고 있었다. 그도 눈을 감았다. 따뜻한 밤바람이 두 사람의 얼굴에 살살 불어왔다. 잠시 후 공기는 수목과 잘라놓은 풀냄새를 풍겨주었다. 그리고 혼돈

한 거리의 소음이 배후에 사라져갔다.

세바스찬은 얼굴에 차가운 빗방울이 떨어지는 것을 느꼈다. 창밖으로 손을 내놓아보니 조금 비가 내리고 있다. 그리고 맹렬한 봄날의 소낙비가 쭉쭉 쏟아져왔다.

"루시 씨 잠이 오세요?"

"아니에요."

"밖으로 나와서 좋으시지요? 그러나 저는 그 스튜디오가 참으로 좋아졌습니다. 그곳이 한여름동안 그대로 적막하게 먼지투성이가 되지 않고 당신이 아침저녁 출입할 것이라고 생각하니 참 즐겁습니다. 나는 언제나 당신을 생각하고 있을 것입니다. 항해 중에도 매일 아침 시계를 꺼내서 시간의 차이를 계산하고 아마 지금쯤은 당신이 피아노 뚜껑을 열 시간이라고 혼잣말을 할 것입니다."

루시는 얼굴을 더 푹 숙이고 그의 어깨 위에 올려놓은 손으로 목을 휘감았다. 눈물이 한없이 쏟아져 나오는 것을 루시는 암만해도 막을 수가 없었다.

"이래서는 안 되겠다고 생각합니다만 참 용서해 주세요."

그의 말소리는 떨리고 있었다.

"아니 괜찮습니다. 울고 싶으면 우세요. 나 역시 아마 당신과 함께 울는지 모르겠어요."

"저는 웬일인지 참으로 걱정이 돼요."

"또 걱정을 하고 있소? 무엇이 걱정이란 말이요?"

"선생님이 또다시 돌아오시지 않을 것만 같이 생각이 들어요. 웬일인지 그러한 예감이 생깁니다."

"그것은 당신에게는 아직 처음의 경험이고 이별이라는 것을 잘 알지 못한 때문에 그렇소. 어떤 때에는 몇 번이고 경험해보아도 이별은 괴로운 것이니깐."

세바스찬은 가슴이 무거워지는 것을 느꼈다. 그러나 그것이 루시를 위한 것인지 그렇지 않으면 자기를 위한 것인지 확실하지는 않았으나.

그는 지금의 생활에서 벗어날 어떤 방법이 없는가하고 생각했다 — 음악회나 호텔에서 모크퍼드나 아내나 불란서에 있는 자기 집에서 영국에 있는 친구들로부터 자기가 현재 있는 모든 곳에서 또 현재 가지고 있는 모든 것에서 그의 전도에 널려 있는 모든 것 중에는 그가 마음으로부터 바라고 있는 것은 하나도 없었다. 거기에 이 청춘과 애정도 이번에 돌아올 때에는 같은 그대로 남아 있지는 않을 것이다 — 이렇게 그는 생각했다. 지금 자기의 가슴에 품고 있는 것은 오늘 저녁만의 것이다. 이것은 또 만날 수가 없는 두 사람 간의 이별일 것이다.

루시는 그가 무엇을 생각하고 있는가를 잘 알고 있었다. 그리고 일종의 희망 없는 절망을 느끼었던 것이다. 가로등 옆을 지나갈 때 흘깃 바라보니 그 불빛 속에서 그의 얼굴이 떠올랐다. 아 그것을 본 순간 그때의 일이 루시의 가슴에 돌아왔다. 그가 「이별의 노래」를 부르고 그가 그의 생애에 어떠한 것을 작용했다고 깨달은 그날 밤의 일이.

그러한 예감은 무의미한 것이 아니다 — 미래에서 태어나는 것이니깐.

"참으로 그날의 이야기는 이 서러움을 위한 것일까."

그렇다. 두 사람은 지금 어떠한 것을 잃어버리게 되었다. 그들은 함께 그 어떠한 것에 그리고 서로가 간직하여온 모든 것을. 그러나 두 사람은 암만해도 그것을 잃어버릴 운명에 있는 것이다.

얼마 후 세바스찬은 차를 멈추게 하고 잠시 그곳에서 기다리고 있으라고 운전수에게 명했다. 그는 루시의 팔목을 잡고 꾸불꾸불한 길을 이곳저곳 오랫동안 걸었다. 어디서인지 라일락의 푸른 새잎의 강한 향기가 두 사람의 얼굴로 달려들었다.

비는 그쳤으나 나뭇가지의 물방울이 쉴새없이 그들에게 떨어졌다. 손과 얼굴은 흠뻑 젖었으나 선선해져서 기분이 좋았다. 아직 별은 하나도 보이지 않았으나 그들의 머리 위를 둘러싼 검은 하늘은 이곳저곳에 흩어져 있는 공원의 등불 사이에서 푹신한 비로드와 같은 감각을 주었다.

세바스찬은 아마도 내년 여름은 이곳에서 멀리 떨어진 밤하늘 아래서 두 사람이 산보를 하게 될지 모른다고 루시에게 말했다. 만일 루시가 아우어바흐 일가와 외국에 가게 된다면 그는 위인(비엔나)에서 그를 만나게 될 것이다.

루시에게 처음으로 보여주고 싶은 것이 참으로 많다 — 정원이라든가 삼림이라든가 또는 아름다운 산과 같은 것이…….

비에 젖은 자갈길을 사뿐히 밟으면서 그는 기다리게 해놓은 자동차 쪽으로 걸어갔다. 그는 등불 아래로 왔을 때 회중시계를 꺼내보았다. 루시에게는 아무 말도 하지 않고 운전수를 향해 그가 살고 있는 거리의 번지를 말했다. 두 사람은 처음으로 이곳에 왔을 때와 같이 묵묵히 거리의 중심지를 향해서 차를 달리게 했다.

베이커리 입구에서 세바스찬은 차에서 내리자 루시의 뒤를 따라 두 층계를 올라간 후 그의 방문 앞에까지 왔다. 창밖에서 흘러오는 희미한 불빛 속에서 루시의 얼굴을 두 손으로 누르고 오랫동안 눈이 빠지도록 들여다보았다. 루시는 또다시 보통 때와 같은 공포에 빠지고 말았다.

"다시 만날 날이 먼 것을 생각하고."

루시는 더 이상 참을 수가 없었다.

"아 이만 가주세요."

이렇게 그는 말했다.

입을 맞추고…… 그리고 다음 순간에는 세바스찬의 모습이 아주 꺼져버리고 말 것이라는 생각이 그의 머리를 점령하고 있었다. 그는 루시를 힘껏 껴안고…… 그리고 놓아주었다.

루시는 도어 옆에 기대선 채로 세바스찬의 빠르고 무거운 구두소리가 제1단, 제2계단을 내려가고 있는 것을 그 다음, 자동차의 도어가 철컥 닫치는 것을 귀로 들었다.

세바스찬은 루시가 귀를 기울이고 있다는 것을 알았다. 그래서 루시의 미련을 더욱 끊기 위하여 우정 요란하게 도어를 닫친 것이다. 그것은 최후의 신호였다. 그는 좌석에 깊숙이 앉아 자동차가 달리자마자 눈을 감았다. 요란한 차바퀴 소리를 멀리하게 하는 듯이 그는 소리를 내고 혼잣말을 했다. 그것은 다음과 같은 말이었다—

"아름다운 별 하나 나의 밤하늘에 나타나도다."

19

5월 중순경의 어느 무더운 아침 루시는 양복장 서랍 속에 좀이 먹지 못하게 하기 위해서 새 라벤더 주머니를 넣어두었다. 접어놓은 모슬린 내의를 들어보니까 개봉하지 않은 한 통의 편지가 나왔다— 그것은 해버퍼드에 있는 폴린에게서 온 것이었다. 그는 스스로 우습기도 해서 웃어보았으나 심중으로는 부끄럽다고 생각했다. 그것은 거의 일주일 전 조금 안정하지 않으면 안 되겠다고 생각해서 세바스찬의 스튜디오에 가서 피아노 연습을 시작했을 때에 온 것으로서, 그 무렵에는 어느 정도 마음에 거리끼게 하는 것에 손을 대기를 두려워했었다.

폴린에게서 오는 편지는 언제나 그러한 효과를 초래시키는 것이었기 때문에 그는 잠시 동안 눈에 띄지 않는 곳에 그 편지를 집어넣어버리고, 그 다음부터는 완전히 그 편지에 관해서는 잊어버리고 말았다. 지금 그것을 손에 들고 겉봉투만 보고서도 이것을 잊어버린 편이 훨씬 좋았을 것이라고 생각했다.

그 편지는 웬일인지 두터웠다.(이것은 별로 좋은 징조는 아니다) 그리고 봉투의 필적은 보통 때보다 한층 난필이고 언덕을 굴러 내려가는 계란과 같은 모습으로 보였다. 폴린은 독일인의 특성을 참으로 많이 계승하고 있었으나—독일 문자의 서체를 본받지 못했다는 것은 실로 서운한 일이다.

루시가 편지를 펼쳐보자 신문지를 오려 넣은 종이가 몇 장 떨어졌다. 이미 그것으로서 폴린이 무엇을 써 보냈다는 것을 알고 말았다. 해리 고든이 결혼을 하고 말았다! 세인트조의 아크라이트 양과 결혼하고 두 사람은 알래스카를 향하여 신혼여행을 떠났다는 것이었다.

해버퍼드의 거리에서는 그 소문으로 들썩거렸다. 해리는 루시를 참으로 곤경에 빠트렸다고 하는 것이 평판이 되었다. 그것은 루시의 옛적부터의 친구들에게 큰 쇼크를 주었다. 그들은 해리의 구혼이 진심으로부터 우러난 것이라고 처음부터 믿고 있었기 때문이다. 그들은 폴린에게 와서, 어떤 일이 있었느냐고 물었으나, 그로서는 어떻게 대답을 하면 좋을지를 몰랐다. 이러한 때 루시는 어떻게 대답해주었으면 좋으냐 그것을 알려주기 바란다는 것이었다.

루시는 그 편지를 갈래갈래 찢어서 쓰레기통에 내던지고 말았다. 그렇다면 해리는 자기에게 보이고 싶어서 이러한 짓을 했단 말인가? 이처럼 급해서는 아크라이트 양 역시 다소 놀랐을 것이다. 그러나 해리로서는 원수만 갚으면 어찌되어도 좋았을는지 모른다. 틀림없이 일 주일쯤 전에 통지했을 것이다! 『세인트조지프 가제트』지(紙)에는 두 사람이 장차 해버퍼드에 살게 될 것이라고 보도되고 있다. 그렇게 된다면 신부는 다소 불편할 것이다. 루시는 신문지 조각도 역시 구겨버리고 쓰레기통에 던졌다.

"만일 해리가 아크라이트 양보다도 나 때문에 그분과 결혼을 하게 되었다면 그것이야말로 어리석은 짓이 될 것이다."

그는 스스로 자신에게 말해주었다.

그는 우스워져서 그대로 웃고 말았다. 그러나 역시 그 소식은 좋지 않은 기분을 남기었다. 스튜디오까지 걸어갈 준비를 하면서 그는 옛 친구를 한 사람 잃은 것을…… 그리고 자기를 가엾게 여기게 할 거짓말을 그에게 말해버린 것을…… 생각하고 있었다.

예술회관에 이르렀을 때 왼손을 모자 옆에까지 올리고 빙그레 웃는 현관지기의 얼굴을 보니 그의 상념은 다른 색채로 변해지고 말았다. 엘리베이터 보이인 조지는 우정 엘리베이터를 멈춰놓고 지금 폭풍이 덜루스 방면에서 진행 중이라는 것을 그에게 말해주었다. 이 건물의 사용인들은 세바스찬에게도 잘 따랐으나 루시도 숭배하고 있었다. 그것은 유쾌한 일이었다. 이들은 루시가 나갔다들어갔다 하는 것을 즐거워했다. 이곳 스튜디오는 거의 다 지금은 비어 있었기 때문에.

루시는 모자와 재킷을 그전에 겨울옷을 걸었던 같은 장소에 걸었다.

주세페는 세바스찬의 레인코트를 한 벌 현관 옆에 걸어둔 채로 두고 우산을 세워두는 곳에는 단장을 많이 남겨두고 갔다. 그는 음악실에 들어가 창문을 전부 열고 신선한 공기를 마시면서 반짝반짝 빛나는 푸른 호수를 바라다보았다.

그는 세바스찬이 출발하고 즉시로 이곳에 오지 않았다. 배 위에서 쓰고 그리고 통선(通船)이 가지고 온 세바스찬으로부터의 편지를 받고 처음으로 이곳에 올 마음이 생겼다.

그의 편지에는 다음과 같은 내용이 쓰여 있었다.

> 지금 여기는 열한 시입니다. 즉 당신이 마침 스튜디오에 가셔서 피아노를 열고 계실 때입니다. 귀를 잘 기울이고 있으면 당신이 열심히 피아노를 치고 있는 것이 들릴지도 모릅니다. 나는 아직 그곳에 있는 것 같은 생각이 듭니다.

그 편지를 받고 나서 한 시간 후에는 그는 처음으로 앞문의 열쇠를 사용했던 것이다. 방에 들어가 보니 쓸쓸한 사람이 없는 것과 같은 느낌은 조금도 없었다. 방의 구석구석이 그분의 존재로서 가득 차 있는 것처럼 그에게는 생각이 들었다. 그분과의 접촉이 이곳에 그대로 유폐되고 미래의 생활이 이미 그곳에서 솟아나는 것 같았다 ─ 그로서는 도저히 믿을 수가 없는 미래가. 그는 그의 희망으로 이곳에 온 것이다. 이 방의 적막과 마음 편한 느낌은 모두가 세바스찬의 마음에서 우러난 덕분이었다. 그는 그의 따뜻한 마음씨로서 이처럼 무더운 거리에서 빠져나와 있는 높은 곳에 있게 되었다. 아직 청명하고 강렬한 초하의 공기는 일을 하기에는 참으로 기분이 좋은 것이다. 아직까지 루시는 이처럼 훌륭한 피아노로 자기 마음대로 써본 일도 없었으며 이처럼 확실한 목표를 놓고 일을 해본 적도 없다.

×　　　×　　　×

일 주간 이 주간씩 시간은 날개를 타고 지나갔으나 루시의 마음은 그것보다도 더 빨리 날려가는 것이었다. 7월의 염열(炎熱)이 쪼이더라도 그의 활력은 고갈할 줄을 몰랐다. 루시는 도회지에서 여름을 지내는 것이 이번이 처음이었으나 도시의 여름도 자극이 있어서 나쁘지는 않다고 생각했다. 해버퍼드보다 절대로 더 덥지도 않았고 훨씬 심심하지도 않았다. 웬일인지 강의 물줄기에 몸을 맡겨 흘러가서 강기슭의 아름다운 모든 것에 쉴새없이 인사하는 것과 같은 기분이었다. 물론 멈춰 서서 그 아름다운 것을 확실히 볼 수는 없었으나 틀림없이 이쪽저쪽에서 번쩍이는 아름다운 것이 있었다. 오전 중의 시간이 지나고 몸이 몹시 피로했을 때 루시는 즐거이 일을 고만두고 염열이 내리쬐는 거리를 지나서 하숙집에 돌아와 비누질도 하고 잠옷에 리본을 붙이기도 했다.

아우어바흐는 여름이 되면 제자들이 많이 없었으므로 루시에게 많은 시간을 할당해주었다. 그는 루시와 함께 있는 것을 좋아했으므로 주말에는 그의 가족들과 지내도록 그에게 권했다. 그는 사우스쇼어(南岸)에 자기의 집과 정원을 가지고 있었다. 봄의 새싹이 나올 무렵부터 그는 아침 일찍이 일어나서 거리에 있는 스튜디오에 나가기 전에 두 시간쯤 정원을 가다듬었다. 부인도 어린애들이나 식모가 눈을 뜨기 훨씬 전에 일어나서 남편을 위하여 조반을 만들었다. 부인은 루시에게 대해서 여자는 나이를 먹으면 이미 남편을 위해서 해줄 일이 없어지므로 최소한도 아무도 일어나기 전에 남편을 위해서 맛있는 조반이라도 만들어주는 것이 즐거운 일이라고 말하는 것이었다.

아우어바흐는 때때로 해리 고든의 이야기를 물었다. 그는 그 청년이 마음에 들었으며 루시가 장차 그와 함께 살게 되면 좋을 것이라고 희망도 했었다. 루시는 아직 그가 결혼했다는 것을 아우어바흐에게 이야기도 하지 않던 것이다. 그는 그 문제에 대해서 경멸적인 태도를 취하는 것과 같이 가장했었으나, 내심으로는 마음이 아팠다. 해리에게는 다른 여자와 결혼할 하등의 권리 같은 것이 실제 없다. 그는 여러 해 동안 루시 게이하트의 것이었으니깐!

어느 일요일 아침, 그들은 아우어바흐의 정원에 있는 포도 넝쿨 아래에 앉아 있었다. 윗저고리를 벗은 아우어바흐는 루시에게 질문을 시작했다.

"루시 씨 당신은 아마 마음이 변하신 것 같습니다. 당신은 어린애들에게 가르쳐주는 것보다는 클레멘트를 위하여 일하는 것을 더 계속해서 하고 싶지요?"

루시는 대답을 하지 않았으므로 그는 말을 계속했다.

"클레멘트는 참으로 예외라는 것을 잊지 말아주십시오. 대개의 가수는 함께 일을 해도 재미가 없고 금전 지출이 좋지 않습니다. 거기에 스테이지에는 언제나 남자가 서기로 되어 있으니."

그래도 루시는 아직 가만히 있었다. 그는 입술을 물고 포도 넝쿨 끝에서 노란 오이꽃을 바라다보고 있었다. 아우어바흐는 미소를 띠었다.

"아마도 당신에게는 어떤 또 하나의 다른 생각이 있지 않아요? 즉 그 커다란 서부의 청년에 관해서? 나로서는 그쪽과 성공해주었으면 즐겁겠습니다."

"그것은 아우어바흐 선생님 틀린 일이에요. 그것은 단순한 우정이니깐요."

"아마 그럴는지도 모릅니다. 그러나 나는 그것이 어떤 다른 것으로 발전해가도 나쁘다고는 생각지 않을 것입니다. 음악이란 직업에는 여러 가지로 실망할 일이 있으니깐요. 조그마한 거리에 어여쁜 집과 뜰이 있고 걱정하지 않아도 좋을 만큼 돈이 있고 거기에 어린애라도 생기면 — 아마 그것 이상 훌륭한 생활은 없으니까요."

"그것은 선생님이 큰 도회지에 사시니깐 그렇게 생각하실 것이에요. 조그만 거리의 가정생활이란 참으로 비참한 것이에요. 그것은 마치 저기 심은 인삼처럼 땅 위에 심었을 따름이라고 생각돼요. 저는 그보다는 차라리 뽑아져서 내버리는 편이 훨씬 좋다고 생각합니다."

아우어바흐는 머리를 옆으로 흔들었다.

"아닙니다. 그럴 리는 없을 것입니다. 나는 젊은 사람들이 그렇게 말하는 것을 전에도 들은 일이 있습니다. 그러나 살아간다는 것이 우선 제일 중요하다는 것을 얼마 있으면 알게 됩니다."

루시는 그에 대해서 살아가기 위해서도 여러 가지로 살아가는 방법이 있지 않겠느냐고 물었다.

"루시 씨, 당신과 같은 여자분은 그렇게 많이 있지 않습니다 — 당신은 너무 아름다우니까. 커다란 재능과 큰 야심을 가진 부인에게 있어서도 — 자 어떨는지 모릅니다. 그중에는 훌륭한 성공을 이룬 사람도 있는 것 같으나 나는 그러한 사람들을 부럽다고 생각지 않습니다."

그 다음 날 아침, 스튜디오의 창을 열고 호수쪽을 바라다보았을 때, 루시는 이제는 다시 아우어바흐의 집에는 가지 않겠다고 자신에게 일러주었다.

그런 곳에 가면 마음이 좋지를 않다고 생각하였다.

그는 뼈다귀까지도 둔중한 독일인의 음악 교사이며 그곳에서 조금도 앞으로 발전되어 있지를 않다.

20

루시는 간혹 길고 무더운 여름 저녁을 세바스찬의 음악실에서 커다란 창문을 전부 열어젖히고 불을 끄고 소파 위에 옆으로 드러누워서 지냈던 것이다. 암만해도 그가 어떻게 해가며 그곳에 있다는 것은 수상한 일이었다. 아직 요전 크리스마스에 고향에 돌아가기 전에는 이 방에 들어와 본 일이 한번도 없었을 뿐만 아니라 아래 현관 입구에서 세바스찬의 모습을 잠깐 보는 것만으로도 자기는 행복하다고 생각했을 것이다.

이번 여름에는 이미 시골 마을의 원만한 보조에 자기 발을 맞추는 일도 없을 것이다. 마을의 이곳저곳을 몇 시간씩 몇 시간씩이나 달빛을 받으며 산보한다는 것 — 우편국 있는 데까지 가서 다시 집에 돌아오든가 북쪽에 있는 루터 교회까지 걸어서 다니는 일은 없을 것이다. 이러한 시각에는 가끔 교회의 단 위에 올라가 앉아 머나먼 달을 바라다보았던 것이다. 그 부근은 모든 것이 잠잠해버리고 자기의 몸 안에서는 전부가 크게 눈을 뜨고 있었다. 이젠 이 이상 더 가만히 앉아 있을 수가 없으면 먼저 왔던 길을 다시 재빠른 걸음으로 되돌아가는 수밖에 없었다.

조금도 움직이지 않는 두터운 나뭇잎 아래의 검은 그림자의 장막 속에 들어간 줄로만 생각하자마자 또다시 흰 월광 속으로 나오는 것이다. 루시는 언제나 되도록이면 사람들을 만나지 않으려고 했다. 해리나 거리의 청년들이 대강 어디 있다는 것은 알고 있었으나 그로서는 이러한 밤은 혼자서 있는 것이 좋았다.

루터 교회나 옛날 고등학교 부근의 보도에는 아마도 그의 발자취가 남아 있는 것처럼 생각되었다. 여름의 밤하늘을 배경으로 하여 그의 눈이 그릴 수 있는 인간의 모습이 하나도 없고 또 혼자서 우물 아래와 같은 곳에서 달빛을 바라다보고 있던 그처럼 긴 휴가 동안 — 루시의 심장은 용케도 째지지 않았던 것이다. 그는 자기 자신의 조그마한 거리를 사랑하고 있었다. 그러나 그것은 대답할 수가 없는 사인(死人)을 사랑하는 것처럼 가슴이 터지는 사랑이었다.

그러나 지금 세계는 저기 옆으로 뻗혀 있는 호수와 같이 자유롭고 넓어진 것처럼 생각된다. 지금의 그는 그 어떠한 것을 적으로 돌리고 꼭 싸울 필요를 느끼지 않는다. 아니 그는 자기보다도 훨씬 강한 어떠한 것과 함께 걸어가고 있는 것이다. 그렇다고 하여 이 아름다운 생애에 전연 고통이 없다는 것은 아니었다. 허나 거기에는 공허한 무의미한 것은 하나도 없었고 생각해서 즐겁지 않았던 것도 하나도 없었다. 물방울이 떨어지는 나무 밑 길을 거닐며 두 사람이 함께 쓰디쓴 어둠을 마시던 그 최후의 밤이라도 지금 생각해 보면 즐거운 일이었다.

도대체 처음부터 그의 이 사람에 대한 사랑에는 어떤 슬픔과 음영이 덮어지고 있었던 것이다 — 루시가 전연 그를 알기 전부터 이미 그러했다. 간혹 길거리에서 예술회관의 돌층계에서 또는 사원에서 나오는 것을 멀리 건너다 보았을 때 그의 마음을 그에게 끌리게 한 것은 그의 얼굴에 넘쳐흐르고 있는 고독과 실의의 표정이었다. 그가 먼 곳으로 떠나버리고 만 현재 루시는 가끔 생각한 것처럼 전에 마담 드 비뇽의 장례식이 거행되고 세바스찬이 그렇게도 오랫동안 열렬하게 기도하는 것을 본 일이 있는 그 교회당에 들어가보는 수가 있었다. 그곳은 루시 자신이 절대로 알지를 못했던 여러 가지 슬픔에 대해서 신성한 장소였다. 그러나 그는 지난날 세바스찬이 무릎을 꿇고 앉았던 그 자리에 다시 앉아 그를 위하여 기도를 올리는 것이었다.

가끔 세바스찬한테서 편지가 왔으나 그것은 짧은 편지이며 사랑의 편지가 아니었다. 그의 사업상의 계약이나 루시 자신의 공부를 위해서 짧게 써 보내는 것이었다. 그러나 언제나 그 편지 속에는 루시 혼자만 읽어달라는 것 이 부기되어 있었다. 그것은 일화(逸話)든가 회상이든가 그의 마음을 감동케 한 지방의 묘사 같은 것으로서 모두가 따뜻한 인간적인 말이었다. 거기에 세 바스찬은 항상 자기의 행방을 보고해주었으므로 루시는 지금 그가 어디 있 다는 것을 확실히 알고 있었다. 그는 뮤닛히에 있어서의 여름 일이 일단락되 어 이제부터 이태리의 호수를 순회하고 휴가를 즐기려고 하는 참이었다.

21

어느 날 아침, 파울 아우어바흐 부인이 정원에 나가서 조반 준비가 다 되 었다고 남편에게 알렸다. 때는 9월이며 그는 포도나무를 손질하고 있었다.

부인이 커피를 가지고 오는 동안 그는 앉아서 조간을 펴들고 있었다. 부인 은 남편이 부르는 소리를 들었으나 그 음성의 감정으로 판단하여 어떤 놀랄 만한 사건이라도 일어났음에 틀림없다고 생각했다. 부인은 허둥지둥 식당으 로 뛰어 들어갔다.

파울은 아무 말도 하지 않고 식탁 위에 펴놓은 신문을 가리켰다. 아우어바 흐 부인은 그 타이틀 기사에 눈을 떨어트리자 남편 옆 의자에 털썩 주저앉았 다. 두 사람은 밀라노발(發)의 해외 통신을 읽었다.

작일 클레멘트 세바스찬과 제임스 모크퍼드는 코모호(湖) 상에서 돌풍의 습래를 받아 배가 전복하여 익사를 하고 말았다는 것이다. 배에는 세바스찬 과 그의 반주자와 벨기에의 바이올리니스트(提琴家) 구스타브 위르츠 등 세 사람이 타고 있었다. 이 참사를 호반에서 본 사람들은 캬데나 비아에서 즉시 두 척의 보트를 끌고 나갔으나 구조된 사람은 구스타브 위르츠만이었다. 이 러한 사건에 관하여 위르츠는 다음과 같이 말하고 있다 —

미풍이 아주 멈추었다. 그러나 그들은 돛대를 내리지 않았다. 그러자 돌연 태풍이 불어와 배는 즉시로 전복해버렸다. 위르츠 자신은 돛대에 맞아 꽤 먼 거리에까지 떨어져나갔다. 그는 일단 물속에 빠지고 다시 떠올랐을 때에는 그의 두 친구가 물의 표면에서 허덕이고 있는 것을 보았다. 헤엄을 잘 치는 세바스찬에 대해서는 걱정하지 않았으나 모크퍼드는 헤엄을 치지 못했고 공포로 인하여 얼굴을 돌리지 못하고 있었다. 그는 세바스찬의 목에 두 팔을 돌리고 죽으라고 매달리고 있었다. 위르츠는 세바스찬 정도면 그러한 가벼운 남자 한 사람쯤은 쉽게 끌어낼 것이라고 믿고 구조하러 오는 보트를 향하여 헤엄쳤다. 물이 너무 차기 때문에 그의 전신은 이미 바스러질 정도로 떨려서 뒤를 다시 돌아다볼 수도 없었다. 그가 최초의 보트에 구조되었을 때에는 두 사람의 머리는 수중에 빠지고 말았다. 제2의 구조대는 두 사람이 전복한 범선에 매달리고 있을지도 모른다고 생각하고 그곳까지 가보았으나 아무도 없었다. 모크퍼드는 틀림없이 상대에게 꼭 매달려 목을 잡아서 세바스찬을 가라앉게 했을 것이다.

아우어바흐는 시계를 보았다.

"여보 미나, 나는 이제부터 곧 루시한테 갔다 오겠소, 그 애가 이 신문을 보기 전에. 아직 일곱 시도 되지 않았어. 여덟 시 전에는 절대로 아래로 내려오지 않을 테니까 걱정 없어."

"좀 기다려주세요. 나도 함께 갈 테니깐. 이대로 외투만 입고 가면 돼요. 아 참으로 불쌍한 루시예요."

제2부

1

곤벽[紺碧]과 금색의 긴 가을은 그해의 플래트 하천 유역에 한없이 계속되는 것처럼 생각되었다. 11월 중은 아직 여자들은 1902년에 유행한 남자용으로 만든 모직복에다 목에는 조그마한 모피를 다는 정도로서 해버퍼드의 거리를 오고가고 있었다.

겨울 외투를 입으려고 생각하는 사람은 아직 한 사람도 없었다.

시멘트를 깐 보도 위에 덮인 나뭇가지에는 노란 잎이 한참이었다.

강가의 큰 버드나무는 여름보다는 훨씬 부드럽게 보이는 푸른 창공에 하얗게 은색으로 비치고 있다.

공기 그 자체에도 어떤 일종의 정숙한 감이라고 할까, 그런 것을 느낄 수가 있었다.

비가 얼마 내리지 않아 옥수수가 꽃으로 시들어버리는 것을 당연한 불평으로 생각하고 있는 사람들도 매일 아침같이 마당에 나와 내년에는 만사가 더 잘되겠지 인생은 즐거운 도박사라고 마음으로 생각하는 것이었다.

그러한 아침에 해버퍼드 제일가는 일가라고 불리는 집의 미망인 앨릭 램지 부인은 객실의 넓은 창 앞에 있는 안락의자에 앉아 있었다.

부인은 죽어도 좋은 나이이며 마을 사람들은 알지 못했으나 거의 일흔 살은 확실히 되어 있을 것이다.

기나긴 동안 거리의 사람들의 생활의 중심에 서 있던 사람으로 정말 나이보다도 훨씬 젊어 보이는 편이었다.

키가 훨씬 크고 아름다우며 태도나 몸가짐에 위엄이 있었다.

거리의 사람들은 부인이 해가 바뀔 적마다 따뜻한 감이 늘어가며 반성적으로 되며 감정적으로 되었다고 말하였다.

10년 전만 하더라도 청명한 가을 아침 아홉 시경에 두터운 쿠션이 달린 의자에 앉아 있을 만한 사람이 아니었다.

필연코 시골로 드라이브를 한다든가 또는 메인 스트리트에서 물건을 사러 다닌다든가 당일 행으로 물건을 사러 오마하로 가는 급행열차에라도 타고 있었을 것이다.

지금도 오후에는 드라이브라든가 산책으로 나가는 일도 있었으나 오전 중에는 대체로 조용히 집에 들어앉아서 지난날에는 그칠 줄 모르는 샘과 같이 생각되던 정력을 절약하고 있는 것 같았다.

부인은 지금은 이전보다도 더 한층 타인의 그리고 모든 사람들의 일상사에 관심을 가지게 되었다.

오늘 아침은 학교에 가는 어린아이들 — 러닝에 반바지를 입은 소년들과 빳빳하게 풀을 먹인 목면(木綿)복의 소녀들을 창에서 내다보고 있었다.

"더 빨리 뛰어오너라! 몰리야 빨리……."

때마침 최후의 종소리를 들으며 뛰어오는 살찐 키가 자그마한 소녀에게 부인은 그렇게 말하며 소리를 질렀다.

종이 울리는 것이 끝나자 거리의 아이들이 모두 무사히 세 개의 붉은 벽돌집인 교사로 수용될 무렵 어른들은 집을 나와서 아침 우편물을 찾으러 우편국으로 가는 것이었다.

마르고 싶어서 산책을 즐기는 브리지먼 의사의 뚱뚱한 부인 토요일 예배 교파의 목공수인 제리 슬리스 또한 가톨릭*의 목사인 매코맥 신부 또 장례식이나 여러 가지 의식이 있을 때에 잘 노래를 부르는 작은 잭맨 부인 등.

다음에서 다음으로 부인의 집 앞엔 보도를 아직 나뭇잎이 무성한 아치형의 느티나무 밑으로 지나가는 것이었다.

---

* 원서에는 Seventh-day Advent, 즉 제7안식일교회(편집자 주).

램지 부인은 의자에 걸터앉은 채 오마하에서 놀러온 딸인 마지 노월에게 말을 걸었다.

노월 부인은 대학에 다니고 있는 아들의 스웨터를 짜며 긴 두 칸짜리인 객실 뒷방에 있었던 것이다.

"마지야, 루시 게이하트 양이 지나간다. 불쌍하게도 저애는 저렇게도 변해버리고 길에서 만나도 너는 누군지 모를 것이다. 전에는 언제나 우리 집에 다녀갔는데."

보도를 이곳으로 걸어오는 가냘픈 여자는 좌우도 보지 않고 그렇다고 하여 앞을 보고 가는 것 같이 보이지도 않았다.

저 사람의 눈은 어느 곳도 보지 않고 있는 것처럼 노월 부인에게 생각되었다. 앞으로 수그리고 어깨를 좁히고 거니는 자세는 사람에게 띄지 않고 몰래 도망이나 치려고 생각하는 것같이 보인다.

램지 부인은 지금도 청명하게 은빛같이 투명하고 사파이어와도 같이 푸른 그 아름다운 눈동자에다 수심에 싸인 듯한 걱정스러운 내색을 띠고 차차 멀어져가는 여자의 뒤를 바라보고 있었다.

루시는 언제나 빨리 거니는 여자였었다. 그러나 그것은 지금 걷고 있는 것과는 다른 것이었다.

지난날의 그는 언제든지 무엇이든지 즐거운 것을 따르고 있는 것 같은 조금도 가만히 있을 수 없다는 듯한 모습이었다.

그러나 지금은 그 무엇에서 멀어지려는 또한 거닐 수 있을 때까지 걸어서 몸을 피로하게 하자는 것 같았다.

노월 부인은 이쪽 방으로 와서 모친의 어깨 너머로 밖을 내다보았다.

"대체 어찌된 셈일까? 시카고에서 연애 사건이라도 일으킨 때문이라고 말하는 사람도 있는 것 같으나, 그런가 하면 거기서 일이 안됐기 때문이라고 하는 사람도 있고. 그러나 나에게는 저애가 저렇게 괴로워하는 이유를 모르겠어.”

이렇게 램지 부인은 중얼거린다.

“그리고 또 다른 사람들은”이라고 딸이 계속한다.

“해리 고든이 저애를 버리고 아크라이트하고 결혼한 탓이라고 말하는 사람도 있지요?”

“그것은 당치도 않은 소리야……”

램지 부인은 지난날의 열정을 조금 비치는 듯이 머리를 돌리면서 말했다.

“버린 것은 루시 쪽이란다. 남자 쪽은 루시와 같이 되기만 하면 소원대로 되는 것이니까. 나는 그 부부를 첫번 보았을 때 그 남자는 분한 김에 그 턱이 긴 여자와 결혼한 것이라는 것을 곧 알 수가 있었단다. 루시는 확실히 해리에게는 과한 여자였으니까.”

“그러나 해리 역시 훌륭한 실업가이고 또한 상당히 품격도 좋이 않아요?”라고 조금 비웃는 듯이 노월 부인은 말했다.

“그야 좋은 남자인지도 모르지. 거죽으로 보면. 그러나 나 같으면 그런 것은 볼썽만 좋다고 말하고 싶다. 마음속은 전연 품위 없는 스코틀랜드 사람이니깐. 그러한 남자는 스코틀랜드에 가면 흔히 있단다. 대단히 뻐기고 풍만 떨고 그러면서도 한 실링에도 치를 떠는 남자란다.”

노월 부인은 싱글싱글 웃으면서 스웨터를 계속해서 짰다.

램지 부인은 창밖으로 지나가는 사람들을 보고 있었다.

얼굴을 이곳으로 돌리는 사람들에게는 머리를 끄덕여 보이고 미소를 짓고 있었으나 마음속에서는 무엇인지 다른 것을 생각하고 있었다.

잠시 후에 그는 한숨지으며 혼잣말 비슷하게 말했다.

“글쎄 그것이 무엇이든 간에 아무 일도 일어나지 말아주었더라면 좋았을 것을 참으로 루시는 불쌍하다!”

노월 부인은 일하던 손을 잠시 쉬고 힐끗 쳐다보았다.

모친의 목소리 속에 숨은 어떤 아름다운 것에 놀랐기 때문이다.

그것은 어머니가 언제나 앓는 어린아이나 곤란한 사람들에게 표시한 그 재빠른 격렬한 연민의 정과는 다른 것이었다.

더한 개인에서 떠난 초연한 것이었다.

어딘지 모르게 신의 자비에 가까운 것이 있었다.

전에는 그렇게도 자아가 강한 어머니였었는데.

나이를 먹는다는 것이 사람의 목소리와 이해력에게 이러한 변화를 가져오는 것이라면 사람은 늙는다는 것을 그다지 겁낼 필요가 없다고 딸은 생각하고 있었다.

루시 게이하트는 다른 길을 지나서 집으로 급히 간다는 것 이외에는 아무 것도 생각지 않았다.

메인 스트리트에서 옛날 하이스쿨까지 가서 그리고 램지 부인의 집에서 북쪽으로 네 구역 가량 가서 서쪽으로 꼬부라지려고 생각하고 있었다.

루시는 램지 부인을 지금까지 쭉 사랑하여왔고 존경도 하여왔다.

그러므로 더 지금은 그 사람을 만나기 싫은 생각이었다.

9월에 고향으로 돌아와서 루시는 한 번 램지 부인의 집을 방문한 적이 있었다.

그러나 잠시 동안 그곳에 앉아 있는 것으로서 그는 다한 것처럼 생각되었다.

어쩐 일인지 목이 여위는 것 같고 마음은 딱딱하게 얼어붙은 것 같았다. 지금은 옛 동무 중에서 그를 협조해줄 수 있는 사람은 없었다. 해버퍼드에서 그를 도와줄 수 있는 사람은 단 한 사람밖에는 없었다.

그 한 사람에 만날 수 있을는지도 모른다고 생각이 되어서 그는 지금까지 여러 아침을 그렇게 해온 것처럼 지금도 우편국으로 가는 길이었다.

아침 아홉 시 반경에는 상인들은 모두 우편물을 받으러 그곳으로 가는 습관이 있었다.

학교 종이 벌써 전에 친 것을 급히 그는 생각했었다.

그리고 늦어서는 안 되겠다고 생각하면서 한층 발을 빠르게 그는 걸어갔다.

우편국의 양쪽으로 열린 문은 햇볕이 따뜻했으므로 뒤로 젖혀 눌러 있었다. 사람들이 나갔다 들어갔다 하고 있다. 루시는 아버지의 우편함으로 가서 열쇠로 열고 있었으나 시간을 걸리게 하느라고 일부러 틀려서 돌려보고 하였다. 그는 그 누구를 기다리고 있었던 것이다. 얼마 후에 해리 고든이 들어왔다.

제이콥 게이하트의 그것보다 조금 속으로 있었다. 그는 루시에게는 눈도 던지지 않고 그 뒤를 돌아서 자기 집의 우편함을 열고 가지고 온 가죽가방에서 서장(書狀)을 집어넣고 그곳을 나가려고 돌아섰다.

그때 루시는 그의 정면으로 막아섰다.

"해리 씨 안녕하세요."

그는 눈을 들고 모자를 급히 벗으며 이렇게 말했다 ─

"야, 루시 씨가 아녜요? 안녕하세요."

그것은 이런 곳에서 그에게 만나서 대단히 놀란 것 같기도 하고 루시가 거리에서 떠난 일도 없으며 거리에 돌아온 것 같지도 않은 것 같고 또 두 사람 사이에는 지금까지 하등의 특별한 우정 같은 것이 없었던 것같이 보였다. 그것은 자기에게는 과히 중한 손님도 아닌 그 집의 여자들에게 대하는 것 같은 성의 없는 정중한 목소리였다.

돈은 빌려주고 있으나 한시라도 속히 손을 떼고 싶다고 원하고 있는 농장의 딸에게 대하는 것 같은 인사였다.

안경은 쓰지 않았는데 마치 도가 많은 안경 속에서 들여다보는 것 같은 눈치로 그는 루시를 보고 있었다.

빙주(氷柱)와도 같이 차고 번쩍이며 예리하게 비치는 엷은 푸른 눈이었다. 별로 딱딱해지지도 않고 전연 아무렇지도 않은 것처럼 하고 있었다. 그리고 그는 우편국에서 나가서 척척 거리 있는 곳으로 걸어가고 말았으나 그것은 그 지난날 야구를 잘하던 시대에 플래트강 유역의 일류 투수로서 다이아몬드에 모습을 나타낸 때의 침착하고 자신만만한 걸음걸이와 꼭 같았다 — 당시 루시는 아직 조그만 소녀였고 정면에 있는 스탠드에서 그것을 보고 있었던 것이다.

루시가 해버퍼드에 돌아와서 오늘까지 몇 번이고 두 사람은 이와 같이 만나고 그리고 언제나 똑같은 것이었다.

상대의 음성이 갖는 모든 음영을 알아차리고 있던 루시에게는 언제나 같은 놀란 것 같은 보임이었고 같은 표정이며 같은 음성이었다. 혹시 그가 곤란한 모양을 하든가 당황하는 말투라도 하면 루시로서는 다른 말을 꺼낼 여지가 있었을는지도 모른다.

그러나 해리가 이렇게 그의 독특한 태도를 취하고 나오는 데는 절대로 가까이할 수가 없었다.

상대에게는 조금도 이익을 주지 않고 자신에게만 이익을 다 가진다는 취지를 제의(提議)하여도 해리가 가지고 있는 태도에 걸리면 가엾은 백성들은 아무 말도 못하는 것이었다.

그의 천성인 쾌활성에는 그 활발한 안색과 꼭 같이 사람을 신복시키는 힘이 잔재하고 있었다.

그는 개방적이며 구두쇠와 같은 태도는 조금도 나타내지 않았으므로 머리가 재빨리 돌지 않는 사람들은 계약이 끝나고 집으로 돌아가는 마차를 몰기 전에 자기가 엉뚱한 계약을 한 것에 조금도 눈치채지 못하는 상태였다.

그 사람에게 편지를 쓸 수가 있었으면 하고 루시는 걸어오면서 생각하였다. 그가 원하고 있는 것은 거리에서 서로 얼굴을 대할 때에 동무 같은 표정만이라도 하여주었으면 ― 아무 생각 없는 쾌활한 얼굴을 하여주었으면 하는 것이었다.

혹 가다 길모퉁이에서 극히 몇 사람만이 들었던 그의 본성인 음성으로 재미있는 이야기의 한토막이라도 해주었으면 ― 언제나 두 사람이 만났을 때 두 사람만의 암호와도 같은 그 진실성이 풍기는 친절한 마음으로 나를 보아주었으면 ― 루시는 이제는 그것으로만도 충분하였다.

폴린이 아침 신문을 기다리고 있는 것은 알고 있었지만 루시는 똑바로 집으로 가지는 않았다. 그는 거리의 북쪽 끝에 있는 작은 루터 교회까지 가서 그곳 층계에 앉았다. 그곳은 해버퍼드에서 제일 높은 장소로 안계(眼界)가 넓은 토지의 일단에 있었으므로 얕은 언덕의 갈색으로 무르익은 보리밭 저쪽으로 플래트 하천의 굽이쳐 흐르는 수류(水流)가 보이는 것이었다.

피로하였으므로 그곳에 주저앉은 그는 시간이 흐르는 것도 잊어버렸다.

태양이 나무로 만든 계단 위를 따뜻하게 쪼이고 있었다.

꽃나무로 된 판장이 그곳 가까이 있는 한 집과 경계로 되어 있는 그 장소는 조용하고 무엇인지 모르게 친밀감을 주었다. 어디선지 종소리가 들리어 왔다 ― 그것은 학교의 종소리였다. 그러면 벌써 열한 시가 된 것이다. 그는 급히 집으로 돌아왔다.

폴린은 부엌에서 식사 준비를 하고 있었다.

루시는 곧 언니 곁으로 갔다.

"언니 신문을 곧 가지고 오는 것을 잊어버려서 미안해. 잠깐 산보를 했더니 나도 모르게 어느 틈에 멀리까지 가고 말았어요."

"그래 괜찮아."

폴린은 어느 때나 변치 않은 쾌활한 목소리로 말한다. 그러나 사실은 그것이 조금 좋지 않은 것을 의미하고 있다는 것을 루시는 알고 있었다.

루시는 신문을 그곳에 놓고 곧 이층에 있는 자기 방으로 올라갔다. 어찌하여 나는 이렇게도 사람들의 말소리에까지도 예민해졌을까? 나를 만나는 사람들은 모두 예의를 차리고 용의주도하게 이야기를 한다. 이 거리에서 자기 자신의 자연스러운 어조로 나를 대해주는 사람은 아버지 한 분일 것이다.

폴린이 점심을 차려놓았다고 불러준다.

루시는 밑으로 내려와 언니와 같이 마주앉아 식사를 한다.

아버지는 언제나 거리로 나가서 보헤미아인이 경영하는 비어홀에서 런치를 잡숫는 것으로 되어 있다.

폴린은 굵게 썬 양육(마톤 춋프)을 커다란 접시에 담아서 가지고 왔다.

커피세트와 야채는 벌써 식탁 위에 놓여 있다. 폴린은 "어떤 소중한 편지가 오지 않았니?" 하고 자리에 앉으며 물었다.

"소중한 편지? 없었어."

루시는 시카고에서 오라고 하는 편지를 언니가 의미하고 이야기한 것으로 생각해서 그렇게 대답했던 것이다.

폴린은 한참 이야기를 했다. 루시는 어렸을 때부터 혹시 언니가 이야기를 한참 하며는 묵묵히 귀를 기울이지 않는 수련을 해왔던 것이다.(이미 그때부터 여자란 너무 재잘거리는 것이라고 루시는 생각했었다.) 이때도 그 무렵과 같이 루시는 어떤 집안 이외의 것을 생각하기로 노력했었다. 단 두 사람만 있게 되면 폴린은 예의 없이 음식을 먹는 버릇이 있었다.

이야기에 열중만 하면 식사하는 것을 전연 잊어버리고 나중에 생각이 나서 막 먹는 버릇이 있었다. 그러한 때에도 지금까지 해온 것처럼 아무렇게나 생각하지는 않는 루시였었다. 그것이 이상하게도 마음을 상하게 하여 그는 온몸이 졸아드는 것 같았다.

돌연 폴린은 사실은 처음부터 말하려고 생각했었던 문제를 꺼냈다. 이번엔 루시가 귀를 기울였다.

"그래, 그래. 아주 잊어버리고 있었어. 저 램지 부인으로부터 전화가 왔었는데 오늘 밤에 꼭 너보고 와달라더라. 나는 저번 주일 마지 부인이 온 다음 날에 갔었으니까 이번엔 너만 꼭 만나고 싶대. 마지 부인은 누구에게나 친절한 분이야. 그분에게는 벌써 금년에 대학에 들어간 아들이 있지."

"그래 나도 잘 알고 있어요. 우리들 간에서는 토디라고 불렀어. 정말 이름은 아마 시어도어라고 하지? 그것은 그렇다 치고 내가 꼭 찾아가 뵈어야 하지?"

"물론이고말고. 너는 어렸을 때부터 부인의 마음에 들었으니깐."

폴린은 특히 어조를 세게 말했다. 동생은 그렇게 말해주는 언니의 호의를 고맙게 여겼다. 램지 부인은 언제나 폴린은 폴린으로 루시는 루시로서 다르게 취급해왔던 것이다. 그러나 호의라는 것은 우정 짜낼 때가 고마운 것일까? 그것은 자비한 마음과 부드러운 이슬[露]과도 같이 자연스럽게 솟아나는 것이 아닐까? 루시의 명상은 언니의 말소리로 부서졌다.

"저 너는 또 입맛을 잃었구나? 그래서 안색이 나빠지지 않니. 창백한 얼굴빛을 내는 것은 너답지 않아. 거기에 이번에 새로 만든 간유(肝油)도 있으니 먹어보렴. 그래도……"

루시는 언니의 말을 가로막았다.

"언니 처음 집에 돌아왔을 때 그것을 먹은 것은 언니를 즐겁게 하려고 생각했기 때문이에요. 내 입에 맞아서 먹은 것이 아니에요. 그런 것을 먹는다 해도 배가 고프지 않는 사람에게는 밥이 맛있게 넘어간다고 할 수 없어요. 이번 여름에 너무 일을 많이 했기 때문에 여름이 다 지나간 무렵에는 신경쇠약처럼 되고 말았어요. 지금 내 몸에 가장 좋은 것은 단지 잠시 동안 혼자서 조용하게 있는 외에는 별로 없다고 생각해요. 정말 그래서 나는 집에 돌아온 것이며 아무와도 만나지 않기로 하고 있어요. 과수원을 그대로 두어달라고 언니에게 부탁한 것도 사실은 그 때문이었어요. 어떤 동무가 상상하고 있는 것처럼 별로 내가 직업을 떠난 것은 아니니깐요. 내가 이곳에 오고 말았으므로 아우어바흐 선생님은 대단히 곤란하신 모양인 것 같아요. 하나 선생님으로서는 몸이 좋지 않은 나를 일을 시킨다는 것은 암만해도 어려운 일이라고 하시지만."

"아, 그랬어?"

폴린은 접시를 치우면서 말했다.

"그것은 지금까지 들은 얘기 중에서 가장 이치가 통하는 것 같구나. 물론 나는 네가 기분이 좋아지기 위해서는 어떠한 일이라도 해주려고 생각하고 있단다. 그러나 너는 다른 사람에게서 원조를 받고 싶으면 좀 더 정말 얘기를 터놓고 말해야 한다. 너는 지금까지 아무 말도 하지 않았으므로 우리들에게는 어떤 일인지 전연 알 수가 없지 않니."

"그것은 나도 잘 알고 있었어."

루시는 미안하다는 듯이 말했다. 그러나 전보다도 더욱 자기 자신의 마음속으로 도망쳐버리고 시선을 마룻바닥에 떨어트렸다.

"나라는 인간은 참으로 허황된 인간이에요. 그래서 지금까지 언니에게 많은 폐만 끼치고 왔어요. 허나 이번만은 조금 안정된 것처럼 생각하고 있어요."

폴린은 아직까지 부드럽게 얘기하여왔었다. 그리고 더욱 친절하게 해주려고 이야기를 계속했다.

"애, 루시야. 집안사람들에게는 어떤 일이나 확실히 터놓고 말하지 않으면 안 된다. 눈치 같은 것을 보지 말고, 내가 그렇게 나쁜 인간이 아니니 그러지 말아라."

"언니 잘 알고 있어요."

루시는 작은 소리로 대답했다. 그는 별로 노하지는 않았으나 언니를 다시 바라보지도 않고 자기 방으로 가버렸다.

그리고서 얼마 후 손에 마차 복을 들고 정원 뒤에 있는 능금 과수원쪽으로 가버리는 루시의 모습을 언니는 보았던 것이다.

2

루시는 오후에는 가지가 얕게 내린 능금나무 아래의 잔디밭에 가 드러누워 햇볕을 쪼이고 있었다. 과수원은 약 3에이커 정도의 넓이이며 언덕은 사면으로 되고 있었다. 루시는 그가 옆으로 드러누웠던 먼 끝에서 쭉 서 있는 나무들의 열(列)을 통해서 아래쪽을 바라다보았다. 조그맣고 빨간 능금과 회녹색의 잎사귀가 아직도 얼마 나뭇가지에 달려 있었다. 이미 오랫동안 손질을 하지 않았던 과수원이었기 때문에 과실은 채집할 만한 가치가 없는 것이었다. 이처럼 길고 조용하고 언제까지나 떠나지 않는 것과 같은 가을 한동안을 그는 대개의 시간을 이곳에 나와 지냈던 것이다.

마음대로 자랄 대로 방치해둔 오랜 능금나무의 모습에는 마음을 위로시켜주는 것이 있었다. 이곳에서 루시는 자기 자신에 일어났던 것을 상기하면서 생각할 수도 있었으며 또 그것을 이해하려고도 했던 것이다. 그날 아침(이미 오랜 옛날 일처럼 생각되었으나) 친절한 아우어바흐 선생님 부처가 그를 자기들의 집으로 데려가려고 오셔주신 모습도 생각했던 것이다.

선생은 한 마디도 말을 듣기도 전에 루시가 시카고를 떠나서 고향에 가지 않으면 안 된다는 것을 그리고 두 번 다시 시카고를 보고 싶지 않다는 것을 이해해주었다.

아우어바흐 부인이 그의 짐을 전부 잘 꾸려주었다. 그리고 베이커리집 사람들에게는 사정을 이야기하고 기차표까지 사서 주며 루시를 정거장까지 데려다주었다. 변호사가 와서 소지물을 전부 정리하기 전에 부인은 세바스찬의 스튜디오에서 '기념'을 위한 작은 보따리까지 만들어주었던 것이다. 서랍 속에 남겨두었던 손수건 수 매와 장갑 한 켤레 그리고 친구들과 함께 찍은 세바스찬의 사진 몇 권의 서적 그가 노트 같은 것을 한 악보가 그것이었다. 루시에게는 아무것도 상담하지 않고 그런 것을 꺼내 가지고 해버퍼드에 급행열차 편으로 보내주었다. 지금 그것은 전부 루시의 트렁크 속에 들어 있다.

그에게는 그러한 것은 하등의 의미도 없었다. 보기가 딱했던 때문이다.

그 사건이 거의 일순간에 그의 마음을 얼게 하고 그의 사는 세계를 파괴시키고 말았던 것이다 — 단지 그러한 것만을 이야기하는 기념이었다. 다음에 남은 세계에서는 그는 긴 호흡을 할 수도 없었고 마음 놓고 동작도 할 수가 없었다. 지금은 단지 옛일을 생각하며 살아가는 세계에 있는 루시였다.

그것은 지난날 존재하고 지금에 와서는 이미 존재하지 않은 세계였다. 어려서부터 자라난 이 집 부근을 바라다보아도 이젠 완전히 딴 것으로 되어버리고 지금에 와서는 어떠한 것도 만져보고 싶지 않은 기분이었다. 자기의 침대 속에서도 그는 언제나 아름다운 꿈을 부수지 않으려고 애쓰고 그것은 환상에 불과하지 않았다고 생각하는 것을 겁내며 마음을 졸이고 드러누워 있었다. 허나 이 과수원 속만이 그의 마음을 안식시킬 수 있는 장소였다. 그전에 그의 생활의 저부(底部)를 흐르고 있었던 감정이 또다시 솟아오르는 곳은 단지 여기뿐이었다.

옛날엔 아버지의 집은 마음이 편했다. 그것을 언제나 자랑하고 있었던 자신을 그는 회상했다. 허나 서부의 거리의 목조의 건물은 모두 싸게 청부되었으며 신경을 갖지 않고 있는 사람들을 위해 만들어진 것처럼 그에게는 생각되었다. 칸을 막은 벽은 얇았고 특히 이층의 방들은 더욱 그랬다. 그의 방은 폴린 방 옆에 있었으므로 우는 것이나 전등을 켜는 것 그리고 잠자며 몸을 움직이는 것까지 모두 언니에게 알려지고 말았다.

밖에 있는 이 과수원에서는 혼잣말도 할 수 있었다. 그것이 무엇보담 위로가 되었다. 그는 세바스찬의 노래의 몇 절을 여러 차례 속으로 외워보는 것이 좋았다. 그리고 그의 말하는 어조와 악절의 구분하는 법을 정확하게 생각하려고 했다. 몇 가지의 노래를 노래하려고도 했다. 그것은 또다시 루시를 울리게 하였을 뿐인데 그러나 그것은 그의 가슴을 두껍게 얼게 한 얼음을 녹이고 다른 어떤 것보다도 그의 마음 가까이 또다시 세바스찬을 느끼게 하여주는 것이다. 루시가 연주한 최초의 소곡(小曲) "아 내가 알았다면…… 그대 지금 어디 있느냐"를 그는 몇 번이고 조용하게 열정을 들여서 눈물로 가슴이 젖을 때까지 노래했던 것이다. 그러나 지금 이러한 문구를 소리로 내고 자기의 가슴에 반복해보는 것은 세바스찬의 어떤 일부가 아직껏 이 세상에 남아 있는 것처럼 그의 마음에 힘을 주는 것이었다. 잠들고 있는 동안에 간혹 그의 노랫소리를 듣고 두 사람이 이 세상과는 다른 아름다움과 즐거움에 매혹당할 때가 있었다. 꿈에서 그의 노랫소리를 들을 때에는

"그들의 하늘인 아버지의 나라에 가면 옳은 자는 태양과도 같이 빛나리."
라는 노래의 구절과 같은 마음으로 되는 것이었다.

그러나 루시는 가끔 잠자는 것이 무서웠다. 그러할 때에는 이부자리 속에 들어가지 않고 창변의 작은 의자에 몇 시간씩 일어나서 앉아 있었다. 의식을 잃고 얼음과 같이 차가운 호수에 빠져가는 남자를 매달리고 있는 흰 것에서 떼어주려고 애를 쓰며 허덕이던 일이 여러 밤이나 있었다. 남자의 눈은 언제나 이미 죽은 것처럼 감기고 있었다. 그러나 그의 어깨 뒤에 있는 푸른 눈은 공포와 탐욕에 가득 차서 눈을 뜨고 바라보고 있었다. 이 비겁하게도 매달리기만 하는 남자를 떼어놓으려고 애를 쓰면 결국 루시는 언제나 새파랗게 질리고 피로한 끝에 꿈에서 깨는 것이다. 그리고 그 후부터 언제나 잠을 이루지 못하고 하룻밤 동안을 떨고 말았다. 어째서 자기는 세바스찬에 대해서 이 남자가 그분을 반드시 멸망시킬 운명을 갖고 있다는 것을 알리지 않았던 것인가? 어째서 그의 발아래 몸을 쓰러트리고 모크퍼드에게 조심하세요, 모크

퍼드는 비열하고 질투가 강하고 악랄하다는 것을 그리고 자기가 그것을 잘 알고 있었다는 것을 알리지 않았던 것인가!

이렇게 무서운 몇 밤을 지내고 나서 루시는 이젠 아무도 믿을 수 없는 마음이 생겼다. 아주 조그만 일에도 마음의 평정이 뒤흔들리고 마는 것이다. 참혹한 생각과 겨우 싸운 후 으스스한 마음으로 언제나 이 과수원 능금나무 아래로 오는 것이다. 그러면 조금씩 공포는 사라지고 가슴속에 가득 차 있는 딱딱한 덩어리도 부드럽게 되고 마는 것 같았다. 얼마 있으면 이 과수원의 나무들은 벌목되고 말 것이다. 이 가을에 그 최후의 태양의 빛을 오랜 수목들은 받고 있는 것이다.

과수원 바로 뒤에는 게이하트 씨가 말을 길렀을 무렵에 풀을 먹이던 목장이 있었다. 2년 전에 폴린은 이곳을 갈아서 스페인 파(玉葱)를 심었던 것이다. 그것을 시장에 내다 파니까 대단히 이익이 남아서 그는 과수원까지도 나무를 잘라버리기로 했다.

고향에 돌아와서 아직 겨우 2, 3주일도 지나지 않은 어느 날 아침 루시는 도끼 소리로 눈을 떴다. 잠시 동안은 걱정스러운 마음으로 그 소리에 귀를 기울이고 있었으나, 그 다음 돌연 그는 그것이 장작을 패는 소리가 아니라는 것을 알았다. 장작을 패는 것과는 전연 다른 소리다. 그것은 전연 반향이 없는 소리였다. 도끼가 어떤 살아 있는 것을 향해 잘라 들어가는 소리였다. 그는 침대에서 뛰어 일어났다. 재빨리 화장옷을 갈아입고 집 뒤에 있는 과수원과 정원에 면한 아버지의 커다란 방에 달려 들어갔다. 아버지는 목욕탕에서 면도를 하고 있었다. 그 방 창으로는 과수원에서 한 남자가 능금나무를 모조리 자르고 있는 것이 보였다.

루시는 뒤 계단을 뛰어올라가 폴린이 조반 준비를 하고 있는 부엌으로 갔다. 그리고 어떤 사람이 나무를 자르고 있으니까 빨리 가서 그만두게 해달라고 부탁했다.

폴린은 그 조그마한 눈으로 곁눈질을 하면서 루시를 바라보았다. 그리고 아무 일도 없는 것처럼 대답할 작정이었으나 그의 목소리는 다른 때와는 조금 달랐다.

"풀에게 오늘 와달라고 말해두었는데 이렇게 빨리 오라고는 하지 않았단다. 너를 잠을 깨게 해서 미안하다."

"그러나 저 나무가 어쨌단 말이야? 저 사람은 어째서 나무를 자르고 있소?"

폴린은 프라이 냄비에다 계란을 깨트려 넣었다.

"저 오래된 과수원을 없애기로 했단다. 너에게는 아직 얘기를 하지 않았던가?"

"뭐, 없애기로 한다니?…… 아버지는 지금 어디 계실까?"

광기와 같은 동생의 목소리에 놀라서 폴린은 냄비를 스토브 뒤에 옮겨놓고 돌아다보았다.

"아버지도 그것을 찬성하고 계시단다. 애, 루시야 이 집을 끌고 나가기 위해서는 아버지가 혼자서 벌어서는 모자란단다. 요전에 내가 만든 스페인 파의 수확이 대단히 도움이 되어서 이번 가을에는 과수원을 없애버리고 그곳을 갈아서 그 다음 봄이 되면 스페인 파와 감자를 심을 작정이란다. 농장 같으면 하루 종일 내가 나가지 않으면 안 되고 소작인에게 꼭 속아 넘어가지만 여기 같으면 언제나 눈에 뜨이니까 잘될 것으로 생각된다. 이 집을 가난하나마 끌고 가기 위해서는 여러 가지로 이랬다저랬다 해야만 된단다."

"그러나 언니 꼭 비니껀 이번 가을만은 자르지 말아줘요. 금년만은……. 나는 지금 참으로 쓰라린 심경이에요."

"애, 루시야. 말을 좀 알아들어라. 벌써 그렇게 하기로 되어 있단다. 이번 연기하면 일 년의 수확이 아주 날아가 버리고 만단다."

루시는 아직 눈을 뜨지 않고 있는 사람과 같았다. 그는 폴린의 살이 찐 둥근 손을 잡고서 미친 것처럼 말하는 것이었다.

"나는 도저히 참을 수가 없어요. 안 돼요. 지금 온 세계에서 나에게 남아 있는 것은 저것뿐이에요. 금년만 남겨줘요. 손해는 틀림없이 내가 후에 물어놓겠으니. 정말이에요. 좀 있으면 나도 돈을 벌게 돼요. 일 센트도 남기지 않고 꼭 갚아드리겠으니, 언니 제발 좀 가서 저 사람을 도로 보내주세요. 네? 좀 들어보세요. 나무가 또 하나 쓰러졌어요. 이번은 다음 나무 차례구먼……. 아, 어쩌면 좋단 말인가!"

라고 하며 루시는 의자에 털썩 주저앉아 부엌 테이블 위에 두 팔을 내던지고 머리를 푹 숙였다. 두 갈래로 땋아서 어깨에서 내려트린 머리털은 헐떡거리는 숨 때문에 흔들리고 있었다. 폴린은 우울한 안색을 했다. 그러나 그 자신의 두 눈에서도 눈물이 흘러나왔다. 루시의 절망적인 슬픔을 의심할 수는 없었다. 그러할 정도로 동생은 완전히 정신을 잃은 것처럼 보였다. 이애는 어렸을 때부터 다른 사람에게 이처럼 부탁해본 일이 전연 없었다. 폴린은 테이블에 몸을 꾸부리고 어색하게 발작적으로 동생을 끼어안았다.

"자 이젠 됐다. 네가 그렇게까지 고통할 줄은 나는 생각지 않았다. 내년 가을까지 저대로 두기로 한다. 얘, 그러나 그때까지는 지금과 같은 마음을 제발 고쳐주지 않으면 곤란하다."

루시는 얼굴을 들었다.

"아마 그때까지 나는 이곳에 있지 않을 거야. 어디든지 가서 생활을 위한 길을 개척해야지. 아버지가 너무 구두쇠가 돼서 언니가 얼마나 고생하고 있다는 것을 나도 잘 알아요."

그는 낮은 목소리로 그렇게 말하고 입에 남아 있는 침을 꿀꺽 삼켰다.

"금년만 마음대로 할 것을 용서해주세요. 그렇다고 해서 언니는 필연 후회는 하지 않으실 테니깐. 어느 때고 언니도 알게 될 것이라고 생각해요."

"아, 이젠 됐다 내가 가서 폴을 보내고 오겠다. 자 이층에 올라가서 옷을 갈아입고 오너라. 그동안에 이 커피라도 마시면 되지 않니."

루시는 고맙다고 말하고 나서 그것을 손에 들고 뒤 계단을 조용하게 올라갔다. 그것은 세간에서 잘 말하는 매를 맞고 완전히 자아를 버리고 마는 어린애와 같았다.

계단 위의 자기의 침실 앞에 역시 폴린을 겁내고 있는 한 남자가 서 있었다. 그는 깨끗이 면도를 하고 새 와이셔츠를 입고 그 회색 머리와 입수염에 향수를 뿌리고 서 있었다. 그리고 루시에게서 커피 찻잔을 받아들고 그것을 화장경대 위에 놓고 그를 포옹해주었다. 그 다음 다른 때와 마찬가지로 애정에 넘친 얼굴로 루시의 입술과 눈과 머리에 입을 맞췄다. 그것이 끝나자 그는 아무 말도 하지 않고 커피를 들고 방문을 향하여 나갔다.

3

해가 지기 조금 전에 루시가 과수원에서 돌아와 보니깐 폴린은 뒤 현관에서 케이프를 어깨에 올려놓고 기다리고 있었다.

"루시야, 너 감기 든다. 네 시가 지나도록 외투도 입지 않고 밖에 외출하면 안 되지 않니? 어렸을 때에는 옷을 많이 입기를 싫어했는데 너는 지금도 변하지 않았구나. 램지 부인한테서 또 전화가 왔는데 얘기할 것이 있으니 꼭 와달라고 하더라. 오늘 저녁엔 어떤 일이 있더라도 꼭 가야 해."

루시는 그렇게 하지 않으면 안 될 것이라고 대답했다. 그는 밤이 되면 꼭 한 가지 하고 싶은 일이 있었다. 그것은 아버지가 가게에서 돌아와서 언제나 그와 함께 모차르트의 소나타를 연주하는 것이었다. 아버지의 바이올린은 좀 귀에 거슬리는 소리를 냈으나 아버지는 그 합주를 대단히 즐거워하시는 것 같아서 루시도 역시 그것을 즐거움으로 하고 있었다.

저녁 식사를 한 후 루시는 거리에 나가 램지 부인이 한편 쪽에 그리고 해리 고든이 다른 편에 살고 있는 거리의 사람들이 농담 삼아 저택가라고 부르고 있는 거리를 걷고 있었다. 램지 부인은 정면의 커다란 창가에 있는 높은 의자에 앉고 있었다. 집은 거리[보도]에서 가깝고 그곳을 지나가는 사람들이 속을 들여다볼 수가 있었는데 또한 그렇게 해두는 것이 부인이 하는 방법이었다. 근처에 사는 사람들은 마치 부인이 마을의 사람들을 '접대'하고 있는 것 같다고 간혹 말했다. 어렸을 때 루시는 이 집에 오는 것이 참으로 좋았다. 고풍한 가구에다 부드럽고 꽃 모양을 수놓은 주단을 깐 참으로 기분이 좋은 방이었기 때문에, 이 집은 객실과 부엌이 뚝 떨어져 있고, 루시의 집처럼 두 가지가 함께 있는 것 같지 않는 데가 좋았다. 램지 부인은 그 무렵 거리에서 침모를 두 사람씩 쓰고 있는 유일한 주부였었다. 지금에 와서는 해리 고든의 부인도 심부름하는 부부를 쓰고 있다고 폴린이 언젠가 루시에게 말을 했는데.

루시는 램지 부인의 볼에다 입을 맞추고 그 옆에 앉았다. 그것은 루시가 털실을 짜는 것을 배웠던 무렵에 언제나 앉아 있었던 빨간 클로스를 한 참대 의자였다. 이 집은 그 후 조금도 변함이 없었다. 오래간만에 그곳에 돌아온 사람의 마음에 즐거움을 주는 것과 같은 어떠한 것이 그 주변에 떠돌고 있었다. 이 집에는 일종의 현실적인 맛과 색채와 따뜻한 맛이 있었다. 왜냐하면 그 집을 만들고 그리고 그곳을 지배해온 부인이 태어날 때부터 그러한 것을 자기의 몸에 지니고 있기 때문이다.

"자, 루시 씨 내가 이젠 아주 늙었기 때문에 당신은 옛날처럼 나에게 대해 주지 않으십니까?"

기분이 좋지 않을 때에는 좀체 친지들을 방문하고 싶지 않았기 때문이라고 루시는 작은 소리로 그 말에 대답했다. 시카고에 있었을 때 한여름 동안 일을 했기 때문에 몸을 좀 버렸다고도 말했다.

"가을이 되니깐 저는 아무것도 하지 못하게 되었어요. 선생님 부인께서 저의 짐까지 돌보아주셨습니다. 그러한 것까지도 부탁을 하고 저는 옆에서 보고 있었으니까요. 제가 그러할 정도였었어요!"

램지 부인은 그의 손을 가볍게 만져주셨다. 그러면 다른 사람들이 말하고 있는 것처럼 루시는 선생님의 기분을 상하게 하고 돌아온 것이 아닌지 모른다고 부인은 생각했다.

"그럼 말하는 것이 싫으면 가끔 집에 와서 나에게 피아노라도 들려주면 좋지 않소. 당신이 돌아왔다는 소식을 듣고 곧 피아노를 조율시켜놓았지. 자 저기 그대로 있지 않소. 우리 집 마지란 년은 만져보지도 않으니……."

루시의 얼굴은 즐거워졌다.

"정말, 좋습니까? 저 치고 싶어요. 저의 집에는 구식[竪形] 피아노밖에 없어요. 아버지가 계신 가게에 있는 것은 조금 좋으나 거기는 사람들이 많이 출입하기 때문에 마음에 들지 않아요. 처녀 시절에는 그러한 것을 마음에 꺼리는 성질이 아니었는데."

"처녀 시절이라니? 참 당신은 지금 무슨 것을 생각하고 있소? 하나 들려주시구려. 그리고 집에서 너무 연습하지 않는 편이 좋겠소. 아주 야윈 것 같으니. 거기에 당신은 좀 너무 걸어 다니고 있지 않소. 이제부터 시골 공기를 많이 쉬고 충분히 휴양하지 않으면 안 돼요. 이 플래트의 계곡처럼 공기가 좋은 곳은 없다오. 덴버(로키 산록의 고원에 있으며 남플래트강에 임한 콜로라도주의 수부 — 역자)는 너무 높고 시카고는 얕으니깐. 여기처럼 좋은 가을은 어느 곳에 가든지 없을 것이오. 이렇게 말하고 보니깐 우리들이 스코틀랜드에서 보내던 가을 일은 이젠 나의 생활과는 연이 없어지고 말았군. 내 남편이 살아 있었을 때 어떻게 하든지 그곳 가을을 맛보고 싶다고 말했었으나 이젠 다 허사가 된 것 같구려."

고향에 돌아오게 된 것은 즐겁다고 루시는 대답했다. 시카고의 거리에서는 일 년 동안을 그대로 보낸다는 것은 참으로 참을 수 없는 일이었다.

"그러나 즐거운 일 년 동안이었지요? 일도 틀림없이 재미있었을 것이고,

그렇지도 않다면 벌써 돌아오셨을 것이야. 거기에 즐거운 일도 많이 있었소? 나는 젊은 재능 있는 분은 너무 그 재능을 진심으로 생각하지 않는 편이 좋지 않을까 생각하오. 짧은 인간의 일생이니깐. 즐길 수 있을 때 마음껏 즐거워야지. 필시 당신에게도 즐거웠던 일이 좀 있었겠지?"

"네, 조금 있었어요."

루시는 어리광이나 하는 듯이 대답하는 것이었다.

"루시 씨, 될 수 있는 한 즐겁게 살아야지요. 무엇보다도 중요한 것은 뭐니 뭐니해도 생활이니깐요. 참으로 살아갈 재미가 있는 생활을 해야 해요. 나는 나이를 먹었으니깐 그러한 일은 잘 안답니다. 재예(才藝)는 인생의 장식 같은 것이고 생활의 다음에 오는 것이 아닌가 생각해요. 때로는 다른 사람에게 실망도 하고 또 자기 자신에 환멸을 느낄 때도 있으나 가장 중요한 것은 무어라 해도 인생을 즐겁게 보내는 것인가 하오. 당신 같은 사람은 아직 이제부터인데 지나간 봄의 일 때문에 걱정을 하고 마음을 쓴다는 것은 우습지 않습니까? 또 이제부터서도 긴 여름이 있으니깐 그러는 동안에 모든 일이 전과 같이 돼 올 거요."

오래전부터 잘 아는 분에 대해서 어째서 이렇게 한 마디도 자기에 관한 지나간 말을 하지 못하는지 스스로 의문하면서 루시는 그곳에 앉아 있었다. 오늘 밤 여기까지 오는 도중 그는 이러한 것을 생각하고 있었던 것이다. ─ 램지 부인에게 부탁해서 어느 날 오후에라도 해리를 그 집 응접실에 불러와(그의 부탁을 들어주지 않았던 사람은 지금까지 한 사람도 없었다.) 그와 이야기를 할 기회를 만들어주시고 그 회합에 입회해 달라고 하자. 그런데 막상 되고 보면 그러한 일은 도저히 할 수가 없다는 것을 그는 알았다. 한숨을 쉬고 일어서자 그는 피아노 쪽으로 걸어갔다.

한 시간 동안쯤 피아노를 쳤다. 그리고 그는 다음에 이 피아노를 다시 한 번 쳐보겠다고 생각했다. 그것은 이 마을에서는 가장 좋은 유일한 피아노였다. 램지 부인은 높은 의자에 앉아 오른발을 왼쪽 무릎 위에 올려놓고 머리를 가볍게 손가락에 기대고 있었다.

만일에 그때 램지 부인이 뒤로 돌아서 창밖을 내다보았으면 부인은 키가 큰 남자가 약간 점잖게 걸어서 지나가는 것을 보았을 것이다.(커튼은 아직 내려져 있지 않았다. 불을 켠 방의 내부가 그곳을 지나가는 사람들에게는 마치 극장 장내를 어둡게 했을 때의 무대장치처럼 잘 보였다.) 그 남자는 거리의 모퉁이까지 오더니, 자기 집으로 가는 길을 똑바로 북쪽으로 가지 않고 서편으로 꼬부라져서 램지 부인 댁의 화단과 마차고(馬車庫) 사이에 있는 보도를 걸어갔다. 그는 똑바로 정면 현관에서 응접실에 들어가려는 억제할 수 없는 충동에 걸려 — 자칫하면 그러할 뻔했다. 그러나 겨우 단념하고 이번에 그 일 구역을 돌아서 그 정경을 다시 한번 보려고 생각했다. 허나 서쪽 모퉁이에 이르렀을 때 그는 겨우 자신에 돌아와 있었다. 그리고 다시 북방으로 향하는 길을 걸어갔다. 자기가 다니는 길에서 단지 한 구역만 정신없이 방황한 데 불과하다. 별로 대수로운 미혹(迷惑)도 아니었다고, 그는 자랑스럽게 그 자신에게 일러주는 것이었다.

조그마한 거리에서는 사람의 일생은 서로가 닿을락 말락하는 곳을 움직이고 지나가는 법이다. 사랑과 증오가 퍼덕거리며 그 날개는 서로 접촉될 것 같다. 밖을 걸어 다니면 사람들은 왕래하는 길가에서 때때로 자기를 배반한 사람이나, 한없이 생각하며 사랑하고 있는 여자와 겨우 수 인치의 간격을 두고 지나가지 않으면 안 된다.

여자의 스커트가 남자에게 스칠 때도 있고, 단지 아침인사만 하고 지나가고 마는 일도 있다. 그것은 실로 위기일발한 때를 피하는 것이다. 그러나 넓은 세계에서는 그러한 아슬아슬한 일은 없다.

4

루시는 램지 부인을 방문하고 시원하고 즐거운 기분으로 집에 돌아와 침대에 들어갔는데 새벽 네 시경 폴린은 옆의 방에서 일어난 공포의 소리 때문에 눈을 떴다. 그것은 공포와 탄원의 절규였다. 그 다음을 이어 일어난 질식하는 것처럼 흐느껴 우는 소리 ― 폴린은 그것을 들으니 몸서리가 쳤다. 집 앞에서 얼마 전에 마차에 강아지가 치여 한 번 그러한 소리를 낸 일이 있었다. 루시가 자는 동안에 소리를 낸 것은 이번이 처음은 아니었다. 언제나 폴린은 곧 눈을 떴다. 그러면 루시가 다시 옆으로 돌아누워 베개를 고치는 것이 들리는 것이었다. 그러나 동생에게 말을 하러 그의 방에 들어가 본 일은 아직 한 번도 없었다. 폴린에게는 사실 그것이 무서웠던 것이다. 동생이 어떠한 처지에 있다는 것은 의심할 여지가 없는 일이었다. 그래서 능금 과수원을 그대로 해둔 것을 잘했다고 생각했다. 그곳에 나가 햇빛을 쪼인다는 것은 루시를 위해서 좋은 일인 것에 틀림없었기 때문에.

간혹 밉고 보기 싫다고 생각한 순간도 있었을 것이나. 폴린은 자기류(流)로 동생을 사랑하고 있었던 것이다. 개인적인 증오와 가족적인 애정은 양립하지 않는 것은 아니다. 그것이 서로 자라서 성장되어갈 때가 간혹 있다. 루시에게 있는 가장 개성적인 특징에 대해서 폴린은 반감을 가지고 있었다. 그러나 게이하트 일가의 특유한 것이라고 생각하는 것에 대해서는 어떠한 일이라도 진심으로부터 사랑하는 것이었다. 루신의 피아노를 누가 잘 친다고 칭찬하면 폴린은 언제나 꼭 같은 말을 하는 것이다.

"게이하트 집 사람들은 모두 음악에 재능이 있지요. 나의 목소리도 공부만 하면……."

폴린은 소프라노로서 루터 교회의 성가대의 지도자였다.

폴린은 동생보다도 훨씬 복잡한 성격의 소유자였다. 그는 항상 수선스러웠다. 터놓고 지내는 태도는 격렬했으나 조금도 사람들의 마음에 꼭 찌르는 반향이 없었다. 그의 질 때의 기분과 의견이란—만일 그것이 어떠한 것이었을지라도—그 의견은 전연 관계가 없는 것처럼 타인에게는 보이는 것이다. 그의 본래의 모습은 말하자면 언제나 그의 의견의 뒤에 숨어 있는 것처럼 보였다. 성가대의 연습에 가는 도중이나 오후의 오찬회에서 볼 수 있는 비대하고 말이 많은 폴린은 그가 본래의 재기 앞에 내놓은 인형과 같은 것이었다. 그 배후에 숨어 있는 그의 정말 모습은 어떠한 사람에게도 보이지 않는 것이었고 그 제2의 인간이 어떠한 모습을 하고 있는지 아는 사람은 없었던 것이다. 사실 폴린은 "간판을 내걸고 걸어간다."고 자신에게도 일러주고 있었으나 그에게는 그렇게 하는 것이 자기에게는 꼭 필요한 것처럼 생각되는 것이었다.

아버지는 좀 변인(變人)이며 조금도 거리의 상인과 같지 않았으며, 루시도 확실히 다른 사람들과는 달랐다. 그중 누구나 한 사람 '보통의 인간'으로 되어, 사회에 있어서의 가족의 체면을 유지하지 않으면 안 되는 것이었다.

루시가 아직 어렸을 때에 폴린은 동생을 여간 귀여워하고 마치 루시가 자기의 몸의 장식이었으며 신용을 더욱 얻는 것처럼 자랑으로 하고 있었다.

어머니가 돌아가신 후에는 동생에 관한 일은 모두 자기가 돌보아주지 않으면 안 되게 되었던 그 무렵 폴린은 아직 18세였다. 동무들이나, 이웃에 사는 사람들은 작은 어린 계집애를 거두는 폴린의 태도를 언제나 칭찬하고 있었다. 어린애가 몹시 말을 듣지 않고 뭐라고 야단을 치면 멀리 도망을 가버리는 나쁜 버릇에는 언니도 대단히 속이 상하였으나, 그는 동생을 돌보아주는 것이 무한히 기뻤다. 폴린이 동생에게 질투하기 시작한 것은 동생이 하이스쿨(여학교)에 다니게 된 때부터였다. 그때에는 누구나 할 것 없이 더욱 루터파의 목사나 목사 부인에게 이르기까지도 동생과 폴린에게 대해서 색다른 태도를 취하게 되었다. 램지 부인도 해리 고든도 이러니저러니 구실을 만들어 가지고 루시를 부르러 사람을 보냈다. 폴린이 그분들의 집에 초대되어가는 것은 교회의 만찬회라든가 소방부 위안의 저녁 같은 데 국한되어 있었다. 그런데 아버지마저 루시에게는 눈이 어두웠다. 그것이 폴린에게는 하나의 질투가 되지 않을 수가 없었다.

아침을 들을 때 오늘은 하교에서 파하면 똑바로 곧 집에 돌아와서 다리미질을 함께 하자고 그가 말하면 아버지는 먼저 내 가게에 들러서 피아노 연습을 끝마친 뒤에라도 좋다고 말해주는 것이 언제나 같은 말이었다.

몇 달 동안이나 생각한 결과 어느 일요일 날 오후 폴린은 아버지의 방에 들어가 좀 말씀드릴 일이 있다고 말했다. 루시는 이젠 집안일을 돌보아도 좋을 나이가 되었는데도, 어째서 자기 혼자만 집안일을 하게 되고 그리고 걱정해야만 되는지? 그것이 그에게 있어서 공평한 일이란 말인가? 또한 루시에게 있어서도 좋은 일이라고 할 수 있을까? 그것이 폴린의 의견이었다.

게이하트 씨는 읽고 있던 신문을 아래에 놓고, 의자에 앉은 채로 돌아다보며 딸을 쳐다보았다.

"내가 보는 바로서는 그 애는 피아노 앞에 앉혀서 음악 공부를 시키는 편이 그것보다도 훨씬 중요한 일이라고 생각한다. 집에 할 일이 많으면 콜마이어의 딸 하나를 오라고 해서 심부름을 시키면 되지 않느냐. 하루에 일 불씩만 내면 쓸 수 있지 않니."

폴린은 자기에 관한 것을 생각하고 있는 것이 아니라, 루시의 장래를 생각한 때문이라고 항변했다.

그렇게 편하게 하고 있고, 언제나 사람에게 폐만 끼치고 있는 것은 계집애로서 과연 좋은 일일 것인가?

"나로서는 루시를 피아노 공부를 실컷 시키고 싶다. 그 방면에서 그 애는 성공할 인간이며 그것이 그 애에게는 제일 적합한 일인 것 같다."

게이하트 씨는 이렇게 말하고 다시 신문을 들었다.

"그렇지. 그 피아노는 응접실에 있으니깐."

자기 방에 돌아오는 도중 폴린은 투덜거렸다.

"언제나 그렇단 말이야. 마치 응접실의 고양이와 부엌의 고양이 같아"

게이하트 씨는 언니를 상식이 원만한 여자라고 생각하고 있었다. 루시는 보통 사람과는 다르다는 것을 폴린도 알고 있지 않으면 곤란하다. 누구나 모두 인정하고 있는 일이니깐. 괜히 언니가 떠들어댈 필요가 없는 것이다.

해리 고든은 게이하트 씨처럼 둔하지는 않았다. 그는 폴린이 질투하고 있는 것을 알고 있었다. 그래서 거리에서 만날 때나 용건으로 폴린이 은행에 왔을 때에는 특별히 언니에게 대해서 친절하게 해주었으며 크리스마스가 되면 언제나 꼭 커다란 과자 상자를 보내주었다. 혹시 루시를 만날 때에도 집으로 방문한다는 법은 별로 없으며 드라이브를 권할 때나, 댄스에 데리고 갈 때에 부르러 갈 정도였다.

폴린은 자기가 혹시 루시 정도로 아름다웠으면 동생에게 지지 않게 마을의 인기를 얻을 수 있었을 것이라고 생각하고 있었다. 사실 폴린도 평판은 나쁘지 않았다.

마을 사람들은 "폴린은 약은 계집애"라고 말하며 칭찬해줬다. 그것은 그가 스스로 그렇게 나타내 보인 것이며, 그렇게 말을 들어도 폴린으로서는 별로 불평은 하지 않을 것이다. 그런데 그것도 폴린에게는 지극히 불평이 되었다. 마을 사람들이 그를 거리에서 부를 때에는 언제나 반드시 루시는 언제 시카고에서 돌아오느냐고 물어보기 때문이었다.

나이 먹은 여자들은 얼마나 루시가 아름다워졌을 것이냐고 웃으면서 말을 물으며 그것을 들은 폴린은 당연히 즐거운 미소를 띤 것이라고 기대하는 듯한 눈으로 그를 바라보는 것이었다. 폴린은 될 수 있는 한 즐거운 표정을 해보였으나 그것은 어딘지 쓸쓸하고 어색한 미소였다.

루시는 언니의 이러한 흉측스러운 감정에 대해서는 참으로 분간력이 없었다. 그는 집안 외의 것을 생각하고 대단히 즐거웠기 때문이다. 그것은 일기(日氣)에 관한 것이라 해도 좋았다. 언제나 어떤 일에 흥분하고 있는 루시였다. 언니 폴린이 실제에 있어서는 어떠한 인간이라는 것 같은 것은 조금도 생각해본 일이 없었으며, 생각하려고도 하지 않았다. 폴린은 자기를 길러주었고 병이 나면 간호를 해주고 생일날이나 크리스마스에는 루시를 위하여 초대연을 베풀어주는 분이었다. 언니는 소위 '좋은 분'이었다. 그리고 좋은 분은 대개 말이 많고, 다소 싱거운 인간이라고 루시는 생각하고 있었다. 그에게 있어서 집은 웬일인지 지붕 아랫방과 과수원 외에는 마음으로부터 자유로운 기분이 되지 않는 곳이었다. 루시로 하여금 말을 시키자면 절대로 그러한 일은 없다고 반대했을 것이나 실제에 있어서 폴린의 집안을 다스리는 방법은 보는 것처럼 훌륭한 것은 아니었다. 언제나 분주한 것 같았으나 역시 폴린과 아버지는 서로 같은 게으름뱅이였다.

한 가지의 고통이 있는 곳에는 언제나 많은 고통이 일어나는 법이다. 아버지에게 루시를 공부시킬 정도로 여유가 있다고는 폴린으로서는 도저히 생각할 수가 없었다. 루시는 시카고에서 지낸 두 겨울 동안에 조금도 돈을 벌지 않았다. 그뿐인가. 수업료와 생활비도 전부 아버지가 송금해주는 것이었다. 그 때문에 아버지는 언제나 금전의 부자유를 느끼고 있었으며 폴린은 스페인 파를 만들어야만 되었다. 루시가 미안하다고 생각해서 조금이라도 좋으니 절약을 했었으면 언니 눈에 그렇게까지 나쁘게는 보이지 않았을 것인데 루시에게는 전연 그러한 점이 없었다. 돈 같은 데 관해서는 전연 염두를 하지 않는 루시였다. 돈이 좀 생기면 척척 써버리고 다소 남겨두는 것은 싫은 성질이었다. 가족의 이러한 무절제를 참아가며 루시가 하는 것을 묵인한 것은 폴린으로서는 하나의 지목하고 있는 것이 있기 때문이었다. 루시를 위하여 지불한 희생에 대해서, 그가 할 수 있는 보답의 길은 단 한 가지가 있었다. 그것은 그가 해리 고든과 결혼하는 일이었다. 폴린은 그것을 바라보고 있었다. 그런데 지금이야말로 그 소원도 헛된 일이 되고 — 아니 그것보다도 더 악화되어버리고 말았다.

세간에서는 게이하트 가의 사람들을 불쌍하게 여겼다. 폴린은 지지 않는 태도를 보였으나, 동생이 남자에게 버림을 받았다고 생각하면 그의 마음의 자랑은 어딘지 손상되는 것이다. 그는 루시에게 대해서 질투하고 있었으나 또 동시에 루시를 위하여 질투하고 있었던 것이다.

5

루시는 거리의 중앙 통을 지나 플래트 밸리 은행 쪽으로 걸어가고 있었다. 손가방 속에는 시카고에서의 예금 잔액의 수형이 들어 있었다. 그는 그것을 가지고 벌써 이래저래 일 주간 이상이나 은행 앞을 왔다갔다했다. 현금 지불 구에 급히 얼굴을 내밀고 해리 고든이 사용을 보기 위한 사무실로 들어가기 전에 그를 잡으려고 그는 생각하고 있었다. 오늘 아침에도 이미 한 번 그 앞을 지나 걸어가면서 속을 들여다보았다. 그때에는 젊은 출납계원 밀턴 체이스가 들창 앞에 앉아 있었다. 루시는 우정 중앙통 끝까지 걸어서 유니온 퍼시픽 철로의 정거장에 들어갔다.

대합실에서 잠시 멈춰서 포스터를 읽은 후에 또 은행 쪽으로 돌아갔다. 이번엔 해리가 창구에 나와 있었다. 그것은 어느 때고 꼭 일어나지 않으면 안되는 일이었다. 루시는 재빨리 안으로 들어가 똑바로 창구에까지 걸어갔다.

"안녕하세요, 해리 씨. 얼마 되지 않습니다마는 제가 이곳에 있는 동안 예금하고 싶습니다."

"네, 고맙습니다. 여보게 밀턴 군!"

하고 어깨 너머로 출납계를 불렀다.

"조금 기다려주십시오."

밀턴이 가까이 오자, 해리는 옆으로 비키고 밀턴에 대해서 이곳 창구에 앉으라고 지시했다. 그 다음 그는 직접 밀턴에 향하여 예의 항상 쓰는 장사투의 어조로 말했다.

"게이하트 씨가 예금을 하셔주시겠다네. 통장을 만들어드리시오. 따님에게는 특히 친절하게 해드리시고 우리로서 될 수 있는 일이라면 어떠한 일이나 즐겁게 해드릴 수 있도록 자네에게 부탁해두니깐 잘 알았지요."

그 말만 하자 그는 창구에서 떠나 척척 저쪽으로 가버렸다.

루시에게는 그 다음부터 어떠한 일이 일어났었는지 전연 기억이 없었다.

통장과 소절수 책을 손가방에 집어넣고 은행을 나온 것밖에 기억하고 있지 않다. 이렇게 되어 이 계획도 실패에 그치고 말았다. 그는 창구에서 해리를 만나면 용기를 내서 조금 잠시라도 좋으니, 그의 사용을 위한 사무실에서 만나달라고 부탁할 작정이었다. 그리고 그는 그에게 말할 작정이었다 ─ 그것이 과연 어떠한 일이었는지는 루시 자신에게도 확실하지는 않았으나, 아마도 시카고에서의 그날 밤 공회당의 식당에서 그에게 말한 것은 전연 거짓말이었다고 그에게 말하자, 그리고 자기의 입장을 양해하도록 하자, 그 옛날의 정으로 친절하게 해달라, 길거리에서 만날 때에도 친절하게 말을 걸어주기 바란다고 애원해보자, 그렇게 그는 생각하고 있었을 것이다. 그의 소원은 단지 그것뿐이었다. 그러나 그것이 그에게 있어서는 중대한 일이었다. 정신없는 눈으로 집에 돌아가는 길을 걸어가면서, 그는 마음속으로 의심하는 것이었다 ─ 단지 그것밖에 되지 않는 일을 어째서 그렇게 중요한 일로서 생각하는 것일까? 그에게는 어떤 셈인지 알 수가 없었다. 한번 고향에 돌아가기만 하면, 그 고통도 가벼워질 것이다라고 시카고에 있었을 때에는 생각했던 것과 같이 이것 역시 환상에 지나지 않는 것일까? 해리는 키가 크고, 씩씩하고, 거기에 다소 무정하기 때문인지도 모른다. 그는 이 지방의 누구보다도 세상을 잘 알고 있으며, 상상력도 훌륭하다. 그는 일어서다가 또한 쓰러지면서도, 아직 살아서 일하고 있다. 절대로 한 군데만 머물러 있는 남자가 아니다. 그는 태만한 성분에도 또 유순한 기질에도 연이 먼 남자다. 한 달 동안의 대부분은 자부심이 세고 어떠한 일에도 속지 않는 남자이긴 하나 때때로 그의 몸에서는 정체가 알 수 없는 것이 팍 퍼져 뛰어 나온다. 그 여러 겹으로 쌓아올린 조심성 아래에는 한 사람의 사나이가 숨어 있는 것이다. 그는 그렇게 보여도 심(芯)은 보통 인간이 아니다. 그가 소이 루시에게 접촉되든가, 그렇지 않으면 그가 루시의 눈을 똑바로 들여다보고, 옛날의 암호가 비치게 된다면 그에게 숨어 있는 어떠한 것이 뒤흔들려 그땐 비로소 필시 루시를 운반해 갈 기계가 운전을 시작한다는 것은 틀림없는 일이다. 그것을 루시는 믿고 있었던 것이다.

6

체격이 적고 미치광이 같은 페어리 블레어가 감사절 때문에 집에 돌아왔다. 푸른색 모자에 같은 빛깔인 스웨터를 입고 그는 마을에 도착한 그날 거리에서 루시의 모습을 발견하자마자 뒤에서 쫓아왔다.

"루시 씨 오래간만이야. 좀 기다려줘."

그는 말을 건넸다. 따라오자 루시의 팔목을 잡고,

"함께 걷지 않을래요. 당신한테 난 한 턱 먹을 일이 있어. 학생 구락부의 동무의 형님이며 아우어바흐 선생님한테서 연구하고 있는 분이 있는데 — 그분 성함은 시드니 길크리스트라고 해요. 당신도 알고 있는지? 그분이 말하는데, 아우어바흐 선생님이 당신 일로서 큰 걱정이시라고. 당신은 생도들 중에서도 가장 인기가 있었다고 만나는 사람들마다 말해요. 즐겁지 않아요? 참 언제나 당신은 으스댄단 말이야. 그리고 저 이태리에서 익사하신 센트 세바스찬이란 분 말이야 — 그분의 반주를 당신이 했지요?"

시카고를 떠나온 이래 그분의 이름을 다른 사람 입으로 들은 것은 이때가 루시에게는 처음이었다.

"네 그분이었지요.

페어리의 날카롭고 장난꾼 같은 작은 시선을 루시는 느꼈다.

"참 무서운 일이에요. 절름발이를 구조하시려고 하다가 익사하셨다고 신문에 보도되었지요. 당신도 많이 비관했지요? 그런 분을 위해서 반주한다는 것은 틀림없이 즐거웠겠지요. 시드니는 당신은 그것만으로서도 대단한 출세였다고 말하고 있어요."

이 거리에서는 루시가 도대체 어떻게 된 셈인지 알지 못하고 있다는 것을 듣고 있었으므로 페어리는 자기가 미궁의 열쇠를 쥐고 있는 것과 같은 기분이었다.

페어리는 그날 오후, 폴린에게 전화를 걸고 티파티에 그를 초대했다.(티파티라고 하지만 그들은 언제나 커피와 케이크뿐이었다.) 페어리는 코모호에서 일어난 사건을 쭉 말한 후 시드니 길크리스트가 그의 여동생에게 보내는 편지의 내용을 말해주었다. 그것은 루시가 세바스찬을 열렬히 사랑하고 있었으므로 아우어바흐 선생은 루시가 혹시 미치지나 않는가 하고 걱정하고 있었다는 것이었다.

겨우 안심하고 폴린은 집에 돌아왔다. 루시가 돌아와서 벌써 3개월이나 되었으나 폴린이 동생의 몸에 어떠한 일이 있었다는 것을 알게 된 것은 이번이 처음이었다. 하여튼 그렇다면 어떤 사람들이 생각하고 있는 것처럼 불명예한 일은 아니었다. 남자에게 버림을 받거나 걷어차이지 않았기 때문이다. 폴린과 같은 여자에게는 걷어차인다는 것이 여자에게 있어서도 가장 심한 불명예였다. 이것으로서 야반에 간혹 들려오는 그 슬픈 비명의 의미도 양해된다. 그런 정도의 쇼크라면, 반드시 악몽으로 되어, 틀림없이 나타날 것이라고 그는 생각했다.

폴린은 동생이 가여워졌다. 세상에 나와 처음으로 동생을 어렵게 생각하게 되었다. 폴린과 같은 여자는 모든 로맨틱한 일에는 언제나 숨은 경의를 표하는 까닭이다. 루시는 훌륭했다고 그는 생각했다. 물론 언니인 자기에게는 터놓고 얘기해도 좋았을 성싶다고 생각했으나 자기의 괴로움을 타인에게 이야기하고 돌아다니는 일은 하지 않았으니깐…… 확실히 루시의 태도는 좀 수상스러웠다. 그러나 폴린은 자기도 그러한 경우에 놓이게 되면 아마도 틀림없이 그렇게 할 것이라고 믿고 있었다. 확실히 그러하다. 루시는 틀림없는 게이하트 가의 인간이었다고 그는 생각했다.

폴린은 집 안에 들어가면 어느 때나 매일반으로 쾌활한 소리로 동생에게 말을 걸었다. 허나 웬일인지 부자연스러운 것을 느끼는 것이었다.

루시는 저녁 식사를 준비하고 있었다. 폴린은 식당에 들어가자 잠시 동안 앉아 조용히 있었다.

"너 오늘 밤에 무슨 특별한 일이 있니?"

그는 물었다.

"램지 부인 댁에 가서 피아노를 쳐드리려고 생각하고 있어. 오늘 밤은 토요일이니깐, 아버지는 저녁을 잡수시면 가게에 다시 나가시겠지요."

"애, 루시야."

폴린은 아주 툭 터놓은 말투로 얘기를 꺼냈다.

"난 참 해리 고든 씨 부인 때문에 골치를 앓고 있단다."

"골치를 앓는다니? 도대체 어떠한 의미예요?"

"내가 찾아갔는데도 아직 돌려주지 않기 때문이야. 어찌된 셈인지 이유를 알지 못하겠어. 그전에 네가 찾아갈 것을 기다리고 있는 것처럼도 생각되는데. 그분은 이지에 다른 곳에서 시집을 왔고. 우리들은 옛날부터 여기서 살고 있지 않아. 틀림없이 여러 사람들이 찾아와줄 것을 기다리고 있는 것처럼 난 생각된단다."

"아버지까지도?"

"그런 되지도 않은 말 하지도 말아라. 여하튼 이곳에 살고 있는 이상엔 그러한 일을 생각하지 않을 수 없단다."

"그야 알고 있으나…… 그쪽에서 언니를 만나러 오기 전까지는 나는 가고 싶지 않아요. 그대로 내버려둡시다."

7

루시는 노래로 몸을 망친 것처럼 또 노래로 구원을 받게 되었다. 크리스마스의 2주일 전 지방순회의 가극단이 시즌을 이용하기 위해서 덴버에 흥행을 하러 가던 도중 해버퍼드에도 들러 하룻밤 흥행을 하게 되었다. 별로 멈춰서서 읽어보지는 않았으나, 거리를 왕래하는 동안에 루시는 그 포스터를 보았다. 어느 날 밤 저녁을 먹을 때, 아버지가 석 장의 청권(靑券)을 주머니에서 꺼냈다.

"어떠냐. 우리 모두 다음 주일 〈보헤미안 걸〉을 들으러 가자."

루시에게는 아버지가 이 흥행을 마음으로부터 기다리고 있다는 것을 그 태도에서 바로 알게 되었다. 아버지는 그가 시카고에서 들은 오페라에 관한 이야기를 해달라고도 말했다. 폴린은 '토지의 명인'들이 2월에 피나포어를 하게 되었다고 말했다.

"저 길버트 설리번이 하는 것 ─ 그러한 것은 대단치 않지."

라고 게이하트 씨는 말했다.

"가볍고 재미있는 것이라면 〈디 플레데르마우스〉(편복)가 있단다. 그렇지 않으면 〈라 벨 헬렌〉(아름다운 헬렌)이지. 루시 너는 듣지 못했을 것이지만, 나는 어렸을 때 참으로 그것에 열중했단다. 〈보헤미안 걸〉은 다소 낡아빠졌다고 할는지 몰라도 그러나 참 좋을 것이다."

음악회 날 게이하트 씨는 저녁때 빨리 집에 돌아왔다. 목욕탕에 들어가 곱게 면도를 하고 거기에 오랫동안 입지 않았던 까만 양복에 흰 조끼를 입고

에나멜 구두를 신었다. 아버지는 저녁 식사 때문에 아래층에 내려왔을 때 깨끗하고 멋이 있다고 칭찬을 받고 싶은 듯한 표정을 하고 있는 것이 딸에게도 짐작되었다.

"루시 너는 꼭 새 야회복을 입어라, 아버지가 좋아하니까."

방으로 들어가면서 폴린은 루시의 귀에 속삭였다.

두 번 다시 그 옷을 안 입겠다고 마음에 굳게 서약하고 있는 루시였으나, 오늘 밤은 결국 지고 말았다. 현재의 아버지에게는 별로 다른 즐거움이란 없을 것처럼 생각되어서.

모두가 나갈 차례를 끝마칠 무렵, 밖에는 솔솔 눈이 내리기 시작했다. 게이하트 씨는 에나멜 구두를 참으로 걱정하고 있었다. 루시의 흰 피부를 내놓은 어깨에 참으로 애정에 넘친 손을 올려놓으며 그는 말했다.

"숄의 작은 것이나 어떤 것을 가지고 가는 것이 좋지 않으냐? 감기가 들면 큰일이니깐."

루시는 아버지의 검은 넥타이를 똑바로 매드린 후 잠깐 동안 자기 팔을 아버지 목에 감았다. 시계 속을 안경을 쓰고 들여다보면서 그의 피아노를 잘 들고 있었던 그 가게에 있어서의 아버지의 일을 그는 회상하고 있었다.

게이하트 씨는 양쪽 팔에 딸들을 끼고 펄펄 내리는 눈 속을 걸어갔다. 아버지는 오페라 하우스(서부의 소도시에는 당시 어떠한 극장도 '오페라 하우스'라고 부르고 있었다.)에 일찌감치 가서 다음에 오는 사람들을 바라다보는 것이 좋았다. 관의 지배인이 오래된 목재의 키가 큰 의자를 집어치우고, 접는 의자로 고친 것 그 이외에는 4년 전에 그가 졸업식 때 처음으로 무대에서 연주했을 때와 조금도 변하지 않았다 등을 아버지는 도중에서 루시에게 말해주었다.

피아니스트를 겸하고 있는 지휘자가 무대에 나타나자 게이하트 씨는 몹시 만족한 듯이 의자에 허리를 기댔다. 막이 오르자마자 사냥하는 장면이 나타났다. 합창은 제법 훌륭했으며 테너에게도 좋은 점이 없지는 않았으나, 최초의 막이 아직 끝나기도 전에 세 사람의 게이하트 가의 사람들은 소프라노에 적지 않은 흥미를 가졌다. 그 여자는 피부가 희고 좀 마른 편인 참으로 얌전한 사람이었는데 나이는 이미 절대로 젊은 편은 아니었다. 그 노래가 너무도 훌륭했기 때문에 이 여자는 어째서 이런 조그마한 유랑 일좌(一座)에 들어갔는지 하고 루시는 대단히 의문이 여겼다. 그 용모와 똑같이 그의 소리도 이미 흩어져 있었다. 그리고 육성의 아름다움은 별로 남아 있지는 않았다. 그러나 거기에는 또 다른 아름다움이 있었다. 동정과 깊은 이해력 — 이러한 것을 생각게 하는 것이 거기에는 있었다. 낡아빠진 노래, 극히 흔히 하는 진부한 노래를 그는 살려가면서 노래하는 것이었다.

"대리석 넓은 뜰에 잠든 꿈을……."

이라고 노래하였을 때 여자는 그 귀측이 바른 양음(揚音)을 미묘하게 노래부르고 그 음률을 기묘하게 바꾸어갔다. 가사를 미묘하게 노래부르기 때문에 그 형편없는 낡은 말에도 청명한 감흥을 주는 것이었다. 또 모질게 쥐면 산산이 흩어지는 책갈피 속에 넣은 꽃을 귀중히 만지듯이 여자는 조용히 가사의 정서를 노래하였다.

이 여자는 왜 이러한 짓을 하고 있는 것일까. 루시는 이상하게 생각이 들었다. 흥미 없는 노래를 일없는 사람들에게 노래하여서 무슨 소용이 있을까? 청춘도 미모도 지위도 그 음성의 높은 음률도 모두 상실해버린 가련한 가수. 그러나 이 여자의 노래는 대단히 훌륭한 것이었다. 루시는 무대 위로 뛰어올라가서 여자를 구해주고 싶은 충동을 느끼었다.

그는 일종 광렬(狂烈)한 흥분에 사로잡히었다. 어느 기차라도 좋으니 그것을 타고 그 여자가 전락해온 세계 그 탁월한 것을 추궁할 세계로 지금 이날 밤 곧 뛰어가고 싶었다.

그날 밤 그는 자리에 누워서도 좀체 잠이 들지를 않았다. 유랑의 여자 가

수는 루시의 심금을 언제까지나 울리고 있었다. 그 무엇인지도 모르는 희망에 뛰는 마음을 루시는 진정할 수가 없었다.

다음 날 아침잠이 깨서도 그 음향을 잊을 수가 없어서 그의 심장은 다른 별개의 심장에서 일어나는 것 같은 고동을 하고 있다. 그 후의 며칠을 두고 그것은 계속되었다. 억지로 다른 일을 생각하려고 하여도 역시 언제나 그 일을 잊어버릴 수가 없었다. 무엇인가의 제일 첨단에 서서 깊은 곳으로 뛰어 들어가는 때와도 같은 또한 어디로나 정처 없이 떠나려는 직전인 것 같은 그러한 심정에 사로잡히고만 있게 되었다.

8

크리스마스의 전날은 심한 눈보라가 밤새도록 퍼부었다. 게이하트 씨의 집사람들이 창으로 내다볼 때는 지상은 모두 흰 눈으로 덮여 있었다. 현관에도 집을 둘러싼 담에도 눈은 소복이 쌓여 있다.

아침 여섯 시에 난롯불을 일으키러 거리에 나갔을 때도 벌써 전부터 눈이 내리고 있었던지 눈이 쌓여 있었다고 아침 식사 때 게이하트 씨가 말하였다.

오전 중에는 폴린의 심부름을 하고 루시는 눈 속으로 여기저기 걸어 다니었다. 크리스마스 선물을 옛날 동무들에게 갖다 주기도 하고 상자에 든 푸딩을 거리의 북쪽에 살고 있는 루터파 교회의 목사님한테도 가지고 갔다. 그곳에는 눈이 길을 덮어버려서 그는 깊이 쌓인 눈 속으로 걸어가지 않으면 안 되었다.

솜같이 쌓여 있는 눈은 루시의 마음속에 어렸을 때 맞이하던 크리스마스 기분을 회상하게 해주었다. 무엇인지 기적이 나타나서 천사가 지상으로 가까이 오게 되고 길거리에 피어 있는 이름조차 모르는 풀들이 돌연 장미나 크리스마스트리로 변하는 것같이도 생각되었다.

루시가 옛날로 돌아온 것을 보고 폴린은 기뻐하였다. 그는 여러 가지로 일할 것을 찾아서는 루시를 시키기도 하였다. 그러나 저녁때가 되어서는 동생이 피로한 것같이 보여서 폴린은 저녁 식사 때까지 자기 방에서 누워 있다 오라고 그를 이층으로 보내었다. 루시는 피로를 느낀 것은 아니었다. 다만 흥분과 공중에 넘쳐 있는 신비한 감동으로 가슴이 울렁대고 있었던 것이다. 커튼을 젖히고 안락의자에 걸터앉아서 이웃집 그리고 수목들 정원에 소리도 없이 퍼붓고 있는 눈을 쳐다보고 있다. 그는 이층에 홀로 앉아 있었다. 방으로 스며드는 햇빛은 몽롱해지고 차츰 어두워지고 있다. 길 저편에 있는 집의 불빛이 눈 속으로 희미하게 비치기 시작하였다. 조용히 마음을 가라앉히려고 하여도 전신의 신경은 오랫동안 잊어버리고 있던 초초 때문에 떨리고 있었다.

지나간 어느 봄날의 아침 과수원으로 뛰어 들어가 거리를 지나서 비록 눈으로는 보이지 않으나 마음속으로는 알고 있던 그 무엇을 얼마나 자주 따라가며 찾고 있었던가! 그것은 솔솔 불어오는 봄바람 속에 또한 맹렬한 태양 속에 존재하는 것이었다. 꽃이 피는 능금나무 가지 속으로 숨어서 이웃집 정원을 지나서 언제나 그의 앞을 달려가는 것이었으나 그것은 도저히 그에게는 잡을 수 없는 것이었다.

클레멘트 세바스찬은 그 잡을 수 없는 섬광을 현실에서 내 것으로 하여줄 수 있는 사람이었다. 그와 함께 있을 때 그는 그 약속이 실현하는 것으로 알게 되며 또한 그것은 사람의 일생에 있어서 귀중한 것으로 될 수 있다는 것을 알았다. 말로 표현하여서 그에게 그것을 이야기하는 그는 아니었으나 그 자신이 루시의 마음의 창도 되어주며 또한 인생의 도표도 되어서 그로 하여금 그 지식 속으로 인도해주는 것이었다.

오늘 밤은 아름다운 황혼의 햇빛을 받아서 그의 전신 깊이 스며든 것이 모두 출현되어 앞으로 전진하는 것을 원하고 있는 것 같다. 지금 그는 삶의 생명이 넘쳐흐르며 왕래하는 복잡한 가로와 장미꽃 민들레꽃으로 가득히 장식한 유리창 외에는 아무것도 상상할 수가 없었다. 그는 그런 것의 전부를 자기 양손으로 껴안고 거기에 자기 얼굴을 파묻어보고 싶었다.

꽃과 음악과 매혹 또한 사상, — 세바스찬과 더불어 처음으로 알 수 있었던 모든 것을 그의 마음은 요구하였다. 또다시 재생하고자 원하는 — 도대체 그것은 어떤 의미의 것일까? 자기 홀로 살아갈 수 있는 몸이라고나 생각하고 있는 것일까? 별안간 짐작 드는 것이 있다. 그것은 외부에서 그리고 이 깊은 적막의 심연에서 솟아오르는 것같이 명확하게 그에게는 느껴지는 것이었다.

만약에 '인생' 그것이 애인이었으면? 그리고 그 애인이 멀리 떨어진 도회지에서 그를 그리워하며 기다리고 있다면? 그것은 푸른 바다 저 건너서 기다리고 있으며 그를 부르고 또 그를 이끌며 신비한 마력으로 그를 포박지우는 듯이 생각되었다. 창을 살금이 열고 싸늘한 공기를 흡수하면서 그는 창가에 엎디었다.

바람에 날리는 눈이 그의 손과 상기(上氣)한 두 뺨으로 녹아들어오는 것을 그는 느끼게 되었다. 아 그렇다 알 수 있다!

무슨 일이 있더라도 그것을 잡지 않으면 안 된다. 도저히 놓칠 수는 없는 것이다. 세바스찬이 그러한 인간이 되게 한 모든 것을 힘이 자라는 한 끝끝내 쫓아가 내 것을 하기 위하여 넓은 세계로 돌아가지 않으면 안 된다. 그의 광채는 아직도 이 세상에 존재하고 있는 것이다. 그것은 찾아내어서 싸워서라도 내 것으로 만들어야 하는 것이다. "진심으로 구하면 그대는 필연코 주를 대할 수 있을 것이다."

그가 처음 세바스찬을 방문하였을 때 그렇게 노래하지 않았던가. 루시에게는 지금 처음으로 그 노래의 뜻을 알 수 있었다. 그는 더한층 창 가까이 몸을 기대고 엎디어 눈 속으로 무엇인지는 모르나 눈 속에 스며드는 것을 향해 두 손을 뻗치는 것이었다.

모든 것이여 오너라. 또다시 내 앞으로 돌아오너라! 비록 또 한 번 배반당하고 조소당하고 가슴을 찢기는 한이 있더라도 어디까지나 내 것으로 만들어야 하는 것이다.

크리스마스 날 루시는 파울 아우어바흐에게 연시장(年始狀)을 쓰고 혹 그에게 될 수 있는 일이 있다면 다시 그곳으로 가고 싶다고 써서 보내었다. "자기 자신의 마음에서 도피할 도리가 없다는 것을 잘 알았습니다."라고도 그는 적었다. "나에게 남아 있는 유일의 길은 지금까지 하고 온 것을 더한층 열심히 다시 해보는 것입니다."

답서는 그 다음 주일에 받을 수가 있었다. 기다린 친절한 편지이며 그것을 쓰시느라고 선생님은 일요일의 오전은 소비했을 것이다. 선생님과 그 부인은 루시가 이러한 마음의 변화를 일으킨 것을 듣고 안심을 해주었다.

그때 급히 돌아오게 된 루시의 후임으로 생도를 맡아준 청년은 내년 4월 1일까지의 계약이었다. 그 청년은 그때에는 외국으로 연구차 여행을 하게 되었으니 혹시 그가 3월 중순경에 시카고로 올 수 있다면 선생님 댁에 유숙하며 나중에 선생 부인이 유숙할 곳을 구해서 일을 시작하기 전에 자리를 잡을 수 있게 해준다고 하는 것이다.

> "당신의 옛 친구이며 교사인 사람의 집에서 당신은 따뜻한 환영을 받을 것이오.
> 파울 아우어바흐"

루시는 그때 곧 가고 싶었다. 3월까지에는 또 용기가 없어지고 낙심해질는지도 모른다. 그러나 폴린이 눈을 크게 뜨고 감시를 하고 있는 앞에서는 아버지에게서 여비를 타낼 수는 없었다.

이제부터는 나 자신을 잘 감시하지 않으면 안 된다. 필연코 그러한 것쯤은 할 수 있다. 어떻든지 때를 기다리지 않으면 안 되는 일이니까.

9

새로 또다시 연습을 하지 않으면 안 된다고 깨달은 루시는 아버지 점포로 나가서 오래된 견본으로 놓고 있는 피아노를 치곤 하였다. 그러나 제이콥 게이하트 씨는 옛날같이 귀를 기울이고 들어주지는 않았다. 아버지는 이제는 음악 방면에는 흥미를 잃은 것같이 보인다. 장기(將棋)에만 열심이고 음악에는 무관심하게 생각을 하고 있다. 루시와 함께 저녁때에는 언제나 같이하던 이중주도 크리스마스 이후에는 하지 않게 되었다. 밤늦게까지 가게일이 있다고 아버지는 말씀하셨으나 딸들은 그것이 거짓말이었다는 것을 알 수가 있었다. 북(北)플래트로 조카를 찾아온 장기의 명수와 전화로 장기를 하고 있었던 것이다. 확실히 그러한 명수를 상대로 장기를 할 수 있는 기회는 아버지로서는 또다시 없을 것이다.

게이하트 씨의 점포는 먼지가 쌓여 있어서 피아노의 연습도 즐거운 마음으로 할 수는 없었다. 피아노의 주위에는 파괴된 악보대와 닦아보지도 못하였을 유기로 된 악기 등이 산란하게 늘어져 있고 벽에는 먼지투성인 악대의 제복이 걸려 있다.

몇 주일 전에 수선하여둔 회중시계와 벽시계를 인수하러 손님들이 찾으러 오게 되면 루시는 어쩔 줄을 모르게 되는 것이다.

집에서 연습을 하려도 그곳도 그를 곤란하게 하는 조건들이 많았다. 그는 이제는 전연 침착성이라는 것은 잊어버리게 되고 사소한 것까지에도 신경이 예민해지는 것이다. 나 자신의 방은 깨끗이 정돈을 해놓아도 얇은 벽 하나 사이인 언니의 방이 난잡하게 늘어놓은 채로 있는 것이 신경에 거슬려져서 못 견딜 지경이다.

폴린이 문을 열어놓았기 때문에 그에게 그 난잡한 것이 눈에 뜨이는 것이다. 낮에까지도 이부자리를 깐 채로 두는 것도 폴린의 버릇이었다. 아침에 일어날 때 그대로 두기 때문에 자기의 몸 모양대로의 이불이 그대로 되어 있는 것이다.

"루시야, 너는 요새 좀 이상하구나 — 이불도 걷고 매일 아침 방 소제도 하고. 전에는 그런 것에 조금도 마음을 쓰지 않더니."라고 어느 날 아침에 폴린이 말하였다.

"어떤 조그만 이태리인이 이부자리의 정돈하는 것을 나에게 알려주었어요. 작년 겨울에 나는 음악 이외에도 조금 다른 것도 배운 것이 있었어요."라고 루시는 2층으로 올라가면서 대답하였다.

폴린이 눈을 흘긴다. 그 말에 그는 성을 내고 감정을 상해버리었다. 그것을 생각할 때마다 폴린은 그 후 며칠을 두고 성을 내고 있었다.

루시는 오전 중에는 점포에 있는 피아노로 될 수 있는 한의 연습을 하였다. 그리고 오후에는 매일 산책을 하기로 하였다. 거리를 지나서 도로에서 북쪽으로 빠지어 플래트의 계곡을 내려다볼 수 있는 조금 높은 곳으로 가는 것이었다. 전에는 마음에도 들지 않는 이 근처의 경치가 지금은 차차 그의 마음을 끌게 되어왔다. 그는 올겨울 말에는 이 토지와도 이별을 하지 않으면 안 된다라고 마음속 깊이 믿고 있다. 여러 가지의 일이 그의 눈에 뜨인 것은 그 때문인지도 모른다. 그중에서도 어떤 한 가지를 오후가 되면 매일처럼 그는 탐구하게 되는 것이다. 그것은 저녁노을이 서산에 떨어지기 직전 무엇인지는 모르나 분홍색으로 된 광채가 중천과 지평선 사이로 되는 동쪽 하늘에 나타나는 것이었다. 확실히 구름은 아니고 또한 저녁노을 같은 진한 빛깔도 아닌 엷은 엽서 같은 빛이었다.

청명한 날의 오후가 되면 그것이 꼭 그곳에 나타나서 말하자면 새파란 하늘이 뺨에 연지를 찍은 듯이 붉은 빛으로 변해버린다. 아버지가 여름에 그곳에서 악단의 지휘를 하고 있던 거리의 공원의 가지를 넓게 핀 높은 백양나무

위에 이 광채가 나타나는 것을 그는 창 너머로 바라본 일이 있었다. 이 분홍색 빛깔은 그 옛날 그가 거리를 뛰어다니며 놀던 때부터 그곳에 있었던 것일까? 그렇지 않으면 그것은 태양의 빛이 요즘 변하여지는 새로운 습관이라고도 할까?

그것을 그에게 설명해줄 수 있는 사람이 만약에 이 해버퍼드에 있다고 하면 그 사람은 해리 고든일 뿐이다. 그러한 일을 찾아내는 사람은 이 거리에는 그이 이외에는 없었다. 그는 그런 일에도 깊이 마음의 충동을 일으키는 다감한 사나이다. 루시가 그와 함께 사냥을 하러 갔을 때도 눈에 뜨이는 수목과 꽃들 풀잎 등의 이름을 모두 해리가 알고 있었던 것을 그는 발견할 수가 있었던 것이다. 해리는 이 자기의 일면을 결코 다른 사람에게는 알리지를 않았다. 자기가 모든 일에 깊이 감동한다는 것을 전연 알리지를 않은 것은 그의 강렬한 성격인 때문이었다. 만일에 이러한 힘을 적에게는 돌리지 않고 나 자신의 몸만을 지킬 수 있다면! 그것은 육체의 힘 이상의 것이 될 수 있었던 것이다. 최후의 끝까지도 이끌고 갈 수 있는 붙들면 결코 놓치지 않는 강렬한 힘이었다. 그러한 힘이 전연 없던 루시에게는 그것을 생각해보는 것만으로도 마음이 다소 강해지는 것 같다.

언제든 간에 필연코 두 사람이 다시 친해질 수 있는 날이 올 것이다. 그 사람은 자존심이 강하고 남의 말을 듣지 않는 성격이기는 하나 차차 인생이라는 것을 알 수 있을 것이다라고 그는 믿고 있었다. 그는 평범한 주위 사람들보다는 더 깊이가 있는 성격이므로 자기 자신이 좋지도 않은 것을 좋아하는 척하고 있는 사람과는 다르니깐. 절대로 그런 사람은 아니다.

평범한 사람처럼 흉내는 내고 있으나 결코 그런 사람은 아니다. 조용하게 움직이기는 하나 그러나 항상 움직이고 있는 정력이 넘쳐흐르는 사나이다. 이 힘이야말로 다른 사람으로 하여금 어떤 일이라도 성취시키고야 마는 힘이라고 그는 생각하였다. 그러한 힘이 없는 사람은 예를 들자면 자기 아버지

같은 뛰어난 취미를 가지고는 있으나 결국은 아무것도 만들어놓지는 못할
것이다.

10

플래트의 계곡에서는 수주일간의 날이나마 얼마나 허무하게 지내게 된다
는 것을 루시는 알았다. 조그마한 거리에서 겨울날 갇혀 있게 되는 것은 함
정에 빠진 것 같은 기분을 준다. 그 긴 조용한 우수에 잠긴 가을은 마음씨 아
름다운 친구 같기도 하다. 그러나 이제 와서 시골 생활의 가혹한 현실이 절
실하게 그의 몸을 싸고 드는 것이다.

찬바람이 불고 추위가 닥쳐왔다. 거리도 그 부근의 시골도 내다보이는 곳
마다 시멘트 색으로 변해버리었다. 넓은 세계로 흐르는 인생의 모든 풍조는
이곳까지는 결코 침범하지는 않을 것이다. 이곳에서는 자기라는 것을 넘어
서 전진할 수도 없고 자기 자신을 망각한다는 것도 전연 안 된다. 사람들의
마음은 집집이 죽 늘어서 있는 것과도 같이 문을 닫아버리고 숨이 막힐 지경
이다.

1월도 월말이 되었을 때 심한 눈보라가 내리었다. 그 후 일주일 동안은 눈
이 쌓이고 몸을 여위는 것 같은 추위가 닥쳐왔다. 거리도 도로도 정원도 과
수원도 어느 곳이나 얼어붙은 빙판과 눈으로 변해버리었다. 아우어바흐 선
생에게서 이제는 오라는 소식이 있을 때도 되었는데? 또 한 번 그 예술회관
앞을 지나다니며 문지기와도 만나기도 하고 또 그 엘리베이터계(係)의 조지
하고도 만날 수가 있다면! 처음으로 세바스찬의 노래를 듣던 그 음악당에도
가서 한구석에 주저앉아 지나간 날의 회상도 할 수 있다면! 그동안에 어느
때고 그 세바스찬의 스튜디오를 빌릴 수가 있겠지. 그러면 인제는 언제까지
라도 그곳에서 살기로 하자. 돈을 모은다는 방법은 얼마든지 이 세상에 있을
것이다. 지금까지 본심으로 해본 일은 없었으나 이번에는 진심으로 일해보

자. 이렇게 그는 결심해본다.

메소지스트 교회의 여자들 틈에 끼어서 교회의 지하실에서 하고 있는 계육(鷄肉)과 와플의 저녁식사 준비를 하기 위하여 어떤 날 아침 폴린은 나가고 없는 틈에 루시는 집에서 피아노의 연습을 하였다. 그에게는 혼자 있을 때는 집에서도 연습을 할 수 있다는 것을 알았다. 그날 낮경에 폴린은 기분이 좋아서 집으로 돌아왔다.(언니는 지금은 같이 살기에는 매우 딱딱한 성미의 여자로 되어버렸다.) 동생이 기뻐할 줄로 믿고 둘이서 식탁에 자리잡은 때 언니는 훌륭한 뉴스라도 말하듯이 이렇게 말하였다.

"루시 나는 오늘 아침 너를 위해서 참으로 좋은 일을 해주었다. 피아노를 배울 생도를 둘이나 약속을 하고 왔단다."

루시는 얼굴을 들고 새빨개졌다.

"생도라니요? 나는 생도 소용없어요. 해버퍼드 같은 곳에서는 가르칠 마음은 없으니깐요."

폴린 쪽은 빨개지지 않고 새파래졌다.

"그러나 너만은 아무 일도 하지 않아 좋다고 그렇게 생각하고 있는 것은 아니겠지? 아버지의 빚은 자꾸만 많아질 뿐이고 너를 공부시키느라고 우리들이 어떤 희생을 했는지도 너는 모른단 말이냐? 그러기에 나는 네가 그동안에 얼마라도 벌어서 돌려줄 줄 알고 있었다."

"그것은 어느 때고 그러하려고 생각은 하고 있지만. 희생이라고는 하나 누구에게나 그리 큰 희생은 아니었었지요. 나는 대개의 음악생보다는 절약하고 지냈었는데요."

그의 아무렇지도 않아 보이는 말 때문에 폴린은 대단히 성이 나게 되었다.

"그 최초의 2년 동안에 너는 천육백 불 이상이나 쓰고 있단다. 소절수장을 가지고 있으니까 나는 다 알고 있단다."

"그렇게도 많았어요?"라고 묻고 있으나 루시는 여전히 무관심한 표정이다.

"우리들에게는 그것은 큰돈이란다. 너에게 그러한 마음만 있다면 네가 벌게 되면 조금쯤은 갚아주어도 좋을 듯하지 않느냐?"

"나도 그것은 생각해보았어요. 그러나 나의 옷을 사버렸어요. 생도를 가르치려면 복장도 잘 입어야 할 게 아니에요."

둘이 다 식사는 하지 않고 커피를 마시는 척하고 있었다. 루시의 기분이 다소 좋아졌으므로 조금쯤은 생도를 가르치고 싶어 하리라고 생각한 것을 폴린은 될 수 있는 한의 조용한 음성으로 타이르기 시작하였다.

"이곳 사람들은 모두 너의 잘하는 것을 알고 있으면서 지금까지 부탁이 없었다는 것이 오히려 이상한 노릇이지. 아마 모두 페어리 블레어가 말한 것을 어느 정도까지 알고 있었던 것이야."

루시는 그저 아무 말을 하지 않으면 된다고 생각은 하였으나 한쪽으로는 이제는 어찌되든 좋다는 마음이 들어서 "그것은 무슨 말이에요?"라고 냉정하게 물었다. 쉬어빠진 밀크에다 뜨거운 물을 부어서 오란다 치즈를 만드는 때와도 같은 표정이 폴린의 얼굴에 나타났다. 그 안면 근육이 고결(固結)되고 거칠어졌다.

"너와 그 가수의 말이다. 그러한 일이 언제까지나 소문이 안 나고 있겠니. 더군다나 페어리는 남의 말 잘하는 여자인데. 지금은 모두들 수군대고 있단다. 해리는 올봄에 시카고에 가서 일절을 알고 나서 너를 버리게 된 것이라고 모두 이야기하고 있단다."

루시는 불유쾌하게 웃었다.

"그 사람이 나를 버렸다고? 어느 말이나 다 같군요. 사람들의 소문쯤 나는 아무렇지도 않아요. 역시 그렇군요. 언니는 아버지의 소절수책을 떼어놓았군요. 참으로 언니 같은데요! 그러나 그렇게 걱정 안 해도 좋아요. 나는 또 아우어바흐 선생한테서 일하게 되었어요. 몇 주일 전부터 작정하고 있어요.

3월에 가기로 되었으나 더 속히 가도 괜찮고." 그렇게 말하고 그는 창에서 들어오는 햇빛을 뒤로 받으며 일어났다.

폴린은 밉살스럽게 생각하며 말한다. "루시, 어째서 너는 그런 비열한 여자냐? 왜 그렇게 나에게 감추고 있었니? 꼭 우리들을 남들같이 생각하니."

"그저 그렇게 하고 싶어서요."

루시는 뒤에 있는 이층 계단으로 올라가며 말하였다.

폴린은 식기를 씻으면서 한참이나 울었다. 너무 분해서 눈물을 뚝뚝 떨어뜨리었다. 그 애를 기르고 자기는 노예와도 같이 일만 하고 루시에게는 고운 옷도 입혀주었으나 일은 모두 내가 도맡고 저에게는 하고 싶은 대로 즐거운 것을 시키어왔다. (방에 있는 고양이와 부엌에 있는 고양이!) 그리고 결국은 이렇구나. 계급이 다른 사람같이 어리광으로 길러주어도 저에게는 내가 가정부같이만 생각하고 있다. 전에는 저를 나에게도 자랑으로 알고 있었는데.

폴린은 부엌에서 나와서 방으로 돌아왔다. 사람이 지나가는 것 같아서 창밖을 내다보니 뜻밖에도 그것은 루시였다. 그는 모자를 쓰고 외투를 입고 밖으로 튀어나와서 거리로 나와 시골 가는 쪽으로 급히 가는 것이었다. 그는 검은 가방에 무엇인지 가지고 있었다. 스케이트 구두가 아닐까?

폴린은 신을 집어 들고 마당으로 뛰어나왔다.

"루시." 그는 불렀다. 그리고 루시 기다려라! 라고 더한층 소리를 높여 불러보았다.

그러나 루시는 돌아보지도 않았다. 그리고 더 빨리 걸어가는 것같이 생각되었다.

폴린은 집으로 들어왔다. "어린아이 시절에 도망가던 때와 똑같구나."라고 중얼거리며 폴린은 신을 벗었다.

올봄에 강물이 몰려서 전의 스케이트장이 파괴된 것을 저 애는 알고 있을까? 저런 곳에까지 가도 소용이 없는데. 설마 그런 곳에까지 가서 스케이트를 할 만치 마음이 이상해지지는 않았을 테지. 장마 때 뚝[제방]이 무너져서 지금은 세찬 물줄기가 전에 얕았던 곳에까지 온다는 것쯤은 누구에게도 알 수 있지. 폴린은 마차 있는 곳에 전화를 걸고 마차로 루시를 따라가서 그런 곳에서는 스케이트를 할 수 없다고 일러달라고 할까 생각하였다. 그러나 그러한 방해를 하면 도리어 루시는 성이 날는지도 모른다. 걸어가는 것만으로 기분이 상쾌해질는지도 모른다. 그는 전에 루시가 집을 뛰어나가는 것을 보고 안 본 척하고 있었던 것을 생각하였다. 큰길로 나가면 언제나 기분이 풀어지는 것이었지만 골리기라도 하려고 어떤 때 집에다 가두어두면 점점 성이 더 나는 것이 그 애의 버릇이었다.

11

루시는 몹시 걸어가는 데 힘이 들었다. 도로는 일전에 눈이 녹을 때 차륜(車輪)의 자국이 남아서 골짜기가 깊이 패여 있으므로 거기에 걸리는 것이다. 그 골짜기의 양쪽은 진흙이 얼어붙어서 돌같이 딱딱하게 되어 있다. 어제부터 외출한 사람은 아마 전연 없었던 것 같다. 말[馬]도 그 길을 걸어가지는 않은 것 같다. 걸어가면서 오늘같이 발이 얼어오는 것을 느낀 일은 없었다. 그러나 그는 걸어가는 것이 아니라 다리를 끌고 억지로 가는 것이다.

그는 바람을 피해서 서쪽으로 가고 있다. 가끔씩 숨을 쉬기 위하여 잠시 동안 멈춰 서서는 뒤를 돌아다보게 된다. 거리에서 1마일쯤 떨어지기까지 아직 단 한 대의 썰매도 짐을 실은 마차도 만날 수가 없었다. 시골에서 거리를 아침에 나온 농부들이 마차를 타고 집에 돌아가기에는 아직 시간이 빠르다. 사방은 모두 지나치게 황막한 풍경이다. 태양이라도 좀 쨍쨍하게 비춰주면 좋을 듯하지만 얕게 내려온 잿빛 하늘에는 겨우 그것을 알 정도의 흰 원형이 보일 뿐이고 냉랭한 빛깔 속에서는 조금 전에 내린 눈도 잿빛으로 보이고 얼어빠진 잡초가 그 눈 속에서 뻣뻣하게 서 있다. 들에 피는 매화나무가 얕은 언덕과 언덕 사이에 골짜기에 푹 쌓인 눈을 배경으로 거무스레한 형체로 보인다.

　최초의 1마일을 걸어가는 동안에 루시는 심한 피로를 느끼게 되었다. 이 넓은 광야에서는 바람은 더한층 불어오고 그 때문에 눈물이 쉴 사이 없이 나와서 길을 확실히 분간하기에 루시는 자꾸만 눈물을 씻어야만 되었다. 결국은 그는 기진맥진하여서 비록 거리로 돌아가는 마차라도 좋으니 처음에 온 마차에 태워달라고 하고 싶었다. 너무나 추워서 스케이트도 못할 것 같다. 그리고 집으로 가기에는 너무나 길이 멀다.

　그 앞으로 또 1마일쯤 갔을 때 후방에서 썰매의 방울 소리가 들려왔다. 그는 바람을 등으로 막고 귀를 기울었다. 이 근방에서 저러한 방울을 가지고 있는 것은 단 한 사람뿐이다. 필경은 해리 고든이 틀림없을 것이다. 몸을 숨길 장소도 없고 또 숨을 마음도 들지 않았다. 필연코 이런 기회를 그는 오랫동안 기다리고 있었을는지도 모른다. 전주(電柱) 뒤로 걸어가서 그는 기다리고 있었다. 추위가 더한층 몸에 스며들어서 심장의 고동이 더 빠르게 된다. 그는 역시 두려워하고 있었던 것이다.

　해리는 소형의 썰매를 타고 언덕 끝에 나타났다. 그리고 한 번 언덕 밑으로 보이지 않게 되었으나 어느덧 그의 서 있는 언덕 위에 나타났다. 도로의 중앙으로 그리고 그의 눈앞으로 나아간 루시는 한 손을 들었다. 그는 말의 끈을 잡아당기고 썰매를 멈추었다.

　"해리 씨 톰슨의 목장까지 나를 좀 태워다주세요. 아주 걸어갈 수가 없어요."

　바람이 불어오기 때문에 스커트는 날고 뺨에다 머프를 대고 있는 그는 홀쭉하게 여위고 더한층 외롭게 보인다.

　해리의 눈은 추위로 눈물이 어려 보인다.　그는 다른 때보다 더한 냉정한 표정으로 루시를 본다. 겉으로는 쾌활하고 친절하게도 보이나 그러고도 아

무런 성의도 없고 놀라는 척한 목소리로 그는 이렇게 말하는 것이다

"히! 그것은 안됐군요. 나는 전연 방향이 다른 곳으로 가는 것이에요. 저 모퉁이에서 북쪽으로 빠지면 되지요. 좀 급한 일로 할렘 사람과 만날 약속이 있어서 — 그런데 한 시간이나 늦어져서 급히 가는 길이라서 그럽니다."

그는 모피모자까지 손을 올리고 썰매를 몰고 가버린다.

해리! 루시는 단 한마디 불렀다. 그 목소리는 그를 부르는 무슨 권리라도 가지고 있는 것 같은 노여움이 가득 찬 압력 있는 부르짖음이었다. 그러나 해리의 커다란 몸은 꼼짝도 안 하고 말굽 소리만 높이고 방울 소리만 울려가 며 말은 가버리었다.

그리고 백 야드쯤 앞서 있는 구간의 모퉁이까지 가서는 북으로 돌아가 버린다.

다음으로 루시가 쉰 곳은 강이 돌아가는 모퉁이까지 가까이 가서였다. 그 저쪽에 있는 전주를 붙들고 그는 잠시 동안 발을 멈추었다. 맹렬한 가슴의 괴로움과 분노의 폭풍이 그의 전신을 싸고 있는 탓으로 그 다음에 있는 군 (郡)까지는 걸어갈 것 같은 힘을 돋우어준 것 같이 생각되었다. 혈기는 전신 을 강렬히 오르내리어서 추위 같은 것은 전연 잊어버리고 말았다. 어디를 걸 어가는 것까지도 모르게 되었다. 어디까지나 발이 닿는 대로 아무렇게나 걸 어가면 된다고 생각하였다.

그는 이런 무례와 모욕을 받을 줄은 꿈에도 생각할 수가 없었다. 나는 아 직 젊다. 신체도 건강하다. 모두들 나를 눌러버리려고 하여도 그렇게는 될 수 없다는 것을 보이고 싶다. 가혹하고 둔하고 길 위에 얼어붙은 진흙과도 같은 사람들에게서 멀리 떠나가고 싶다. 모든 일을 생각하면 울고 싶다. 그 런 것에 지면 안 된다. 속히 가자. 강가에 도달했을 때는 지금까지의 구두를 벗고 스케이트가 달린 구두로 신기가 바쁘게 보였다. 두 손이 떨리어서 가죽 끈을 매는 것이 어려웠다. 자기 자신에 대해서도 공연히 속이 상해지는 것이

었다. 시카고에서 그날 밤 식당에다 자기를 놓아두고 가버린 때와도 같이 또한 해리에게 노상에 자기를 놓고 가는 것 같은 기회를 주었다는 것이 분하였다. 그러나 그런 태도로 대할 줄은 누가 예기했을까?

옆에 있는 나무를 잡고 일어나서 두어 걸음 크게 걸어서 강기슭 근처로 나갔다. 그는 자기 자신의 주위를 살펴보지도 않았다. 아무것도 그의 눈에는 보이지를 않았다 ― 이 얼어붙은 시골과 얼음과 같이 냉혹한 사람들에게서 한시라도 속히 떨어져서 그네들에게는 절대로 알 수 없는 광명과 자유의 세계로 돌아가 버리자. 뒤도 돌아보지도 않고 아무 생각도 안하고 그는 빤들한 얼음을 찾아서 강의 중앙으로 향하였다. 얇은 얼음이 쪼개지는 소리가 돌연 그의 정신을 차리게 하였다. 전면의 얼음 위에 가느다란 선이 그려져 가는 것이 보인다. 그는 곧 돌아섰다. 그러나 또 앞의 얼음에 금이 갔다. 한 장의 얼음판이 쪼개져서 떨어지자 옆으로 차디찬 물속으로 그의 몸은 허리까지 들어가고 말았다.

루시는 놀라는 것보다 도리어 흥분을 느꼈다. 순간 곤란하게 되었다고 생각하였다. 이제는 침착해져야겠다. 물은 깊지는 않을 테니. 두 무릎은 얼음 위에 있다. 발이 속에 닿기만 하면 어떻게 되겠지.(이곳이 강의 본줄기라는 것은 전연 모르고 있었다.) 그는 용의주도하게 강 밑을 찾았다. 그때 돌연 무엇에 발이 걸렸다. 스케이트가 봄장마 때에 모래 속에 반쯤 파묻혀 있던 나뭇가지에 걸렸다. 쪼개진 얼음이 그의 팔 밑으로 빠져서 그의 몸은 가라앉아 버렸다.

세 시 반경 바람이 몹시 심하게 불어왔으므로 폴린은 아버지에게 전화를 걸고 마차를 내놓아서 루시를 서쪽 가도에서 데리고 오시라고 부탁을 하였다. 게이하트 씨는 점포에서 사오 집 건너에 있는 마차 집으로 가서 마차 끄는 걸퍼드에게 두 필이 끄는 썰매를 준비하고 타고 가게 되었다. 게이하트 씨는 미리 짐작으로 걱정하는 사람은 아니었으나 아무리 마차를 몰고 가도 루시가 보이지 않으므로 조금 불안을 느끼게 되었다.

젊은 사람들이 언제나 스케이트를 타러 가는 곳으로 되어 있는 강기슭으로 가까이 가서 보고 그들은 강 얼음 위에 선이 가고 쪼개져 있는 것을 알게 되었다. 루시가 이런 곳에 주저하고 있을 리가 없다. 필경은 다른 길로 돌아갔거나 그렇지 않으면 어느 농가로 놀러 갔을 것이라고 생각하였다. 그때 마차 끄는 사람이 얼음 쪼개진 틈으로 무엇이 있는 것이 눈에 뜨이며 그것은 붉은 스카프 같다고 말한다. 게이하트 씨는 썰매에서 뛰어 내리었다. 걸퍼드에게 그런 것은 보이지 않는다고 말은 하고도 또 한 번 자세히 보아달라고 하며 얼음 위로 나가서 보라고도 부탁을 한다.

"그런 곳까지 나가기는 좀 무서워요. 그러나 너무 흥분하지 말고 그곳에서 기다리고 계세요. 내가 보고 올 테니."

걸퍼드는 천천히 강 가장자리로 걸어가면서 어떻게 할 것인가 생각을 하였다. 저곳에 보인 것은 확실한 스카프였었다고 믿고 있다. 그는 멈춰 서서 몸을 굽혔다. 저쪽으로 버드나무 밑에 한 켤레의 오버슈즈를 낀 구두를 찾아낸 것이다. 그는 같이 간 마차 주인인 슈나이더를 부르고 자기가 썰매를 몰고 근처에 있는 농가로 구원대를 부르러 갔다가 올 테니 그동안 게이하트 씨와 함께 있으라고 말하였다.

한 시간이 못되어서 농장의 마차와 썰매 끈 칸텔라 같은 것을 싣고 강 쪽으로 급히 달려왔다. 한 대의 마차에는 출수(出水) 시에 쓰는 무거운 배가 태워 있었다.

이제는 아주 캄캄해졌기 때문에 모여든 사람들은 밤이 밝을 때까지는 손을 댈 수가 없다고 말하였다. 게이하트 씨는 제발 지금 해보아 달라고 하며 자기는 아침까지 이곳에서 한 발도 떠나지 않겠다고 말한다.

나이 많은 사람들이 수군대고 있을 때에 네 사람의 젊은이들이 오래된 배를 내려서 파괴된 얼음까지 끌고 가서 나무때기 같은 것으로 찾기 시작하였다. 시간은 과히 걸리지 않았다. 루시의 스케이트가 걸린 파묻힌 나무는 또 그의 몸을 그곳에 걸린 채로 있게 하였다. 그는 물줄기로 떠내려가지는 않았었다.

해리 고든은 그날 밤 할렘에서 썰매의 방울 소리를 울리면서 언덕 위에로 왔을 때 얼음 위로 기어가는 것 같은 등불과 마차를 따라서 그 열로 쫓아왔던 것이다. 그 마차들 속의 사람들은 루시 게이하트를 태워서 집으로 데리고 가는 것이었다.

제3부

1

루시 게이하트가 죽고 25년이라는 세월이 흐른 어느 겨울의 오후 해버퍼드의 선량한 시민들은 또 하나의 장례식 때문에 묘지로 모여들었다. 수술을 받기 위해서 가 있었던 시카고의 병원에서 게이하트 씨의 유해가 고향으로 돌아온 것이다. 오후 4시라면 장례식에는 맞지 않는 시간이기는 하나 그것은 기차의 도착시간으로 정해진 것으로 유해는 영구 자동차(1927년의 일이었으니 아직 최초의 일이다.)로 이동되어서 급행열차에서 루터 교회로 운반되었다. 그곳에서 간단한 식이 있은 후 묘지로 이동되었던 것이다.

그것은 사람들이 지금까지에는 아직 보지도 못하였을 정도의 굉장한 장례였다. 노(老) 게이하트 씨(벌써 수년 전부터 그렇게 불러왔다.)에게는 친구들이 많이 있었다. 5년 전에 폴린이 죽고 나서는 노인은 동리의 여자 하나를 가정부로 두고 자기의 집에서 살고 있었다. 그러나 점포는 여전히 계속하고 있었으며 숨이 약해졌다는 것을 말하면서 클라리넷은 가끔씩 불고 있었다. 여름날 일요일에는 그 후 아직 베어버리지 않고 두었던 옛날 과수원으로 나가서 연습을 할 때도 있었다.

장지로 향해서 제각기 걸으며 또한 자동차로 천천히 가면서 사람들은 생각을 한다. 노 게이하트 씨는 오래 살았으며 훌륭한 일생을 보낸 사람이라고. 해버퍼드의 시계로는 그의 손을 조금도 빌리지 않은 사람은 없었다라고 말해도 좋을 것이다. 확실히 그의 일은 느린 것이었으나 최후까지 그는 좋은 일을 했다. 게이하트 씨의 예부터의 단골 사람들은 어젯밤 시계를 감는 손을 놓고 회상하였다. 손에 든 조그마한 시계는 뚝딱하는 소리를 내며 시간을 가리키고 있으나 노 게이하트 씨는 이제는 시각을 가리킬 줄 모르는 저 세상 사람이 되어버리고 만 것이라고.

오후 네 시가 되면서부터는 묘지는 회장(會葬) 온 사람들과 그 자동차로 가득하였다. 자동차는 조금 직전에서 떨어져 둥글게 모여 있었다. 그리고 타고 온 사람들은 노인과 병약한 자를 제외하고는 모두 차에서 내려서 새로 파놓은 묘굴 주위로 모여왔다. 머리가 백발이 섞인 상인들도 그 옛날에는 그의 악대의 한 사람이었다. 게이하트 씨가 거리의 악대의 지휘를 그만두고 나서도 청년들은 그 노인에게 음악을 배우고 있었다. 옛날부터의 제자들은 근엄한 태도를 하고 머리를 수그리고 있었다. 그렇게도 장수를 하고 계속되는 불행에 낙심도 안하고 평생을 즐겁게 지내온 이 음악 교사를 둘러싸고 사람들의 젊은 날의 추억이 얼마나 많았을 것인가! 그리고 또 일가족의 최후의 한 사람이 죽어서 묻히는 것을 본다는 것은 슬픈 일이었다. 이야기는 끝을 맺고 그 옛날의 친하던 이름조차 어느덧 사람들의 기억에서 사라지고 말 것이다. 그 조그마한 사각형의 토지에는 게이하트 씨의 집사람들이 모두 묻혀 있는 것이다. 새로운 묘지는 아직 열리고 있다. 게이하트 씨는 먼 옛날에 죽은 처와 루시와의 사이에 묻히게 되었다. 루시의 일을 젊은이들은 이제는 아무도 모르고 있었다. 폴린은 아직 사람들의 기억 속에 남아 있으나. 그는 루시의 왼편에 묻혀 있었다. 그 일곽에는 그 외의 또한 둥근 조그만 묘가 두 개 있다. 그것은 어린아이 때에 죽은 아들들의 것이라고 전해지고 있다. 이제는 이것으로 만사는 마지막이다. 손자도 없고 다만 있다면 완전한 망각 그것뿐이다.

기도가 계속되는 사이에 그 누가 웬일인지 루시의 묘지가 열린 것 같다고 속삭이었다. 그 장례를 보고 있으니 그와 같이 젊고 아름답고 그리고 어렴풋이 누구나 다 알고 있던 것같이 불행한 운명을 지고 있던 그가 이곳에 묻혀버린 먼 옛날이 되고 만 겨울날의 기억이 사람들의 마음에 선명하게 소생하는 것이었다. 그것은 마침 태양으로 향해 날아가 버린 참새가 떨어진 것 같은 것이었다. 이곳 묘지에서 노유남녀 모두 회장한 장례 중에서 그의 장례같이 슬픈 것은 없었다고 동리의 사람들은 생각하는 것이었다.

묘 위에 흙이 덮이고 꽃이 쌓일 때에는 벌써 석양이 떨어져 붉은 저녁노을은 대초원의 푸름으로 가라앉아버렸다. 광막한 들판에 굳은 눈이 장미색으로 변하였다. 조용하게 자동차가 후진을 시작한다. 걸어온 사람들도 귀로에 올랐다.

동리를 향해서 걸어가는 사람들 틈에서 한 사나이가 그 천천히 가는 열을 떨어졌다. 그는 도로를 떨어져서 목장을 지나가고 있다.

튼튼한 체격에 키가 큰 사나이로 무엇인지 생각에 잠기어서 두 손은 외투 속 깊이 넣고 머리를 똑바로 가슴을 펴고 걸어가는 것이다. 모르는 사람들에게는 그 모양은 고독과 힘 — 시련을 겪어서 차차 단련을 한 힘 — 이라는 인상을 줄 것이다. 그에게는 그 힘이 필요한 것이다. 이제부터도 더 많은 시련을 겪고 나가야 할 몸이었으므로.

2

해리 고든은 묘지에서 똑바로 은행으로 돌아와서 그곳에서 집으로 전화를 걸었다. 여종이 전화를 받는다. 장례식에 참례하느라고 밀려버린 일이 있어서 오늘 저녁은 호텔에서 식사를 가져오게 할 테니 집에는 늦어서야 가게 될 것이라고 처에게 전해달라고 부탁하였다.

그러고 나서 그는 낭하를 지나서 개인용으로 되어 있는 사무실로 들어갔다. 해버퍼드에 있는 고든 은행은 최초에는 목조건물이었다. 그 후에 벽돌로 지은 때는 해리의 아버지는 이전의 목조건물을 뒤에 있는 마당으로 옮겨놓고 몇 년 동안이나 그것을 창고로 쓰고 있었다. 결혼 후 해리는 그것을 서재와 자기 전용의 사무실로 고쳐버리었다. 처음에는 웬일인지 시골의 변호사 사무실같이 보였다. 나무로 만든 테이블 그리고 낡은 대차대조표와 회계 보고서를 넣은 장이 있었을 뿐이다. 그러나 그는 그곳을 차차 차근차근히 자기에게 살기 좋은 장소로 만들어가서 해마다 자기 시간을 점점 많이 이곳에서 지내게 되었다. 방은 은행의 난방로(煖房爐)로 따뜻해지게 되어 있었으나 집무 시간 후 스팀이 적어졌을 때의 용의로 코크스를 때는 벽로를 만들어두었다.

오늘 밤 이 방으로 들어온 그는 외투를 벗기도 전에 우선 불을 때기 시작하였다. 그리고 장 속에 있는 위스키와 소다의 사이펀을 꺼내가지고 불 앞에 걸터앉았다. 그리고 그는 자작으로 천천히 마시기 시작한다. 그리고 궐련에 불을 붙이고 의자에 깊이 들어앉으면서 깊은 한숨을 내뿜는다. 그 묵직한 건강한 신체는 힘이 빠져서 텅 빈 것 같다. 가죽으로 만든 의자에 앉은 모양은 몹시 피로해 보이고 기운이 없어 보인다.

그는 이 세상에서 가장 최후의 친한 친구를 매장한 것이었다. 준엄한 미소를 띠고 그는 생각에 잠긴다. 이제는 55세가 되어서 이제 앞으로 새로운 친구를 만든다는 것은 필경은 없을 것이다.

젊은 날의 해리 고든이 평판의 인커브를 던지기 위하여 다이아몬드로 발을 옮기어 무개 관람석에서 모든 소년 소녀의 환성을 받았을 때 설계한 그의 생애와 이 현실의 생애와는 어쩌면 이렇게도 틀린 것으로 되어버렸을까!

이 8년이라는 동안 그는 게이하트 씨와 자주 이틀 저녁 사흘 저녁은 장기를 하고 왔다. 상당히 늘어서 게이하트 씨와는 좋은 상대였었다. 폴린이 죽고 노인 혼자가 되고 나서 해리는 잠시나마 매일 노인 가게로 들르기로 하고 있었다. 그의 장기는 어느 틈에 빠질 수 없는 습관으로 되어버리었다. 그러나 언제나 게이하트 씨의 점포에서 하기는 하나 해리 자신의 집에서 하는 일은 전연 없었다. 해리는 대전 중에 국제선수권 경기의 승부를 본 일이 있었다. 게이하트 씨는 해리가 그것을 되풀이 몇 번이고 이야기하는 것을 듣고 있었던 것이다.

세계대전이 끝이 날 때 생활이 심심하고 공허하였을 때 사람들은 모두 그러하였으나 해리도 또한 열광적으로 전쟁 일에 적십자라든가 식료 보존의 일을 문자 그대로 열심히 종사하였다.

최후에 그는 자기가 그 재정 방면에서 진력한 야전병원반과 같이 출정까지도 한 것이었다. 그는 8개월 간 종군하였다. 그 기간 중은 부인이 은행의 두취로서의 또 그 외의 다른 사업의 지배인으로서도 일을 한 몸에 인수하여 남편의 대리를 보았다. 그때가 부인에게는 제일 행복한 시대였을는지 모른다. 그는 처음부터의 실무가였었으니까. 고든 자신에게도 그 집에서 떨어져 있었던 기간은 커다란 이의를 가졌을 때였다. 돌아온 후의 그는 동리 사람들의 눈에도 다른 사람같이 보였다. 노 게이하트 씨와의 교제도 더한층 친절감과 따뜻함이 더해져서 꼭 자식이 부모에게 대하는 것에 틀림이 없었다.

자택에서도 자기가 해야 할 역할을 전보다 더 훌륭하게 해치웠다. 근처 사람들의 눈에도 부인과의 사이도 좋아진 것같이 보였다. 둘이서 동부인도 해서 외출도 하고 손님을 만찬에 초대를 할 때도 있었다. 낭하가 매끄럽고 목욕탕이 많은 커다란 저택에서도 전과 같은 냉랭한 공기는 없어진 것 같았다. 사업상으로도 전에보다 착실성이 있게 되었다. 출전하기 전의 수년 간은 그는 변태성인 사람이라는 평판까지도 듣게 되었으니. 그 때문에 다소 신용을 떨어트리기도 하였다.

어느 때는 교활하게도 하고 또 억지로 법률을 피할 지경의 위험한 일도 있었다. 어느 때는 전연 장사에 싫증이 나서 될 대로 되라는 태도를 취할 때도 있었다.

딱딱한 사람들은 차차 해리의 이성을 의심하는 눈으로 보는 사람도 있게 되었다.

불란서에서 돌아온 그는 아버지가 한 것같이 은행 사업에 진심을 기울이게 되었으며 성격 까지도 차차 아버지를 닮아오는 것이다. 이제는 되었다라고 밀턴 체이스도 확실히 그렇게 말하게 되었다. 이 출납계인 그가 고든의 엉터리 같은 명령에 골치를 앓고 머리는 희어빠지고 몸은 말라버렸을 때도 한동안 있었다.

밀턴 체이스는 그의 주인을 어느 누구보다도 더 잘 알고 있었을 것이나 일부러 주인의 마음을 모르는 척 가장하고 있었다. 그에게는 고든 부인에게서 일하는 것이 얼마나 편한 것인지 모른다. 부인은 모든 일에 이해성 많은 여자였다. 무엇이든 새로운 일이 일어날 때도 그에게서 사실을 늘어놓기만 하면 부인이 그 문제에 대해서도 어떤 생각을 가질지 미리 대강 이쪽에서 알 수 있는 것이었다. 그러나 해리는 당치도 않은 소리를 꺼내어서 그를 당황하게 만들어놓는 것이 일쑤였다. 해리와 출납계와의 사이는 다른 사람들의 눈에는 완전한 의지의 소통이 있을 것 같으면서도 실은 밀턴은 언제나 속으로는 주인을 신용할 수 없는 괴로움을 가지고 있다. 이 이기주의뿐인 사나이가 휴가를 준다면 모르지만 돈까지도 가지고 가서 적십자사에 기부하기 시작하였을 때 밀턴은 이유를 모르게 되어버렸다. 그러나 그것뿐이 아니다. 해리는 어느 날 아침 밀턴을 은행 뒤에 있는 방으로 불러놓고 야전병원반과 같이 불란서로 출정한다고 말하였다. 그때에는 참으로 출납계도 놀라서 도저히 자기에게는 뒤의 책임은 질 수가 없으니 사오 일 동안의 생각할 여가를 달라고 대답을 하였던 것이다.

그 수년 동안에 밀턴이 설명할 수 없는 이상한 일이 은행 사업에는 있어서는 안 되는 일이 가끔 일어났던 것이다. 일례를 들면 닉 웨이크필드의 저당 취소권을 약탈할 때의 무서운 소란이 그것이었다. 닉은 명랑한 젊은이로서 루시와도 놀러 뛰어다닌 일이 있는 사나이였다. 상당히 큰 농장을 부친에게서 상속을 받았으나. 닉은 동리의 아이로 힘든 일을 하기 싫어하였으므로 농업에는 실수해버리었다. 은행에서 그를 쫓아냈을 때에 그는 술을 잔뜩 마신 기운으로 해리 고든에게 결말을 짓자고 달려왔던 것이다. 승부는 났으므로 닉은 말하고 싶은 것을 해도 좋다고 생각하였다. 그러나 이런 일은 장소가 장소이므로 보기 좋은 일은 아니었다. 그는 싫도록 욕을 퍼붓고 때리지는 않았으나 추악한 비난을 해리에게 퍼부었다. 밀턴은 자기 자리에서 쪼그리고 앉았었으나 최후의 욕을 들었을 때는 이마의 진땀을 어찌할 줄 몰랐다.

"너는 망하려는 나를 골리려고 지금까지 기다리고 있었지."라고 주먹을 쥐고 해리에게로 향해왔다. "이 비겁한 놈아 몸집만은 커가지고 너는 말할 수 없는 비겁한 놈이다. 불쌍한 루시의 장례식에 무서워서 못 나갔지. 어떠냐. 너는 덴버까지 도망가지 않았느냐. 필경 도망하지 않으면 안 될 이유가 있었던 것이지."

밀턴은 해리가 큰 소리로 천장이 떨어질 것 같은 호령을 할 줄 알았다— 또 그것을 절망하고 있었다. 그러나 이상한 일이 일어났다. 고든은 잠시 동안 책상 메모 위에 무엇인지를 숫자로 쓰고 있더니 의자에 앉은 채로 닉이 있는 쪽으로 돌아보았다. 그리고 진심으로 친절하게 경멸적인 놀리는 기색은 전연 보이지도 않고 "나 같으면 취해 있어도 그런 나쁜 소리는 안 하겠다. 자네는 너무 지나치게 취하고 있다. 내일이 되면 필경은 후회를 할 것이다. 그러고 나서 한 번 더 와서 무엇이든지 말하고 싶은 것을 말해주게."

은행에서는 닉 웨이크필드의 저당물을 팔아버리고 말았다. 그러나 조건은 밀턴이 정당하다고 생각한 것보다도 더 관대하였다.

3

해리는 난롯불 앞에 한 시간쯤이나 앉아 있었다. 그리고 전등의 스위치를 돌려서 여관으로 전화를 걸고 샌드위치를 가지고 오게 하였다. 그는 그것을 먹고 나서는 쟁반을 옆방으로 갖다 두었다. 오늘 밤은 최상의 밤이다. 그는 그 옛날의 추억이 새삼스럽게 떠오르는 것을 느꼈다. 수년 전까지는 생각하지 않으려고 작정을 하고 왔으나 요새는 가끔 지나간 것을 회상하며 암담한 즐거움을 느끼게끔 되었다. 자기의 생애에 대한 이해가 전보다는 진보되어 온 것이다. 고향으로 돌아온 루시에게 대하여 왜 자기는 그렇게도 잔혹한 태도를 취하였을까 ― 그 이유를 알고 있는 것은 그 자신 하나뿐이다. 그것은 두 사람이 시카고에서 오페라를 보고 난 뒤의 그날 밤 그가 말한 것 때문에는 아니었다.

일주일도 지나지 않았을 때 그는 자기의 잘못된 결혼을 후회하였던 것이다. 아니 결혼할 때에 벌써 후회하고 있었다. 타인을 괴롭게 하고자 도리어 자기 자신을 괴롭히고 있다는 것을 그는 알게 되었던 것이다. 자기 자신의 마음에 맹세하고 이것만은 절대로 하지 않겠다고 한 것을 자기는 하고 만 것이었다. 아름답지 않은 여자 인생의 기쁨을 느낄 수 없는 추한 여자와는 결혼을 안하기로 작정하였는데. 해리엇 아크라이트에게도 조금쯤은 좋은 점도 있었다. 기품도 구비하고 있었고 세상사에는 능숙하였다. 현명하기도 하고 또한 인자하고 부지런하였다. 해버퍼드에다 그들의 새로운 집을 건축한 것은 그가 한 것이다. 목수와 직공들을 순서 있게 잘 부리고 전부 하고 싶은 대로의 가구도 비치해 놓고 금전 지불도 해놓았다. 집이라는 것은 서로의 즐거움이었고 끝이 났을 때는 두 사람의 마음에 들었다. 그는 이해성이 많아서 마음에 거슬리는 점도 없었다. 그러므로 같이 화합할 수 있겠다고 해리는 생각하고 있는데 루시가 돌아왔던 것이다.

우편국에서 그를 처음으로 보았을 때에 해리는 자기가 조금도 예와 다름이 없다는 것을 알았다. 전보다도 더한층 그는 자기가 루시를 요구하고 있다는 것을 절실하게 느꼈다. 그는 너절한 남자들 틈에 끼어서 담배 연기가 자욱한 속에서 천천히 아버지의 우편함의 열쇠를 돌리고 있었다. 문에서 그의 모양을 응시하였을 순간 그는 자기의 심장의 고동이 끊어지는 것 같은 것을 느꼈다. 가느다란 몸이 아름답고 양순하게 보이는 것이다. 그는 곧 뒤로 돌아서서 빠른 걸음으로 걸어가고 말았다. 그 속으로 들어가서 그와 같이 얼굴을 마주칠 수가 없었던 것이다. 그러나 그때 한 번 본 그의 모양 한 손을 들고 서 있는 그 옆얼굴만으로도 그에게는 충분하였다

그 후로는 매일매일 그는 루시를 멀리에서 보는 것만으로 만족하고 동리에서는 모른 척하고 지나가지 않으면 안 되었다. 아무 거리낌도 없이 명랑하였던 전에 비하면 얌전하게 하고 있을 때가 더한층 정숙하게 생각되었다. 그는 속세에 떨어지는 것을 허락할 수는 없는 어떠한 것이 잡아당기고 거기에 기대고 있는 것같이 보였다. 머리를 조금 앞으로 숙이고 주위를 돌아다보지도 않고 거리를 걸어가는 그 자태는 어느 때는 긴 병을 치르고 나서 처음으로 외출한 사람과도 같은 힘이 없는 것같이 보인다. 그러나 그에게는 어딘지 모르게 가까이할 수 없는 데가 있었다. 몹시 생각하며 괴로움이 쌓여 있는 것 같은 그 모양은 이와 같은 젊은 여자에게 있어서는 보는 사람으로 하여금 가슴을 아프게 해주는 것이다. 그러나 그것이 그의 몸을 지키고 나 혼자만으로 다른 사람을 곁에 올 수 없게 하고 있는 것이었다. 전에는 언제나 같이 댄스를 하며 놀러 다니며 하던 청년들도 지금은 모두 그를 만나러가는 것을 두려워한다. 그의 두 눈이 현재의 순간에 빛을 내고 무엇인가를 요구하는 광채를 띤 것은 해리 고든을 만났을 때뿐이었다. 그는 쳐다볼 때의 그의 눈은 언

제나 해리에게 따뜻한 정을 애원하는 것이었다.

그는 루시가 불행하게 되었다는 것을 또한 그의 힘을 바라고 있다는 것을 잘 알고 있었다. 보통 때의 아침의 인사에도 말로는 표현할 수 없는 애조를 품고 있었다 — 그는 루시에게 그 이상의 말을 할 기회를 주지 않았던 것이다. 그는 충동이 일어나는 대로 움직이는 여자로서 자기의 마음을 감춘다는 것을 조금도 모르는 여자라는 것을 그는 알고 있었다. 필경 루시로서는 감추려는 것도 없었을 것이다. 그가 무엇인가의 용건으로 몹시 자기를 만나고 싶어 하는 것도 해리에게는 알고 있었다. 이렇게 우연히 만난 후 그는 책상 앞으로 가서도 언제까지나 그의 생각을 잊어버릴 수가 없었다. 이 동리 사람들이 말하고 있는 것같이 그가 "말썽을 일으켜서" 남자에게 버림을 받았다는 것은 진실한 이야기일까? 그에게는 아무 말도 말할 수 없었으며 또 그런 것은 아무렇지도 않았다. 잠시 동안이라도 그와 단 둘이 되어서 그 언제나 다름없는 눈초리로 그가 나에게 애원을 해오면 이제는 그에게 그를 벌을 줄 용기를 없애고 만다는 것을 알고 있었다. 그러나 그는 당연히 벌을 받을 만한 짓을 하고 있었던 것이다.

그것은 그의 공허한 결혼(그것은 모든 의미에서 공허하였다. 부인은 어린 애를 낳지 않았다.)의 제 일 년 만에는 그의 머릿속에서는 혹시 그가 루시와 결혼을 하였더라면 어떤 생활을 하였을 것인가 라는 것이 언제나 잊어버릴 수 없을 때였다. 모든 것을 다만 한 토막의 마음으로만 또한 눈물겨운 센티멘털리즘 때문에 파괴하고 만 것은 루시 그 자신이었다. 그도 그의 보수로서 괴로움을 받아야 할 것이다. 자기가 고민해온 것은 하나님만이 알고 있다. 거리 모퉁이에서 자기를 전송하는 그를 돌아보지도 않고 가버릴 때에는 언제나 그렇게 생각하였던 것이다. 그러나 그러한 원망과 징벌하려는 굳은 결심 속에는 전연 그와는 반대의 깊은 신념이 들어 있는 것이다. 그 신념은 너무나 깊이 있었으므로 그 자신에게도 확실히는 모르게 되었다. 그러나 두 사람이 충분한 벌을 받고 난 후에는 필연코 무엇인지 일어날 것이다. 어떤 것으로 — 그것은 그에게도 모르는 것이었다. 그러나 때가 오면 이 동리도 장래에 대한 모든 장해에서도 모두 벗어나서 자기와 루시와는 결합될 것이다.

젊고 건강한 사람들은 자기들의 장래를 생각하는 것이다. 자기의 모자란 것으로 하고 싶은 것을 하지 못했다고 하여도 실패는 일시적인 것에 지나지 않는다. 매일 아침 외출 할 때에는 그 가슴속에서는 언제든지 한 번은 단연코 자기 소원을 성취하고 말겠다는 신념을 가졌던 것이다. 지금까지의 실패를 모두 배후로 버리고 마는 힘이 자기 자신에게는 있다고 생각한다. 루시가 해버퍼드로 돌아온 이후의 수개월 동안 해리는 결국에는 온다는 것을 믿고 있었다. 자기 스스로가 계획하지 않아도 오고야 만다 — 어찌되었든 그리되지 않으면 안 되게 되어 있는 것이다. 거리에서 그와 지나칠 때 우편국에서 아침 인사를 하게 될 때 그 끝으로 오는 승리를 단연코 가질 수 있다는 신념이 생생하게 마음에 솟아나는 것을 느꼈다. 그때가 오면 어느 누구도 자기를 막을 사람은 없을 것이다.

램지 부인의 창 앞을 지나서 루시가 피아노를 타고 노부인이 손으로 머리를 짚고 열심히 듣고 있는 광경을 보는 그날 밤 그는 그대로 돌아갈 마음이 들지를 않았다. 곧 집 속으로 들어가고 말 뻔하였다. 혹시 그렇게 되었더라면 루시를 자기 집으로 데리고 왔을 것이다. 그리고 만사는 전과 같이 되었을 것이다.

이러한 무서운 이상한 생각이 왜 이다지도 용의주도한 사나이의 머리에 떠올랐을 것인가? 그렇게 말하자면 그날 저녁에 할렘에서 돌아오는 길에 사방이 몇 마일이나 되는 들판에서 그는 그 칸델라르와 마차의 조그만 행렬이 눈 위로 천천히 전진하는 것을 만나지 않으면 안 되었을까? 왜 그 행렬 속에 그는 자기 썰매도 끼지 않으면 안 되었을까? 차를 세우고 일어난 사건이 무엇인지를 알고 난 이상에는 그는 그 길로 지나쳐버릴 수는 없었다. 썰매에서 종을 떼어버리고 마차 뒤를 따라서 동리까지 말을 끌고 갔다. 그렇게 하는 외에 아무런 방도도 없었던 것이다. 그날 밤 집으로 돌아와서 그는 곧 서재로 들어갔다. 그의 처가 그곳에서 편지를 쓰고 있었다. 그는 뒤의 문을 닫히고 강에서 일어난 일을 알고 있느냐고 물어보았다. 알고 있어요. 그 일이 동리에 알려지자 곧 밀턴이 당신에게로 전화를 걸어왔어요. 그래서 내가 그 전화를 받았어요라고 그는 대답한다.

"나는 오늘 밤 2시에 유니온 퍼시픽 철도로 서쪽으로 갔다가 오겠소. 장례가 끝이 날 때까지는 돌아오지 않을 작정이오. 사실은 조금 전에 나는 그 여자에게 냉혹한 태도를 취했다오. 그가 돌아와서는 한 번도 나는 친절한 말을 걸어주지도 않았어. 장례에는 좀체 나갈 수가 없소. 그런 위선자로는 될 수가 없어. 그러나 너는 가주었으면 하오. 두 사람이 모두 참례를 하지 않으면 그 가족 사람들이 이상히 여길 테니."

고든 부인은 잠시 눈을 찡그리었다. 그는 언제나 침착한 성질로 소동을 일으키거나 그러한 여자는 아니었다. 그때도 냉정하게 가라앉은 목소리로 말한다 — "당신이 오늘 밤 동리를 떠나시면 대개 거리 사람들의 소문에 오르고 말 것이에요. 그리고 나만이 장례식에 간다는 것은 의미가 없을 것이고."

"이것은 나로서 너에게 처음으로 원하는 것이오."

"그렇게 말씀 안 하셔도 좋아요. 나는 그 사람들은 모르지마는 당신이 그렇게 하지 않으면 안 된다고 하시면 나야 물론 가겠어요."

"해리엇 고맙소." 그는 여행 도구를 챙기러 자기 방으로 가고 말았다.

얼음이 깔린 시골길의 그 전주 옆에서 일어난 그와 루시와의 회견을 아는 사람은 온 세상에 한 사람도 없었다. 그가 덴버에서 돌아온 후의 며칠 동안도 또 몇 주일까지도 사람들은 그 비극 — (이라고 사람들은 부르고 있었다.)

에 대하여 이야기하였다. 그는 사람들이 자기 앞에서 고의로 그 이야기를 하는 것이나 아닌가 하고 의심이 들기도 하였다. 그리고 혹시 자살은 아닐까 하는 소문도 나게 되었다. 손과 팔에 생긴 상처는 그가 얼음에 매달리느라고 생긴 상처이다. 그러나 들어가고 나서는 무서워진 것같이도 생각되었다.

생전의 그의 모습을 최후로 본 것은 스웨덴 사람인 농부로서 그 사나이가 거리에서 약 1마일쯤 떨어진 서쪽 거리에서 루시와 지나치게 되었다. 고향으로 돌아와서의 그는 기운이 없고 옛날같이 명랑하지도 않다는 것으로 모두들 알고 있었다. 페어리 블레어는 루시가 사랑을 하였던 어떤 가수가 여름날 이태리에서 익사한 이야기를 하였다. 그렇게 생각을 하면 같은 방법으로 그가 생명을 끊으려고 하였다고 생각이 든다. 강 밑이 올봄 이후로 변해버렸다는 것은 타인이 알려주지 않아도 스스로가 알았을 것이 아닌가? 서쪽으로 된 뚝은 모두 무너져 있었고 섬도 연변에서 멀리 떨어져 있었으니까.

해리 고든은 그러한 의논에는 한마디도 말을 하지 않았다. 루시가 집으로 운반되어간 그날 밤, 왜 별안간에 덴버에 가게 되었는가 하고 물어보는 사람은 하나도 없었다.

"참 해리 씨 당신도 루시를 운반하는 사람들을 도중에서 보셨지요?"라고 하는 것이 그에게 대한 제일 대담한 질문이었다.

고든은 난로에다 코크스를 집어놓고 나서 창 가까이 걸어가 그곳에 서서 겨울날 밤의 반짝이는 별을 쳐다보았다. 무한한 하늘을 쳐다보고 있으니까 그가 지금까지 생각하고 있었던 일이 모두 문제도 되지 않는 일같이 생각이 들었다. 그리고 이 지상에 있어서 때는 이미 존재를 상실하고 말았다. 미래는 급속도로 과거와 융합되어서 현재라는 것이 사실 무로 돌아간 것이다. 동리의 어떤 늙은 방랑자에게도 거절할 줄 모르는 예의를 루시 게이하트에게 거절한 그날 이래로 수다한 왕국이 멸망하고 인간의 낡은 신앙이라는 것이 산산이 파괴되고 말았다. 그가 루시에게 대한 가혹한 세계는 이제는 존재치도 않는 것이다.

루시가 죽은 뒤에 만약에 그와 루시와의 최후의 회견 이야기를 누구에게나 털어놓을 수 있었다면 확실히 그에게는 인생은 더 안락한 것으로 되어 있었을 것이다. 겨울날 밤에 집으로 돌아오는 길에서 그는 몇 번이고 "해리"라는 바람을 타고 들려오던 최후의 부르짖음을 들을 수가 있었다. 그는 해리가 그러한 예의 모르는 짓을 하는 것을 허락지 않는 것 같은 격분과 경악 또한 권위에 충만된 목소리이었다.

그렇다. 생각하면 그는 긴 고문에 눌려서 온 것이다. 그는 늠름한 사나이였으나 그 고민도 상당히 강력한 것이었다. 그에 있어서 단 한 가지 다행한 것으로는 20세기라는 말을 듣자마자 곧 자동차라는 것이 발명된 일이다. 그는 이 군(郡)에서 제일 처음으로 그것을 매입하고 또 차가 개량되어 가는 대로 차차 새로운 차를 사들였다. 농장은 멀리 넓게 산재하고 있었으므로 그는 자동차를 타고 생활해 온 것 같았다. 가끔씩 주말에도 덴버로 '악마와 같이' 자동차를 달리는 것이었다. 그는 드라이브를 하면서 혼잣말을 하는 버릇이 생기었다. 그것뿐이 아니고 자기 자동차의 엔진에게 말을 거는 버릇도 있었다. 한 번은 자기 부인과 동승하고 있으면서 "참 정말로 종신징역이다"라고 말을 한 일도 있었다.

그는 사실 그런 생각을 하고 있었던 것이다. 루시는 수시간 수주간 고민하였을 뿐이다. 그러나 그의 괴로움은 언제까지도 계속하는 것같이 나중에 남아 있었다.

그가 어째서 강줄기의 변화를 짐작 못하였던가 하는 것도 그에게는 잘 알고 있었다. 고통과 격분이 그에게 어떤 영향을 주었던가 하는 것에도 그는 잘 알고 있었다. 그의 강력한 맹목적인 정열과 그 단 한 가지의 충동으로 전신을 이끌려서 전후의 견해를 전연 잊어버리고 마는 그의 매력으로 되어 있는 그것 때문이었을 것이다. 한번 불이 붙으면 그 앞에 무엇이 있든가 눈도 떠보지 않고 쏜살같이 뛰어가는 루시였다.

그러한 마음의 암담한 회상에도 불구자가 의족(義足)으로 세상을 걸어가는 것에 습관이 되어버리는 것과도 같이 시간이 흐르고 날이 가는 동안에 그는 예사로워졌다. 그는 큰 부자가 되었으며 그에게는 농담 기분으로 토지 가치가 점점 내려가므로 광대한 토지를 매입했다. 마음을 돌리려면 그렇게 분주하게 움직이고 있는 것이 제일이었다. 게이하트 씨와의 교제도 하나의 위로가 되었다. 그것은 일종의 죄의 보답 같은 것이었다. 장기를 두는 저녁때가 그에게는 가장 즐거운 시간으로 되었다. 거리의 어디보다도 노인의 점포가 좋아지게 되었다. 두 사람이 다 같이 루시의 이야기는 하지 않았으나 그가 전에 연습으로 치고 있던 피아노는 아직도 그대로 되어 있었다.

게이하트 씨의 장례식날 밤 서재에 앉아서 고든은 생각에 잠기었다—그의 마음의 무거운 짐이었던 죄의 의식이 해가 바뀌어가는 것과 같이 차차 가벼워져간다는 것에 대하여. 수년간은 루시의 일은 전혀 생각을 안하기로 노력해왔다. 그러나 요새는 오랫동안 그의 생각을 하는 것이 즐거움으로 되어 있다. 그렇게도 젊고 너무나 지나치게 젊었던 일생에서 제일 좋은 삼분의 일을 그는 가졌으니, 나머지 삼분의 이의 생애를 상실하였더라도 과히 큰 손실은 아닐 것이다. 물론 그는 최초에 만났던 배우라든가 가수에게 사랑을 하게 되어서 그 일을 공연하게 선전할 것이다. 그러나 그것은 어느덧 지나가고 말 것이다—그러한 모험이 루시의 몸 위에 일어난다는 것쯤은 그의 눈을 보고, 또한 조용하게 자기 스스로 돌아가게 하는 나지막한 풍부한 콘트랄트한 웃음을 들은 사람에게는 의미도 없이 예언할 수 있었을 것이다. 그의 웃음은 소리를 높인 흥분하는 웃음은 아니었다. 무엇인지 모르는 거품이 일어나는 따뜻함이 있는 웃음이었다. 루시 때문에 겪어온 그 많은 불행이 있음에도 불구하고 그에게는 루시만큼 즐거운 회상을 주는 사람은 없었다. 지나간 날에 추억을 할 때 그곳에는 신비하게도 아름다운 단 하나의 얼굴이 또 단 하나의 자태가 있을 뿐이다. 루시와 비교해보면 그가 알고 있는 한의 사람들은 남자나 여자나 그 자신과 비슷한 사람들뿐이었다.

그와 함께 날이 새기도 전에 강가로 사냥을 하러 갔던 아침의 일을 그는 생각해본다 — 이슬에 젖은 풀들로 가득한 깊은 침묵, 물이 흐르는 소리, 어느덧 동쪽 하늘에 떠오르는 서광 백양나무 잎 사이로 불어오는 바람, 진주색으로 된 하늘로 날아가는 참새들 그리고 그의 곁에는 그에게는 따를 수도 없이 재치 있는 행복한 사람이 있었던 것이다.

아무것도 아닌 사소한 일에 자신을 잊어버리고 즐길 수 있는 것은 타고나는 성질이라고 그는 생각하였다. 그것을 그는 타고나지 못하였으며 비록 허락되었다고 하여도 그런 것을 선택할 마음은 없었을 것이다. 그러나 일순간 그것을 루시에게서 받고 그것이 자기 자신을 스치고 지나간다는 것을 느낀다는 것은 즐거운 일이었다. 두 사람이 같이 새들이 나는 것을 또한 태양이 뜨는 것을 기다리고 있을 때 루시가 옆에서 가슴을 울렁대고 있다는 것을 생각하면 그의 전 신경은 고동을 하며 그의 전신의 근육은 심한 봄날의 소낙비를 맞는 것 같은 마음이 되는 것이었다. 그러한 때는 그 자신의 육체도 놀랄만치 자유롭게 되며 경쾌해지는 것이었다.

밤은 깊은 정적 속에(벌써 12시가 가까이 되었다.) 고든은 은행의 전화 종소리를 몇 번이고 들을 수가 있었다. 처에게서 어째서 돌아오지 않느냐고 하는 전화일 것이다. 그는 전화에는 대답도 안하고 코크스가 최후로 붉게 피어오른 덩어리에다 재를 덮고 외투를 입고 귀로에 오른다.

그는 회한의 정 때문에 고민을 받는 사나이는 아니었다. 그것은 이제는 옛날에 끝이 난 것이다. 지금은 부귀와 건강을 즐기고 있는 해리이다. 벌써 루시 게이하트는 얼음과도 같은 바람 속에 멈추고 애원의 눈초리를 그에게 보내는 그 절망의 심연 속에 들어 있는 소녀는 아니다. 벌써 그는 해리의 근처에 썰매 앞에 있는 것은 아니다. 영원히 변할 수 없는 젊은 날의 모든 아름다운 것과 같이 그도 함께 먼 지평선 너머로 가고 만 것이다.

4

게이하트 씨의 장례식 다음 날은 일요일이었다. 해리의 출납계인 밀턴 체이스는 미리 약속을 해놓고 은행에서 만나서 산책을 나갔다. 거리의 사람들은 두 사람이 지나가는 것을 창에서 내다보았다. 밀턴이 해리보다도 늙어 보이는 것은 모두들 알고 있는 사실이었다. 그의 젊은 날의 미모도 나이를 먹을수록 얼굴의 살은 없어지고 콧날은 길기만 해 보인다. 그는 짧은 다리로 비틀비틀 걸으며 꼭 무엇을 하려다 잊어버린 사람 같다. 해리는 그가 이 동리의 거리를 평생토록 왕래해온 그 튼튼하고 침착한 보조로 걸어가고 있었다.

두 사람의 사나이는 게이하트 씨의 집으로 가는 도중이었다. 이 25년 동안에 동리는 발전도 못 하고 도리어 전보다도 퇴보를 해온 것이다. 그 낡은 게이하트 씨의 저택은 지금도 태반은 농장으로 되어 있고 해버퍼드의 서쪽 끝으로 되어 있으며 그곳에서 보도(步道)가 끝이 되고 있었다. 그곳에서 더 앞은 시골길로 되어 있다. 그곳은 고든이 일요일 날의 오후이면 잘 거니는 산책길로 되어 있다.

그가 아직 젊고 해버퍼드에 부친과 같이 왔었을 때의 어떤 여름날 저녁, 그 길을 자전거로 달리고 있었다. 그곳에서는 시멘트를 만지는 인부들이 하루 종일토록 일을 하며 이곳에서는 더 나가지 않는 이 보도를 만들고 있었다. 그들은 젖은 시멘트의 판석을 펴고 나서는 통행인에게 그곳을 밟지 못하게 하기 위하여 그 둘레에다 나무를 박고 줄을 쳐놓고 저녁 식사를 하러 집으로 가고 말았다. 해리가 자전거로 그 곳에 왔을 때에 남자 아이의 저고리를 걸친 계집아이가 맨발로 화원의 주위를 뛰면서 고무호스를 길게 늘이고 물을 주고 있었다. 그는 곧 그가 스케이트장에서 빨간 스웨터를 입고 음악에 맞춰서 얼음을 타고 있었던 소녀라는 것을 알았다. 그는 자전거에서 내리고 그것을 밀면서 걸어갔다. 소녀에게는 그가 그곳까지 왔다는 것을 아직 모르고 있었다. 돌연 그는 호스를 버리고 집 있는 쪽을 돌아보고 아무도 보지 않고 있다는 것을 알고는 밖으로 뛰어갔다. 그는 석공들이 쳐놓은 줄을 넘어서 그 젖은 판석 위를 뛰었다 — 한 발자국 두 발 세 발 그리고 길가에 있는 잡초 속으로 나왔으나 그곳이 바로 해리가 서 있는 직전이었다. 소녀는 그를 쳐다보며 웃었다.

"이르지 말아주세요 네!" 그리고 그는 먼지투성이인 길을 바쁘게 뛰어서 차도의 옆에 있는 게이하트 가의 마당으로 들어가고 말았다.

그 후의 몇 년이 지나도 이 세 발자국은 없어지지 않고 그 보도 위에 있었다. 그것은 잿빛으로 된 시멘트 속에 명확하게 새겨진 13세의 소녀의 조그마하고도 단려한 발이다. 세월이라는 것도 그것은 없애버릴 수가 없었던 것이다. 사실은 이곳까지 나오는 사람은 얼마 없었으므로 그 길은 한가하였다. 동리 사람들은 게이하트 가를 방문할 때가 아니면 이런 곳까지는 나오지 않아도 좋게 되어 있었다. 고든은 아무도 이 발자국 이야기를 하는 것을 들은 적이 없었다. 또한 누가 이것을 만들어놓은 것인지 아는 사람도 없을 것이다. 그것은 가볍게 몹시 얕게 박혀 있는 것이다. 그렇게 알고 찾지 않으면 전연 찾아낼 수도 없는 것이다. 게이하트 씨의 토지는 오랫동안 수리를 하지 않고 두었다. 여름이 되면 해바라기가 거리의 양쪽으로 퍼져서 길을 덮고 있는 현상이다. 근처에 있는 목장에서 날아와서 퍼진 잡초들이 그곳에 무성하고 들에서 열리는 풋콩들이 보랏빛으로 된 꽃을 가느다란 가지에 피우고 해마다 그곳에 무성해져서 해바라기를 따러 올라가서 이 발자국이 새겨진 두 개의 판석 주위에 담을 쌓아놓은 것같이 되어 있었다. 고든의 눈에는 이 발자국이 급하게 뛰어가는 것 같이 보였다. 발뒤꿈치보다도 발끝이 깊이 되어 있었다. 발 뒤의 자국은 살짝 찍어졌으므로 꼭 산사람의 발이 잠시 동안 보도의 표면을 스치고 지나간 것 같다. 그 발자국에는 과연 재빠른 움직임을 보이는 무엇인지 사람을 망설이게 하는 암시가 숨어 있는 것일까? 그렇지 않으면 그에게 언제나 그의 조그마한 발이 앞일을 가리키는 신(神) 머큐리같이 조그마한 날개를 가지고 있는 것 같은 민속하고도 경쾌함을 생각하게 하는 것은 해리가 그것을 만들 때를 보았기 때문일까? 고든은 잘 그렇게도 생각하는 것이다.

이렇게도 선명하게 그의 그림자를 비록 일순간이나마 생각나게 해주는 것은 없었다. 때때로 그곳에 멈출 때에는 그는 잠시나마 그의 감촉을 잡을 수가 있었다. 그것은 그의 가장 가까이 느끼는 충동이며 그의 뺨을 스치고 가는 숨결같이도 느껴지며 봄날의 소낙비에도 닮은 경쾌함과 상쾌함이었다.

고든과 밀턴 체이스는 그날 일요일의 오후 게이하트 씨의 집 앞에 있는 목장까지 걸어 다녔다. 이 집은 지금은 모두 고든의 것으로 되어 있었다. 그것은 게이하트 씨의 만년에 은행이 빌려준 돈의 담보로 들어 있었던 까닭이다. 만약에 오늘날 그것을 팔아버린다 하여도 은행에서 그것을 저당으로 하고 가져간 금액의 3분의 일에도 되지 않는 것이다. 두 사람이 모두 그것을 잘 알고 있었다. 그래서 밀턴 체이스에게 이 집을 맡아서 죽을 때까지 무상으로 이곳에서 살고 있게 하겠다는 것이 고든의 의사였다.

그들은 말라버린 잡초와 시든 잔디를 밟아가면서 과수원은 어떻게 할 것인가 낡은 창고를 어떻게 해서 개러지로 만들 것인가 하고 의논하다가 현관 있는 계단에 앉아서 권련에 불을 붙인다.

"해리 씨 친절은 대단히 고맙습니다만." 밀턴 체이스는 이렇게 말하는 것이다.

"나로서는 이곳을 전부 양보해주는 것이 더욱 좋게 생각하고 있는데요. 나는 지금까지 쭉 셋집을 지내왔으므로 지금에 와서는 좀 내 집을 지니고 살아보고 싶어요." 그렇게 말하는 그의 구조에는 외롭게 보인다.

"그러면 밀턴 군 내일이라도 휘트니를 불러서 나를 위해서 새로 유언장을 써달라고 해서 내가 죽으면 부동산의 부채 같은 것은 일체 없애버리고 이것을 자네에게 남겨주기로 하지. 그러면 현금 같은 것은 내지 않아도 좋을 것이니."

밀턴은 모자를 벗고 머리를 쓰다듬는다. 그것은 아무래도 만족할 수 없다는 표정이었다. 피로해 보이고 슬픈 모양이었다.

해리는 잠시 동안 생각하고 있었으나 잠시 후에 상대를 달래는 듯하게 이렇게 말한다 ─ "밀턴 군 만약에 자네가 이 집을 사고 자네가 나보다 먼저 죽는다는 일이 있다면 뒤에 남은 아들들이 이 장소를 팔아버릴는지도 모른다 ─ 그것도 누구에게 파는지도 모를 것이 아닌가. 만약에 저 우둔한 농부의 손에라도 넘어가면 이곳은 닭을 치는 곳으로 변해버릴지도 모르는 일이지. 밀턴 군 나는 일단 이것을 자네 손에 넘기면 간섭은 일체 안할 테요. 과수원을 없애버리든가 창고를 파괴하든가 자네 좋을 대로 해주게. 다만 내가 원하는 것은 내가 살아 있는 한, 말하자면 이 집의 후견인이라고 한 역할을 버리고 싶지 않다는 ─ 다만 그런 것뿐이요."

밀턴은 그래도 시원하지 않은 얼굴을 하고 있었다. 그렇지만 해리는 상대방에서 자기 말에 이의가 없다는 것으로 혼자 정하고 말았다. "그리고 또 잠깐 나하고 이리 좀 와주게. 꼭 자네에게 정신을 차려달라고 할 것이 하나 있다네." 두 사람은 잔디를 지나서 시멘트의 보도 있는 곳으로 왔다. 그곳에서 해리가 발을 멈춘다. "이것은 아무도 모르는 일이니 아무에게도 말하지 말아주게. 저기 시멘트 위에 남아 있는 발자국은 게이하트 씨의 딸이 아직 어렸을 때 만든 것인데 그 두 개의 발자국에다 내가 살아 있는 한에는 아무 일도 일어나지 않도록 특히 자네에게 지켜달라는 것이오." 고든은 조금 목소리를 높여서 신중하게 말한다. "시멘트는 충분히 굳어진 것 같으나 단 한 가지 걱정되는 것은 그것이 물에 씻겨버리지는 않을까 하는 것이야. 폭풍우라도 퍼부으면 양쪽의 흙이 씻겨 내려와서 덮일는지도 모를 것이오. 그것을 잘 주의해 주면 좋겠소."

"네 주의하겠습니다." 밀턴은 은행에서 명령을 받은 때와도 같이 대답하였다.

해리는 지금부터는 집 속으로 들어가서 노인의 비밀 서류를 치고 와야 하겠으므로 또 내일 아침 은행에서 만나기로 하고 헤어졌다. 밀턴은 천천히 집으로 돌아갔다. 집에 와서 그는 술을 마시었다. 그래도 그는 추위를 느꼈다. 그리고 마음속까지도 추위를 느끼게 되며 기분이 나빴다. 그는 주인에게 조금 이상한 곳이 있는 것 같은— 그가 남몰래 두려워하던 이상하게 변한 곳이 있는 것이 아닐까. 그리고 지금까지 있었던 것이 아닐까 라고 생각이 들어서 불유쾌하였다. 그 보도 옆에서 주고받은 회화 같은 기분이 우울해지는 것이었다. 어째서 그런 생각이 들었는지는 그에게는 확실히는 몰랐다. 그 때에 그는 급속도로 늙은 것같이 생각이 들며 인생이 두렵고 짧고 그리고 그다지 중대한 것도 아닌 것같이 생각되었다.

해리는 그 출납계의 우수를 띤 뒷모습이 거리의 저쪽으로 사라지는 것을 보고 있는 중에 웬일인지 우스운 것같이 생각이 들었다.

그는 포켓에서 열쇠를 꺼내어 비어 있는 컴컴한 집으로 들어갔다. 그는 방의 커튼을 젖히고 색이 변해버린 주단과 먼지가 쌓여버린 가구 위에 오후 네시의 햇빛을 쪼이게 하였다. 그리고 그는 이층으로 올라갔다. 폴린이 루시의 방을 그 겨울날 스케이트를 하러 갔을 때의 그대로 해두었다라고 게이하트 씨가 언젠가 말하고 있었다.(사실 그 일은 동리에서 모르는 사람이 없었다.) 폴린이 죽고 나서 노인은 그 방에 열쇠를 채워놓고 그와 같이 아니면 가정부도 그곳에 들어가서 소제를 못하게 하고 있었다.

고든은 그 집의 열쇠를 모두 가지고 있었다. 그는 모자를 벗고 또한 열쇠로 잠긴 방을 열었다. 커튼을 치고 있었으나 창에 꼭 맞지를 않았으므로 남쪽 창에서 몇 줄기의 오렌지색을 한 양광이 들이쪼이고 희미한 방 속은 촛불을 켜놓은 것같이 훤하다. 벽장의 문은 열어놓은 채로 되어 있고, 그 속에는 외출복과 또한 화장복들이 일렬로 되어 걸려 있었다.

이런 것은 태워버리는 것이 좋지나 않을까 그는 생각하였다. 그의 책상 옆에는 책과 악보들이 가득 찬 책장이 있었다. 이러한 것은 은행에 있는 자기 사용의 서재에 있는 상자에라도 넣어두는 것이 제일 좋다. 그러면 가끔 그것을 볼 수도 있을 것이니까. 그의 화장 도구는 화장대 위에 쭉 늘어놓여 있으며 은빛으로 된 사진틀에는 클레멘트 세바스찬의 사진이 끼어 있고 그 위에 독일어로 무엇인지 쓰여 있었다. 이것을 고든은 주머니에 넣었다. 그가 손을 댄 것은 그것뿐이었다. 잠시 후 그는 문을 뒤로 조용히 닫고 열쇠를 채웠다.

그가 집에서 밖으로 나오니 겨울날의 강력한 석양이 밑의 동리 전체에 내리쪼이고 있었으며 무성한 숲과 교회의 첨탑은 동색으로 비치고 있었다.

결국 자기는 이 해버퍼드를 떠나지는 않겠다고 그는 생각하였다. 이곳에서 너무나 많은 경험을 쌓아왔으므로 영원히 이곳을 떠나고 싶지는 않았던 것이다. 고향의 동리라고는 하지만 자기로 하여금 허다한 실망에 부닥치고 또한 그것에 이겨나간다는 것을 가르쳐준 곳은 이 장소 이외에 또 다른 곳이 어디 있을 것인가? 그는 게이하트의 집을 떠나면서 지금까지도 언제나 몇 번이고 그렇게 한 것같이 무의식중에 보도에 서서 뛰어가는 세 개의 가벼운 발자국을 또 한 번 바라보는 것이었다.

(『이별』, 법문사 1959.10)

전쟁 반대와 예술 및 추리의 세계
― 박인환의 번역 작품론

맹문재

1.

주지하다시피 박인환은 해방기 이후 모더니즘 시 운동을 주도한 시인이다. 1948년 김경린, 김경희, 김병욱, 임호권과 함께 '신시론' 운동을 추구하며 동인지 『신시론』(산호장)을 발간했고, 1949년 김경린, 김수영, 임호권, 양병식과 함께 '신시론' 동인지 제2집에 해당하는 『새로운 도시와 시민들의 합창』(도시문화사)을 발간했다. 한국전쟁 중에도 피란지 부산에서 김경린, 김규동, 김차영, 이봉래, 조향 등과 '후반기' 동인을 결성하고 모더니즘 시 운동을 지속했다.

박인환은 모더니즘 운동을 심화하기 위해 영미 문학론을 탐색했는데, 특히 엘리엇(Thomas Stearns Eliot)과 스펜더(Stephen Spender)의 시론을 적극적으로 수용했다.[*] 오든(Wystan Hugh Auden)의 시론, 사르트르(Jean-Paul Sartre)의 실존주의, 버지니아 울프(Virginia Woolf)의 생애 등에도 관심을 가졌다. 또한

---

[*] 맹문재, 「박인환의 시에 나타난 엘리엇과 스펜터의 시론 수용 양상」, 『동서비교문학저널』 제41호, 2017 가을, 51~70쪽 참조.

1954년 1월 오종식, 유두연, 이봉래, 허백년, 김규동 등과 함께 한국영화평론
가협회를 발족하고 미국, 영국, 프랑스, 이탈리아 등의 인기 배우들, 영화화
된 문학 작품들, 영화 시론 등을 활발하게 발표했다. 박인환은 1955년 3월 5
일부터 4월 10일까지 36일간 대한해운공사의 상선 '남해호'를 타고 미국 여
행을 했다. 새로운 문물을 탐구하려는 것으로, 즉 모더니즘 시 운동의 확장
으로 볼 수 있다.

　박인환의 번역 작업 역시 이와 같은 차원으로 이해된다. 박인환은 순수 서
정시를 지향하는 '청록파'류나 정치적인 지향에 경도된 '조선문학가동맹'류
의 시가 아니라 새로운 감각과 시어로 현대사회를 반영하려는 것을 지속 및
확대하기 위해 외국 작품을 읽고 독자들에게 전한 것이다. 박인환이 번역한
작품을 발표순으로 정리하면 다음과 같다.

　　1) 존 스타인벡의 기행문 『소련의 내막』(백조사, 1952. 5. 15)
　　2) 윌리엄 아이리시의 소설 「새벽의 사선」(『희망』 2권 8호, 1952. 9. 1)
　　3) 제임스 힐턴의 소설 「우리들은 한 사람이 아니다」(『신태양』 21호,
　1954. 5. 1)
　　4) 알렉스 컴포트의 시 「도시의 여자들을 위한 노래」(『시작』 2집, 1954.
　7. 30)
　　5) 그레이엄 그린의 소설, 「사건의 핵심」(『민주경찰』 44호, 1954. 11. 15)
　　6) 어니스트 헤밍웨이의 소설 「바다의 살인」(『신태양』 28호, 1954. 12. 1)
　　7) 애거서 크리스티의 소설 「백주의 악마」(『아리랑』 2권 2호, 1956. 2. 1)
　　8) 펄 S. 벅의 소설 「자랑스러운 마음」(『여원』 2권 2호, 1956. 2. 1)
　　9) 윌러 캐더의 장편소설 『이별』(법문사, 1959. 10. 10)
　　10) 테네시 윌리엄스의 희곡, 「욕망의 이름이라는 전차」*

＊　윌러 캐더의 『이별』을 번역한 판권에 소개된 박인환의 약력에는 「욕망의 이름이라는 전
　　차」(욕망이라는 이름의 전차)를 번역한 것으로 되어 있는데, 원본을 발굴하지 못했다.

2. 전쟁과 관계된 작품들

『소련의 내막』은 미국의 소설가인 존 스타인벡(John Steinbeck, 1902~1968)이 사진작가 로버트 카파(Robert Capa, 1913~1954)와 함께 1947년 7월 말부터 약 2개월간 『뉴욕 헤럴드 트리뷴』지의 특파원으로 소련에 다녀온 뒤 발표한 기행문이다. 1948년 1월 14일부터 31일까지 신문에 연재된 뒤 바이킹 프레스(Viking press)에서 단행본으로 출간되어 큰 반향을 울렸다. 이 기행문은 정치적인 면보다 민중의 삶을 보고 들은 대로 기록해 제2차 세계대전 뒤 소련의 실정을 구체적이면서도 객관적으로 담아내었다는 점에서 큰 의미를 갖는다. 존 스타인벡은 독일군의 침공으로 파괴되고 폐허화된 곳곳을 복구하는 소련 민중의 눈빛에서 재건의 희망을 보았다. 또한 러시아 민중이 세계의 민중과 마찬가지로 악인보다는 참다운 선인이 훨씬 많은 것을 확인했다. 그리하여 전쟁을 바라지 않는 러시아 민중의 마음을 미국인들에게 제대로 전했다.

존 스타인벡은 고학으로 스탠퍼드대학교 생물학과에 진학했지만 1925년 학자금 부족으로 중퇴하고 작가생활에 투신했다. 육체노동으로 전전하다가 캘리포니아로 돌아와 별장지기를 하면서 소설을 발표하였다. 1937년에 발표한 『생쥐와 인간』은 두 노동자의 우정을 그린 작품으로 베스트셀러가 되었을 뿐만 아니라 영화로도 제작되었고 미국 희곡 비평가상을 수상했다. 1939년의 『분노의 포도』에서는 기계화 농업의 압박으로 농토에서 쫓겨난 농민들의 비참한 생활을 변천하는 사회 양상과 함께 그려냈다. 자본주의 사회의 모순을 고발한 사회주의 리얼리즘의 작품으로 퓰리처상을 받았다. 1962년 노벨문학상 수상작인 『에덴의 동쪽』은 남북전쟁에서 제1차 세계대전까지의 시대를 배경으로 에덴동산을 찾아 미래를 꿈꾸는 이들의 이야기를 담았다.[*]

---

[*] http://100.daum.net/encyclopedia/view/150XXXXXXX087

「우리들은 한 사람이 아니다」는 제임스 힐턴(James Hilton, 1900~1954)의 작품이다. 의사인 데이비드는 극장의 댄서인 레니 아르가드레바나의 부러진 손목을 응급 치료를 해주면서 인연이 된다. 데이비드는 매주 금요일을 산드마스의 해안에서 보내는데, 그곳의 연예장에서 댄서로 일하는 레니가 해고되자 자살을 시도한 것도 접하게 된다. 데이비드의 치료로 레니는 소생했지만 자살 미수범이라는 소문으로 말미암아 살아가기가 어렵게 된다. 그리하여 데이비드는 레니를 원조하려고 자신의 아들인 제럴드의 보모로 고용한다. 그렇지만 아내인 제시카는 신분이 확실하지 않은 레니를 싫어한다. 그러는 사이에 영국과 독일의 전쟁으로 동원령이 공포된다. 데이비드는 레니를 살리기 위해 런던으로 가는 열차를 탔지만 플랫폼에서 체포된다. 데이비드가 레니와 함께 집을 나오던 날 제시카가 사망했기 때문이다. 그리하여 두 사람은 죄가 없는데도 불구하고 살인범으로 몰려 사형에 처해진다. 제2차 세계대전으로 인해 민중들의 삶이 무너지는 상황을 보여주고 있다.

제임스 힐턴은 영국 소설가로 『잃어버린 지평선』(1933), 『굿바이 미스터 칩스』(1934) 등이 대표작이다. 1930년대 중반부터 할리우드로 거주지를 옮겨 1942년 영화 〈미니버 부인〉을 작업해 오스카상(극본상)을 받았다. 『잃어버린 지평선』을 통해 이상향 또는 유토피아를 의미하는 샹그릴라(Shangri-La)라는 신조어가 생겨났다.[*]

알렉스 컴포트(Alex Comfort, 1920~2000)가 쓴 「도시의 여자들을 위한 노래」는 박인환 시인이 추구한 반전(反戰) 의식이 담긴 작품이다.

오 눈(雪)과 불타는 포화의 세계여
밤과 요동하는 램프의 국토여

---

[*] https://ko.wikipedia.org/wiki/%EC%A0%9C%EC%9E%84%EC%8A%A4_%ED%9E%90%ED%84%B4

오 동포와 적의 밤이여

나는 그대와 만났다 그대는 또다시 돌아올 것이다
그대의 손은 고독에 빠져 있는 애인들과
모든 노래와 아직 출생하지 않은 어린애에의

복수에 빛나는 별로서 가득 차 있다
포화 속의 '애애(哀愛)로운 공주'여
그 여자의 애인은 전사했다

그 여자의 애인은 전사했다 ―
모든 공동(空洞)의 자궁을 위해 해어진 손가락을 위하여
복수는 불꽃이 되어 저편 별들을 향하여 비상한다
　　　　　　　　　—「도시의 여자들을 위한 노래」 제1~4연 *

　　위의 작품의 화자가 마주한 상황은 "오 눈(雪)과 불타는 포화의 세계여/밤
과 요동하는 램프의 국토여/오 동포와 적의 밤이여"라고 노래한 데서 볼 수
있듯이 전쟁이다. 포화로 세계가 불타고 국토가 요동치고 동포와 적의 밤이
놓인 것이다. 그리하여 "포화 속의 '애애(哀愛)로운 공주'"의 "손"에는 "복수

---

*　제5~9연은 다음과 같다. "그여자를 위해 붉은 눈과 같이 차광(光)의 바람 속에서 나르는
　흰새와 같이/또다시 내려올 것이다/그 여자를 위해 포화는 바람에 섞여 거리거리는//
　뛰어가는 발과 불의 흐름을 동반하고 빛나고 있다/그 여자의 애인은 전선에서 죽었다/
　그 여자를 위하여 눈(雪)은 흰 하늘에//조용하게 흐르면서 합치는 개울처럼 사랑의 사람
　이 된다/소녀들이 유행하는 조용한 노래를 부르는 들판에서/그들의 손가락과//불타는
　지붕과 뛰어가는 발은/그 여자의 상부(喪夫)에 복수하려고 친한 형제들모양 그 여자를
　뒤를 따른다/그러면 높이 날아가는 포화는 지금 또다시 그 여자를 뒤따를 것이다//이러
　한 '유다'들에 대한 여자들의 분노여/오 저 창백한 신부는 그 여자의 뒤를 따르고/그 여
　자의 눈물로 빛나는 머리를 빨 것이다!"

에 빛나는 별로서 가득 차 있다". "복수는 불꽃이 되어 저편 별들을 향하여 비상"도 한다. 그 이유는 "그 여자의 애인"이 "전사했"기 때문이다.

알렉스 컴포트의 1940년대 반전운동은 1950~60년대의 반핵 운동으로 이어졌는데, 궁극적으로 죽음을 극복하기 위한 것이었다. 자연으로부터 오는 죽음에 대항하기 위해 그는 케임브리지 대학에서 의학을 전공했다. 인간의 노화에 대해 연구하며 생물학적으로 어떻게 죽음을 극복할 수 있는가에 매달렸다. 사회로부터 오는 죽음에 대항하기 위해서는 인문학자 및 사회운동가로서 활동했다. 그는 사람들을 죽음으로 빠져들게 하는 가장 중요한 원인으로 전쟁을 지목했다.[*]

3. 예술 세계의 소설들

「자랑스러운 마음」은 펄 S. 벅(Pearl Sydenstricker Buck, 1892~1973)의 작품으로 한 여성 조각가의 삶을 통해 예술가의 길을 조명하고 있다. 수전은 마크와 스무 살에 결혼해 아들과 딸을 낳고 행복하게 살고 있었는데, 출산 비용 때문에 판매한 조각상이 인연이 되어 조각계의 거성인 반스에게 공부하는 기회를 갖는다. 반스는 수전의 재능을 아까워하며 파리로 와서 공부할 것을 여러 차례 제안하지만 수전은 거절한다. 그렇지만 수전은 조각을 손놓지 않고 〈민중〉이라는 제목의 군상을 제작해 현상 모집에 응모해 당선된다. 그리고 남편이 균이 있는 우물물을 먹고 돌연 사망하자 자신의 공부와 두 아들을 기르기 위해 파리로 간다. 그러나 킨네아드와 만나 결혼하면서 예술보다 생활을 우선한다. 그러다가 정이 없고 새로운 여자가 생긴 남편에 실망해 〈아

---

[*] 김명환, 「알렉스 컴포트의 뉴아나키즘에 대한 몇 가지 검토 : 권력, 전쟁, 혁명, 그리고 성(sex)에 대한 개인주의적 접근」, 『역사와경계』 104호, 2017, 79~80쪽.

메리카의 행진〉〈춤추는 러시아인〉 등의 군상 제작에 몰두한다. 수전은 고향에 있는 아버지가 위독하다는 전보를 받고 달려간 뒤 뉴욕으로 돌아가지 않는다. 그 대신 세상을 뜬 아버지를 조각하기로 다짐한다.

펄 S. 벅은 1892년 미국 웨스트버지니아에서 태어나 생후 3개월 만에 장로회 선교사인 부모를 따라 중국으로 건너가 어린 시절을 보냈다. 1910년 대학을 다니기 위해 미국으로 갔다가, 1914년 중국으로 돌아갔다. 1917년 중국 농업연구의 세계적 권위자가 된 존 로싱 벅(John Lossing Buck) 박사와 결혼해 두 딸을 두었는데, 큰딸은 정신박약아였다. 펄 S. 벅은 중국의 영혼을 이해한다고 할 수 있을 만큼 정확하게 작품을 그려내었다. 빈농으로부터 입신하여 대지주가 되는 왕룽(王龍) 일가의 역사를 그린 『대지』(1931년)가 그 좋은 예이다. 펄 S. 벅은 1938년 미국의 여성 작가로서는 처음으로 노벨문학상을 받았다. 제2차 세계대전 뒤 중국에서 공산당 정권이 들어서자 귀국할 수밖에 없었던 그녀는 전쟁고아 문제에 관심을 기울였다. 제2차 세계대전으로 미국의 전략사무국 중국 담당으로 들어오면서 한국과 인연을 맺어 박진주(朴眞珠)라는 이름을 가졌다. 한국전쟁의 수난사를 그린 『갈대는 바람에 시달려도』(1963년)와 한국의 혼혈아를 제재로 한 『새해』(1968년) 등을 썼고, 1965년 다문화아동 복지기관인 펄 벅 재단 한국지부를 설립하였다. 1967년 경기도 부천군 소사읍 심곡리(현 부천시 소사구 심곡본동)에 '소사희망원'을 세워 10여 년 동안 한국의 다문화 아동들을 위해 복지활동을 펼쳤다.*

『이별』은 윌러 캐더(Willa Sibert Cather, 1873~1947)의 장편소설로 제3부로 구성되었다. 루시 게이하트는 해버퍼드 출신으로 18세의 나이에 시카고로 음악 공부를 하러 간다. 음악에 천재성을 가지고 있고 성격이 쾌활하다. 그녀의 부친 제이콥 게이하트는 시계 수리하는 일을 하며 거리의 악대를 인솔

---

* http://100.daum.net/encyclopedia/view/150XXXXXXX088

하고 있다. 루시는 시카고의 아우어바흐 선생에게 가르침을 받는데, 어느 날 아우어바흐 선생의 친구인 클레멘트 세바스찬의 독창회를 듣는다. 루시는 중년의 나이에 부르는 그의 노래에 매료된다. 그 인연으로 루시는 세바스찬의 반주자인 제임스 모크퍼드가 다리 수술을 하게 되자 대신 연습 시간에 피아노 반주를 맡게 된다. 그리고 서로 사랑하는 마음을 갖는다. 세바스찬이 동부 지방으로 연주 여행을 떠났을 때 해버퍼드에서 어렸을 때부터 알고 지내는 해리 고든이 루시를 찾아와 청혼한다. 루시는 세바스찬을 사랑한다고 말하며 거절한다. 그 뒤 세바스찬은 영국, 프랑스 공연과 아내를 만나기 위해 떠난다. 물론 시카고로 돌아올 것을 루시에게 약속한다. 그사이 해리 고든은 다른 여자와 결혼한다. 안타깝게도 코모호에서 배가 전복되어 세바스찬이 사망한다.

제2부는 정신적으로 충격을 받은 루시가 고향인 해버퍼드로 내려가 살아가는 이야기이다. 그곳에서 아버지, 언니 폴린, 이웃의 램지 부인 등의 도움을 받고 과수원에서 햇볕을 쬐면서 마음의 안정을 취한다. 아우어바흐 선생에게 다시 공부하고 일자리를 얻을 수 있다는 편지도 받는다. 그렇지만 만날 때마다 따스한 대화를 나누고 싶어도 냉정하게 대하는 해리 고든으로 마음이 상한다. 루시는 스케이트를 타러 강에 갔다가 그만 익사한다.

제3부는 루시가 세상을 뜬 지 25년이 지난 이야기이다. 그녀의 아버지 게이하트가 세상을 떠 장례를 치른다. 선량한 사람들이 조문을 많이 왔다. 루시의 언니인 폴린도 세상을 떴다. 게이하트 집안이 문을 닫은 것이다. 루시가 세상을 뜬 뒤 해리 고든은 게이하트와 친하게 지냈다. 경제력이 없는 게이하트를 위해 담보로 잡은 집보다 많은 돈을 자신의 은행에서 빌려주었다. 루시에게 사죄하려는 것이었다. 해리는 은행 출납계인 밀턴 체이스에게 게이하트 집을 넘기고 잘 지켜주기를 부탁한다.

윌러 캐더는 미국 소설가로 미국 평원의 개척자와 정착민들의 삶을 그렸다. 1903년 첫 시집『4월의 황혼』을 출간한 뒤 소설 쓰는 데만 전념해 1912년 첫 장편소설『알렉산더의 다리』를 간행했다.『나의 안토니아』(1918),『오 개척자들!』(1913) 등에서 어린 시절에 경험한 개척자들의 기상과 용기를 그렸다.『우리 것 중의 하나』(1922)와『사라진 여자』(1923)로 퓰리처상을 받았다.[*]

4. 추리 세계의 소설들

「새벽의 사선」은 오전 1시 10분 전부터 6시까지 일어난 연애, 절도, 살인, 범인 체포 등을 쓴 윌리엄 아이리시(William Irish, 1903~1968)의 추리소설이다. 뉴욕의 홀에서 댄서로 살아가는 미스 브리키와 그녀에 관심을 갖고 있는 퀸 윌리엄스는 고향이 같다는 사실로 가까워진다. 퀸은 미스 브리키에게 자신이 그레이브스 집에서 자외선 램프 공사를 하다가 금고에서 돈을 훔쳤다고 토로한다. 그리하여 두 사람은 돈을 금고에 갖다 두고 고향으로 돌아가기로 한다. 그런데 금고가 있는 방에 갔을 때 청년 신사의 사체가 놓여 있는 것이었다. 절도범뿐만 아니라 살인범으로 체포될 운명에 처해진 두 사람은 살인범을 잡기 위해 나선다.

윌리엄 아이리시는 미국 소설가이며 시나리오 작가이다. 본명은 코넬 조지 호플리 울리치(Cornell George Hopley-Woolrich)이다. 로스앤젤레스에 거주하면서 영화 작가로 활동하던 1930년 결혼하였지만 파경을 맞아 뉴욕의 허름한 호텔에서 모친이 세상을 떠날 때까지 함께 살았다. 뉴욕주 하츠데일의 페른클리프 묘지에 안장되었다. 아이리시 작품의 장점으로는 치밀한 논리적 구성, 등장인물들을 밀어붙이는 압도적 상황, 도시적인 우수와 슬픔을 던져

---

[*]   http://100.daum.net/encyclopedia/view/b21k1953a

주는 분위기 등 여러 가지를 들 수 있겠지만 무엇보다 문체이다.*

「바다의 살인」은 어니스트 헤밍웨이(Ernest Miller Hemingway, 1899~1961)의 추리소설이다. 해리 모건은 쿠바의 땅 하바나의 항구에서 선원으로 살아간다. 중국인을 플로리다 등에 밀항시키는 일을 유혹받지만 거절하는데, 배를 고용해서 낚시를 배우던 존슨이 용선료며 낚시 도구 파손비 등을 지급하지 않고 플로리다로 도망가자 생각이 달라진다. 아내와 딸 셋의 가장으로서 책임감이 커진 것이다. 그리하여 중국인 밀항, 주류 밀수, 쿠바인 밀항 등에 손을 대는데, 결국 생명을 잃고 만다.

어니스트 헤밍웨이는 미국의 소설가로 전쟁문학의 걸작으로 평가를 받는 『무기여 잘 있거라』를 완성하면서 많은 관심을 받았다. 일생 동안 그가 몰두했던 주제는 전쟁이나 야생의 세계에서 나타나는 극단적인 상황에서의 삶과 죽음의 문제였다. 그는 스무 살에 제1차 세계대전을 비롯하여 스페인 내전과 터키 내전에 참전했고, 제2차 세계대전에서는 쿠바 북부 해안 경계 근무에 자원했다. 이러한 경험들이 소설의 제재가 되었다. 1940년 에스파냐 내란을 배경으로 한 『누구를 위하여 종은 울리나』를 썼다. 세계대전을 겪으면서 전통과 단절된 젊은 세대들을 일컫는 잃어버린 세대(Lost Generation)를 대변하는 작품이다. 『노인과 바다』(1952)는 대어(大魚)를 낚으려고 분투하는 늙은 어부의 불굴의 정신과 고상한 모습을 간결하고 힘찬 문체로 묘사했다. 1953년 퓰리처상, 1954년 노벨문학상을 받았다.**

「백주의 악마」는 애거서 크리스티(Agatha Christie, 1890~1976)의 작품으로 탐정 푸아로가 잉글랜드 데번주의 해안에서 일어난 살인사건을 추적해 범인

---

* https://ko.wikipedia.org/wiki/%EC%BD%94%EB%84%AC_%EC%9A%B8%EB%A6%AC%EC%B9%98

** http://100.daum.net/encyclopedia/view/150XXXXXXX089

을 찾아내는 이야기이다. 해변의 호텔에는 푸아로, 가드너 부처, 미스 브루스터, 바리 육군 소령, 스티븐 레인 목사, 레드펀 부처(남편 패트릭, 아내 크리스틴), 블래트, 마셜 부처(남편 케네스, 아내 알리나) 등이 머무르고 있었다. 어느 날 미모의 여성으로 항상 남자 관계를 맺어 스캔들을 일으키는 알리나가 해변에서 교살당했다. 푸아로의 추적 끝에 범인은 알리나와 함께 밀회를 가졌던 패트릭이고, 공범자는 그의 아내인 크리스틴으로 밝혀진다.

애거서 크리스티는 영국 추리소설 작가이다. 메리 웨스트매컷(Mary Westmacott)이란 필명으로 연애 소설을 집필하였으나, 80여 편의 추리 소설로 대중에게 널리 알려졌다. 그녀가 창조해낸 에르퀼 푸아로와 제인 마플은 대중적인 사랑을 받았다. 추리소설의 여왕이라 불리는 그녀의 작품은 영어권에서 10억 부 이상 팔렸고, 103개의 언어로 번역된 다른 언어판 역시 10억 부 이상 판매되어 기네스 세계 기록에 등재되었다. 또한 그녀의 희곡 『쥐덫』은 1955년 런던에서 초연된 이래 현재까지 공연 중이다. 1971년 대영 제국 훈장 2등급(작위급 훈장)을 받았다.*

5.

박인환이 번역한 작품들은 이상에서 살펴보았듯이 전쟁을 반대하는 작품들, 예술 세계를 추구하는 작품들, 그리고 추리 세계의 소설들로 나눌 수 있다. 박인환이 번역한 작품들은 총 10편인데, 윌러 캐더의 장편소설 『이별』은 사후에 간행되었다. 그의 타계 이후 정리된 것으로 보인다.

『박인환 번역 전집』에서는 그레이엄 그린의 소설 「사건의 핵심」(『민주경

---

* https://ko.wikipedia.org/wiki/%EC%95%A0%EA%B1%B0%EC%82%AC_%ED%81%AC%EB%A6%AC%EC%8A%A4%ED%8B%B0

찰』44호, 1954. 11. 15)을 발굴하지 못했다. 테네시 윌리엄스의 희곡 「욕망의
이름이라는 전차」도 찾지 못했다. 작품을 찾으려고 많은 노력을 기울였으나
아쉬움이 크다.

「사건의 핵심」을 쓴 그레이엄 그린(Graham Greene. 1904~1991)은 영국 소
설가이다. 그의 작중인물들이 살고 있는 세계는 타락한 장소이고, 분위기
는 악이 만연한 것을 강조한다. 그의 『스탬불 특급』(1932) 『권총을 팝니다』
(1936) 『밀사』(1939) 『공포의 성』(1943) 등은 영화로 만들어졌다. 『제3의 사나
이』(1949)는 제2차 세계대전 이후 유럽 첩보영화의 고전으로 평가받고 있다.*

「욕망의 이름이라는 전차」를 쓴 테네시 윌리엄스(Tennessee Williams.
1911~1983)는 미국 극작가이다. 대표작으로 『이과나의 밤』 『유리 동물원』
『지난여름 갑자기』 등이 있다. 그는 『욕망이라는 이름의 전차』와 『뜨거운 양
철지붕 위의 고양이』로 퓰리처상을 두 번이나 받았다. 환상과 낭만 이면에
숨어 있는 현실의 문제를 주제로 삼은 것이 특징이다.**

---

*   http://100.daum.net/encyclopedia/view/b02g3951a

** https://100.daum.net/encyclopedia/view/b17a1010a

1926년(1세)	8월 15일 강원도 인제군 인제면 상동리 159번지에서 아버지 박광선(朴光善)과 어머니 함숙형(咸淑亨) 사이에서 4남 2녀 중 맏이로 태어나다. 본관은 밀양(密陽).
1933년(8세)	인제공립보통학교 입학하다.
1936년(11세)	서울로 이사. 서울시 종로구 내수동에서 거주하다가 종로구 원서동 134번지로 이사하다. 덕수공립보통학교 4학년에 편입하다.
1939년(14세)	3월 18일 덕수공립보통학교 졸업하다. 4월 2일 5년제 경기공립중학교에 입학하다. 영화, 문학 등에 심취하다.
1940년(15세)	종로구 원서동 215번지로 이사하다.
1941년(16세)	3월 16일 경기공립중학교 자퇴하다. 한성중학교 야간부에 다니다.
1942년(17세)	황해도 재령으로 가서 기독교 재단의 명신중학교 4학년에 편입하다.
1944년(19세)	명신중학교 졸업하고 관립 평양의학전문학교(3년제)에 입학하다. 일제강점기 당시 의과, 이공과, 농수산과 전공자들은 징병에서 제외되는 상황.
1945년(20세)	8·15광복으로 학교를 그만두고 상경하다. 아버지를 설득하여 3만 원을 얻고, 작은이모에게 2만 원을 얻어 종로3가 2번지 낙원동 입구에 서점 '마리서사(茉莉書舍)'를 개업하다. 초현실주의 화가 박일영(朴一英)의 도움으로 세련된 분위기를 만들고 많은 문인들이 교류하는 장소가 되다.
1947년(22세)	5월 10일 발생한 배인철 시인 총격 사망 사건과 관련하여 중부경찰서에서 조사받다(김수영 시인 부인 김현경 여사 증언).

1948년(23세)	입춘을 전후하여 마리서사 폐업하다. 4월 20일 김경린, 김경희, 김병욱, 임호권과 동인지『신시론(新詩論)』 발간하다. 4월 덕수궁에서 1살 연하의 이정숙(李丁淑)과 결혼하다. 종로구 세종로 135번지(현 교보빌딩 뒤)의 처가에 거주하다. 겨울 무렵『자유신문』 문화부 기자로 취직하다. 12월 8일 장남 세형(世馨) 태어나다.
1949년(24세)	4월 5일 김경린, 김수영, 임호권, 양병식과 동인시집『새로운 도시와 시민들의 합창』(도시문화사) 발간하다. 7월 16일 국가보안법 위반 혐의로 내무부 치안국에 체포되었다가 석방되다. 김경린, 김규동, 김차영, 이봉래, 조향 등과 '후반기(後半紀)' 동인 결성하다.
1950년(25세)	1월 무렵『경향신문』에 입사하다. 6월 25일 한국전쟁 일어남. 피란 가지 못하고 9 · 28 서울 수복 때까지 지하생활하다. 9월 25일 딸 세화(世華) 태어나다. 12월 8일 가족과 함께 대구로 피란 가다. 종군기자로 활동하다.
1951년(26세)	5월 육군종군작가단에 참여하다. 10월『경향신문』 본사가 부산으로 내려가자 함께 이주하다.
1952년(27세)	5월 15일 존 스타인벡의 기행문『소련의 내막』(백조사) 번역해서 간행하다. 6월 16일「주간국제」의 '후반기 동인 문예' 특집에 평론「현대시의 불행한 단면」 발표하다.『경향신문』 퇴사하다. 12월 무렵 대한해운공사에 입사하다.
1953년(28세)	3월 후반기 동인들과 이상(李箱) 추모의 밤 열고 시낭송회 가지다. 여름 무렵 후반기 동인 해체되다. 박인환은 해체 반대하다. 5월 31일 차남 세곤(世崑) 태어나다. 7월 중순 무렵 서울 집으로 돌아오다. 7월 27일 한국전쟁 휴전 협정 체결.
1954년(29세)	1월 오종식, 유두연, 이봉래, 허백년, 김규동과 '한국영화평론가협회' 발족하다.
1955년(30세)	3월 5일 대한해운공사의 상선 '남해호'를 타고 미국 여행하다. 3월 5일 부산항 출발, 3월 6일 일본 고베항 기항, 3월 22일 미국 워싱턴주 올림피아항 도착, 4월 10일 귀국하다.『조선일보』(5월 13, 17일)에「19일간의 아메리카」 발표하다. 대한해운공사 사직하다. 10

월 1일 『시작』(5집)에 시작품 「목마와 숙녀」 발표하다. 10월 15일 시집 『선시집』(산호장) 간행하다. 시집을 발간했으나 제본소의 화재로 인해 재간행하다(김규동 시인 증언).

1956년(31세) 1월 27일 『선시집』 출판기념회 갖다(문승묵 엮음 『사랑은 가고 과거는 남는 것―박인환 전집』 화보 참고). 2월 자유문학상 최종 후보에 오르다. 3월 시작품 「세월이 가면」 이진섭 작곡으로 널리 불리다. 3월 17일 '이상 추모의 밤' 열다. 3월 20일 오후 9시 자택에서 심장마비로 타계하다. 3월 22일 망우리 공동묘지에 안장되다. 9월 19일 문우들의 정성으로 망우리 묘소에 시비 세워지다.

1959년(3주기) 10월 10일 윌러 캐더의 장편소설 『이별』(법문사) 번역되어 간행되다.

1976년(20주기) 맏아들 박세형에 의해 시집 『목마와 숙녀』(근역서재) 간행되다.

1982년(26주기) 김규동, 김경린, 장만영 등에 의해 추모 문집 『세월이 가면』(근역서재) 간행되다.

1986년(30주기) 『박인환 전집』(문학세계사) 간행되다.

2000년(44주기) 박인환의 고향인 강원도 인제군청과 인제군에서 활동하는 내린문학회 및 시전문지 『시현실』 공동주관으로 '박인환문학상' 제정되다.

2005년(49주기) 『한국대표시인 101인선집―박인환』(문학사상사) 간행되다.

2006년(50주기) 문승묵 엮음 『사랑은 가고 과거는 남는 것―박인환 전집』(예옥), 맹문재 엮음 『박인환 깊이 읽기』(서정시학) 간행되다.

2008년(52주기) 맹문재 엮음 『박인환 전집』(실천문학사) 간행되다.

2012년(56주기) 강원도 인제군에 박인환문학관 개관되다.

2014년(58주기) 7월 25일 이정숙 여사 별세하다.

엮은이 맹문재

　편저로『박인환 전집』『박인환 깊이 읽기』『김명순 전집—시·희곡』『김규동 깊이 읽기』『한국 대표 노동시집』(공편)『이기형 대표시 선집』(공편)『김후란 시전집』(공편),『김남주 산문선집』, 시론 및 비평집으로『한국 민중시 문학사』『패스카드 시대의 휴머니즘 시』『지식인 시의 대상애』『현대시의 성숙과 지향』『시학의 변주』『만인보의 시학』『여성시의 대문자』『여성성의 시론』『시와 정치』등이 있음. 고려대 국문과 및 같은 대학원 졸업. 현재 안양대 국문과 교수.

박인환 번역 전집

초판 인쇄 2019년 9월 20일
초판 발행 2019년 9월 30일

지은이_박인환
엮은이_맹문재
펴낸이_한봉숙
펴낸곳_푸른사상사

주간 · 맹문재 | 편집 · 지순이 | 교정 · 김수란
등록 · 1999년 7월 8일 제2－2876호
주소 · 경기도 파주시 회동길 337－16(서패동 470－6)
대표전화 · 031) 955－9111~2 | 팩시밀리 · 031) 955－9114
이메일 · prun21c@hanmail.net
홈페이지 · http://www.prun21c.com

ⓒ 맹문재, 2019

ISBN 979－11－308－1465－0   93810

값 32,000원

저자와의 합의에 의해 인지는 생략합니다.
이 도서의 전부 또는 일부 내용을 재사용하려면 사전에
저작권자와 푸른사상사의 서면에 의한 동의를 받아야 합니다.

이 도서의 국립중앙도서관 출판예정도서목록(CIP)은 서지정보유통지원시스템 홈페이지
(http://seoji.nl.go.kr)와 국가자료종합목록 구축시스템(http://kolis－net.nl.go.kr)에서
이용하실 수 있습니다. (CIP제어번호 : CIP2019037717)